O Príncipe Adormecido

Melinda Salisbury

O Príncipe Adormecido

TRADUÇÃO
Lucas Peterson

Título original
THE SLEEPING PRINCE

Primeira publicação na Inglaterra em 2016 por
Scholastic Children's Books, um selo da Scholastic Ltd
Euston House, 24 Eversholt Street, Londres, NW1 1DB, Inglaterra

Copyright © Melinda Salisbury, 2016

O direito de Melinda Salisbury ser
identificada como autora desta obra foi assegurado por ela.

Todos os direitos reservados. Nenhuma parte desta obra
pode ser reproduzida, ou transmitida por qualquer forma ou
meio eletrônico ou mecânico, inclusive fotocópia, gravação ou sistema
de armazenagem e recuperação de informação, sem a permissão escrita do editor.

Ilustração de capa: Getty Images, 2015
Reproduzida com autorização da Scholastic Ltd.

Direitos para a língua portuguesa reservados
com exclusividade para o Brasil à
EDITORA ROCCO LTDA.
Av. Presidente Wilson, 231 – 8º andar
20030-021 – Rio de Janeiro – RJ
Tel.: (21) 3525-2000 – Fax: (21) 3525-2001
rocco@rocco.com.br | www.rocco.com.br

Printed in Brazil/Impresso no Brasil

preparação de originais
JULIANA WERNECK

CIP-Brasil. Catalogação na fonte.
Sindicato Nacional dos Editores de Livros, RJ.

S16p Salisbury, Melinda
O príncipe adormecido / Melinda Salisbury; tradução de Lucas Peterson. – Primeira edição – Rio de Janeiro: Fantástica Rocco, 2018.
(A herdeira da morte; 2)

Tradução de: The sleeping prince
ISBN: 978-85-68263-61-7
ISBN: 978-85-68263-58-7 (e-book)

1. Ficção inglesa. I. Peterson, Lucas. II. Título. III. Série.

17-45275   CDD–823
                                            CDU–821.111-3

O texto deste livro obedece às normas do
Acordo Ortográfico da Língua Portuguesa.

Para James Field. Por, entre outras coisas, conseguir ingressos para a noite de estreia de A criança amaldiçoada. *Obrigada, Strdier.*

Prólogo

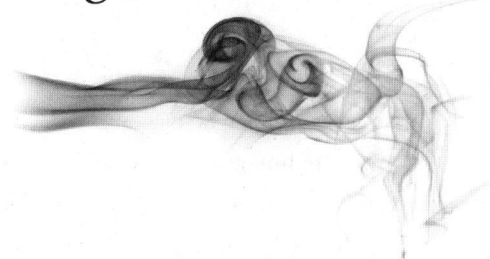

O guarda-noturno do Portão Leste se esticou para aliviar uma coceira repentina na garganta. Suas pernas bambearam e, enquanto ele se dobrava, viu os dedos manchados de sangue, enegrecidos pela luz escassa da lanterna que brilhava no portão. Estava morto antes de atingir o chão.

O golem pisou no corpo caído.

O segundo guarda se virou, pronto para gritar, xingar ou implorar, apontando sua espada na direção da criatura, mas era tarde demais. Um raio prateado atravessou o ar e o guarda caiu, seu sangue se misturando com o de seu colega.

O lugar onde o rosto do golem deveria estar, granuloso e vazio, estava inclinado para o céu, como se farejasse ou escutasse algo. A criatura passou pelo portão e sua cabeça disforme bateu na lanterna, que desatou a balançar projetando sombras horripilantes na espessa parede de pedra. Conforme o óleo transbordava, a fumaça subia e a chama derretia a vela enquanto o golem traçava uma trilha de pegadas sangrentas portão adentro, até a adormecida cidade real de Lortune, arrastando com uma das mãos uma clava do seu próprio tamanho e, com a outra, um machado duplo.

Momentos depois, um segundo golem surgiu carregando uma clava e um machado nas mãos entrelaçadas. Suas armas ainda precisavam ser batizadas.

As duas criaturas seguiram em frente, lenta e firmemente, numa marcha cadenciada e oscilante, movendo-se mais como navios no oceano do que qualquer coisa que se movesse em terra.

O Príncipe Adormecido os seguia.

A beleza do príncipe contrastava com a monstruosidade dos golens. Seu cabelo, prateado de tão branco, refletia a luz da lua e escorria pelas costas feito uma cachoeira. Seus olhos, quando banhados pela luz da lanterna, eram dourados feito moedas, feito mel. Ele era alto e esbelto, e movia-se com tal graça que seus passos pareciam o início de uma dança. Levava em cada mão uma espada lisa e curva, os punhos dourados adornados com símbolos de um mundo havia muito extinto, mas naquela noite ele não tinha intenção de usá-las ou de banhar-se de sangue. E, se tudo corresse conforme planejado, ele não precisaria fazê-lo. Naquela noite, as espadas estavam ali pelo simples efeito, para que qualquer pessoa que por acaso estivesse acordada – uma velha com dores que não a deixavam dormir, ou um menininho despertando de um pesadelo terrível – pudesse olhar pela janela e testemunhar sua imponência enquanto ele atravessava a cidade. Queria ser visto – não por todos, ainda não, mas certamente por alguns poucos. Ele queria que se espalhassem rumores sobre como cruzou e tomou a cidade sem dificuldades. Como, com apenas dois golens, invadiu a cidade de Lortune e seu castelo sem matar ninguém, exceto aqueles que eram pagos para impedir que a cidade fosse invadida. Queria que o povo da cidade falasse baixinho, por trás das mãos cobrindo suas bocas, sobre como ele parecia majestoso enquanto passava por suas casas. Queria que se lembrassem de que ele poderia tê-los matado enquanto dormiam, mas não o fez; ele os poupara. Seu povo.

Queria que seus novos súditos o vissem com bons olhos. Mais cedo ou mais tarde, pelo menos. Seu pai dissera que havia duas maneiras de reinar: pelo medo ou pelo amor. Não poderia esperar que lormerianos o amassem, ainda não, mas poderia fazer com que o temessem. Isso seria fácil.

Seguiu seus golens pelas ruas silenciosas, olhando com reprovação para as vias e ruas de terra, as construções que se aninhavam à sombra do castelo, amontoadas e sujas, parecendo mais anexos do que casas de mercadores prósperos e comércios da capital.

Seus lábios enrijeciam de desgosto quando ele espiava através das janelas de algumas das casas pelas quais passava, com sua mobília funcional e decoração sem graça. Olhou para o castelo de Lormere: uma muralha espessa e quadrada com uma torre em cada um dos quatro cantos, ainda apagada enquanto seus habitantes dormiam. Era feio, como o resto da cidade. Mas era melhor do que não ter castelo nenhum...

Os golens fizeram seu trabalho mais uma vez no Portão de Água, a entrada menos segura das instalações do castelo de Lormere, mesmo com o reforço de guarda designado pelo novo rei. Desta vez, oito corpos caíram – quatro sentinelas armados no portão e outros quatro localizados no topo das ameias – para sempre silenciados. Desta vez, para que acabasse rapidamente, o Príncipe Adormecido fora forçado a entrar na briga, confrontando homens no portão enquanto seus monstros talhavam e cravavam suas espadas nos arqueiros posicionados seis metros acima, nas muralhas. As flechas ricochetearam nas couraças de barro dos golens, que não pareciam perceber a saraivada que os atingia e seguiam sacudindo os homens até que caíssem, só para esmagar seus crânios na terra.

Havia sangue na túnica dourada do príncipe, que ele espalhou ao tentar limpar. Seu semblante escureceu e, em resposta, os golens giraram suas clavas e bateram seus pés em movimentos agitados. Ele os guiou com passadas largas pelo caminho que levava aos prédios externos, atravessando os jardins da cozinha até o castelo que despontava à sua frente.

Então, inacreditavelmente, uma corneta partiu a noite ao meio. O príncipe virou-se de volta para o Portão de Água e começou a correr, e os golens o seguiram com seus passos arrastados. No chão, um guarda de rosto branco, que claramente não estava tão morto quanto deveria, soprava desenfreadamente a corneta, esbugalhando os olhos a cada expiração. O Príncipe Adormecido mergulhou uma de suas espadas no peito do homem e o golpe não só parou imediatamente seu coração, mas também a corneta.

No entanto, era tarde demais. Ao voltar-se novamente para o castelo, o príncipe viu as luzes acendendo nas janelas que, momentos antes, estavam escuras. Ouviu mais cornetas disparando o alarme, escutou gritos de homens, e suspirou. Afundou a mão em seu bolso e tirou um rolo de pergaminho e uma pena. Franzindo a testa enquanto pensava, escreveu algumas palavras e rasgou o papel em dois. Gesticulou para os golens, que estenderam a mão, as palmas para cima, para receber sua respectiva metade. Por algum tempo, o pergaminho ficou na superfície. Então, a polpa de barro virou líquido, engolindo o papel até desaparecer por completo enquanto se refazia. Os gritos estavam cada vez mais altos e próximos, e o barulho seco das flechas começou a cortar o ar.

O Príncipe Adormecido suspirou. Em seguida, ele e seus golens começaram a caminhar silenciosamente em direção à comoção. Ele golpeou o ar com suas espadas e sorriu.

No Salão Nobre do castelo, o rei de Lormere em seu culote creme e uma camisa branca bufante, os cordões da bota desiguais, observava cuidadosamente o Príncipe Adormecido. Em resposta, o Príncipe Adormecido virou-se para seu oponente, a cabeça inclinada pela curiosidade, suas próprias roupas agora rasgadas e encharcadas de vermelho, seu lindo cabelo tingido pela sangria. Seus olhos flamejavam no rosto pintado de sangue, fixados no rei. Atrás dele jaziam pilhas de corpos: soldados, guardas e qualquer serviçal que tivesse sido suficientemente tolo a ponto de tentar defender o rei, espalhados como brinquedos quebrados no chão de pedra. Ele deixara uma trilha de defuntos para marcar um caminho macabro, começando no Portão de Água e seguindo sinuosamente pelos jardins e corredores até aqui, onde a batalha alcançaria seu clímax.

No outro lado do Salão Nobre, perto da porta que leva ao solário real, estava um dos golens, inanimado. Seu braço fora decepado por um guarda sortudo, enfraquecendo a alquimia que o controlava e dando ao próximo guarda a chance de cortar sua cabeça. Um maravilhoso ato de ironia fez com que, em sua queda, esmagasse seu destruidor como retribuição final. O segundo golem estava parado na porta do Salão Nobre à espera de possíveis guardas que ainda poderiam juntar-se ao combate.

Não havia nenhum.

O rei tinha algo em suas mãos: um disco de metal com uma corrente, que brandiu na direção do Príncipe Adormecido como se fosse um presente. O Príncipe Adormecido deu um sorriso indulgente.

– Se pudermos conversar? – disse o rei com urgência. Seu rosto estava pálido, emoldurado pelo frenesi de cachos dos seus cabelos.

– Não conversaremos, Merek de Lormere – disse o Príncipe Adormecido, cuja voz calma e suave contrastava com seu sorriso maníaco. – Todos os seus homens estão mortos. Seu castelo e seu reino são meus. As únicas palavras que escutarei da sua boca serão pedidos de misericórdia.

Os olhos escuros de Merek brilharam.

– Garanto que não. Não morrerei implorando. – E sacou uma espada.

O Príncipe Adormecido deu um passo para o lado e levantou uma de suas espadas, traçando arcos no ar até encontrar sua bainha no peito desprotegido do novo rei de Lormere.

O rei Merek fez um barulho suave de surpresa, virando os olhos para o Príncipe Adormecido com uma incredulidade infantil. Então, os mesmos olhos piscaram e se fecharam, e ele desabou no chão. O Príncipe Adormecido o observou com uma expressão ilegível.

Passando por cima do corpo do rei, ele atravessou o salão e subiu os degraus até o altar. Atrás da longa mesa de madeira, via-se pendurado o símbolo da Casa de Belmis, um escudo com três sóis dourados e três luas prateadas gravados contra um fundo vermelho, cor de sangue. O Príncipe Adormecido bufou, em sinal de desgosto, arrancando o símbolo e pisando nele para chegar ao assento alto de madeira talhada ao centro da mesa. Inclinando-se para a frente, ele correu os dedos pelo entalhe e apertou os lábios mais uma vez. Artesanato campesino, barato. Ele merecia mais.

E, agora que Lormere fora conquistado, ele o teria.

PARTE 1

Capítulo 1

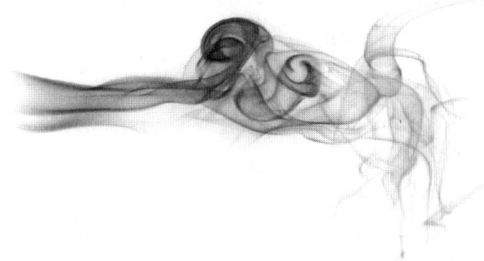

Mantenho os olhos fixos na porta à minha frente enquanto me aproximo, mas não encaro os soldados nas laterais, fazendo o melhor que posso para parecer entediada e um pouco ausente. Não há nada de especial aqui, nada que mereça qualquer atenção. Apenas mais uma moradora do vilarejo participando da assembleia. Para meu grande alívio, eles nem sequer me lançaram um olhar quando saí da chuva fina e entrei na deteriorada Casa de Justiça. E expirei lentamente quando passei por eles, aliviando um pouco minha tensão.

Do lado de dentro também está frio, então aperto ainda mais meu manto junto ao corpo enquanto caminho até a câmara onde Chanse Unwin, o autoproclamado Juiz Supremo de Almwyk, anunciará as últimas notícias do Conselho de Tregellan. Gotas de chuva pingam do meu cabelo, descendo até o nariz, quando olho para as fileiras de bancos e cadeiras de madeira virados para o púlpito na frente da sala. Há mais assentos do que os habitantes do vilarejo seriam capazes de ocupar. Apesar de sermos poucos, o salão fede, levando-me a torcer o nariz: corpos imundos, lã molhada, metal e medo, tudo combinado para criar um odor denso e bolorento. Esse é o cheiro do desespero.

Nós, que ainda nos agarramos à vida por um fio, estamos molhados e trêmulos. O amargor no ar e a chuva de outono penetraram em nossas roupas finas e puídas, assim como em nossas peles, onde ficarão até o final do inverno. Os soldados alinhados às paredes, no entanto, estão completamente secos e parecem bem aquecidos com suas túnicas de lã espessa e culotes de couro resistente, os olhos movendo-se pela sala.

Percebo uma confusão atrás de mim e me volto a tempo de ver os soldados pararem um homem, forçá-lo contra a parede e apalpá-lo de cima a baixo examinando seu manto e capuz antes de soltá-lo. Uma onda de calor toma meu rosto, e olho para o outro lado fingindo não ter visto nada.

Baixo a cabeça novamente para esgueirar-me na fileira do fundo e me sento a pelo menos dois metros de distância da mulher ao meu lado. Ela solta um grunhido – poderia ser um cumprimento, embora tenha mais chance de ser um aviso – e ergue a mão para tocar no talismã que pende de um cordão de couro em seu pescoço. Espio de rabo de olho e vejo o disco dourado brilhar por entre seus dedos nodosos antes de ela escondê-lo em seu manto. Sei o que é, embora duvide que seja de ouro legítimo. Se fosse mesmo de ouro, alguém já o teria arrancado de seu pescoço – pelos Deuses, se fosse de ouro verdadeiro, *eu* mesma já poderia tê-lo arrancado de seu pescoço. Se fosse de ouro, pelo menos, valeria alguma coisa.

Meu amigo Silas riu quando contei que os habitantes do vilarejo estavam usando talismãs para proteger-se do Príncipe Adormecido, e eu ri com ele, mas secretamente pensava que não era nada estranho acreditar em feitiços sobrenaturais, dadas as circunstâncias. Luas crescentes feitas de sal e pão pendiam de quase todas as portas e janelas do vilarejo; medalhões gravados com três estrelas douradas escondiam-se por dentro dos colarinhos. O Príncipe Adormecido é um ser da magia, do mito e da superstição. Com alguma generosidade, consigo ver por que pode parecer natural revidar com magia, mito e superstição. Mas, no fundo, sei que não há pingentes de latão barato suficientes para impedir que ele venha quando quiser. Nem umbrais cobertos de sal, nem azevinhos, nem galhos de carvalho pendurados sobre as janelas e portas poderão pará-lo se ele decidir tomar Tregellan. Se um castelo cheio de guardas não conseguiu detê-lo, um disco de metal e alguns arbustos não devem ter muitas chances.

Antes de seu retorno, quase ninguém em Tregellan teria tido fé em algo tão irracional – os tregelianos não são assim. Pode ser que ainda reste um excêntrico ou outro que acredite no carvalho e no azevinho, e que pinte seu rosto e seu traseiro de vermelho com o suco de frutas vermelhas a cada solstício, mas a maioria de nós não vive dessa maneira. Não somos lormerianos, com seus templos e suas Deusas vivas e sua estranha família real. Somos um povo da ciência, da razão. Ou, pelo menos, eu pensava que éramos assim. Acho que é difícil ficar do lado da razão quando um conto de fadas de quinhentos anos toma vida e causa a destruição do castelo e do povo vizinhos.

Seja uma boa menina ou o Mensageiro virá e o Príncipe Adormecido devorará seu coração, era o que se dizia às meninas de Tremayne. Ele era um monstro de conto de fadas, uma história para nos tornar obedientes, um conto de alerta contra a ambição e a autocracia. Nunca nem sonhamos que ele acordaria. Havíamos nos esquecido de que ele era real.

Desvio meu olhar da mulher e começo a catalogar quem sobrou em Almwyk, capturando sem querer o olhar de um dos guardas, que acena com a cabeça fazendo com que o constante peso no meu peito aperte ainda mais. Devolvo o cumprimento rapidamente e quebro o contato visual, tentando manter a calma, resistindo ao impulso de apalpar meu bolso para me certificar de que o frasco ainda está lá.

Não fui feita para traficar drogas. Apalpei o frasco pelo menos seis vezes no caminho até aqui, embora não tenha visto uma viva alma, que dirá alguém que tivesse chegado perto o suficiente do meu bolso. Mas todo cuidado é pouco.

Almwyk, de maneira geral, não é o tipo de vilarejo onde se é amigável com os vizinhos. Pedidos de ajuda ou demonstrações de fraqueza de qualquer tipo têm mais chances de virar motivo de risada, na melhor das hipóteses. Na pior delas, dirigir-se à pessoa errada na hora errada pode significar uma facada no rim. Antes da chegada dos soldados, corpos indo e vindo da floresta não eram raridade, e todos nós fingíamos não ver. Aqui, rapidamente se aprende a ser cego.

Os chalés abandonados que compõem a paisagem de Almwyk são os lares dos desesperados e condenados: aqueles que perderam suas verdadeiras casas e vidas em outras partes de Tregellan devido a crimes que nunca, jamais, confessarão. Sempre dizem que em tempos de grande necessidade, como na guerra e na doença, comunidades tendem a se unir, apoiando umas às outras. Mas não era o caso de Almwyk. Com a proximidade da guerra, os chalés foram evacuados aos poucos, e os moradores que ficaram para trás os saquearam e extirparam qualquer coisa que lhes pudesse ser útil. Aposto que é apenas uma questão de tempo até que os saqueadores os ocupem de vez, até que o instinto de agarrar-se a algo que facilite a sobrevivência seja mais forte do que agir educadamente. Inclusive agora, observo a sala tomando nota de quem resta, de quem é a ameaça mais provável.

É um jogo que de vez em quando eu gosto de jogar: tentar adivinhar os crimes cometidos pelas pessoas que continuam aqui. Os piores criminosos – assassinos e outros do tipo – evaporaram assim que os soldados chegaram, restando apenas os delinquentes medianos: devedores, bêbados, drogados, jogadores e mentirosos. Os pobres e os desafortunados. Aqueles que não podem partir porque não têm mais aonde ir.

Esse não é um lugar onde se vive; é um lugar onde se apodrece.

Aperto os punhos por debaixo do manto esfarrapado e vejo minha respiração gélida flutuar no ar quando expiro, espalhando-se e misturando-se com as respirações de todos os outros, tornando ainda mais denso o bafo úmido que ocupa a sala. As janelas de vidro espesso estão cobertas pela condensação. Odeio a sensação de estar respirando o hálito dos meus vizinhos; odeio saber que até o ar que respiro hoje em dia é de segunda mão ou roubado. Mal posso respirar.

Quando parece que todos já chegaram, sentados aqui e ali como as últimas uvas passas de um triste pudim de ameixa, Chanse Unwin – certamente o Juiz Supremo mais irônico do reinado – avança sala adentro, o peito estufado, analisando cada semblante. Quando seus olhos me alcançam, ele abre um meio sorriso em forma de cumprimento e sinto minha pele congelar quando sua expressão se transforma em um franzido preocupado, ou uma paródia do que isso poderia ser. Ele está tão suado que me surpreende o franzido não deslizar de seu rosto.

Unwin está ladeado por dois soldados com rostos sombrios e casacos verdes – os mesmos que se encontravam do lado de fora da porta –, excepcionalmente acompanhados de seu capitão, que usa uma faixa vermelha cruzando o peito de pombo. Quando outros seis soldados os seguem, posicionando-se em cada canto da sala, a atmosfera se agita e se contrai.

Ajeito-me ereta na cadeira imediatamente, tão alerta quanto uma lebre, e cada uma das pessoas ao meu lado faz o mesmo; até a mulher que grunhiu para mim quando sentei desenrola sua carranca de megera para encarar Unwin. Enquanto minha mão desliza até o cinto para certificar-me de que a faca ainda está ali, vejo outras mãos em canos de botas e cinturas, todas em busca da certeza de estarem armados.

Seja lá qual for o objetivo desta reunião, Unwin claramente não acredita que as notícias serão bem recebidas, e meu coração pesa porque sei que há apenas uma coisa capaz de gerar uma rebelião a esta altura. O ar, que já é parco, parece congelar na minha garganta.

Os olhos de Chanse Unwin varrem toda a sala novamente, observando cada um de nós. Em seguida, ele junta as mãos, apertando as próprias palmas.

— Tenho notícias do Conselho em Tressalyn — diz, em tom bajulador, cheio de si. — E não são boas. Três noites atrás, os golens do Príncipe Adormecido atacaram a cidade lormeriana de Haga. Destruíram dois templos e, mais uma vez, não deixaram sobreviventes. Mataram todos que se recusaram a ajoelhar-se perante o príncipe, em torno de quatrocentas almas. Esse ataque foi precedido pelo saque dos templos em Monkham e Lortune, e posiciona seu exército a aproximadamente oitenta quilômetros da nossa fronteira com Lormere. Com base nesse padrão, o Conselho acredita que ele marchará para Chargate em seguida.

Todos, então, viram-se de sobrancelhas erguidas para seus vizinhos; pequenas brigas pontuais e disputas que atravessavam gerações são esquecidas e as pessoas começam a murmurar umas para as outras. Não me viro para ninguém. Em vez disso, aperto meus dedos no punho da minha faca e respiro fundo. Chargate fica do outro lado das árvores; é o equivalente lormeriano de Almwyk. Sua conquista colocaria os golens a poucas horas de distância, do outro lado da floresta.

Unwin limpa a garganta e os sussurros emudecem.

— O Conselho conclui que suas tentativas de negociar com o Príncipe Adormecido falharam. Ele recusou-se veementemente a assinar o tratado de paz com Tregellan e não nega seus planos de invasão.

Seu olhar pousa rapidamente sobre o capitão, que sorri com arrogância e olha para um dos outros soldados, fazendo com que eu questionasse quanto Unwin de fato sabia sobre o que estava reportando e o que simplesmente lhe disseram para relatar. Ele continua:

— Por isso, o Conselho decretou uma assembleia de emergência e decidiu em unanimidade que não temos escolha senão declarar guerra ao estado de Tregellan.

Ele faz uma pausa dramática, como se esperasse que protestássemos. Mas não falamos nem fazemos nada. Permanecemos com as expressões petrificadas e calados, guardando nossas reações para quando ele chegar ao cerne da questão, a parte que nos afeta, e começar a dar ordens para quinze dos melhores homens do recém-formado Exército de Tregellan em uma sala onde somos quase minoria.

Percebendo isso, ele prossegue.

– Ontem à noite, o Exército de Tregellan fechou a fronteira do rio Aurmere com os penhascos de Tressamere. Incluindo a Floresta do Leste. – Unwin faz uma pausa e o mundo todo afunila-se nesta sala, nestas palavras. *Não fale.* Concentro-me o máximo que posso. *Não fale.* – Qualquer comércio ou tráfego entre Lormere e nosso vilarejo ficam proibidos a partir de agora. A fronteira está fechada. Qualquer um que seja flagrado tentando atravessá-la será executado no local.

Inspiramos em uníssono, consumindo todo o ar da sala. Ele prossegue:

– Devido à sua posição estratégica, o vilarejo foi requisitado como quartel e base de operações da guarnição encarregada da fronteira. Almwyk será evacuada. Imediatamente.

Não. Há um minúsculo fragmento de momento para a notícia infiltrar-se nos cérebros dos ocupantes da sala.

Em seguida, o caos completo.

Capítulo 2

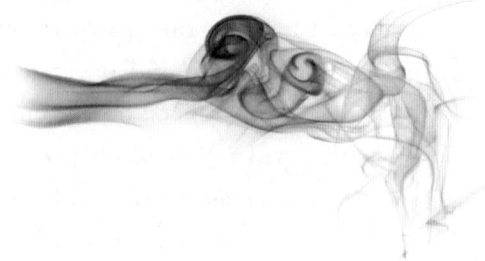

Soube da reunião quando Chanse Unwin esmurrou a porta da minha casa antes do nascer do sol. Eu tinha finalmente caído no sono uma ou duas horas antes do alvorecer e estava sonhando com o homem novamente. Desta vez, estávamos em uma ponte sobre o rio, perto da minha antiga casa em Tremayne. Era verão; peixes prateados riscavam a água translúcida embaixo de nós feito dardos, e o sol nos banhava esquentando meu couro cabeludo. Eu vestia meu velho uniforme de aprendiz. O vestido azul estava limpo, e os muitos bolsos do avental estavam cheios de frascos, plantas e pós. Eu podia sentir os diferentes cheiros, o forte odor herbóreo e pungente de alecrim, casca de salgueiro e pinho – aromas que significavam lar e conhecimento, trabalho e felicidade. Enfiei a mão em um dos bolsos e deixei meus dedos correrem por entre as folhas secas enquanto o escutava falar.

Ele era alto, magro e usava manto e capuz apesar do clima quente. Precisava inclinar-se para falar, o corpo curvando-se em minha direção e formando um círculo de duas pessoas enquanto ele me contava alguma história e suas mãos moviam-se com graça pelo ar para ilustrar. As palavras imediatamente se perderam, como acontece nos sonhos, mas as sensações que elas provocaram permaneceram, e eu sabia que suas palavras haviam sido escolhidas para me fazer rir profundamente – rir de verdade –, risadas de dobrar a barriga, que me faziam agarrar o próprio estômago, tal era a dor de tanta alegria. Ele sorriu ao ver meu deleite, que só aumentava.

Quando finalmente parei de rir, virei para ele e observei enquanto vasculhava seu manto, de onde tirou uma pequena boneca. Empurrou-a por cima do guarda-corpo de pedra na minha direção. Estiquei-me para pegá-la e meus dedos roçaram nos dele. Escutei quando ele respirou fundo, e senti uma dor diferente no estômago desta vez.

– O que é? – perguntei, olhando para a miniatura.

– É você. Gosto de carregá-la comigo. Gosto de tê-la por perto, de protegê-la.

Então, ele tomou a boneca de volta, fisgando-a da minha mão, que a embalava, e guardando-a outra vez nos bolsos do manto. Eu observava com o coração batendo em dobro no peito. Embora não conseguisse ver seu rosto, podia perceber que ele estava olhando para mim e corei, ao que ele sorriu suavemente, os lábios partidos e umedecidos pela língua.

As batidas do meu coração ficavam mais altas quanto mais ele se aproximava, até que foram substituídas pelas batidas insistentes na porta da frente e fui ejetada do meu sonho de verão para ouvir a chuva caindo nas persianas de madeira. A dor no estômago não era de tanto rir, mas de fome extrema, e meu sonho desapareceu como uma teia de aranha desfeita. Eu estava ao mesmo tempo com o coração partido e aliviada. Estar em Almwyk no inverno e pensar em Tremayne ao sol era dissonante.

Espreguiçando-me o melhor que podia, levantei do estrado no chão, puxando um dos cobertores em volta do meu corpo feito um manto improvisado, e bati o joelho na perna da mesa. O estalo oco da pancada me deixou enjoada. Tomei proveito da pouca privacidade que ainda tinha para xingar violentamente enquanto as batidas na porta da frente seguiam tão rítmicas quanto uma pulsação.

Quando abri a porta, lá estava Chanse Unwin, parado e pálido, os lábios carnudos partidos para sorrir enquanto me olhava de cima a baixo. Minha pele arrepiou quando seus olhos percorreram meu corpo enrolado no cobertor.

— Errin, bom dia. Espero não tê-la acordado.

— Claro que não, sr. Unwin. — Devolvi um sorriso cheio de dentes.

Ele sorriu ainda mais.

— Que bom, que bom. Não gostaria de pensar que fui inconveniente. Eu poderia falar com sua mãe?

— Sinto muito, mas ela não está.

Ele inspecionou o interior da casa, como se esperasse vê-la escondida ali.

— Não está? – disse, acenando a cabeça na direção da luz do sol, que penetrava pelas árvores da Floresta do Leste. — Mas o toque de recolher terminou ainda agora. Certamente eu a teria visto se ela tivesse acabado de sair.

— Não compreendo como não a viu — respondi calmamente. — Ela saiu alguns minutos antes de o senhor bater à porta. Inclusive, achei que fosse ela voltando para buscar algo que esquecera.

— Por isso atendeu a porta em tal estado de nudez. — Ele olhou maliciosamente para mim, aproveitando-se da chance para arrastar seus olhos dos meus pés à minha cabeça mais uma vez.

Apertei o cobertor contra o corpo com mais força. Já havia escutado muitas fofocas nos arredores do poço e sabia que Unwin estava em Almwyk havia pelo menos vinte anos. Apesar de sua aparência respeitável, os rumores indicavam que ele acabara ali pela mesma razão que todos nós: não tinha mais opções e não era bem-vindo em nenhum outro lugar. Diziam que ele criou Almwyk a partir das ruínas de um antigo vilarejo de caça da realeza e começou a regular o local primeiro como um centro de mercado negro, e, mais tarde, como um vilarejo capaz de gerar lucro para si. Quando os agentes vieram investigar, Unwin fez sua melhor imitação de arrependimento e reparação, oferecendo abrigo aos necessitados por uma ninharia a fim de mantê-los sob controle. O Juiz Supremo de Almwyk.

— Estou surpreso que tenha aberto a porta; eu poderia ser qualquer um. Os tempos são desesperadores, as pessoas não têm nada a perder... soldados a quilômetros de casa, de suas mulheres. Refugiados em busca do que puderem conseguir.

Não disse uma palavra. Não fui capaz. Mas suspeito que meu rosto tenha dito tudo que eu era cautelosa demais para falar em voz alta. Ele continuou:

— É possível que você esteja tomada pela compaixão por essas pessoas agora, mas quando elas estiverem com frio e com fome e a noite cair... — Unwin inclinou-se. — Você não tem qualquer proteção. — Ele olhou para a padieira vazia acima da porta antes de sacar um punhado de bagas e um disco dourado do bolso e entregá-los a mim. — Contra homens mortais ou o Príncipe Adormecido.

Não acreditei que Unwin tivesse mais fé em talismãs e amuletos do que eu, mas guardei meus pensamentos.

— Você é muito gentil, mas não gostaria de deixá-lo vulnerável.

— Eu poderia entrar e esperar até que sua mãe chegasse; assim, ambos poderíamos desfrutar da proteção que estou oferecendo.

Precisei de muito esforço para permanecer educada ao responder.

— Obrigada pela oferta tão generosa, mas não gostaria de tomar seu tempo e tenho algumas tarefas para realizar ainda pela manhã. Na verdade, preciso mesmo começar a resolvê-las. Adeus, então. — E comecei a fechar a porta, mas ele encaixou o pé na fresta.

Seus olhos se apertaram ainda mais até formarem fendas coroando as bochechas rosadas, e ele guardou o amuleto.

– Está tudo bem aqui, não está? – disse demoradamente. – Imagino que não tenha notícias do seu irmão. Você sabe que pode confiar em mim, não é? Sou seu amigo. E da sua mãe. Ficaria feliz em ajudar. Basta que me peçam.

– Está bem, sr. Unwin. Está tudo bem. Minha mãe gosta de se manter ocupada, é só isso.

– Evidentemente. É certo que faz semanas desde a última vez em que a vi. Algumas luas, até. Entretanto, estou seguro de que ela estará ansiosa para participar da reunião de hoje.

Meu estômago contorceu de temor.

– Reunião?

Ele estalou uma das mãos na própria testa, teatralmente.

– Eu ainda não lhe contei? Ora, como você me distrai! Tenho notícias do Conselho em Tressalyn. Enviaram um mensageiro com um comunicado importante. Estou correndo para convocar todos à Casa de Justiça para o anúncio.

– Então, não deve deixar que eu o detenha.

Seu rosto contorceu-se e formou uma careta irritada, e percebi que havia ido longe demais; eu nunca tinha sido muito boa em conter minha língua. Mas em poucos segundos ele se recompôs. As veias estouradas em suas bochechas dançavam enquanto ele rearranjava os lábios de volta em um sorriso.

– Você é muito gentil. Extremamente empenhada; é incomum para uma jovem mulher. Talvez não agrade a todos. Eu, no entanto, admiro esse tipo de coisa. Acho sua franqueza revigorante. Tenho certeza de que valoriza outros com a mesma capacidade, então não farei rodeios nem a ofenderei por falta de clareza. Também estou aqui por conta do aluguel. Você ainda me deve dois florins pela lua passada. Pensei em poupar-lhe o trabalho de trazer o pagamento até mim, visto que eu precisava entregar minha própria mensagem para você.

— É claro — respondi. — Não me esqueci. Acontece que, pensando bem, esta é a tarefa que minha mãe saiu para resolver tão cedo. Acho que vocês se desencontraram.

— Parece que sim — disse ele, sombriamente. — De qualquer modo, espero vê-las na reunião, e vocês podem me dar os quatro florins depois.

— Quatro florins? O aluguel custa dois.

— Juros, Errin. Infelizmente, precisei pegar dinheiro emprestado para cobrir seu pagamento atrasado. Também tenho as minhas obrigações, sabe? Por isso, vou precisar de um pouco mais de vocês desta vez. Você entende, tenho certeza. Não há muitos senhorios por aí que deixariam um inquilino ficar no imóvel sem pagar o aluguel. Mas, como disse, sou seu amigo. — O sorriso dele estava doentiamente triunfante. — Não quero nada mais do que lhe ajudar.

Fiquei furiosa. Ele estava mentindo, tirando vantagem da pior maneira por causa do buraco que eu cavara para mim mesma. Unwin sabia que eu mal podia pagar os dois florins que já devia.

— Não será um problema, não é mesmo? Porque você pode me dizer, se for o caso. Podemos negociar. — Ele lambeu os lábios e eu fiquei imediatamente grata pelo meu estômago vazio.

— Está bem, sr. Unwin. Tenho certeza de que minha mãe tem tudo sob controle.

O sorriso dele fraquejou e uma expressão horrorosa atravessou seu rosto.

— A reunião começa às três em ponto. Até mais tarde, então. — Ele pegou minha mão e a puxou para seus lábios, curvando-se para mim em reverência.

Fazendo uma última varredura com os olhos pelo meu corpo, ele se virou e fechei a porta para me apoiar com todo meu peso enquanto ouvia seus passos se afastando, e não pude conter um tremor.

Quatro florins. Ainda havia um escondido no pote. O último que tínhamos, guardado para emergências. Graças aos azevinhos, ainda havia o Silas, lembrei a mim mesma. Precisava encontrá-lo antes da reunião. Com sorte, ele teria mais uma encomenda para mim e o pagamento seria adiantado.

Mas o alívio temporário foi interrompido por mais batidas na porta. Desta vez, na que levava ao quarto.

Quando abri a porta, por pouco não fui acertada na cabeça pelo objeto jogado contra mim de dentro do quarto escuro. Abaixei, mas não fui rápida o bastante. O penico esmaltado acertou meu ombro, e o cobertor que ainda estava no meu corpo ficou encharcado de urina, molhando também minha túnica. Minha mãe estava agachada sobre a cama, mostrando os dentes e os olhos ferozes tingidos de vermelho, preparada para atirar-se em mim.

— Mãe? — eu disse, baixinho.

Mal fechei a porta a tempo. Ela deu o bote no instante em que a tranca estalou. Encostei na porta enquanto ela a socava, e então me dirigi para a cozinha, ainda vacilante.

Essa foi por muito pouco.

Esperei até o sol raiar completamente antes de voltar para ver minha mãe. Ela estava espremida entre a cama e a parede, encolhida feito um casulo e olhando para o nada.

— Mamãe? — chamei suavemente, aproximando-me devagar e mantendo um caminho livre até a porta caso ela ainda estivesse mais fera do que gente; ela já me enganou antes.

Levantei-a com cuidado, até que ficasse de pé, tentando não reagir à escassez do corpo que eu carregava nos braços. Os juncos no chão farfalhavam suavemente quando ela arrastava os pés entre eles, e tomei uma nota mental para substituir os que continham fezes. Na verdade, todos precisavam ser substituídos, mas o dinheiro está tão perto de acabar quanto os juncos estão perto do chão. Usei a cadeira de balanço avariada para sustentá-la e peguei água fresca e um pano.

Não importa quantas vezes eu tenha que limpá-la, é sempre estranho. Sua pele parecia papel que o pano arrastava ao passar, tão frágil quanto a asa de uma mariposa. Os arranhões nos antebraços já curaram, restando um mapa de cicatrizes prateadas que brilhavam à luz de velas. Estas eu tocava com cuidado redobrado, ainda que tentasse desviar o olhar.

Quando levantei seus braços para vestir uma camisola limpa, ela os segurou no alto obedientemente, deixando que a movesse como se fosse uma boneca.

Prefiro quando ela está violenta.

Era uma vez uma jovem aprendiz de boticário que vivia em uma fazenda com casa de tijolos vermelhos e telhado de palha dourada cercada por campos verdes. Seu pai a chamava de "menina sabida" e a presenteou com um jardim de ervas só dela. Sua mãe era saudável e bondosa. Seu irmão sabia rir e sorrir.

Mas, certo dia, seu pai sofrera um acidente e, apesar dos esforços para salvá-lo, ele morreu. E com ele morreram também todas as suas esperanças e os seus sonhos. A fazenda – lar da família havia gerações – foi vendida. O cabelo castanho de sua mãe ficou grisalho, seu espírito foi dessensibilizado quando dirigiu-se para Almwyk feito um fantasma, sem queixas, sem sentimentos. E seu irmão, antes impulsivo e alegre, tornou-se frio e duro, os olhos maliciosamente voltados para o leste.

Caso alguém tivesse me falado há seis luas, antes de ver minha vida escorrer por entre os meus dedos que nem água, que minha mãe seria amaldiçoada, trancada em casa e drogada por minhas próprias mãos, eu teria gargalhado descaradamente. Depois, lhes daria um chute pelo insulto e começaria a rir outra vez. Preferia acreditar que contos de fadas eram verdade. Claro, todos acreditamos em contos de fadas agora. A Varulv Escarlate saltou das páginas e mora comigo neste chalé. O Príncipe Adormecido acordou e saqueou Lormere, seguido por um exército de golens forjados com alquimia, enquanto mata todos em sua trajetória pelo país. Histórias não são mais histórias; personagens estão a galope pelo mundo hoje em dia. Estou apenas esperando Mully-Sem-Mãos bater à janela, implorar para entrar e se aquecer, e minha vida estará completa.

Na verdade, não. Não é isso que espero.

O recém-declarado rei Merek, da Casa de Belmis, foi assassinado antes que tivesse a chance de colocar a coroa em sua cabeça, assim como todos os que se recusaram a jurar lealdade ao Príncipe Adormecido, todos os que tentaram pará-lo em sua marcha até o trono.

Vi o rei Merek em carne e osso há pouco mais de um ano, quando ainda era príncipe. Ele estava cavalgando pelo terreno da minha antiga casa em Tremayne com um cortejo de jovens homens igualmente reluzentes e orgulhosos. Lirys e eu trocamos olhares impressionados, nossas bochechas queimando de tão vermelhas; meu irmão lançou um olhar de reprovação em nossa direção e, depois, para o príncipe no alto de seu cavalo branco. O Príncipe Merek era bonito, quase bonito demais, com seus cachos escuros emoldurando o rosto, balançando a cada aceno de cabeça que ele oferecia aos que atiravam flores e moedas por onde o cavalo passava. Tregellan pode ter destruído sua própria família real, mas estávamos felizes em celebrar o futuro rei de Lormere. Ele tinha a aparência que um príncipe deveria ter.

Antes da chegada dos soldados, eu costumava falar com os refugiados que passavam apressadamente por aqui a caminho de Tyrwhitt. Eles me contaram que a cabeça do rei, agora coroada com uma faixa de madeira rudimentar, hoje se encontra no centro de uma fileira de outras cabeças, todas espetadas em estacas sobre o portão principal da cidade de Lortune. Sei que não devo ser sentimental, mas não consigo suportar a ideia de seu belo e esperançoso rosto agora imóvel, observando um reino que jamais governará, cercado pelas cabeças daqueles que permaneceram leais a ele até o fim. Não sei se alguma dessas cabeças pertence a Lief.

Perguntei para cada refugiado de olhar oco com quem consegui falar se ouviram algo sobre um tregelliano assassinado pelo Príncipe Adormecido, ou se uma cabeça com cabelos e formato de rosto parecidos com os meus estava espetada acima dos portões, ao lado da cabeça do rei. Se escutaram algo sobre um tregelliano ter sido capturado ou detido, ou estar escondido em algum lugar. Passei horas cruzando as florestas de um lado para o outro, esperando que ele aparecesse andando a passos largos, com um sorriso nervoso, nem um pouco arrependido pela preocupação que me causara.

Porque não podia acreditar que meu irmão estivesse morto. Lief teria feito qualquer coisa para sobreviver; ele não é do tipo que se joga na própria espada. Se o Príncipe Adormecido lhe dissesse para se dobrar a ele a fim de salvar seu pescoço, ele o teria feito. Teria ajoelhado para ganhar tempo até poder escapar. Ele era esperto – ele é esperto. Deve estar preso em algum lugar, talvez doente, ou machucado, ou apenas esperando uma oportunidade segura para fugir.

Família em primeiro lugar, meu pai costumava dizer sempre que brigávamos. Ele nos lembrava de como sua avó misteriosamente afastara seus filhos do castelo de Tregellan na noite em que o povo se rebelou contra a realeza e os matou. Minha bisavó fora uma das damas de companhia da rainha e esposa do líder do exército. Quando escutou as pessoas nos portões, ela abandonou seu posto, pegou as crianças e fugiu. Fugiu de sua antiga vida para recomeçar em segurança. Outras pessoas vêm e vão, mas família é para sempre.

Lief fez a mesma coisa. Mudou nosso lar para nos manter vivos. Tivemos que ir para Lormere porque não tínhamos nada. Vendemos tudo para cobrir nossas dívidas quando deixamos Tremayne. Esse casebre, essa pequena cabana suja penetrada pelo vento, e a apatia dos nossos vizinhos são as últimas coisas protegendo a mim e minha mãe enquanto esperamos Lief voltar. Agora, também isso nos será tomado. Não teremos mais onde nos esconder.

E precisamos de um esconderijo, porque, quando a lua começar a ficar redonda e se tornar gorda e pesada, a minha doce, estável e amorosa mãe se transformará em um monstro de olhos vermelhos e mãos em forma de gancho, que sussurra pela porta todos os jeitos como gostaria de me machucar.

Mas, quando está tomada pela fera, pelo menos ela é capaz de me ver. É capaz de me ouvir. Quando é apenas minha mãe, sou um fantasma para ela. Como meu pai e meu irmão, a não ser pelo fato de que estou viva. Ainda estou aqui.

Capítulo 3

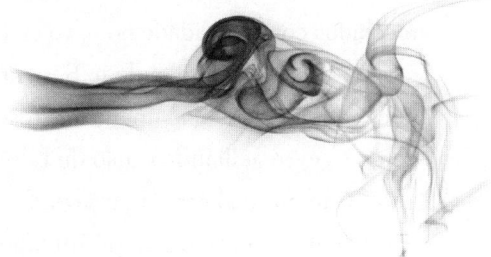

Dezessete furiosos moradores do vilarejo estão de pé, gritando e sacudindo os punhos. Alguns agarram seus amuletos, outros os balançam no alto; seus protestos são incompreensíveis, a não ser pelos xingamentos. A sala, que parecia tão espaçosa quando entrei, agora é sufocante e perigosa, e encolho-me no assento para levar a mão ao frasco em meu bolso. Os soldados gritam pedidos de ordem, imploram às pessoas que se sentem e escutem. Unwin esmurra o púlpito exigindo silêncio, mas já não ouço nada além do som do meu próprio sangue correndo pelas veias, e meus dedos apertam a beirada do banco com firmeza.

Não posso deixar Almwyk. Não tenho dinheiro; não tenho para onde ir. Preciso esperar meu irmão voltar; pode ser que ele não nos encontre se formos embora. Mas, acima de qualquer coisa, não posso partir por causa da minha mãe. Porque não tenho como sair de casa sem que ela seja vista. E ela não pode ser vista. Não neste estado.

Os soldados finalmente restauram a ordem, mas a atmosfera é de rebeldia. Murmúrios retumbam pela sala como trovões. Unwin olha para todos nós abaixo dele com falsa piedade.

– Entendo que estejam aborrecidos por terem que deixar suas casas – diz, calmamente. – O decreto do Conselho determina que vocês sejam recebidos com prioridade no novo campo de refugiados fora de Tyrwhitt, caso não tenham para onde ir. Sem questionamentos. Apenas se certifiquem de que seus documentos estejam assinados por mim como prova de que são tregellianos, e não de Lormere.

– Campos não nos darão segurança! – ecoa uma voz do meio da sala, e acho que é o Velho Samm, um apostador compulsivo incontrolável, mas boa pessoa na medida do possível. – Não podem esperar que sobrevivamos ao inverno em barracas, ainda mais sob ataque do Príncipe Adormecido.

– Esteja à vontade; você está livre para ir para qualquer outro lugar do reino, se assim desejar – Unwin escarnece. – Os campos são meramente uma opção aos que não têm para onde ir e não querem ser presos por vadiagem. Ou por qualquer outra coisa.

Mais uma vez, a atmosfera pesa com a ameaça de uma rebelião. Ele sabe que nenhum de nós moraria aqui se tivesse outro lugar para onde ir.

– Então, é isso? – prossegue o Velho Samm. – Seremos despejados, sem proteção?

– Assim é a guerra – diz Unwin com ares dramáticos, olhando para os soldados numa tentativa de fazer contato visual. Gosto um pouco mais deles quando seus rostos ficam petrificados, recusando-se a oferecer a aprovação que Unwin busca. – Assim é a guerra – repete. – Não há caminhos fáceis daqui para frente. Todos nós precisamos fazer sacrifícios. Almwyk será a base de onde nossos melhores soldados defenderão todo o reino de Tregellan.

– Como nos protegerão dos golens? – pergunta o Velho Samm, e Unwin olha mais uma vez para os soldados em busca de ajuda, mas é tarde demais. A menção aos golens produz um tremor pela sala e, de súbito, todos estão novamente de pé. – Como nos defenderão de monstros que não podem ser mortos? Eles medem mais de três metros e são feitos de rocha. Jovens soldados não poderão detê-los. – Suas palavras dão início a uma avalanche de outras vozes, todas horrorizadas.

– Ouvi dizer que o Príncipe Adormecido pode transformar um homem em pedra apenas com o olhar. É verdade? É assim que ele monta seu exército? São pessoas que ele enfeitiçou? Nossos amuletos nos protegerão?

– Não temos nenhum templo, certamente ele nos deixará em paz.

– Ouvi dizer que ele está cobrando jovens mulheres como impostos, cujos corações ele devora! – exclama uma voz de mulher, esganiçada de medo.

– Bem, você está fora de risco, então. Faz umas trinta colheitas que você não é mais jovem! – esbraveja alguém de volta.

– O azevinho funciona para sempre? – grita outra voz. – As bagas precisam estar frescas? Se usar o suco na pele, ajuda a afastá-lo?

– Não há nada que possamos oferecer? Não temos nada que ele queira?

O barulho aumenta novamente conforme as pessoas esbravejam suas perguntas, implorando por respostas ou deflagrando o abuso, e os soldados aproximam-se de modo ameaçador, com as mãos nos punhos de suas espadas. Mas os moradores do vilarejo não se sentem intimidados. Suas vozes ficam cada vez mais altas, eles sobem nas cadeiras e eu não aguento mais. Pulo sobre o encosto do meu banco, caminho junto à parede lateral e saio pela porta.

Paro para me apoiar no pelourinho do lado de fora da Casa de Justiça, meu coração batendo tão forte que sinto náusea, minha pele alternando entre calor e frio. Acima, o sol mergulha no horizonte, e o pavor começa a talhar dentro de mim. Logo estará escuro. Preciso preparar o sedativo para minha mãe. Preciso encontrar Silas e pegar o dinheiro para Unwin.

Preciso que meu pai e meu irmão estejam aqui.

Não. Afasto esse pensamento quando meu coração começa a tropeçar. Agora não. Tenho coisas a fazer.

Mas meu corpo não me obedece, e o medo forma um corpete em volta das minhas costelas enquanto ando cegamente até o chalé, ignorando os olhares de dois soldados que passavam marchando em direção à floresta.

Não consigo respirar.

Depois que os soldados seguem caminho, paro e aperto os olhos com as palmas das mãos, tentando manter a calma. Meu cérebro cospe pensamentos tão rapidamente que não consigo apegar-me a nenhum deles; eu poderia drogá-la até que ela caísse no sono para fazer a viagem? *Viagem para onde? Você não tem para onde ir, nada, ninguém.* Será que conseguiria sustentar a tese de que ela está doente, com algo contagioso? *Estamos em guerra; estamos realmente em guerra.* Por quanto tempo ainda conseguiríamos ficar aqui? *Não podemos; ele está a pouco mais de oitenta quilômetros daqui.* Não temos para onde ir. *Temos que partir; não podemos partir.* Como Lief nos encontrará? *Não podemos deixá-lo para trás.*

Quatrocentas almas foram mortas em Haga, somadas às trezentas de Monkham. Nem sequer sabemos quantos morreram em Lortune, ou nas aldeias e cidades menores de Lormere. Quando Lief deixou Lormere, foi como se tivesse viajado meio mundo, mas agora não parece distante com a Floresta do Leste servindo como a barreira frágil que um exército de golens poderia facilmente pisotear.

Imagino as cabeças de pessoas que conheço espetadas em varas nos arredores da Floresta do Leste. Unwin. O genioso Velho Samm, Pegwin da cara azeda com seus murmúrios e olhares sombrios.

Silas.

Abaixo as mãos para cobrir minha boca e então ele aparece, como se meu pensamento tivesse evocado sua forma física. Vagueando nas sombras ao lado do meu chalé, onde os soldados não poderiam vê-lo, envolto em seu manto preto, como de costume. Silas Kolby. Como sempre, seu rosto esconde-se por detrás do capuz, que cobre tudo, exceto a boca. A vida em

Almwyk é tão estranha que meu único amigo é um menino cujo rosto eu nunca vi, e isso me parece absolutamente normal agora.

É sua altura que me permite reconhecê-lo; ele é pelo menos vinte centímetros mais alto do que eu, que já sou alta em relação a outras meninas. Seus pés estão cruzados na altura do tornozelo, o corpo encostado na parede com um meticuloso ar de indiferença que eu rapidamente identifico. Ele ergue a cabeça ao ouvir meus passos, e minha boca imediatamente fica seca.

– Estive esperando por você – diz, a voz grave e despedaçada. Tudo a seu respeito está despedaçado: o manto remendado, as luvas surradas com as pontas dos dedos gastas e finas; as botas arranhadas. Suas palavras sempre pareciam agarrar minhas entranhas, feito carrapicho de aparine ou uma unha quebrada roçando na seda. – Como foi a reunião? – sua voz persiste.

Minha voz, felizmente, é firme ao responder, embora meu coração ainda bata feito as asas de um pássaro enjaulado.

– Se você tivesse ido, saberia.

– Infelizmente, eu tinha outros planos. Espreitar. Vigiar de longe. Evitar ser descoberto e possivelmente preso. O de sempre.

– Como soube que haveria uma reunião?

– Espreitando. Vigiando de longe. Acabei de falar isso, preste atenção. – Quando levanto as sobrancelhas para poder vê-lo, meus lábios se contraem; ele sorri e continua. – Ouvi dois soldados reclamando porque teriam que policiar a reunião. Havia muitos soldados lá?

Tento não retribuir o sorriso, mas falho, e minha ansiedade diminui.

– Praticamente um para cada habitante.

– Foi tão ruim assim?

– Foi – respondo com o sorriso esmaecendo, e o nó no coração volta e aperta ainda mais. – Golens marcharam em Haga ontem à noite e destruíram os templos. Quatrocentas pessoas foram mortas.

Sua boca abre, mas não solta uma palavra, esperando que eu continue.

— O Conselho acha que ele irá para Chargate em seguida. Não é tão longe daqui, pouco mais de oitenta quilômetros. Estamos oficialmente em guerra. — Respiro fundo. — Fecharam a fronteira.

Silas acena com a cabeça e morde os lábios, ainda pensativo, antes de falar.

— Isso aconteceria, mais cedo ou mais tarde.

— Mais cedo, ao que parece.

Sua boca vira um traço e ele fala com hesitação:

— E Lief?

Balanço a cabeça, olhando para a floresta involuntariamente. Não acredito que Lief esteja morto. Eu *sei* que não está. Mas não é algo sobre o qual eu queira falar com Silas. Ele sabe que Lief estava em Lormere e que ainda não voltou. A maneira como fala dele, gentil e distante, me diz que é menos otimista do que eu. Não acho que precisamos falar sobre isso.

Olho ao redor antes de enfiar a mão no manto e sacar o frasco de essência de cicuta que escondia.

— Aqui está. Levei até sua cabana a caminho da reunião. Você não estava lá – digo.

— Não é mais minha cabana. Tive que me mudar de novo. Estou numa pocilga velha agora. Só os Deuses sabem por quanto tempo.

Ele estende a mão coberta pela luva para receber sua poção, que deposito na palma aberta enquanto observo seus dedos dobrarem até escondê-la por completo. Então, a mão desaparece nas dobras do manto e volta com moedas de ouro. Abro minha mão, assim como ele fez, para que despeje as moedas. Não nos tocamos, Silas e eu, nem em casos como este, nem para uma simples troca de frasco por moedas.

— Obrigado. — Ele acena com a cabeça, olhando em volta.

Quando abaixa ainda mais o capuz, preparando-se para ir embora, digo abruptamente:

— Você precisa de mais alguma coisa?

Ele balança a cabeça com os lábios apertados.

– Não, obrigado. Com o fechamento da fronteira, espero que a situação mude.

Silas encomendou-me muitas coisas durante as últimas luas, variando largamente, desde os remédios mais inocentes até as poções mais mortais. Registrei cada encomenda na caderneta da botica: o que era, quanto produzi e quanto custou. Ele paga três florins de ouro para as encomendas ilegais e quatro centavos de prata para qualquer outra coisa. Não tenho ideia do que faz depois que as entrego; ele não me diz, tampouco revela como consegue as moedas para me pagar. Honestamente, ele nunca me diz nada. Já tentei perguntar diretamente, tentei enganá-lo para que me contasse. Ele sempre balança a cabeça com pesar, com um sorriso inescrutável, e diz que se eu não fizer perguntas, não escutarei mentiras.

Dou de ombros, como se não ligasse.

– Você provavelmente precisa ir – lembrei. – A reunião tinha praticamente acabado quando eu saí. Foi muito arriscado vir até aqui.

– Não tive escolha, Errin. Contei a você que precisei me mudar, você não teria como saber onde estou morando agora se eu não tivesse vindo até você. – Ele sorri. – Fui cauteloso, não se preocupe, sempre sou. Além do mais, precisava saber sobre o que era a reunião.

– E se eu não tivesse saído mais cedo?

Sua mandíbula fez uma pequena contração e seu sorriso esmoreceu.

– Suponho que eu teria algumas explicações a dar.

Ele tenta manter um tom indiferente, mas seu corpo o denuncia. Está firme como uma cobra enroscada, pronto para fugir ou dar o bote se for preciso. Está nervoso por estar ali, exposto, apesar de suas palavras, e sinto uma emoção perversa no estômago porque consigo ler suas intenções. Faz três luas que compartilho com ele algumas partes da minha vida: a morte do meu pai; a determinação de Lief em nos ajudar e seu posterior desaparecimento; meu trabalho de boticária; na verdade, tudo menos a doença de minha mãe, na esperança de que isso desperte alguma resposta de sua parte, qualquer que seja. É assim que funciona, um segredo por outro segredo, uma história por outra história. No entanto, ele recebe meus contos com acenos de cabeça, como se estivéssemos em algum tipo de confessionário, os cantos da boca revirando para cima ou para baixo, dependendo da história a qual me refiro. Ele nunca comenta ou julga – apenas ouve e absorve sem jamais dizer algo pessoal em troca.

Mas descobri que é possível aprender muito sem palavras. E o que aprendi foi a muito custo, porque, embora ele seja quem mais se aproxima de um amigo para mim, e eu para ele, não tenho ideia de como é sua aparência sem o capuz. Isso parece impossível. Deve ser. Como posso chamar alguém de amigo, conhecer a pessoa por tanto tempo e não saber sua aparência? Mas não sei. Não sei a cor de seus olhos ou de seu cabelo. Sei como é sua boca, a ponta de seu queixo e seus dentes limpos. Certa vez, vi até a ponta de seu nariz, quando jogou a cabeça para trás rindo. Mas foi só. Desde nosso primeiro encontro até hoje, ele sempre, sempre usou o capuz, as luvas e o manto, e jamais os tirou ou os deixou de lado, estivéssemos dentro ou fora de casa. Quando perguntei por quê, ele respondeu que era mais seguro assim. Para nós dois. E que eu não perguntasse de novo.

Meninos misteriosos não são tão legais na vida real como são nas histórias.

A razão óbvia seria que ele fosse terrivelmente desfigurado, mas algo a respeito da maneira como ele se portava me fazia pensar que isso não era possível. Na minha imaginação, eu o vejo com olhos e cabelos escuros, as madeixas tocando os ombros, mas, na verdade, não tenho a menor ideia de como ele é. Nas poucas vezes em que consegui espiar dentro de seu onipresente capuz, pude ver um olho brilhar antes que se cobrisse ainda mais e seu rosto se escondesse na sombra.

Apesar disso, não consigo dizer se está preocupado, ansioso, enraivecido ou satisfeito. Aprendi a ler seus lábios, ombros e mãos, a maneira como se porta. Quando está relaxado, ele se inclina para frente, jogando a cabeça levemente para a esquerda. Quando está agitado, bate os dedos em qualquer superfície que pode encontrar: tocos de árvore, as próprias pernas ou os braços, quando estão cruzados. Quando está entretido, duas covinhas aparecem no lado esquerdo da boca, nenhuma do lado direito. Quando está pensativo, ele limpa os dentes da frente com a língua. Posso ver coisas que ele não diz, porque estão escritas nele.

– Algo que eu deva saber? – Silas cruza os braços, atravessando meus pensamentos e trazendo-me de volta para o aqui e agora. – Da reunião?

O pânico retorna como uma onda que me engole, e meu estômago revira quando me lembro do que Unwin disse.

– Seremos evacuados. Imediatamente. Todos teremos que partir.

– Partir para onde?

– Para o campo de refugiados em Tyrwhitt, se não tivermos outra opção – digo, embora saiba que não podemos ir para lá.

Posso sentir seus olhos em mim, os dedos da mão esquerda batendo apressadamente em seu braço, o lábio inferior preso entre os dentes, no que comecei a perceber ser sua "expressão pensativa".

– Você precisa ir? – pergunta, finalmente.

– O vilarejo será transformado em um quartel. – Tenho que forçar as palavras para saírem da minha garganta sufocante. – Um regimento completo ficará alojado aqui. Generais, arqueiros, piqueiros, cavalaria; eles vão precisar do vilarejo inteiro. Não teremos onde ficar. – Desvio o olhar de Silas, respirando fundo, tentando ficar sobre controle e lutar contra o terror que volta a me dominar, enforcando-me. Sinto um calor febril de repente. Tontura.

Imagino minha mãe destruindo o campo de refugiados, avançando com as garras nas crianças, puxando mulheres e homens velhos para si e cravando seus dentes neles. Imagino o sangue. Os gritos e o horror. Machados e espadas e golpes tentando detê-la. A inevitável disseminação da maldição, mesmo que a matassem. Eu, órfã, ou morta ao seu lado. Fogo...

– Errin? – Silas fala baixinho, e forço meu olhar em sua direção, abrindo um pouco meu manto para deixar o ar frio entrar. O frescor me acalma, sugando o calor da minha pele, e respiro fundo. Silas espera em silêncio, mastigando o próprio lábio.

– Desculpe – respondo depois de algum tempo, quando o medo começa a desaparecer. – O que você vai fazer a respeito da evacuação?

– Nada – diz ele.

– Mas você não pode ficar, estão tomando tudo. Todas as cabanas serão usadas.

– Tenho que ficar.

Abro a boca para perguntar pela centésima vez o porquê, mas fecho-a novamente quando ouço botas marchando em nossa direção, o som grudento de couro sugando lama. Sem parar para pensar, abro a porta da frente, agarrando Silas pelo manto. Ele emite um som distorcido e leva as mãos à cabeça para segurar o capuz sobre o rosto enquanto o puxo para dentro da sala e fecho a porta, tão silenciosamente quanto posso, mantendo um olho grudado em uma fresta estreita.

Solto um suspiro de alívio quando os dois soldados com os quais cruzei mais cedo seguem marchando sem sequer olhar para o chalé, com expressões soturnas e vozes baixas demais para serem escutadas.

– Eu disse que você não deveria estar lá fora – digo, e volto para a sala, corando ao ver Silas olhar para os lados, absorvendo tudo.

Eu nunca o havia deixado entrar, por causa da mamãe, porque ninguém pode saber o que ela é. Nos livros, eles queimam Varulvs em estacas, assim como as casas onde moram suas famílias. Com as famílias trancadas dentro, para conter a infecção. Quatro luas atrás, eu teria achado esse tipo de coisa arcaica, impossível. Mas agora... agora as pessoas usam seus amuletos e pregam pão fresco em suas portas. E pessoas como eu os roubam quando têm alguma chance. Pão é pão.

Sigo seu olhar, que observa as prateleiras com míseros objetos: meu jaleco desbotado com um botão de cada tipo; cobertores pendurados em um secador improvisado na vã esperança de que sequem antes do próximo incidente de minha mãe; o estrado e os cobertores finos empoeirados no chão; a mesa desgastada que serve de dossel. Vejo a lareira e uma única panela de ferro, arranhada e vazia, pendurada sobre um punhado de cinzas que restam na grelha. Sem bibelôs ou bugigangas. Sem panelas incandescentes ou caldos fartos fervendo em fogo brando. O lugar parece ter sido abandonado anos atrás; parece pior do que algumas cabanas onde ele já dormira.

Não posso suportar quando Silas se vira para mim; meu rosto acende de vergonha. Imagino o que ele vê quando me olha. Cabelo castanho escurecido pelo sebo, trançado e enroscado em volta da cabeça para que minha mãe não possa agarrá-lo, sujeira preta acumulando embaixo das unhas, lábios ressecados. Não me admira que ele... corto este pensamento pela raiz.

Não preciso ver seu rosto para sentir a pena que irradia dele, inflamando meu humor e acendendo uma fogueira de humilhação e fúria dentro de mim.

– Você deveria ir embora – digo grosseiramente ao abrir a porta.

Chanse Unwin está do lado de fora, com o punho levantado para bater à porta.

Ele olha primeiro para Silas e depois para mim, arregalando os olhos. Viro-me para encarar Silas com os afiados dedos do horror afundando em mim, enquanto a parte inferior de seu rosto se transforma em giz de tão branca.

Capítulo 4

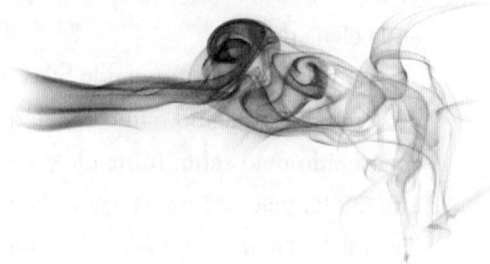

A expressão de Unwin teria sido cômica se eu não estivesse tão petrificada. Seus olhos incham e seu queixo cai com a visão de Silas. Observo enquanto ele perscruta as botas gastas, os fios soltos no manto e as luvas danificadas. Seu olhar percorre Silas de cima a baixo e de baixo a cima duas ou três vezes antes de pousar no rosto escondido.

– Você saiu cedo da reunião – diz Unwin, finalmente, virando-se para mim com uma voz congelante e perigosa. – Vi quando partiu. Pensei que tínhamos combinado um encontro depois.

– Perdoe-me – digo. – Estava com medo da confusão, não queria me envolver.

– Não era nada que eu não fosse capaz de controlar. Sou o que há de mais próximo a um Juiz aqui, afinal de contas – diz ele, voltando a olhar para Silas. – O que me leva a perguntar, quem exatamente é você, meu bom senhor? – Ele fala "senhor" como se fosse uma palavra de baixo calão. – De onde vem? Não me lembro de tê-lo visto por aqui antes.

Silas abaixa a cabeça para que apenas seu queixo fique exposto.

– Eu já estava de partida – murmura. Seus dedos apertam até se confundirem e fazem uma tatuagem efêmera em seu braço enquanto a tensão desce pelo corpo.

A expressão de Unwin torna-se sombria e ele inspira profundamente. Silas, então, desaparece pela lateral do chalé. Unwin o vê partir com uma expressão repulsiva.

– Planos de evacuação – solta Unwin, repentinamente, virando-se para mim. – Foi o que você perdeu. Uma caravana sairá do vilarejo ao nascer do sol para o campo perto de Tyrwhitt. Você deverá partir nela.

Sou tomada pelo temor.

– Não posso.

– Por quê?

– Minha mãe está doente. Muito doente. Não ousaria viajar com ela. – A mentira escorre dos meus lábios antes que eu possa traçar um plano.

– Curioso que hoje de manhã ela estivesse andando por aí, tentando pagar suas dívidas, como você disse. E agora a morte bate à sua porta?

– Ela estava. Teve que voltar antes que conseguisse encontrá-lo. Ela jamais deveria ter saído de casa, foi uma tolice. – Sei que estou tagarelando, mas não consigo me deter. – Agora está descansando, mas não posso tirá-la daqui. Não sei o que ela tem, mas... não gostaria que ficasse perto de outras pessoas. – Baixo o tom da minha voz. – Pode ser contagioso. Na caravana, e depois no campo... a contaminação pode se alastrar como um incêndio. Eu não conseguiria cuidar dela no campo.

Entendo, tarde demais, que preparei minha própria armadilha, uma vez que percebo algo parecido com um sorriso vitorioso em sua resposta.

– Bem, e não é que chegamos exatamente à proposta que tenho para você?

– Uma proposta? – repito.

Ele olha por cima do próprio ombro, checando os arredores antes de baixar a voz. Seu tom é persuasivo e repugnantemente íntimo:

– Caso deseje ficar aqui, posso ceder espaço no presbitério para você, para vocês duas. – Seu sorriso é só dentes.

– O quê?

– Vi sua reação quando mencionei a evacuação. Sei que não tem para onde ir ou recorrer. Seu pai e irmão mortos...

– Lief não está morto. Ele voltará.

Unwin oferece-me um olhar impiedoso.

– Você não tem nada, menina. E eu vou ficar aqui, trabalhando com o exército. Não posso dar detalhes, mas estou convidando vocês duas para ficar também. Por um preço, claro.

– Qual preço? – Suor escorre pelos meus ombros e esfria, refrescando-me.

– Estava pensando que poderíamos chegar a algum acordo. Entre mim e você. Um acordo que seja mutuamente satisfatório.

Suas pupilas estão dilatadas, a voz grave cheira a halitose e entendo o que ele quer dizer, o que quer. Ele acredita ter o direito de pedir isso e conseguir, porque acha que não tenho escolha.

Luto para manter minha expressão vazia, para evitar que minha mão voe pelo ar até acertá-lo.

– É muito gentil de sua parte, mas tenho que recusar.

– Recusar? – Ele pisca. – Recusar? Como pode recusar?

– Temos para onde ir. Temos familiares ao norte. Eles nos aguardam. Partiremos assim que mamãe melhorar. Era justamente esta a minha preocupação: mamãe estar doente e consequentemente atrasar nossos planos. Não estarmos indigentes.

Ele levanta ainda mais as sobrancelhas a cada palavra minha, e então me mostra os dentes.

– Você não vai a lugar algum antes de pagar o que me deve. Seis florins agora.

– Eu... – começo, mas Unwin corta a minha fala, desta vez com um tom cruel e perverso, feito um chicote.

– *Eu...* – Unwin simula uma voz aguda. – Você o quê, Errin? Outra desculpa? Outra retórica engenhosa?

– Eu... – Mas as palavras todas me abandonam e o medo dele, pela primeira vez verdadeiro, trava minha língua.

– Ah, você vai desembuchar. – Ele se inclina e sua saliva espirra em meu rosto. – Você tinha muitas palavras astutas hoje pela manhã. Onde estão agora? Hã? Nenhuma resposta espertinha? Nenhum comentário malicioso? Cadê o meu dinheiro, Errin?

– Aqui está. – Silas aparece de repente, dá uma volta e empurra a mão para Unwin, que se vira para ele, fazendo meu queixo cair. Ele voltou. Ele voltou. – De quanto precisa?

– Estou aqui para as dívidas dela, não suas, quem quer que você seja – desdenha Unwin, enquanto encaro Silas, estarrecida.

Antes que eu me recupere, Silas fala novamente, movendo seu tronco esbelto de Unwin para mim e vice-versa, como se estivesse se preparando para me proteger.

– Seis florins, foi o que escutei? Claro. – Ele abre um sorriso largo e radiante para Unwin, do tipo que nunca achei que fosse capaz, e estende um punhado de moedas, forçando Unwin a aceitá-las, ainda surpreso. – Pronto. Tudo pago.

Nós três ficamos parados ali, atônitos e calados; parece que ninguém consegue acreditar no que acabou de acontecer.

– Remova o capuz – brada Unwin bruscamente. – Quem é você? Revele seu rosto.

– Com seu perdão, vou continuar de capuz – responde Silas calmamente. – Sofri queimaduras terríveis há alguns anos, durante um incêndio, e nunca me recuperei por completo. Não é uma vista atraente.

Unwin claramente não acredita nele.

– Aposto que já vi coisa pior, menino. – Ele se estica para puxar o capuz e Silas dá um passo para trás, enquanto engulo a respiração.

— Preferia que o senhor não fizesse isso. — A voz de Silas de repente emana perigo e perde toda a amabilidade sob o eco da ameaça.

— Onde estão seus documentos? — rosna Unwin. — De onde você é? Não ouço o sotaque de Tregellan em sua voz. O que veio fazer aqui? Que ligação você tem com ela?

— É um amigo da família — digo, ao mesmo tempo que Silas fala "primo".

Sinto minha pele esquentar mais uma vez, mas não é nada, nada comparado às violentas manchas púrpuras que desabrocham nas bochechas de Unwin e se espalham por seu rosto.

— Embora eu sempre o tenha considerado um primo — emendo rapidamente. — Crescemos juntos. É com a família dele, no norte, que eu e mamãe ficaremos. Ele está aqui para nos ajudar a fazer as malas e nos acompanhar na estrada quando mamãe melhorar. Não é?

Torço com todas as minhas forças para que ele confirme minha versão.

— Isso mesmo. — Silas sorri para mim, um sorriso maroto, preguiçoso e largo, e meu corpo inteiro arde com tal intensidade que me surpreendo de não entrar em combustão espontânea. Ele segura minha mão na sua, vestida na luva, e sinto meu coração tremer e, em seguida, parar. Ele está me tocando. Voluntariamente.

— Estou aqui para ajudar minha querida prima. Somos próximos. — Escuto suas palavras, mas elas parecem muito distantes, zumbindo em meu ouvido, e minha boca seca.

Os olhos de Unwin viram frestas tão finas que não consigo acreditar que ele ainda consiga enxergar através deles. Mesmo assim, eles alternam o foco entre Silas e eu.

— Sei — diz vagarosamente. — Sei.

— Isso é tudo? Sr. Unwin, correto? — diz Silas, e posso ouvir o deleite da vitória em suas palavras. — Realmente precisamos voltar às nossas tarefas. Há muito o que fazer — diz ele sabiamente, trazendo-me à porta do chalé para que nós dois entremos, antes de fechá-la na cara de Unwin.

Meu coração bate tão forte que parece estar vibrando, mas assim que entramos ele solta minha mão. A rapidez da rejeição é cortante, então vou até a janela para esconder minha dor, olhando para Unwin por entre os buracos nas tábuas de cárpino. Ele, por sua vez, encara a porta com indignação estampada no rosto. Volto-me novamente para Silas, que parece fixado na própria mão, embora seja impossível saber ao certo o que acontece por debaixo daquele ridículo capuz que cobre seu rosto. Sua postura parece paralisada pela tristeza, e o formato de sua boca, as linhas duras e sem graça, fazem meu estômago afundar lamentavelmente.

– Quanta esperteza! – retruco. – Agora me diga, como seu pescoço suporta o peso de tanta idiotice?

A cabeça de Silas empina para o alto.

– O que disse? – pergunta ele, levantando a voz com perplexidade.

– Você. Por que não cravou logo uma faca no bucho dele? Teria sido menos antagônico.

Ele respira fundo.

– Estava tentando ajudar.

– Com provocações?

– Não gosto de gente intimidadora. E não gostei do jeito como ele falou com você. Ou como olhou para você. Não pude deixar de me envolver, Errin. Não consegui.

Minha armadura cai, meu coração dá uma guinada e só então me recupero.

– Você deveria ter partido quando teve a chance – digo, mas sem a agressividade de antes.

– Eu sei – responde Silas suavemente, a voz quase um sussurro rouco. – Mas não ia ficar ali enquanto ele falava com você daquele jeito.

Meu estômago revira de uma maneira que não gosto nem um pouco.

– Posso dar conta dele – digo, imutável.

– Por que não me disse que lhe devia dinheiro?

– Porque... não é da sua conta. Estava tudo sob controle – respondo com um olhar carrancudo, e ele bufa de modo delicado. De repente, encolhe os ombros e gira a cabeça, até ficar de frente para o quarto onde minha mãe se encontra. No meio da confusão, eu havia me esquecido dela. E a noite avança...

Caminho até ele e coloco-me na frente da porta.

– Agora, não quero ser grosseira, mas tenho tarefas a fazer. Aqui está... – Vou até a lareira e tiro um florim do pote, adicionando-o aos três que me pagara pelo meimendro. Quando volto para onde ele está, chego ainda mais perto, e Silas dá um passo para trás com o intuito de manter a distância entre nós. – Terei que pagar o resto depois.

Ele balança a cabeça.

– Não se preocupe. Olha, se quiser, posso ficar, caso ele...

– Não! – interrompo sua fala, rezando para que minha voz não acorde minha mãe. – Silas, eu estava falando sério quando disse a Unwin que minha mãe está doente. Ela está descansando, mas não quero acordá-la, então... – estendo o dinheiro, mas ele o ignora.

– Não precisa mentir para mim, Errin.

– O que quer dizer com isso? – congelo.

Ele fala lenta e cuidadosamente, como se eu fosse uma criança.

– Olhe para este lugar. As roupas penduradas são suas, posso reconhecê-las. O jaleco azul era o que você vestia quando nos conhecemos. O verde, você vestiu quando... – Ele para e morde a língua, enquanto cerro os punhos com vergonha. Ele prossegue rapidamente. – A louça suja consiste em uma xícara, uma tigela e uma colher. Há apenas um estrado perto da lareira. Uma unidade de cada coisa. Então, a não ser que sua mãe esteja *descansando* ali – ele acena com a cabeça para a porta trancada –, longe do fogo, e guarde seus utensílios e roupas junto a ela, eu diria que é bastante óbvio que você mora aqui sozinha.

– Eu não...

– Pare. – Ele começa a andar de um lado para o outro, as botas batendo ruidosamente no chão, e meus ombros começam a formigar de preocupação.

– Não é isso...

– Que tipo de mãe deixaria a filha perambular pela floresta sozinha?

– Ele ignora meus protestos. – Que tipo de mãe deixaria a filha preparar infusões venenosas em casa? E vendê-las para manter um teto sobre suas cabeças? Eu estava bem ao seu lado há minutos, Errin, quando o senhorio veio atrás do aluguel, e esperava que você o pagasse. Nem você, nem Unwin, mencionaram sua mãe até que você precisou de uma desculpa para rejeitá-lo. Na verdade, você nunca menciona sua mãe. Já falou de seu pai e de seu irmão, mas só isso. E não vi mais pessoa alguma entrar ou sair daqui a não ser você, desde que cheguei. Eu *sei* que você está sozinha aqui. Sempre soube. Não estou pedindo para me contar mais nada, mas pare de mentir sobre isso. Não faz sentido. Você sabe que não vou tirar proveito disso.

Ele fala esta última parte com delicadeza, enquanto desvio o olhar para disfarçar minha mágoa. Sim, sei que ele não vai tirar proveito disso. É possivelmente o único homem do reino que não tiraria proveito de uma jovem aflita, mesmo que ela se atirasse sobre ele.

Então, suas palavras fazem sentido para mim: *e não vi mais pessoa alguma entrar ou sair daqui a não ser você, desde que cheguei,* e minha pele fica ouriçada outra vez. Ele andou me observando. Por quê? Quando? Claramente, não foi durante nem perto da lua cheia, ou saberia que há mais alguém aqui. Alguma coisa.

Estou prestes a discutir, algo que foge ao meu caráter, quando mordo a língua. Embora confie nele tanto quanto posso confiar em alguém ultimamente, tenho a dolorosa consciência de que já sabe demais sobre minha vida. E, apesar de garantir que não irá tirar proveito, seria mais uma coisa que ele saberia a meu respeito, quando não sei nada sobre ele. Silas já tem muitas vantagens contra mim.

— Não conte para ninguém — mudo de tática, implorando docilmente.
— Se alguém descobrisse...

Sua cabeça sacode bruscamente com o que imagino ser surpresa.

— Sua mãe tem minha palavra — diz, afinal, e depois solta um riso sorrateiro de sua própria piada.

— Olhe. — Eu o contorno, aproximando da porta e estampando um sorriso perturbador no rosto. — Sou grata por sua... ajuda, Silas, mas tenho muito o que fazer. Se tenho que obedecer à evacuação, então... — Emudeço e dou de ombros.

Posso sentir seu olhar em mim, mas não consigo pensar em mais nada a dizer, nem ele. O momento torna-se algo real e tangível, no meio da sala, encurralando-me. Meus dedos ainda estão agarrados ao dinheiro, que estendo de volta para Silas, mas ele não se move, então coloco as moedas sobre a lareira. Finalmente, ele dá de ombros e passa por mim a caminho da porta, ignorando a pequena pilha de moedas.

— Até breve, Errin — diz ao abrir a porta, revelando o céu vermelho e violeta ao fundo.

— Não se meta em confusão — alerto, invocando um sorriso.

Ele mal fecha a porta quando escuto um estampido barulhento do quarto de minha mãe.

Num instante, Silas está de volta no umbral com a cabeça inclinada, como se me olhasse de dentro do capuz. Então, fecha a porta da frente e atravessa o cômodo. Atiro-me contra a porta do quarto quando ele tenta alcançar a chave na fechadura.

— Não faça isso — peço, e vejo que horas são, agora ciente da razão por trás do ataque dela. Ainda não fiz seu chá.

Ele olha para baixo, para mim, e tenho a dimensão pungente do pequeno espaço entre nós. Não consigo encará-lo.

— Por favor, não. Por favor, vá embora — imploro.

Silas balança a cabeça e segura cuidadosamente meus ombros para me afastar. Fecho os olhos por um instante quando ele abre a porta.

Ela está sentada na cama, a caneca de água no chão, perto da porta, o conteúdo derramado. Seu cabelo grisalho forma uma moldura selvagem na cabeça e seus olhos focam em Silas, como se ele fosse uma presa, e meu coração afunda.

Silas parece não perceber, aproximando-se silenciosamente dela, até agachar-se a seu lado.

– Olá – diz suavemente, e então, com um ato chocante, puxa o capuz um pouco para trás, revelando sua face. Consigo espiar a maçã de seu rosto, alta e talhada, e as pontas dos cílios claros. – Sou Silas, amigo de Errin. Você deve ser a mãe dela.

Por um momento, meus ossos tremem, quando acho que ela vai atacá-lo. Mas, em vez disso, ela o observa boquiaberta. Espero que se mova, e quando ela recosta no travesseiro com os olhos mergulhados em Silas, entro rapidamente no quarto para examiná-la.

Seus olhos ainda estão vermelhos e ferais. Nada mudou.

Quando caem sobre mim, estreitam-se e dou um passo para trás.

– Vou pegar seu chá, mamãe.

– Ficarei aqui para observá-la enquanto você faz o chá – diz Silas. Ele volta a puxar o capuz, escondendo tudo menos a boca, que não revela coisa alguma. Olho para mamãe e vejo seu olhar fixo nele novamente, acalmando-se, observando-o, mas nada sugere que o veja como presa. – Ela já comeu? – pergunta.

– Sim. Antes de sair para a reunião, dei a ela pão e cozido. Agora, só aceitará comida de novo amanhã. É sempre assim.

Ele acena com a cabeça e eu os observo, duas figuras caladas se olhando, nenhum dos dois prestando atenção em mim. É uma burrice sem tamanho deixá-lo com ela, mas deixo mesmo assim, cambaleando até o outro cômodo onde atiço o fogo, encho de água a panela de ferro, adiciono valeriana e camomila às folhas de urtiga com o que resta do mel e uma boa dose de papoula. Quando volto a olhar para a porta, ele está ao lado da cama e ela ainda o observa com uma expressão dócil, seu rosto relaxado e humano. Há algo de sinistro neste cenário: um sujeito encapuzado ajoelhado ao lado de uma mulher prostrada, e por um segundo esqueço qual dos dois é perigoso. Apresso as demais etapas do preparo, coando e mexendo com desleixo, fazendo uma bagunça no balcão. A memória do meu antigo professor volta como um relâmpago para irritar-se com meus métodos e um sorriso de culpa contrai meus lábios, mas me lembro de Silas e mamãe no quarto e corro para eles.

Quase deixo a caneca virar quando os vejo de mãos dadas, os dedos frágeis e hesitantes de mamãe encostados nos dele, por cima da luva. Ele gesticula para mim, pedindo que eu lhe passe a caneca, e observo enquanto assopra o conteúdo com cuidado antes de levá-lo aos lábios de minha mãe. Ela bebe obedientemente e ele devolve um sorriso encorajador. Ando de volta para a porta enquanto Silas levanta a caneca para ela, e seus dedos tocam os dele para segurá-la. Uma dor amarga nasce em meu peito e percebo que estou com ciúmes de quão à vontade ele fica com ela. O que sinto por Silas sempre foi complicado, mas nunca fui tão mesquinha: ciúmes da minha própria mãe porque estão de mãos dadas.

E porque ela está permitindo isso. Estou com ciúmes porque parece que todo o ódio dela é reservado a mim. Com Silas, ela consegue ficar calma, mesmo que o sol esteja se pondo e a fera esteja revolvendo-se dentro dela. De fato, ela deveria estar arrancando o rosto dele com suas garras, e não encarando-o com a confiança de um filhote de pássaro que procura a mãe no céu. Talvez seja eu quem ela queira machucar. Talvez não haja maldição alguma, e ela apenas me odeie porque fui eu quem sobrou pra lhe fazer companhia. Somos tudo o que resta uma para a outra, e ainda assim ela dilaceraria tranquilamente minha garganta se tivesse a oportunidade.

Imagens da nossa vida em família, nós quatro sentados à mesa há apenas um ano, Lief e papai debatendo entusiasticamente algum método para cruzar gado, enquanto mamãe e eu viramos os olhos.

Imagens minhas, na cozinha, no meu aniversário de treze anos, abrindo presentes: um avental de boticário de verdade com uma dúzia de bolsos; um conjunto de frascos de vidro; um caderno para registrar meus experimentos. Lief me presenteando com sementes embrulhadas em papel. Meu pai me guiando para o lado de fora com as mãos sobre os olhos, até o canteiro que ele cavara e montara para mim.

Imagens minhas e de Lief nos campos roçados, observando as estrelas depois das celebrações de maio no ano em que completei doze anos, vendo morcegos voarem baixo, catando insetos no ar, uma vaga dor na mandíbula por causa de seus chamados que eu não ouvia, mas sentia. Depois, mamãe e papai surgindo com chocolate quente e fatias de bolo tão amanteigado que se esfarelava. De nós quatro deitados em nossos cobertores, olhando para o céu, seguindo uma coruja-das-torres que cruzava a lua como um fantasma. Do braço de papai, ou de Lief, no meu ombro, mantendo-me ereta enquanto caminhávamos de volta da fazenda, exaustos, mas felizes.

De acordar à noite e ver meu irmão de dez anos curvado ao pé da minha cama com uma pequena enxada na mão, quase dormindo em pé.

– O que está fazendo? – perguntei.

– Volte a dormir – ele resmungou. – Você está bem, estou aqui.

Mas ele não está aqui agora. Não está aqui agora.

Fui atingida por uma dolorosa onda de sofrimento que quase me derrubou. Encostei no umbral e vi Silas repousar a caneca quando ela terminou. Ele puxa as cobertas, fazendo um casulo em torno do peito dela, e preciso cruzar os braços para conter a agonia dentro de mim.

Outra imagem: de mamãe lendo para mim e para Lief, antes que ele tivesse seu próprio quarto; de papai parado à porta, escutando com um copo de conhaque na mão, o olhar tranquilo fixado em mamãe, o rosto dela corando sob o olhar dele, seus lábios ondulando com a alegria da atenção que recebia.

De Lief e eu colocando-a para dormir na noite em que meu pai morreu. De nós dois olhando um para o outro por cima do seu corpo trêmulo, e então, sem dizer uma única palavra, deitando na cama com ela, um de cada lado. Dos braços dela me envolvendo, e de Lief, por sua vez, abraçando nós duas. Do cheiro do meu pai no travesseiro. Quando o sol nasceu, seu cheiro já havia dissipado e sido substituído por nossas lágrimas salgadas e amargas.

Saio do quarto e espero Silas deixá-la, trancando a porta atrás dele. Quando me viro para ele, seus braços estão cruzados, os dedos tamborilando rapidamente contra eles.

– O que há de errado com ela?

Respiro fundo.

– Depois... que o Príncipe Adormecido invadiu Lormere, ela... acho que partiu depois de Lief. É a única conclusão que consigo tirar, que ela tentou entrar em Lormere para encontrá-lo. Já estava estranha desde a partida dele, calada e distante, mas atribuo isto à morte de papai e à mudança para cá, que pesaram sobre ela. Eu precisava forçá-la a comer na maior parte das vezes, mas estava melhor do que agora. Banhava-se e vestia-se. Então, quando recebemos a notícia de que o Príncipe Adormecido tomara o castelo e... foi aí que ela parou. Por completo. Certo dia, fui ao poço buscar água e, quando voltei, ela havia partido. Eu a encontrei na floresta. Esteve assim desde então.

– E as cicatrizes? No braço dela? Ela mesma as causou? Por isso você lhe serve chá de ervas?

Abano a cabeça.

– Não. Estava arranhada quando a encontrei. Algum animal, talvez? – Mantenho a voz uniforme, tentando soar razoável. – Espinhos? Quem sabe? Ela não diz. Limpei as feridas e felizmente não houve infecção, embora ainda tenha cicatrizes, como você pôde perceber.

Há uma longa pausa e meu coração bate forte e veloz demais.

– Você não pode... não há como ajudá-la, um lugar onde possa ir, um convento ou algo do tipo?

Quase caio na gargalhada. Sim, há lugares, mas estamos em Tregellan. Se você tiver dinheiro, seus parentes podem ser enviados a uma casa de convalescência à beira-mar. Porém, se não tiver, resta o manicômio ou a prisão dos andarilhos.

Além disso, ela não é maluca. É uma fera. Não há lugar para isso.

— Não, não há. Não para nós.

Voltamos a ficar em silêncio. Aperto meu vestido entre os dedos e ele encara a porta. Então, volta a falar:

— O que mais colocou no chá que serviu para ela?

— Camomila e valeriana. Papoula. Para ajudá-la a descansar — emendo rapidamente. — Acho que ela não dorme de verdade. Acho que não faz nada além de sofrer. O chá, pelo menos, rende algumas horas de descanso.

— E você?

Viro-me para ele.

— O que tem eu?

Silas parece olhar para mim, mordendo os lábios antes de falar.

— Você... está... como você está?

— Estou bem.

Sua voz é dolorosamente bondosa quando ele volta a falar.

— Isto não é estar bem, Errin. Está longe de ser. Certamente você consegue enxergar isso.

De repente, não suporto mais vê-lo na minha frente e quero que ele vá embora. Não quero pensar sobre todas as razões pelas quais não estou bem; claro que posso enxergar que não está tudo bem, não sou burra. Não está tudo bem desde que papai morreu, e nunca mais estará tudo bem.

Não quero pensar sobre papai, e certamente não quero pensar sobre Lief; não quero pensar nele em Lormere, na prisão, ou tentando lutar contra golens, não quero pensar nos golens fazendo picadinho dele. *Não. Ele está vivo.* Sinto algo borbulhar dentro de mim, como um grito ou um gêiser, algo em que não posso pensar, senão... contenho o fervor varrendo as imagens dos olhos vazios de Lief, das feridas em seu peito, em sua cabeça... sua cabeça. *Não, Errin. Chega.*

Isso não impede que meus olhos e garganta queimem, e avanço para a porta da frente em três passos. Quando a abro, num claro gesto de dispensa, ele suspira. Seu capuz cobre quase todo o rosto e, subitamente, odeio-o e quero rasgá-lo. O que está escondendo? Quem é ele?

– Vá embora – digo, severamente. – Vá embora, Silas, por favor. E não volte mais aqui.

Ele parece olhar para mim por um longo momento, mordendo o lábio antes de acenar com a cabeça e passar por mim, parando no umbral para virar-se.

– Acho que posso ajudá-la – diz, gentilmente.

Quero tanto acreditar nele. Mas, em vez disso, fecho a porta em sua cara e me sento perto da fogueira, tremendo de um jeito que nada tem a ver com frio. Um sentimento de perda me escalda, quebrando feito maré, minhas entranhas parecem vazias, meus olhos doem e fecho os punhos, arrastando uma das mãos ferozmente contra a outra.

Basta. Não tenho tempo para isso; autopiedade é algo que não posso me dar ao luxo de ter.

Como pão. Ou orgulho.

Basta, Errin. Há trabalho a fazer. Levante-se.

Começo a me levantar, mas acabo encostando na mesa, incapaz de me erguer, um peso invisível me oprimindo; a dor em meu peito desce para as costelas, que então parecem quebradiças e frágeis, impossibilitadas de manter minha integridade. Meus olhos enchem de água e a sala à minha volta vira um borrão.

Estou sozinha. Estou tão só. Todos se foram.

Não, digo a mim mesma. Você quer acabar como a mamãe? Quer enlouquecer e correr desvairada pela floresta? Pare com isso. Pare com isso agora. Lief vai voltar. Ele vai voltar. Ele precisa voltar. E tudo vai ficar bem novamente. O sentimento de falta de ar aumenta mais e mais e fico ofegante, com os punhos fechados feito garras, meu coração batendo tão forte que parece estar a ponto de explodir. Sinto frio e calor, suo e tremo tentando respirar, enquanto um medo de rachar os ossos corre em mim. Afundo no chão, pressionando a testa na terra batida. *Basta*, repito de novo e de novo. *Por favor.*

Aos poucos, a prensa que apertava minhas costelas afrouxa, meu coração diminui o ritmo e posso ver e escutar novamente. Fico agachada, inspirando e expirando, sem me importar com o cheiro vago de junco ou com a lama no chão. Já me basta conseguir respirar novamente.

Sobrevivi.

E espero que tenha forças para fazê-lo quando acontecer novamente.

Capítulo 5

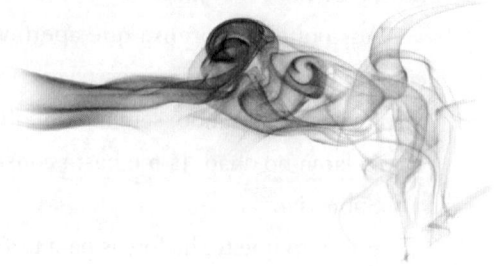

Algum tempo depois, consigo finalmente me levantar e volto às minhas tarefas, parcialmente furiosa comigo mesma por ter desperdiçado as últimas horas de luz, sentindo meu corpo usado e tenro. Os tocos de vela baratos brilham violentamente enquanto me movimento pela sala tentando gastar o medo, com a sensação constante de que não estou integralmente ali, no meu próprio corpo.

Sacudo as túnicas e os cobertores que pendurei para secar (sempre penduro coisas que provavelmente nunca secarão) e esfrego neles lavanda desidratada antes de colocá-los mais perto do fogo. Cato os juncos do chão, jogando os piores fora. Cubro as janelas da melhor maneira que posso, selando as frestas das persianas com panos velhos, e faço uma panela de sopa aguada.

Sento no banco com a tigela no colo, examinando a sala. Parece tão desolada quanto antes, até pior por causa do junco parco e dos espaços entre as plantas. Nenhuma mobília é nossa; a mesa, o banco, até a maltratada cadeira de balanço, todos já estavam aqui quando chegamos. Tudo o que nos pertence são o velho baú perto da fogueira na alcova, seu conteúdo e uma castigada panela de ferro.

Considero momentaneamente a ideia de preparar poções e tinturas que pudesse usar na estrada, ou vender. Mas, pela primeira vez em toda a minha vida, não tenho energia para pesar, medir e perder-me em meu ofício. Não tenho energia para fazer coisa alguma. Olho para a sopa aguada e sinto um caroço se formar na garganta. Ah, pelo amor dos Deuses...

Então, embora já seja manhã, atiço o fogo e me aninho em meu estrado, puxando as cobertas até as orelhas. Dormirei enquanto puder. Esta é a segunda noite. Hoje, ela começará a falar comigo.

Durante as últimas três luas, o homem esteve em quase todos os meus sonhos. É alto, pelo menos tão alto quanto Silas, e também magro feito ele. Assim como acontece com Silas, não vejo seu rosto; nunca o vejo. Às vezes, consigo espiar um brilho em seus olhos, ou tenho a impressão de ver um sorriso, mas é sempre um fragmento, daquele jeito estranho que só os sonhos têm, quando se sabe tudo sem realmente se saber nada. Pensando bem, acho que não é coincidência que o homem do meu sonho tenha aparecido na minha vida logo depois de Silas.

Mas não importa, porque quem quer que seja aquele homem, sua presença é familiar, reconfortante. Ele fala, mas assim que pronuncia as palavras, elas desaparecem, deixando para trás uma sensação de bem--estar. Ele é meu amigo.

Às vezes, segura minha mão e esfrega meus ombros de maneira encorajadora. Certa vez, estava atrás de mim enquanto eu trabalhava sobre um banco na antiga botica, e enroscou seus longos braços em torno do meu corpo, os dedos espalhados na minha cintura com uma possessão que me emocionava. Acordei desse sonho com o coração batendo forte, de um jeito diferente, proibido.

Esta noite, sonho com minha casa. Outra vez, estou na botica preparando um remédio. Estes são os sonhos que mais amo e odeio: amo porque estou onde pertenço, fazendo o que amo; odeio porque são apenas sonhos, tão distantes de mim quanto meu pai. Hoje à noite, um homem ergue-se por cima de mim, acenando com a cabeça e sorrindo para me encorajar, enquanto estendo as mãos para pegar uma pitada disto ou um punhado daquilo para o meu remédio. Ele declama a receita e eu o obedeço, faço o que ele manda e sinto prazer nisso. Estou vestida com minha túnica azul preferida, os bolsos do avental pesados, cheios de ingredientes, e estou intensamente concentrada. Sei que esta mistura é a mais importante que farei em toda a minha vida. Será a cura para minha mãe, trará meu irmão de volta para mim. Esta é a poção que mudará tudo. E eu consigo fazê-la. Só eu consigo fazê-la.

O homem fala alguma coisa e olho para cima a tempo de ver de relance sua brancura antes que ele se vire. Volto-me para minha poção e vejo que ela ferveu, está arruinada e agora o homem está balançando a cabeça para mim, sua frustração tão evidente que quase posso sentir o gosto dela no ar. De repente, ouço batidas à porta; é o Conselho, me acusando de ser uma bruxa, uma traidora, gritando que sabem que estou preparando veneno, que irão me enforcar. Vão me jogar na fogueira. Vejo a luz de tochas brilhando pela janela; o vidro começa a borbulhar e derreter sob o calor. Centenas de punhos cerrados batem à porta da botica, pedindo a minha morte, e o homem nada diz, com as costas viradas para mim, os ombros caídos de tanta decepção.

Claro que, quando acordo, percebo que as batidas não vêm de uma multidão de linchadores, mas de minha mãe. A fogueira ainda arde continuamente. Não posso ter dormido mais do que duas horas. Sento, esbaforida, ainda saindo do pesadelo, observando as sombras saltarem pela sala feito crianças dançantes. Minhas mãos tremem, meus dedos estão curvados em forma de colher.

As batidas mudam, ganham intenção, e sinto um frio na espinha. Como a música de abertura de uma apresentação, ela bate em ritmo, um-dois-três, um-dois-três. E, como nas peças de teatro, ela tem sua fala de abertura, e é por elas que espero no escuro.

– Acorde, pequena – diz minha mãe, mimetizando algum afeto. – É hora de acordar, minha filha, minha doçura, minha caçulinha.

– Pare – suspiro, cobrindo minhas orelhas com as mãos. Não sei se ela consegue se lembrar das coisas que diz e faz quando está assim. Espero que não, por favor, espero que não.

– Errin – arrulha minha mãe por detrás da porta trancada. – Você pode me escutar, minha cara, minha querida? Estou solitária, Errin. Sinto saudades de seu pai. Ah, como sinto saudades dele! E de Lief. Você se lembra do seu irmão? Seu irmão lindo e inteligente. Alguma mãe já foi tão abençoada com dois filhos tão inteligentes e brilhantes? Por que não abre a porta, minha filha? Não quer se sentar comigo, deixar que eu lhe abrace, para chorarmos juntas pelos nossos rapazes perdidos?

Sinto meu lábio vibrar e lágrimas frescas ardem em meus olhos.

– Posso escutá-la, minha linda menina. – Ela arranha a porta. – Posso sentir seu cheiro. Escute, minha filha, o Príncipe Adormecido está vindo. Ele virá aqui com seu exército. Não quero que leve você também, não quero que tome meus dois bebês de mim. Venha para mim, criança, deixe que eu proteja você. Venha com sua mãe, Errin.

Escuto o som vago de patadas na porta e engulo seco.

– Não precisa ficar sozinha, pequena.

– Não quero ficar sozinha – sussurro, as palavras derramando sem querer. Mal posso ouvi-las, mas a fera pode.

– Então abra a porta, Errin. Abra a porta.

As lágrimas fazem caminhos em minha bochecha e eu me levanto, chutando as cobertas para longe e fazendo barulho no chão de madeira.

– Boa menina. – Escuto o sorriso em sua voz. – Esta é a minha menina. Venha para mim.

Quando o som da minha caneca enchendo de água chega até ela, deixo de ser uma boa menina.

Enquanto ela destila sua fúria, eu me esforço ao máximo para ignorá-la, tentando focar em beber a água, cada gole calando-a piedosamente, mesmo que por um segundo. Na primeira noite em que algo do tipo aconteceu, cheguei perto, muito perto, de abrir a porta e deixá-la fazer o que quisesse, porque nada era pior do que ouvi-la falar sobre como Lief e meu pai haviam partido por minha causa. Ela passou horas falando sobre como sentia ódio de mim, como nunca me quisera, como meu pai havia chorado de tristeza quando eu nasci e implorado que ela me afogasse. Depois, ela mudou o tom, dizendo que me amava, que só tínhamos uma à outra, que era isto que sempre quisera. Disse que fora escolhida, assim como eu, e que se eu abrisse a porta...

Então, tal como agora, enfiei pedaços de pano embebidos com cera em meus ouvidos e amarrei as pontas na cabeça para mantê-los no lugar. Não chega a silenciar sua voz por completo, mas abafa a maior parte do que ela diz. Quando as batidas ficam violentas o bastante para balançar a panela de barro no gancho, viro-me para observar a porta com cuidado, mas, até agora, ela não teve força o suficiente para derrubá-la. Espero até que esteja exaurida, até que a violência consiga cansá-la, e uma vez que canse, sabendo que o descanso não durará muito, ando nas pontas dos pés até o outro lado da sala e abro o baú. Sou tomada pelas memórias que me oprimem e confundem meus sentidos.

O manto de meu pai ainda está ali dentro e posso sentir seu cheiro ao removê-lo, o aroma de feno e terra ainda entranhado nas espessas fibras de lã. Enfio o rosto no tecido, que mais parece uma barba espetando minhas bochechas, como se eu tivesse me inclinado para ganhar um beijo de boa noite. O sentimento de perda aperta meu peito mais uma vez.

Cavo silenciosamente o conteúdo do baú, tirando livros velhos do lugar, textos, listas e tabelas da minha antiga vida. Um par de balanças de bronze envoltas em veludo, preciosas demais para serem usadas aqui, importantes demais para serem vendidas, que me foram presenteadas pelo Mestre Pendie quando tirei a nota máxima no teste do terceiro ano.

No fundo, enterrado, como costuma ficar agora, está o que procuro: o enorme livro de contos de mamãe, com sua capa de couro. As beiras da lombada estão puídas e gastas, e o couro está descascando onde a lombada se separa das páginas. Impressões escuras mancham o couro onde nossos dedos encostaram, as impressões digitais de adultos e crianças formando uma trama de nós onde antes havia uma capa imaculada.

Aprendi as velhas histórias antes mesmo de saber ordenhar uma vaca. Então, levo o livro de volta ao meu ninho no estrado e, instintivamente, abro na história de Varulv Escarlate. Tornou-se um ritual: cavo o livro do fundo do baú na lua cheia e leio a versão da história enquanto a fera em carne e osso conspira atrás da porta. A realidade de uma maldição é diferente da versão dos livros, algo que todo o reino está aprendendo no momento.

Na história "A Varulv Escarlate", uma menina se perde na floresta e é resgatada por uma bela mulher, que a leva para seu castelo para comer e festejar. Mas, na calada da noite, ela acorda com dentes afiados perfurando sua canela e olhos vermelhos brilhando em sua direção por debaixo dos lençóis. Ela corre desenfreadamente e consegue voltar para casa, onde desaba nos braços de seu aliviado pai. Na lua seguinte, vai dormir cedo, sentindo-se estranha. Quando acorda na manhã do outro dia, há sangue em sua camisola e cartilagem entre seus dentes. Ao deixar o quarto, encontra seu pobre papai morto e todas as portas trancadas por dentro. Ela corre para a floresta e se esconde entre as árvores. Na lua seguinte, morde um lenhador, que escapa com vida e conta para seus companheiros do vilarejo sobre o ataque. Eles saem para caçá-la, até a capturarem.

Ela é amarrada a uma estaca na praça, e uma pira é acesa sob seus pés. Enquanto perece nas chamas, os moradores do vilarejo acendem tochas e caminham em direção à casa do lenhador, surdos aos pedidos de misericórdia que a família faz do lado de dentro. Seus rostos colam nas janelas, enquanto observam os amigos e vizinhos queimarem sua casa com plena consciência de que estão ali dentro.

No livro, a menina amaldiçoada se transforma em uma fera de pelos castanho-avermelhados e orelhas pontudas na lua cheia. Mas minha mãe não se transforma. Não fisicamente, pelo menos. Enquanto a lua infla e brilha, ela começa a ficar inquieta, seu olhar solta flechas pelo quarto e suas mãos se esticam com movimentos anormais e pulsantes. Então, o branco de seus olhos ganha um tom de rosa, depois vermelho, voltando a empalidecer quando a lua cheia passa. Nessas noites, não consigo chegar perto dela depois que o sol cai; embora sua pele não se rasgue, nem cresçam ossos ou dentes, tudo o que ela tem de humano é engolido pela necessidade de morder e despedaçar, com seus dedos e suas palavras.

Na primeira vez em que a fera a possuiu, entrei no quarto pouco tempo depois de o sol nascer, e ela me atacou apertando a mão em torno do meu tornozelo e me puxando para o chão. Quebrei um dente quando meu rosto bateu violentamente nos juncos que cobrem a madeira velha. Se isso tivesse acontecido alguns segundos antes, se o sol ainda não tivesse cruzado o horizonte, se eu não estivesse usando dois pares de meias de lã... tantos "se" e tanta sorte... Talvez eu também fosse como ela agora.

No início, antes de saber com o que estava lidando, tentei achar uma cura e esquadrinhei meus velhos livros em busca de qualquer menção aos seus sintomas. Pensei que fosse só achar a página certa, encontrar a receita certa. Acreditei de verdade que, desta vez, eu não falharia. Mas a única coisa que correspondeu ao seu caso foi a história dentro do livro que eu tinha medo demais de abrir, até estar desesperada e petrificada. E, quando finalmente o fiz, já sabia que não havia cura.

Então, tentei conter a fera, colocá-la para dormir: camomila, lúpulo, lavanda, bálsamo de limão. Mas ela ardia, apesar dos meus mais poderosos sedativos. Mesmo quando as dosagens eram perigosamente altas, em uma ou duas horas ela voltava a esmurrar a porta.

Finalmente, fiquei desesperada e busquei plantas mais sórdidas: papoula, artemísia e até pequenas doses diluídas de aconitina. Burlei a lei nas diversas vezes em que usei ervas e bagas negras: em parte, temendo matá-la, ou temendo que ela me matasse antes. É preciso tratar tais plantas como se trata a fera. Não se deve procurá-las, mas caso o faça, sempre lhes dê o devido valor. Confie nelas. É preciso respeitá-las, temê-las. Eu temia mais a minha mãe.

Nada funcionava, de qualquer modo. Seus olhos me seguiam vorazmente pelo quarto quando a lua cheia estava próxima. Seus dedos se curvavam em garras e ela me farejava quando a colocava na cama. Depois de perceber que falhara, parei de tentar ajudá-la e passei a me contentar com algumas horas de descanso. Se meu mestre de boticária, Mestre Pendie, pudesse me ver agora, estaria enojado.

Ela ainda parece muito minha mãe, mesmo quando tenta me machucar. Não uiva; sussurra meu nome, implorando para que eu abra a porta e a abrace, implorando para que eu fique com ela, que a reconforte.

É a única ocasião na qual ainda fala comigo.

Viro a página e dou de cara com o Príncipe Adormecido. Analiso sua ilustração, o cabelo prateado esvoaçando atrás de si, atravessando a página. Em seus braços encontra-se uma linda mulher de pele escura. Ele olha através da página com o semblante orgulhoso e protetor, e ela o observa. Uma de suas mãos descansa no rosto dela, e a mulher parece apoiar-se naquela mão, com os olhos entreabertos de prazer.

Até começar meu aprendizado, eu não sabia que o Portador fazia parte da história do Príncipe Adormecido. Já ouvira falar dele, claro: *seja uma boa menina ou o Portador virá atrás de você*, diziam os pais para suas filhas. Eu não sabia que suas origens estavam ligadas ao Príncipe Adormecido, até que um dia folheei a cópia das histórias de Mestre Pendie enquanto esperava uma poção fermentar. Foi a primeira vez que eu mesma li a história. Quando era pequena, mamãe, papai ou Lief precisavam ler para mim. E, ao crescer, perdi o interesse nos contos antigos e passei a inventar os meus próprios. Mas, naquele dia, peguei o livro e o li do começo ao fim. Inclusive a parte em que o Príncipe Adormecido torna-se pai sem mesmo saber. Entendo por que minha família omitiu essa parte; eu teria tido pesadelos por semanas a fio. Sonharia com meninas, quem sabe até eu mesma, sendo conduzidas por seu filho amaldiçoado até o Príncipe Adormecido, que afinal apenas arrancaria seus corações. Foi horripilante, depois de todo aquele tempo, descobrir que a história trágica tinha um fim ainda mais nefasto.

Mesmo depois da descoberta, no entanto, eu tinha dificuldade em acreditar que o príncipe iluminado e sorridente do livro poderia, algum dia, comer um coração. Via como ele segurava a filha do caçador de ratazanas, como se fosse feita de vidro. Certamente, ele aninharia e daria valor a um coração. Seus acolhedores olhos cor de âmbar cuidariam dele. Não conseguia reconciliar as figuras com as palavras, e, na verdade, ainda não consigo. Embora eu saiba que é verdade, e não apenas uma história.

Imagino se poderíamos pará-lo agora, caso tivéssemos prestado atenção na história. O Portador foi visto em nossa floresta com uma menina de cabelo escuro e ninguém achou nada demais. Acreditamos tratar-se de um casal de amantes, fugindo de Lormere, o que não teria sido novidade, e não prestamos atenção. Até que era tarde demais. Era uma velha superstição. A cada século, o filho do Príncipe Adormecido levanta de seu túmulo para buscar na terra um coração para alimentar seu pai. Um disparate, é claro. Um velho conto para esposas. Todos nós esquecemos que o Príncipe Adormecido e seu filho eram, ou foram em algum momento, reais.

Quando o dia raia, faço os movimentos necessários para cozinhar o café da manhã de minha mãe, preparar seu chá e limpá-la. Varro os juncos borrados de seu quarto e troco algumas das cobertas em sua cama. Ela se reclina quando termino, encarando o teto. Eu a deixo e tranco a porta.

Enquanto me arrumo para sair, escuto vozes se aproximando e entro em pânico, procurando minha faca. Depois, lembro que hoje é o dia da evacuação e uma espiada para fora da janela confirma minha lembrança. O Velho Samm passa arrastando um pequeno carrinho com sacos estufados de serapilheira, resmungando para o soldado vestido de verde ao seu lado. Se este fosse um lugar diferente, quem sabe eu puxaria as tábuas para o lado e acenaria. Mas não o faço. Não quero chamar atenção, não quero os soldados aqui, dizendo que também precisamos ir embora. Espero que Unwin aceite minha história sobre a doença de mamãe e não tente nos forçar a sair. Não importa tanto se vierem nos buscar depois que a lua cheia passar; posso sedá-la e culpar a doença, dizer que ainda está enfraquecida. Terei três semanas para tentar achar outro lugar deserto o suficiente para nos esconder. Talvez ao sul, na direção das montanhas, perto do rio Penaluna.

Preciso ir ao poço buscar água para nos abastecer, para que não tenha que sair sempre. Quanto menos me virem, melhor e mais provável que presumam que nós também partimos. E preciso ir à floresta. Lembro-me do que Unwin disse sobre pessoas sendo mortas lá e tremo.

Não importa, porque não tenho muita escolha. Preciso de ervas e de todas as bagas, nozes e raízes que puder encontrar. Tenho que me certificar de que tenho comida suficiente para os próximos dias, assim como poções e remédios para vender na estrada. Acima de tudo, preciso fazer o chá de papoula que mantém a fera contida. Precisarei apenas ficar longe da fronteira e das vistas de qualquer outra pessoa.

A floresta não parece acolhedora, mas me movo como um fantasma por entre suas árvores, rente ao chão e na escuridão das sombras. Sei onde achar os frutos de papoula e a beladona; portanto, dirijo-me logo para lá com as orelhas alertas para captar qualquer som. Vejo um esquilo correndo pelos galhos de um pinheiro e tomo um susto. Sem pensar, arremesso minha faca nele. Muito lenta, erro o esquilo, que logo desaparece, mas o som do cabo da faca na casca da árvore é alto demais nesta mata, então paro, petrificada. Escuto atentamente, atormentada pela possibilidade de ouvir gritos e passos apressados em minha direção, tudo por causa da minha pressa. Espero por longos momentos antes de me sentir suficientemente segura para seguir em frente e recuperar a faca, e agradeço pela minha sorte ao embainhar a arma. Mesmo assim, a oportunidade perdida me incomoda; gostaria que meu pai tivesse me ensinado a caçar. Eu realmente seria capaz de matar agora para ter um pouco de carne para um ensopado.

Daí lembro que precisarei ser discreta com a fogueira, para não atrair muita atenção. E espero ter a mesma sorte para escapar de Unwin e seus soldados que o esquilo teve ao escapar de mim.

Não vejo sinais de pessoas enquanto coleto os últimos frutos de papoula e começo a descer para o arbusto de beladona, quando escuto um farfalhar remoto. Levo algum tempo para localizá-lo, mas quando me mexo, percebo o que é: um manto arrastando-se pelas folhagens. Instantaneamente, eu me agacho, levanto a bainha do meu manto e me dirijo para um arbusto de azevinho, agarrando firmemente a faca. Meu coração dispara dentro do peito.

Não fosse o fato de ter passado as três últimas luas estudando seus movimentos, talvez eu não tivesse reconhecido Silas atravessando a floresta. Suas pernas longas estão determinadas quando atravessam o caminho à minha frente. Ele para a oito ou nove metros de distância de onde estou e inclina a cabeça para averiguar os arredores sem remover o capuz. Meu queixo cai e eu me pergunto se não teria enlouquecido, porque é como se estivesse assistindo à primeira vez que nos encontramos, aqui mesmo nesta floresta.

Quando outra figura emerge coberta com um manto, quase solto um grito. Mas o som não chega aos meus lábios, morrendo assim que Silas gira, e, vendo a silhueta recém-chegada, abre um sorriso alegre e largo. Quase grito de novo quando Silas, que detesta ser tocado, joga os braços em torno da figura encapuzada como se fossem parentes que há muito não se viam. Eles ficam abraçados por algum tempo, trocando tapinhas nos ombros antes de se afastarem para encarar um ao outro, ainda conectados pelos antebraços, falando baixinho. Não consigo ouvir o que dizem, mas percebo que estão felizes por estarem juntos. Outra vez o gosto amargo do ciúme sobe como refluxo pela minha garganta. Ele nunca pareceu tão feliz em me ver.

Ambos se viram para caminhar juntos em direção a Almwyk, e não hesito em segui-los, abandonando minhas próprias tarefas para rastreá-los. Quem é essa pessoa por quem Silas arriscaria ser visto, ser morto? Seria isso parte da razão pela qual ele está aqui? Enquanto caminham, posso ver que o estranho é mais baixo do que Silas e precisa se mover mais rápido do que ele para manter a mesma velocidade das largas passadas. Meu estômago revira quando Silas joga um braço por cima dos ombros do estranho, que permanece casualmente assim enquanto seguem adiante. Eles param e retomam os passos, freando para falar francamente antes de continuar. Preciso me esconder atrás de arbustos e árvores para sair da vista deles, mas, com o excesso de cautela, acabo os perdendo de vista e entro em pânico quando finalmente chego onde estavam e não encontro qualquer sinal dos dois.

Estou investigando o local, procurando folhas reviradas ou pegadas de botas, quando um estranho som atravessa o ar e aterrissa atrás de mim. Minha pele arrepia e meus batimentos cardíacos disparam, mas meu cérebro ainda leva um segundo para entender o que é. A visão de uma segunda flecha enterrando no tronco da árvore ao lado da minha cabeça confirma o que eu temia.

Soldados.

Esqueço Silas e seu amigo, largo a cesta e começo a correr.

Corro por entre as árvores, fazendo um zigue-zague aleatório para dificultar o trabalho dos soldados, que já partiram em minha direção, golpeando o ar e gritando, sua sede de sangue subindo às alturas enquanto me perseguem. Não achei que estariam tão perto da cidade; esperava que penetrassem mais floresta adentro para defender a fronteira. Não paro para ver quantos são, nem considero a possibilidade de me render, porque sei que assim que abaixar o capuz eles atirarão em mim. Em vez disso, voo sobre raízes e derrapo em folhas mortas, disparando cegamente no que acredito ser a direção da minha casa. Atravesso arbustos e quebro galhos que prendem no meu cabelo e batem no meu corpo e no meu rosto.

Outra flecha atravessa o ar perto de mim e o lado da minha orelha direita arde. Levo a mão ao local, e ela volta ensanguentada. *Não, não, não.* Corro em frente. Meu manto fica preso em uma árvore no chão, e caio de cabeça por cima do tronco. O impacto faz meus dentes tilintarem. Levanto os olhos e vejo uma pedra cair a três metros de distância. Se eu ainda estivesse correndo...

Rolo e me arrasto para a esquerda, em direção a uma densa moita de lariço, e rezo sem parar para que Silas, ou alguém, qualquer pessoa, apareça, enquanto escuto os homens se aproximarem.

Quando atinjo o lariço, quase dou de cara com mais homens. Uma parede de dez ou mais túnicas verdes com espadas erguidas corre na minha direção, me ignora e passa correndo por mim. Viro-me atônita para ver que meus perseguidores não eram soldados, mas que um grupo de quinze homens ou mais vestidos de preto avançam em nossa direção com lanças e espadas nas mãos, que cortam na direção dos soldados entre mim e eles. Seus rostos estão cobertos com lenços, as armaduras não combinam, mas a malícia de suas intenções é inconfundível.

Um dos soldados corre de volta em minha direção, agarra meu braço e me arrasta para longe do tumulto. O som da batalha ecoa pelas árvores, gritos e berros, metal batendo em metal. O ar também tem cheiro metálico e, quando arrisco um olhar para trás, vejo chamas na ponta das lanças e o fogo chove aleatoriamente nas flechas. Um dos soldados é atingido e cai imóvel sobre as folhas mortas. Eu engasgo e o chão se ergue até meu rosto, de modo que preciso me apoiar com as mãos para não bater mais uma vez contra a palhagem no chão da floresta.

– Levante-se, senhorita – brada o soldado –, a não ser que queira morrer aqui.

– Me desculpe – arfo, com dificuldade para ficar de pé. Então, olho para o alto e meu queixo cai com o choque. O soldado que se dirige a mim veste uma faixa azul e segura a espada com tanta força que consigo ver os tendões esticados em seu punho saltarem por debaixo das cicatrizes causadas pelo toque de metal quente. Na última vez em que o vi, era um menino como Lief. Suas bochechas escuras eram macias e seus olhos castanhos saltavam do rosto com medo e esperança, quando convidou minha melhor amiga para ir ao baile da colheita com ele.

O homem à minha frente veste um capacete de metal amassado, tem uma barba malfeita no queixo e até as partes mais planas de seu rosto agora estão mudadas, mais cingidas e fortes. Seus olhos brilham, mas não com esperança; com vigilância, zunindo da esquerda para a direita por cima da minha cabeça.

– É você? – pergunto, incapaz de acreditar que essa conexão perdida com meu passado está bem na minha frente.

Seu rosto irrompe com reconhecimento e um sorriso começa a se formar.

– Errin? – pergunta ele, e aceno com a cabeça.

Em seguida, o terrível som começa novamente e ele se atira para frente, cai de bruços e solta um grunhido de surpresa.

Sua perna está atravessada por uma flecha em chamas.

Capítulo 6

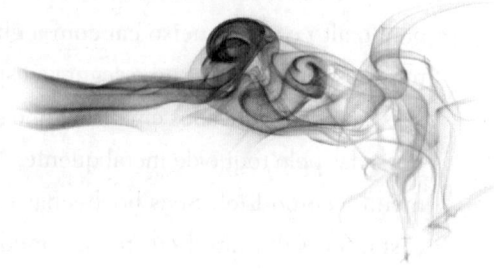

— Kirin? Kirin, não! — grito. Minhas mãos alcançam a flecha que já está se apagando. Só então percebo que continuo agarrando a faca, que nunca a soltei, e que a estou segurando com tanta força que o revestimento do punho deixa marcas na palma da minha mão.

— Siga em frente, Errin, não pare — diz Kirin Doglass enquanto se levanta com um grunhido e me puxa para longe. A ação às nossas costas fica cada vez mais alta, mais próxima.

Flechas ainda zunem em nossa direção, então mantenho a cabeça baixa. Juntos, cambaleamos para a esquerda, depois para a direita, tentando ficar fora do caminho dos outros. Ele às vezes salta, às vezes manca, rangendo os dentes e mantendo os olhos nas árvores à frente. Não olho para trás, embora esteja desesperada para ver se os soldados estão conseguindo suportar o ataque. O som de espada contra espada agora ecoa pela floresta, e o pânico cresce em mim. E se eles perderem? Afasto esse pensamento e me posiciono ao lado de Kirin, colocando meu braço em torno de sua cintura para ajudá-lo a coxear pela floresta, que parece infinita. Mal posso acreditar quando vejo o fim da mata.

Quando estamos fora dos limites da floresta, ele tomba no chão. Sua mandíbula está fixa, os olhos queimam no rosto pálido e a perna perfurada está bem à sua frente.

– Precisamos continuar – digo com urgência, olhando para trás, certa de que seremos alcançados a qualquer momento.

– Não consigo.

– Podem ser golens.

– Não são – arfa ele.

– Você não sabe...

– Errin. – É um comando. – Preciso que remova a flecha. – Seus dentes rangem.

– Não. Não é uma boa ideia. Enquanto ela estiver aí, vai estancar o sangramento. Você precisa deixar a flecha onde está até ser atendido por um médico.

Ele suspira.

– Certo. Verifique se ela saiu intacta do outro lado, por favor?

– Acho que sim. Veja – digo, e sua mandíbula fica mais travada.

– Não consigo.

– Kirin, está ali...

– Errin, eu não consigo – diz, por entre dentes cerrados. Ele tira o capacete e o joga ao seu lado. Então, desabotoa o manto, arranca-o dos ombros e o embola em cima do capacete. Seu cabelo cacheado e curto reluz com a umidade do suor. Ele mantém o olhar longe da perna.

Embainho minha faca e faço o que ele pede. Meu estômago pesa estranhamente quando me aproximo do ferimento. Pelo menos quinze centímetros de madeira atravessaram sua carne. De perto, é horripilante. A ponta de metal está surpreendentemente limpa.

– Sim – digo para ele, engolindo seco.

– A ponta ainda está presa à flecha?

– Está.

– Com corda? Fio de metal? Cera? Pode ver como?

– Cera, eu acho. Talvez cola? – inclino-me para frente e analiso. – Cera de vela de boa qualidade.

Ele suspira suavemente.

– Graças aos Deuses. Pode remover a ponta?

– Por quê?

– Preciso vê-la e verificar se há veneno.

– Se eu mexer na ferida, posso abri-la ainda mais.

Ele balança a cabeça.

– Por favor, Errin, preciso saber. Se removê-la, deve soltar com facilidade.

Ele soa terrivelmente tranquilo a respeito da ferida, mas suas mãos estão tremendo, o rosto cinza e tenso, e meu estômago pesa novamente.

Penso na época em que era uma boticária em treinamento, nas vezes em que vi médicos limpando ferimentos purulentos ou removendo pedaços de metal e madeira de machucados para então aplicar minhas poções para tratá-los. Vou conseguir.

Rasgo sua calça no sentido da costura, antes de agarrar a haste da flecha na parte de trás do seu joelho, ignorando a inspiração profunda que resulta das minhas ações. Então, agarro a ponta com a outra mão. Não sou curandeira, mas imagino que seja mais ou menos por aí, essa responsabilidade terrível que é saber que causará dor a alguém com suas próprias mãos. Meu estômago afunda de novo e olho para a ponta da flecha. Se não saiu com o impacto, é porque deve estar presa com firmeza. Não há como ele não sentir o que está por acontecer.

Respiro fundo, fecho os olhos e puxo a mão direita velozmente. Sinto náusea quando a ponta sai inteira e Kirin grita.

Quando olho para ele, o suor escorre por seu rosto.

– Kirin – digo, mas ele levanta a mão fragilmente.

— Analise a ponta da flecha – diz, com a voz cansada e distante. – Ainda tem cera? E farpas, algum pedaço solto de madeira ou rachaduras?

— Nada. Sinto muito, Ki...

Sem qualquer aviso prévio, ele agarra a haste da flecha bem abaixo das plumas e dá um puxão. Em seguida, desfalece com o rosto na lama, levantando-se pouco depois para vomitar.

Deixo-o como está. Saco minha faca e abro seu manto descartado. Corto uma faixa da parte de cima, onde está mais limpo, e faço um torniquete abaixo do joelho. O fluxo sanguíneo imediatamente desacelera, e uso outra faixa para limpar as feridas. Estão limpas, graças aos Deuses.

— Você tem sorte – digo enquanto corto a lã espessa, rasgando mais duas outras faixas para fazer emplastros e uma terceira para a bandagem. – E é burro.

— Desculpe – diz Kirin, cuspindo na terra.

— Você jamais deveria ter feito isso. Nunca. Você não tinha ideia do que poderia ter acontecido. Poderia ter tido uma hemorragia em segundos.

— Prefiro morrer aqui a morrer em um hospital de campanha. – Ele agarra os dois emplastros da minha mão e os pressiona contra as feridas, enquanto amarro a bandagem em volta deles para manter tudo no lugar. Quando termino, olho para Kirin e percebo que ele usa um amuleto, ofuscado pela luz do inverno. Uma indicação de que se trata de ouro de verdade. Vejo três estrelas e mordo a língua.

— O que está fazendo aqui, Errin? – pergunta ele, limpando a boca no que resta de seu manto, encarando-me como se eu pudesse desaparecer a qualquer momento. – Onde está Lief?

Os ruídos da batalha estão mais baixos agora; se é a distância ou a vitória de um dos lados, não sei dizer.

— Você realmente precisa de uma opinião qualificada sobre seu ferimento. Ele pode inflamar.

— Errin, onde está ele?

Ignoro a habitual pressão no peito e digo de maneira tão simples quanto posso o que sei: que Lief estava em Lormere quando o Príncipe Adormecido atacou, que não tivemos notícia desde então. Mas que acho que ele está vivo.

Kirin, no entanto, não parece aliviado com minhas palavras. Na verdade, seu rosto despenca. Parece velho, cansado e arruinado. Parece que os ossos se movem por debaixo de sua pele, transformando-o em outra pessoa, alguém novo. Observo enquanto envelhece diante dos meus olhos, perde os últimos traços de menino e seu olhar se torna fosco.

– Errin – diz, e conheço este tom. É exatamente o mesmo que Silas usa quando falo de Lief. E estou farta disso.

– Não – interrompo, antes que ele possa dizer quão improvável é que meu irmão esteja vivo. – Você conhece Lief. Tão bem quanto eu. Você, sinceramente, acha que ele entraria em alguma situação que pudesse levar à sua morte?

– Então, onde ele está?

– Eu... não sei. Talvez ferido, em algum lugar, ou preso. Mas sei que está vivo, Kirin, posso senti-lo. Ele não nos deixaria. Ele vai voltar, assim que puder. Sei que vai.

– Escutei as notícias dos que voltaram de Lormere e...

– Eu também. E perguntei a cada refugiado que encontrei, mas nenhum ouviu falar de qualquer tregelliano em meio à confusão. – Não deixo que Kirin se pronuncie, falando mais alto a cada vez que ele protesta. – Minha teoria é que ele foi ferido ao tentar escapar do castelo e está escondido em algum lugar, recuperando-se.

– Então, por que não mandou notícias? – O tom de Kirin é enlouquecedor de tão gentil.

– Talvez tenha mandado. Ou tentou e não conseguiu. E a fronteira está fechada agora. Pode ser que não tenhamos notícias dele por muito tempo.

– Não acho que ele as deixaria aqui – diz Kirin discretamente, com os olhos cheios de piedade. – Não se pudesse evitar. Errin, você precisa encarar os fatos. É quase certo que Lief tenha morrido.

– Não. – Um barulho terrível ecoa em meus ouvidos, como se eu tivesse encostado a cabeça em uma parede repleta de vespas.

– Também não quero acreditar que ele tenha partido.

– Então, não acredite – confronto, levantando as mãos para cobrir os ouvidos, como uma criança.

Ficamos em silêncio, os dois.

– Você mora em Almwyk? Em um daqueles barracos? – pergunta Kirin, pouco depois.

Abaixo as mãos, que nada fizeram para me isolar de qualquer modo, e aceno com a cabeça, forçando as palavras por cima do grito que virou um nó em minha garganta. Ele continua:

– Você não deveria estar aqui – diz, tentando se levantar. – Venha.

Embora sinta raiva por ele ser tão cético, enrosco meu braço no seu e o ajudo a se levantar, ignorando o gemido que ele solta quando encosta o pé esquerdo no chão.

– Quando entrou para o exército? – pergunto, enquanto caminhamos lentamente para o centro de Almwyk. Em Tremayne, Kirin também era aprendiz como eu, mas de ferreiro. Seu sonho era ter a própria ferraria. Precisaria solicitar uma licença da guilda nesta colheita.

– Estou cumprindo meu dever – responde ele com uma voz curiosamente monótona.

– Seu dever? Desde quando ser soldado é seu dever?

Ele para ao lado de uma das cabanas abandonadas e, com a respiração pesada, abaixa a cabeça para me encarar. Seus brandos olhos castanhos agora estão duros, e a boca, reduzida a um traço.

– Fui convocado – diz, finalmente. – Todo homem saudável de dezoito a quarenta anos foi convocado. O chamado às armas foi obrigatório para aqueles aptos e capazes em todo o território de Tregellan.

Pisco os olhos ao receber essa notícia.

– Como? Como conseguiram obrigar a todos?

– Detenção e prisão para os que se recusarem. Confisco de terras, propriedades e bens. As famílias que se danem. Quem não lutar será preso, e sua família será despejada de casa.

– Mas isso está errado. Não somos assim. Soa como algo que os lormerianos fariam.

Kirin levanta uma sobrancelha.

– É uma lei antiga que jamais foi revogada. Cada lar precisa prover pelo menos um homem para o serviço militar quando assim for solicitado por seu soberano. A mesma lei foi utilizada na guerra contra Lormere. O Conselho a restaurou. Os Juízes estão fazendo com que seja cumprida.

– Podem fazer isso?

– Com certeza. – A voz de Kirin fica mais sombria. – Embora, se você provar que é religioso, possa ser isento.

– Mas ninguém mais é religioso hoje em dia – digo lentamente. – E os outros? Os mais velhos? As mulheres? Mestre Pendie? Lirys? Ulrik? – Listo os nomes das pessoas a quem quero bem.

– Todos que poderiam ser aproveitados foram enviados a Tressalyn, inclusive Ulrik. – Sua boca vacila com a menção do nome de seu antigo mentor. – Querem todas as mãos hábeis nos preparativos para a guerra. Os mais velhos e até algumas mulheres foram enviados à grande forja para produzir armas. Pendie ainda está em Tremayne, no entanto. A maioria das mulheres ficou em casa para cuidar das fazendas e dos negócios. Por enquanto.

– Por enquanto? Vão pedir às mulheres que lutem?

– Se as coisas piorarem muito... – Ele me encara com um ar pensativo. – Espere! Não me diga que você se alistaria?

– Acha que eu não seria capaz?

Sua boca se contrai antes de tentar sorrir.

— Ah, sei que você seria capaz. Acho que deveria ser uma escolha, só isso. – Ele faz uma pausa. – Uma escolha bem informada, em vez de dizerem às pessoas que é pela glória. Porque não há nada de glorioso a respeito da morte... – Ele se cala tarde demais e olha para mim, pálido.

— Me desculpe – diz, e abano sua desculpa para longe. – De qualquer modo, você é boticária. Certamente, é isso que gostariam que você fizesse.

— Não tenho a licença.

— Se isso continuar, a licença não importará. Eu era ferreiro, e olhe para mim agora. – Ele gesticula para o uniforme ensanguentado.

— Como está a situação? – pergunto, em voz baixa. – É possível que fique ruim o suficiente para convocarem mulheres para a luta?

— Não sei – responde ele vagarosamente. – Em Tremayne, as coisas vão bem, pelo menos na superfície. Não há racionamento; não que eu saiba. Nenhum ataque. As pessoas estão se preparando, estocando comida e combustível, limpando os porões para usar de esconderijo, mas não há um sentimento de pânico, na verdade.

Escuto algo em sua voz que me faz pensar que a questão é mais complicada.

— Mas?

Kirin dá de ombros e dá um passo sem pensar. Imediatamente, solta um grunhido e segura dolorosamente em meu ombro, respirando profunda e demoradamente. Espero até seu rosto corar outra vez e me abaixo para examinar sua perna. Os emplastros feitos a partir do manto estão embebidos de sangue, mas nem tanto. Confirmo com a cabeça que podemos continuar caminhando e posiciono o braço de novo em volta dele.

— Quando se sai de Tremayne, é possível ver os ricos dirigindo-se a Tressalyn com carruagens repletas de riquezas – continua. – Pode-se ver filas de homens, meninos, partindo para serem soldados. Suas mães, irmãs, esposas e filhos choram enquanto se afastam. E é possível sentir no ar o cheiro do acampamento de refugiados em Tyrwhitt, muito antes de vê-lo. E, aqui, há homens na floresta e relatórios diários com a posição dele e as ações de seus golens. Lortune, Haga, Monkham... Verdade seja dita, todos nós esperamos que não seja preciso uma batalha de fato. Simplesmente não temos homens para isso, mesmo com a convocatória. Estivemos em paz por cem anos; não estamos preparados para uma guerra. Como matar uma pedra? Não temos armas de cerco, nada. Não se pode lançar homens contra rochas. Mal podemos combater outros homens.

Olho sobre meus ombros para a floresta, de onde seus parceiros ainda não emergiram. Entretanto, nem os outros deram as caras.

– Então, quem são eles? – indico a floresta com a cabeça. – São refugiados, ou homens do Príncipe Adormecido?

– Ah, são homens dele, com certeza. – Percebo que ele não chama o Príncipe Adormecido pelo nome. – Grupos de exploração de humanos. Não demora para que as pessoas se voltem contra seus iguais, se acharem que é isso que os permitirá sobreviver. O Cavaleiro Prateado comanda o exército de humanos, recruta a escória e os traidores para saquear e matar lormerianos que tentem resistir ou lutar. Já começou a mandar grupamentos para a floresta como uma tentativa de penetrar as barreiras do nosso exército. Está nos testando. Até agora, este foi o terceiro grupamento. Mas nunca saem da floresta. Nem voltam para ele.

– O Cavaleiro Prateado? – É a primeira vez que ouço falar nele.

– O Portador. Ele lidera o exército mortal do pai.

– Claro – tremo. Finalmente, estão unidos.

– Temos companhias posicionadas ao longo de toda a fronteira, de costa a costa, patrulhando e mantendo-os afastados. Até agora... – Ele perde o fio da meada e franze a testa. – Evidentemente, esta informação não pode sair daqui. – Ele me encara cautelosamente.

– Minha boca é um túmulo.

– Se precisasse chutar, diria que ele está se divertindo às nossas custas. Acho que se ele realmente tivesse a intenção de invadir, já o teria feito. Mas isso? Mandar pequenos grupamentos para nos assediar e se comunicar com o Conselho? Ele sabe que estamos correndo afugentados e que não podemos derrotá-lo. É um jogo para ele. Lortune foi interditada imediatamente, e a primeira notícia que tivemos foi de uma mensagem que ele enviou ao Conselho informando o feito e declarando-se o rei incontestável.

— Então você acha que não vai haver invasão?

— Ainda não. Seu foco principal agora parece ser destruir os templos e matar os devotos em Lormere. Ele foi completamente contra os Deuses Lormerianos.

— Mas por quê? Por que está escolhendo pessoas de fé como alvo? — Não sou religiosa, poucos aqui são, mas a ideia de queimar templos ou desmembrar freiras e monges me causa náuseas. É como ferir crianças. São inofensivos, em sua maioria.

— Queime toda a comida, e as pessoas vão passar fome, ficar enfraquecidas e se virar umas contra as outras. Destrua templos e seus acólitos, e as pessoas não vão ter a quem suplicar, nenhum santuário, nenhuma caridade. Nem esperança. Especialmente em um lugar como Lormere. Já estão angustiados porque sua Deusa viva desapareceu. A esta altura, isso é uma brincadeira de criança para ele. — Kirin faz uma pausa. Uma camada de asco cobre cada uma de suas palavras. — O que ele faz aos fiéis... É terrível, Errin.

— O que ele faz? — Não quero saber, mas a pergunta está pronta em meus lábios antes que eu possa contê-la. E, pela velocidade da resposta de Kirin, ele já sabia disso.

— Ele arranca o coração deles. Homens, mulheres, seminaristas, noviços, coroinhas... Não discrimina, não se importa se são velhos ou novos. Ele arranca os corações e os exibe nas praças das cidades. Põe homens para vigiá-los, para que não sejam recuperados pelas famílias e entes queridos. Os pássaros conseguem alcançá-los e os ratos também. Mas as pessoas, não. Os corpos são jogados em valas e as Devorações são negadas. Ele também criminalizou isso; a cabeça da Devoradora de

Pecados tem um preço. E alto. Ela não era amada, de qualquer modo, pelo que ouvi por aí. Com este preço, imagino que ele a terá antes do Solstício de Inverno.

Paro de me mexer.

– Por quê? Por que ele está fazendo isso? – A crueldade bestial e selvagem de tudo isso me enoja.

– Porque é um monstro. Porque os lormerianos são ratos, que passaram anos a fio acovardados atrás de sua realeza e de seus Deuses, com medo até da própria sombra. Não poderia ter sido mais fácil para ele, nem que tivesse simplesmente batido à porta do castelo. Não teriam feito nada para defender-se. Estão muito afugentados, muito ocupados rezando pela salvação. E porque ele está atropelando tudo o que há em Lormere sem qualquer consequência, nosso Conselho precisou certificar-se de que ele não teria a mesma sorte aqui. – Kirin olha para seu uniforme e perde o calor da fala, parecendo-se mais com o menino que um dia conheci. – Por que ainda está aqui? Você não deveria ter evacuado a área esta manhã? Fomos informados de que os civis teriam partido hoje. Qual é a sua cabana? Venha, vou falar com sua mãe agora; podemos tentar tirar vocês daqui esta tarde.

– Não seja burro – respondo sem titubear. – Você precisa voltar para o acampamento. Sua perna precisa de atenção especializada.

– Você, certamente, pode fazer um curativo. Não era para isso que estudava?

– Você precisa de um médico, não de uma boticária. Por que não nos encontramos em algum lugar, mais tarde? Podemos combinar o que fazer então. Vamos, posso levá-lo de volta para a estrada.

Kirin se inclina para frente e penetra o meu olhar.

– O que está escondendo, Errin Vastel?

– Nada.

– Mentira. Eu a conheço. Está se esquivando de mim. O que está acontecendo?

– Se quer mesmo saber, mamãe está doente – conto a mesma mentira que contei para Unwin. – Não posso movê-la ainda. Partiremos assim que ela se sentir melhor. Mas não quero arriscar colocá-la na estrada, ou no acampamento, no estado em que se encontra. – É o mais próximo que consigo chegar da verdade. – Seremos discretas até que a hora chegue.

– Quem sabe podemos levá-la até o quartel? Fica a uma distância segura da floresta. Ficaríamos por perto, enquanto ela se recupera. Posso ir lá agora e...

– Sua perna – digo por cima dele, que repudia minha atitude com a sobrancelha. Forço-me a encarar seus olhos familiares e amigáveis. – Fico preocupada quando ferimentos são ignorados – digo, em voz baixa. – Você sabe o porquê. Não demora... um ferimento deste tipo...

– Ah, Errin. – Kirin parece miserável e me sinto terrivelmente culpada por ter usado esse trunfo. – Me desculpe. Vou embora, agora, para fazer o curativo. Depois voltarei para vê-la. Pelos Deuses! Se soubesse que estava aqui, teria vindo antes para libertá-la, você sabe. – Ele balança a cabeça. – Por que Lief trocou a fazenda por isso?

– O quê? Do que está falando? – Eu o encaro.

– A fazenda... todos nós... espere! Você não sabe, ou sabe?

– Saber de quê? Conta logo! – insisto, quando ele balança a cabeça. Kirin engole em seco, sem conseguir me olhar de frente.

– Ulrik disse a Lief que ajudaríamos; metade da cidade estava pronta para ajudar a salvar a fazenda, a comprá-la. E vocês poderiam nos pagar depois. – Ele me encara com piedade. – Seu pai foi respeitado, e até amado. Nós não deixaríamos nada de mal acontecer a um de nós, mas Lief recusou a oferta. Disse que não precisava de caridade, que tinha um trabalho e um novo lar para todos. Então, vocês partiram e ninguém sabia para onde.

– Eu... – posso sentir minha boca abrindo enquanto alterno entre calor e frio. – Ele não... ele não faria isso. Ele não nos tiraria do nosso lar para ficar aqui.

— Pensamos que haviam escolhido assim. Um recomeço, longe das memórias ruins.

— Eu não sabia de nada disso. — O zumbido volta e preciso sacudir a cabeça para me livrar dele. Tivemos uma escolha e Lief preferiu isto? — Não sabia mesmo. Achava... achava que ninguém se importara.

— Pensou que Lirys, ou eu, não nos importaríamos? — A mágoa em seu tom é clara, e me enche de vergonha. — E Mestre Pendie? E os Dapplewoods? Ulrik? Como poderia ter pensado assim?

Balanço a cabeça, incapaz de falar. Por que Lief teria feito isso? Para que arrastar-nos meio país adentro para viver em Almwyk, quando poderíamos ter ficado na fazenda? Ele amava a fazenda, sofreu pela perda ainda mais do que mamãe; então, por que escolher deixá-la? E a "família em primeiro lugar"? Se tivéssemos ficado, mamãe ainda estaria... Ele ainda estaria...

— Errin, sei quanto amava Lief. Todos nós o amávamos. — As palavras de Kirin interrompem meus pensamentos, e olho para ele. Kirin abre a boca para falar outra vez, mas para abruptamente, com o olhar por cima do meu ombro.

Dois soldados trotam em nossa direção. Eles param, levantam as mãos em continência e um deles arfa, olhando fixamente para a canela enfaixada de Kirin.

— Está machucado? — pergunta a ele.

— Estou bem, Kel.

Os soldados olham para mim com curiosidade velada.

— A senhorita tem sorte de estar viva – diz Kel, o soldado. — Quando a vimos correndo em nossa direção, achamos, num primeiro momento, que era um fantasma. O que estava fazendo na floresta?

— É uma seguidora do acampamento – diz Kirin rapidamente, e os dois soldados trocam um olhar de entendimento. — Está com os curandeiros, por isso coletava casca de salgueiro para seus suprimentos. Já a questionei e tenho sua palavra de que não andará por lá novamente – acrescenta, com acidez. — Então, o que aconteceu?

— Conseguimos expulsá-los. Matamos três deles, mas eles mataram dois de nós e feriram outros dois. Bem, três. — Kel acena respeitosamente para Kirin com a cabeça. — Não sabíamos o que havia acontecido com você, mas Cam disse que o avistou quando caiu.

— Estou bem. Cam, avise que os corpos dos nossos homens precisam ser trazidos de volta ao acampamento para incineração. Deixe os dos inimigos como um aviso para os outros. Kel, espere por mim logo ali. Precisarei de ajuda para voltar.

Olho para Kirin, surpresa com a autoridade em sua voz. Os dois soldados batem continência e vão embora, cumprimentando-me com uma olhadela tímida. Espero até que estejam longe o suficiente para não nos escutarem antes de começar a falar.

— Eles o obedecem.

Kirin coça a garganta e recusa-se a encarar meus olhos.

— Sou segundo-tenente.

— Parabéns – digo, e ele bufa. — Há muitas seguidoras no acampamento? — Penso em todas as mulheres que seguem os exércitos nas histórias. Não costumam ser curandeiras. Não como as curandeiras tradicionais, pelo menos.

— Temos algumas. — Ele abaixa a cabeça.

— Ah. — Minha pele esquenta ao pensar no que isso implica e me sinto patética por ter agido feito uma criança. Moro em Almwyk, pelo amor do Carvalho! — Bem, imagino que seja um alívio...

Ele lança um olhar furioso em minha direção.

— Já estou comprometido, muito obrigado – diz com brevidade, e depois engole a saliva tão violentamente que consigo ouvi-lo.

— O quê? – pergunto. — Sério? Então, o baile da colheita...?

Um sorriso constrangido se desenha em suas bochechas e, sem pensar, saio do lugar e me jogo para cima dele com os braços em torno de seu pescoço, lembrando, tarde demais, que ele está machucado. Kirin perde o equilíbrio e geme, agarrando-se ao meu manto para ficar ereto, arquejando um pouco por causa da dor, perdendo a cor do rosto mais uma vez. Quando me afasto, vejo que Kel nos ignora estudiosamente.

– Kirin, me desculpe. Mil desculpas, você está bem? – Ele ensaia uma carranca, mas não consegue impedir o sorriso largo que aparece em seu rosto ao mesmo tempo. A mistura de expressões o faz parecer grotesco.

– Parabéns! Estou muito feliz por vocês. – Não consigo parar de sorrir. Tinha esquecido como era sorrir dessa maneira. Minhas bochechas chegam a doer, uma sensação maravilhosa.

Com os braços esticados, ele me segura e seu rosto cintila.

– Sei que é uma tolice, no meio disso tudo. Mas... – Ele dá de ombros. – Casaremos na primavera. Lirys fará questão que você esteja lá.

– É a melhor coisa que escutei em tempos – digo, e é verdade. Mais de uma vez, pude ver os dois juntos pela janela da botica. Saber que são um casal, e feliz, me enche de esperança.

– Vá encontrá-la – diz ele. – Vá para casa, sua casa de verdade.

Sou tomada por uma onda de anseio que se retorce dentro de mim. Ir para casa... para Tremayne... para a minha botica. É o que sempre quis, por toda a minha vida... Será que eu poderia? Poderia me abrir com o Mestre Pendie, procurar uma cura verdadeira, ou algum modo de controlar mamãe... De todas as pessoas, ele compreenderia. Posso retomar meu treinamento. Meu sonho lampeja em meus pensamentos: eu, de volta à botica, o homem ao meu lado... Daí, me lembro da multidão à porta, mas, desta vez, não imagino que esteja lá por mim, mas por mamãe. Tochas flamejando enquanto exigem que eu entregue a fera para o abate.

Não podemos ir para casa. Não podemos estar em meio a pessoas normais outra vez. É tarde demais.

Volto-me para ele com um sorriso descontente.

– Vá, seja um soldado. E cuide deste ferimento. Até breve – digo.

– Fique longe da floresta – alerta ele. – Venha para o quartel, já que não me diz onde achá-la. Mantenha-se dentro dos limites usados pelas seguidoras do acampamento.

— Sim, senhor, segundo-tenente — digo astutamente.

Ele bate uma continência pouco formal para mim e gira. Kel imediatamente se posiciona ao seu lado, tomando meu lugar para ajudá-lo a ir embora. Assim que ele sai do meu campo de visão, minha alegria por Lirys e Kirin começa a esmorecer e meus pensamentos se voltam para meu irmão. O que ele estava pensando? O que estava planejando? Quero vê-lo mais do que nunca, perguntar que diabos era sua estratégia ao arrastar-nos até aqui, abandonar-nos aqui?

— Lief, onde você está? — digo em voz alta, ao me aproximar da cabana. — Venha para casa. Se não por qualquer outra razão, que seja para que eu possa dar um soco em você por ter feito isso conosco. Apenas... venha para casa.

Mas todos os meus pensamentos são colocados de lado assim que entro na cabana e vejo a porta do quarto de minha mãe destrancada e escancarada. Voo até o cômodo com o coração na mão, aliviada por ver minha mãe deitada na cama, em segurança, até que escuto o som de uma garganta arranhando atrás de mim. E, quando me viro, todos os pelos do meu corpo se arrepiam.

Seu cabelo é prateado de tão branco, e curto, emoldurando um rosto que poderia ter sido gravado em mármore, de tão pálido e liso. Parece esculpido, feito sob encomenda, artificial. Mas a pior parte são os olhos dourados, cor de âmbar, paralisados enquanto me observam. A pele que os contorna está pintada de preto, poeira de carvão ou piche, por onde o dourado de sua íris queima. Estes olhos não pertencem a um rosto humano. Pertencem às páginas de um livro. Ao rosto do Príncipe Adormecido.

Congelo, o terror me enraizando ao chão, um medo vívido e gélido me paralisando, mesmo que minha mente grite para que eu corra.

Seus olhos estão bem abertos, as mãos estendendo-se até o manto jogado ao pé da cama, e, subitamente, consigo me mover outra vez. Não paro para pensar. Puxo minha faca e me lanço, mirando a lâmina nele, para afastá-lo de minha mãe.

Ele me toma pelo punho facilmente, apertando até que eu solte a faca e grite.

– Que diabos está fazendo? – pergunta enfurecido, a voz rouca e grave.

Percebo, para meu completo horror, que conheço aquela voz. O homem à minha frente é meu amigo. Aquele a quem tenho chamado de Silas Kolby.

Capítulo 7

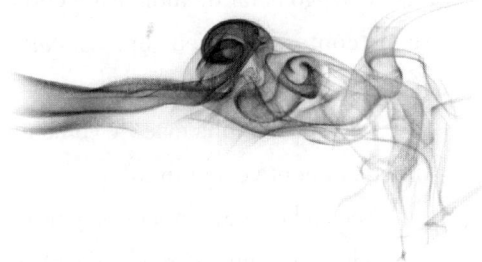

Não. Tento me livrar dele, mas seus dedos longos são como um torniquete em volta do meu punho. Entro em pânico, e, em vez de continuar puxando, uso meu peso contra ele, atirando-me para tentar derrubá-lo.

Mas não funciona. Ele torce meu outro braço por trás das minhas costas e segura meus punhos com uma só mão. Posiciona-se atrás de mim e junta seu peito às minhas costas, impedindo que eu me mova, para atacar.

– Socorro! – grito, batendo os pés e contorcendo-me em seus braços, inclinando-me para frente e para trás, batendo com a cabeça em seu peito, fazendo de tudo para me libertar. – Alguém me ajude!

– Errin, cale a boca.

O som do meu nome em seus lábios parece mais um soco no estômago. Meu sangue ferve tão intensamente que me surpreende não queimá-lo quando ele encosta em mim.

– Como pôde? – Encho os pulmões de ar e grito de novo, até minha garganta ficar em carne viva. – Como pôde?

Ele cobre minha boca com uma das mãos enfiadas na luva.

– Pare – sibila insistentemente em meu ouvido, mas continuo resistindo, gritando por cima da luva, tentando mordê-lo. Em seguida, entendo que fui capturada; ele me dominou. Mas não consigo parar de empurrar, não consigo parar de lutar. Meu corpo se mexe sem meu consentimento e me contorço em seus braços. *Não pode terminar assim. Por favor, por favor, se eu conseguir...*

Olho para minha mãe e é como um balde de água fria. Paro de resistir imediatamente e a examino.

Seus olhos estão fixados na pintura branca e descascada da parede, do outro lado da cama. Percebo que ele poderia me matar ali, na frente dela, e ela nem piscaria. Ele *vai* me matar na frente dela e ela não vai levantar um dedo para detê-lo. E assim, num instante, perco toda a resistência e caio flácida em seus braços.

Ele gira meu corpo para ficar cara a cara comigo, ainda segurando meus punhos com seus longos dedos brancos, inclinando a cabeça para me fitar com seus terríveis olhos dourados. Começo a tremer, meu sangue congela. *Não quero morrer assim. Deuses, por favor, não quero morrer aqui e agora. Não quero que minha vida seja apenas isso. E mamãe... não quero que ela morra desse jeito.*

Eu me forço a falar. Para implorar.

– Por favor, deixe-nos ir – digo, com a voz vacilante. – Eu imploro. Por favor. Não falarei para uma alma sequer que o vi. Não falarei coisa alguma. Por favor, deixe-nos ir... – Então, perco o controle e as palavras saem feito um choro. – Por favor, por favor. Tenha piedade de nós... – Agora, tremo tão vigorosamente que não consigo falar; perdi toda a coragem do meu ser. Temo que vou urinar; que vou sentir dor. Tenho vergonha por ter implorado; Lief jamais faria algo assim. Não consigo lembrar como me dirigir a um príncipe. – Milorde. – Tento fazer a melhor reverência que consigo. – Por favor, Vossa Graça...

— O quê? — pergunta ele bruscamente, e suas palavras parecem vir de algum lugar muito distante. — Que diabos, Errin? — A confusão está estampada em seu rosto, fazendo com que ele pareça subitamente vulnerável, humano. A decepção escorre por seu rosto. Ele pisca para mim uma, duas vezes, e depois me solta tão rapidamente que tropeço. Antes mesmo que eu consiga me endireitar e pegar minha faca, ele já pegou seu manto, que jogou enfurecidamente sobre os ombros, colocou o capuz e cobriu o cabelo. Mesmo assim, ainda posso ver seu rosto. Seus olhos.

Ele me encara com agressividade, os olhos dourados apertados, até virarem duas frestas.

— Não sou o Príncipe Adormecido, Errin.

Meu peito pulsa enquanto o inspeciono, pronta para me mover caso ele se mexa. Suas palavras ecoam em meus ouvidos até perderem todo o significado. Meu coração ainda bate três vezes mais rápido do que o normal. Observo-o com cautela.

— Pelos Deuses... — Seus olhos brilham através dos anéis de pretume, coléricos. Ele parece... parece perturbado. — É sério? Você realmente achou...? — Ele passa as mãos no cabelo, jogando o capuz para trás, e tamborila o dedo indicador no polegar tão rápido que borra minha visão.

E aquele pequeno movimento familiar abranda meu medo e me envergonha, porque é um gesto que conheço muito bem. Ele está ansioso, irritadiço, nervoso. Já o vi fazer isso uma dúzia de vezes.

Sei, então, que quero acreditar nele. Quero que este seja um simples mal-entendido. Mas não consigo acreditar nele. Ainda não. Não completamente. Porque existem muitas pontas soltas e ainda estou tremendo, e meus pulmões ainda estão bombeando ar como se eu estivesse correndo por quilômetros.

Minhas entranhas ainda me falam para correr.

Observo-o — observo de verdade —, seus olhos estranhos e seu cabelo e seu rosto. Faz três luas que analiso esses lábios, mas agora posso ver o pequeno calo em seu nariz, a testa, os cílios e as sobrancelhas brancos.

Seu cabelo emoldura a testa com um V profundo. Sua pele é feita de um branco opaco, não parece carne. Não consigo ver as veias correndo por debaixo dela, não há impurezas, pintas ou manchas. Seu queixo não tem o sombreado da barba. Os olhos têm a cor do mel, líquido e âmbar, e me dou conta de que estou perdida em seu olhar.

– Não sou o Príncipe Adormecido – ele repete, arrancando-me de meus pensamentos.

– Tudo bem – digo, após uma longa pausa.

– Você acredita em mim?

Não consigo mexer a cabeça para confirmar.

– Acredita? – ele exige.

– Seja justo – digo discretamente. – Esta é a primeira vez em que o vejo sem o manto. E você parece... Você deve saber com o que se parece. O que pensaria, em meu lugar?

Ele desvia o olhar e morde o lábio antes de voltar a me encarar.

– Posso explicar. Um pouco, pelo menos. Se você conseguir escutar o que tenho a dizer.

Confirmo, e vejo seus olhos liberarem um pouco da tensão.

Até que ele me varre de cima a baixo.

– Por que está suja de sangue? – pergunta ele, com uma voz estranha.

Levo a mão à minha orelha, mas o sangue já secou.

– Ah. – Tento manter a voz baixa. – Tive alguns problemas na floresta. – Volto-me para ele, procurando qualquer sinal que comprove seu conhecimento dos fatos, de que os homens que me atacaram estariam lá por causa dele.

– Quando esteve na floresta?

– Agora. Eu... eu vi que você estava lá. Apenas momentos antes de eu ser atacada.

Ele franze a testa e uma ruga se forma entre as sobrancelhas. Observo também o formato de seus olhos mudar e percebo que, a julgar por seu rosto, não tenho ideia do que ele pensa. Não o conheço, nem um pouco.

Ele olha para minha mãe, que não dá qualquer indicação de saber que estamos ali, e então me toma pelo cotovelo para gentilmente me guiar para fora do quarto. O contato me dá um choque e ele imediatamente me solta, contraindo os cantos da boca. Sigo atrás dele enquanto saímos do cômodo, mas, antes, agacho para pegar minha faca. Ele tranca a porta e indica o banco com a cabeça, como se eu fosse a visita. Meu coração ainda martela com força, mas dou as costas para ele e me sento com as mãos sobre o colo, tentando permanecer calma. Ele, por sua vez, não parece nada calmo. Seus olhos me varrem e seus punhos abrem e fecham.

– O que aconteceu? Você foi atacada?

– Não – respondo, levantando a mão ainda trêmula para catar galhos e folhas mortas do cabelo. – Você disse que explicaria. Então, explique. Vamos começar com a sua explicação de como entrou aqui. E por quê.

Ele baixa os olhos.

– A porta da frente estava aberta.

– Não, não estava.

– Estava, assim que eu a abri. – Ele tenta sorrir, mas mantenho a expressão de uma rocha enquanto espero.

Como ele não diz nada, eu me levanto, pego um pano do varal e a panela de ferro com água fria. Cuidadosamente, começo a limpar minha orelha ensanguentada.

– Você tem aproximadamente trinta segundos antes que eu comece a gritar pelos guardas novamente.

– Queria me certificar de que ela estava bem – diz em voz baixa. – Depois do que aconteceu ontem.

– Por quê?

Ele ignora a pergunta.

– Eu não queria ser um intruso.

– Entrar em uma casa que não é sua e abrir uma porta trancada é a própria definição de intrusão – digo. – Então, se não *queria* ser um intruso, deveria ter deixado a porta trancada e não deveria ter entrado.

Ele olha para mim e concorda com a cabeça.

– Desculpe. – Ele pende a cabeça como um menino pego com a mão no pote de geleia. Seu cabelo e sua pele brilham sob a luz do inverno. Ele parece um fantasma.

– O que você é? – pergunto sem refletir.

– Não sou uma coisa. – Sua cabeça levanta num estalo para me olhar, e seus olhos dourados cintilam de ódio. – Sou uma pessoa, igual a você. Não sou uma coisa. E não sou o Príncipe Adormecido.

– Desculpe – digo, olhando para o chão. – É que... a única vez que vi alguém como você foi nas histórias sobre... ele. – É mais difícil falar o nome do Príncipe Adormecido quando se está sentada diante de seu dublê. – É diferente.

– Não é para mim.

– Bem, para mim é – afirmo. – É que... Silas, pense um pouco. Por três luas eu não fazia ideia da sua aparência, nenhuma ideia de quem você era. Você não me diz coisa alguma; não imagino de onde você é, ou o que está fazendo aqui. Vocês dois surgem exatamente ao mesmo tempo, e, até recentemente, ninguém mais sabia que você estava aqui. Você tem uma fonte de renda ilimitada; tem tarefas secretas. E eu o vi na floresta logo antes de ser atacada, Silas. Você estava lá, minutos antes. Com alguém. Vi quando você encontrou uma pessoa e depois os perdi de vista. Então, volto para casa e vejo seu cabelo e seus olhos. Pode me culpar pelo que pensei?

Silas olha para mim e dá de ombros. Depois, sacode a cabeça.

– Minha família veio de Tallithi há muitas gerações – diz calmamente, com um amargor estranho na voz. Se eu não o conhecesse melhor, poderia pensar que o magoei. – Herdei minha beleza espantosa deles. Cabelo lunar, olhos dos Deuses. É como chamam aqui em Lormere. Feições de Tallithi, pode procurar em qualquer livro de história. É menos comum ver alguém com uma ou duas delas hoje em dia, reconheço. Mas é porque nos escondemos. Já chamamos atenção o suficiente. – Ele cruza as pernas longas, como um menino na escola, e descansa os cotovelos sobre os joelhos.

– Obviamente, desde que o Príncipe Adormecido voltou, é essencial que eu esconda minha aparência. As pessoas podem reagir de maneira exagerada.

Engulo em seco, a pele queimando, e nós dois ficamos em silêncio. Abaixo a cabeça e olho discretamente para ele por entre os cílios, tentando reconciliar o homem que já conhecia havia três luas com o que está na minha frente agora. Ele não é absolutamente nada do que eu esperava que fosse, e isso me deixa envergonhada. Levanto a cabeça para ver que ele também me observa minuciosamente, como se eu tivesse causado essa nova dinâmica, não ele.

– No que está pensando? – Suas palavras me surpreendem.

– Só... que você não é como eu imaginava.

– Ah – diz ele, enrubescendo.

Também eu coro quando escuto sua resposta.

– Por que usa essa coisa preta em volta dos olhos? – pergunto logo, tentando superar o instante de estranhamento.

– Ajuda a sombreá-los. Caso alguém chegue perto o bastante para bisbilhotar dentro do capuz.

Sinto minha pele esquentar de novo.

– Claro.

Caímos de volta no silêncio desconfortável. Ele mexe nos dedos da luva e eu olho para qualquer lado, menos para ele.

– E sua família? – pergunto. – São... são como você? É que... seria bom saber, caso eu encontre outra pessoa parecida, quero dizer, com suas cores.

Ele olha para o próprio colo, as mãos inquietas antes de falar com a voz comedida.

– Bem, meu pai está morto. Sofreu um acidente enquanto trabalhava. – Ele faz pausas muito breves entre cada palavra, e posso sentir meus olhos arregalarem com a constatação de que temos essa tristeza em comum.

– Minha mãe mora com um grupo de mulheres perto das Montanhas do Leste. Eu morava com ela até recentemente. Então, vim para cá.

– De Lormere?

– Sim. – Ele olha para o outro lado e volta para mim. – Parti antes que o Príncipe Adormecido chegasse. – Posso ouvir algum nervosismo em sua voz.

– Você não tem sotaque de Lormere.

– Se tivesse, talvez você não achasse que eu era aquela... coisa. – Ele penetra meu olhar e depois se vira.

– Você não tem o direito de falar atravessado comigo, Silas. Não é justo. Você sabe que não é.

Ele concorda.

– Sua mãe está segura em Lormere? – pergunto, passados alguns instantes.

– Sim, ela está bem. Todos estão. Por sorte, o templo onde moram fica em um lugar remoto, bem escondido.

– Ela mora em um templo? Ela... foi ordenada? – Ele pisca e concorda com hesitação, e as terríveis palavras de Kirin sobre o que o Príncipe Adormecido tem feito com as pessoas de fé voltam à minha cabeça. – Pelos Deuses, Silas. Você precisa tirá-la de lá.

– Ela... ainda não pode partir. – Ele olha para baixo, para suas mãos. – Mas está bem. A pessoa que encontrei mais cedo era o mensageiro dela.

– Silas, isso é sério. Se ele... se o Príncipe Adormecido encontrá-las, ele irá... Ele não tem piedade.

– Ela está conectada ao templo, Errin. Não pode partir. – Abro a boca para falar, mas ele interrompe. – Eu sei, Errin. Acredite, sei o que ele tem feito. Mas... ela tem um trabalho a fazer. Há coisas que precisam ser removidas do templo antes que ele tenha alguma chance de destruí-las. É importante.

– Coisas? Coisas que são mais importantes do que a vida dela?

– Ela diria que sim. Registros. História.

Balanço a cabeça. Sei que, em Lormere, é comum que viúvas se juntem aos conventos, mas ele precisa entender o perigo disso agora. Ela é sua mãe, pelo amor do Carvalho. Nada naquele templo pode valer o que o Príncipe Adormecido fará com elas quando encontrá-las.

– Silas...

– É por isso que estou aqui. Este é meu elo da corrente. Estou ajudando minha mãe a passar artefatos e documentos pela fronteira enquanto ainda podemos.

– Você perdeu o bom senso? Vocês estão todos loucos? E se você fosse encontrado se escondendo por aí? E se alguém o visse sem o manto? Pensariam exatamente o que pensei. Nenhum artefato vale isso, o risco é grande demais. Não consegue enxergar isso?

– É menos arriscado para mim estar aqui do que ficar lá. Confie em mim. – Ele morde os lábios assim que as palavras deixam sua boca, e desvia o olhar mais uma vez.

Percebo que todas as dúvidas que eu tinha em relação a ele acabaram. Ele reconquistou minha confiança. Mesmo que Silas e sua mãe sejam lunáticos.

– O que vai fazer depois que a evacuação terminar? – pergunto.

– Nada. Tenho que ficar. – Tenho a estranha sensação de que ele tem mais a revelar e continuo parada e calada, insistindo com meu silêncio para que ele fale. – Estou aqui à espera de outra coisa que deve chegar, mais cedo ou mais tarde. Algo que não é do templo.

– Como o quê?

Silas dá de ombros, de uma maneira elaborada.

– Nada que tenha qualquer significado para você. É uma questão religiosa. Não tem por que explicar.

Sinto uma alfinetada no estômago, desconhecida e indesejada, que não compreendo.

– Certamente, é improvável que essa *coisa* chegue aqui agora: as fronteiras estão fechadas e a floresta está repleta de soldados e invasores lormerianos.

Ele concorda mais uma vez.

– Eu sei, mas não muda o fato de que tenho que ficar aqui por enquanto. Até que tenhamos certeza.

Ficamos ambos em silêncio, pensando.

– Quando você veio para cá esperar essa tal coisa, sabia que o Príncipe Adormecido estava vindo?

Ele me encara.

– Sim.

Abro a boca para soltar outra pergunta, mas Silas ergue a mão para me calar.

– Minha vez. Quando você achou que eu fosse ele, parou de lutar. Você estava ensandecida e depois parou. Pensei que tivesse desmaiado. Será que você queria que eu, ou melhor, ele chegasse?

Minha pele cora.

– Estava tentando enganá-lo.

Seus olhos dourados reluzem.

– Não menti para você, Errin. Não minta para mim.

Não consigo encará-lo quando respondo.

– Ela estava bem ali, Silas. Entrei correndo no quarto para defendê-la. Teria morrido tentando salvá-la, mas ela não fez nada. Ficou olhando fixamente para a parede enquanto sua filha, sua única filha viva, estava batalhando por sua vida bem na sua frente. Eu não queria morrer. Mas não conseguia mais lutar. Não depois daquilo.

O rosto de Silas está completamente inexpressivo; ele pisca para mim e acena brevemente com a cabeça. De repente, fica de pé, desdobrando sua grande estrutura por cima de mim.

– Aqui – diz, e inspeciona o bolso estendendo uma pequena garrafa de vidro marrom com um conta-gotas na tampa. O tipo de garrafa que um boticário utilizaria para prescrever medicamentos.

Eu me levanto para receber a garrafa e abro a tampa para pingar uma ínfima quantidade do líquido no conta-gotas. Sua aparência é leitosa e delicada. Fungo cautelosamente; tem cheiro de rosas. A garrafa contém aproximadamente sete gotas. Coloco a tampa de volta.

– O que é isto?

– É para sua mãe – diz ele, olhando dentro dos meus olhos. – Vai ajudá-la com seu problema, eu acho.

Meu sangue corre frio.

– O que você quer dizer? – sussurro. Ele sabe o que ela é? Ele pode reconhecer isso?

Seu rosto, ainda tão novo para mim, está cuidadosamente vago.

– Coloque isto no chá hoje à noite, em vez da papoula. Uma gota só. Entende? Uma dose, de uma gota, por dia. Nada mais.

– O que é? O que faz? Para que serve? – Quero pegá-lo pela gola do manto e sacudi-lo, e meus punhos enrijecem com o desejo de fazer justamente isso.

– Tenho que ir. Voltarei quando puder. E baterei na porta antes. – Ele sorri.

– Silas...

– Não faça perguntas e não escutará mentiras. – E ele parte, batendo a porta às suas costas.

Olho para o frasco em minhas mãos.

O resto do dia corre piedosamente calmo, embora isso não impeça que o mais básico sentimento de pânico cresça em mim quando penso em tudo o que Kirin me contou. Mas, quando consigo afastar as imagens de flechas e sangue e corações da minha cabeça, meus pensamentos se voltam para Silas. Cabelo branco, olhos dourados. Mais misterioso agora do que quando estava encapuzado.

Quando a tarde cai, faço o chá e adiciono uma gota da poção. De certa maneira, espero que o contato com o chá libere alguma fumaça ou mude a cor do líquido, mas nada acontece. Quando cheiro o chá, não consigo detectar a poção e minha mãe não parece perceber o sabor quando lhe dou de beber, com seus olhos vermelhos fixos em mim o tempo todo. Uma vez que a tranco para passar a noite, puxo o baú para a frente da porta e, com as sombras a meu favor, vou sorrateiramente até o poço e trago tanta água quanto posso carregar. Uso metade para fazer uma grande tigela de sopa, suficiente para durar até o dia seguinte.

Quando a sopa está pronta, volto para debaixo das cobertas com o livro de mamãe. Pulo direto para a história do Príncipe Adormecido, e meus olhos buscam uma ilustração dele. Embora saiba que é um livro, e que a ilustração pode não ser precisa, não consigo evitar compará-la com o rosto de Silas. São tão parecidos. Olho para os desenhos outra vez, focando nos olhos dourados que estão na página. Eles me encaram de volta e eu caio no sono.

O homem está segurando minha mão, girando, enroscando nossos dedos para que estejamos ligados, uma palma pressionada contra a outra. Ele segura minha mão direita e a abre. Arrasta seu polegar na base do meu e traça as linhas, a linha da vida, a linha do coração. Desenha pelo comprimento dos meus dedos com os seus. Seu toque é delicado ao fazer círculos nas pontas dos meus dedos. Meu peito parece apertado, minha pele formiga com a atenção dele, e fico tonta. Apesar disso, não posso deixar de reparar que suas mãos são mais macias do que as minhas. As minhas estão cobertas de cortes, arranhões, têm uma teia de cicatrizes parecidas com renda por conta das plantas que me escaparam quando eu as colhia, ou pelas farpas e espinhos onde me cortei. Minhas unhas são curtas e irregulares e, quando vejo o contraste com sua mão, puxo as minhas de volta.

– Está envergonhada? – pergunta, e mantenho a cabeça baixa, balançando em negação. – Não deveria estar – acrescenta, pegando minha mão de volta gentilmente. – Você tem a vida e a morte aqui, nestas mãos. Morte ou cura, este é seu dom. Estas são suas armas.

Olho para baixo, para minhas mãos, e ele segura as duas e as leva ao seu rosto. A ponta de seu capuz arrasta na parte de trás dos meus punhos e estou prestes a perguntar por que ele o usa, quando ele pressiona os lábios contra a minha pele e meu estômago revira dentro de mim. Parece que estou caindo. De repente, acaba. Ele me solta, e minhas mãos parecem frias sem seu toque.

– Em que está trabalhando? – pergunta, finalmente. Ele se levanta e se afasta, fazendo com que o quarto entre em foco. Não são os aposentos da botica, mas a cabana aqui em Almwyk. No sonho, parece ainda pior: teias de aranha cobrem o telhado e posso ouvir pequenos passos apressados nos cantos do quarto. Os juncos estão apodrecendo e emanam um cheiro adocicado e pegajoso embaixo do meu pé, e eu me levanto, horrorizada.

– Não importa – diz ele, como se pudesse ler meus pensamentos. Pega o frasco da mesa e o analisa rapidamente. – Você terá uma botica de verdade em breve.

– Em casa? – pergunto sem pensar, e seus lábios formam um sorriso familiar.

– Em casa.

– Mas... – Viro-me para a porta do quarto de minha mãe. Está escura, preta no sonho; tudo a seu respeito exclama perigo e proibição.

– Ela está calma esta noite – diz. – Por quê? Trabalho seu?

Respondo com um sorriso. Algo me impede de dizer que usei uma poção que não fiz.

O homem dá de ombros discretamente e caminha em minha direção. Ele me envolve carinhosamente em seus braços, puxando-me para perto de seu corpo esbelto, e meu coração explode. Penso no que Kirin disse e sorrio. Casa.

O sonho termina bruscamente, embora os sentimentos permaneçam. Fico deitada, tentando escutar o que me sacou do sono. Com as janelas cobertas, não faço ideia de quanto tempo falta para o nascer do sol, mas, ao passar os olhos pela lareira, vejo que dormi por tempo suficiente para que o fogo apagasse. Eu me esforço para ouvir algum barulho vindo do quarto de minha mãe. Certamente, foi isso o que me acordou. Mas, como não escuto nada, vou até a janela, calada feito um túmulo, e levanto o pano. Uma luz lilás acinzentada entra pelas extremidades das tábuas e meu queixo cai. Alvorada. É alvorada.

Estou impressionada por ter dormido a noite toda, por minha mãe ter dormido a noite toda. Mas meu espanto rapidamente se transforma em medo e voo através da curta distância até a porta de seu quarto, catando a chave no caminho, atrapalhada pela pressa para abrir a porta. E se ela... e se... não sei o que havia na poção de Silas. Como pude ser tão burra? Nem perguntei se era segura, se tinha algo perigoso em sua composição. Pelos Deuses, o sonho! Era um aviso, um aviso para mim de que ela...

Escancaro a porta, esquecendo qualquer precaução, sem pensar que pode ser um truque, uma armadilha. Ela está na cama boquiaberta, a cabeça um pouco inclinada para trás. Corro até onde ela se encontra, com o estômago embrulhado.

– Mamãe! – solto a palavra engasgada e seguro em seus ombros finos como os de um passarinho para sacudi-la. – Mamãe!

Durante um momento nauseante, ela não responde e esqueço como respirar. Então, seus olhos se abrem e ela levanta a cabeça para mim. O alívio é tão grande que caio sobre a cama, ainda segurando seus ombros quando despenco ao seu lado. Ela pisca lentamente e eu fito seus olhos. Estão mais claros do que nas últimas luas, quase nada rosados, e as pupilas não estão dilatadas nem contraídas. Além do mais, não há malícia em seu olhar. Carinhosamente, apoio-a de volta no travesseiro.

– Vou buscar o café da manhã – digo, com a voz vacilante, e pela primeira vez em três luas ela acena com a cabeça. É um aceno vago, e pode não ter sido intencional, mas vejo o que fez. Saio do quarto de costas, incapaz de tirar os olhos dela. O que havia na mistura que Silas me deu?

Capítulo 8

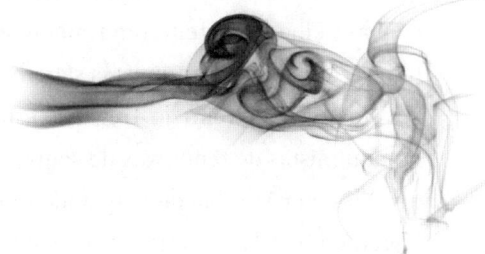

Seria mentira dizer que sempre quis ser boticária. Minha primeira ambição era ser alquimista. Aprendi tudo sobre as três vertentes de alquimia por meio dos livros de mamãe: os auriscentes, capazes de criar ouro a partir de metais básicos e jamais empobrecer; os filtrescentes, capazes de produzir o Elixir da Vida e jamais adoecer; e os vitascentes, capazes de animar um homúnculo ou, ainda mais terrível, um golem, e jamais ficar sós.

Nunca fingi ser uma vitascente. Teria sido uma fantasia muito distante, até para mim. As histórias do Príncipe Adormecido, o personagem do livro infantil, e do verdadeiro Príncipe coroado de Tallith, misturaram-se no decorrer dos últimos quinhentos anos, mas as duas versões da história confirmam que ele foi o primeiro e único alquimista a conseguir dar vida a seres inanimados. Mas eu nunca quis esse tipo de poder; até quando era criança, havia algo a respeito de coisas que não deveriam estar animadas ganhando vida que me assustava. Às vezes, fingia ser uma auriscente, principalmente quando queria algo que me negavam, mas o tipo de alquimista que mais brinquei de interpretar era o filtrescente.

Ser capaz de criar o Elixir era algo muito mais raro do que ser capaz de criar ouro. Na verdade, o Mestre Pendie me contou que a última filtrescente de que se tinha notícia morrera setenta colheitas antes, no Conclave, e o Conselho havia feito um funeral oficial para ela. Inclusive, esta foi a última vez em que alquimistas saíram do Conclave em massa, e a última vez em que o Exército de Tregellan esteve ativo, convocado para proteger os alquimistas de tentativas de sequestros orquestradas por lormerianos.

Mas eu não sabia disso quando brincava, e passava horas misturando ingredientes – lama, leite, soro de leite e frutas – e dizia que o resultado era o Elixir da Vida. Servia minhas misturas para mamãe quando ela sentia dores de cabeça, para papai quando tinha dores nas costas e até tentei oferecê-la, em vão, para Lief quando ele caiu em cima de uma moita de urtigas ou quando caiu do telhado do celeiro.

Certo dia, papai – coitado dele – explicou-me que era impossível *virar* uma alquimista, que era preciso *nascer* alquimista. É preciso nascer na alquimia, descendendo dos Gêmeos Reais de Tallith, que passam as habilidades através de suas gerações. Mas ele disse que, embora ser uma alquimista estivesse fora do meu alcance, eu poderia aprender a fazer poções e misturas com o poder da cura, ainda que nenhuma delas tivesse os efeitos miraculosos do Elixir da Vida. Então, foquei minha atenção na medicina e provei ter um dom natural com plantas e para ser uma boticária talentosa.

Quando se é aprendiz de boticário, aprende-se sobre composição e criação, construção e desconstrução. Aprende-se a isolar e combinar elementos, a equilibrá-los para fazer a cura perfeita. Uma folhinha a mais, uma gota a mais podem distinguir um remédio de uma arma letal. Passei luas recebendo poções para desconstruir, testando cores e aromas, procurando reações ácidas e alcalinas nos humores. Separei os elementos de todas as cem curas listadas na Matéria Médica e listei cada um dos ingredientes com precisão. No sonho, o homem perguntava em que eu estava trabalhando, e é nisso. Minha mente estava me instruindo claramente a fazê-lo. Se Silas soubesse alguma coisa sobre boticários, saberia que eu poderia fazer o mesmo com o frasco que me deu. Posso não conseguir reproduzir seu conteúdo, mas conseguirei saber o que contém. E pode ser o bastante para me indicar qual é a receita.

Decanto uma preciosa gota no recipiente de vidro e guardo o resto da garrafa para dar à minha mãe, dependendo do que achar. Então, vou até a lareira apagada e varro as cinzas antes de levantar o fundo. Quando chegamos aqui, a lareira não tinha fundo, era apenas um buraco no chão batido. Mas eu queria o espaço que restava no fundo para guardar meu estojo de boticária, coisas que um boticário pleno e licenciado usaria, não uma vendedora ambulante de poções amadoras. A ideia era que eu vendesse as poções para juntar o dinheiro do aluguel, usando meu belo exemplar de Matéria Médica, todos os recipientes de vidro e pipetas, blocos de nota e medidores, mas não fui capaz de fazer isso. Sabia que meu pai não teria aprovado. Então, escondi tudo. E, agora, preciso desses objetos.

Cheiro o conteúdo do recipiente e puxo um caderno. Escrevo "rosa" como ponto de partida; tenho bom olfato e sei que posso sentir seu aroma. Deixo o recipiente de lado e pego antigas tabelas no baú para procurar "rosa". Está listada em trinta e oito das curas conhecidas. Trinta e oito é demais, e preciso reduzir esse número para fazer meu trabalho adequadamente. Sal certamente faz parte da composição, é o purificador universal, mas isso também não limita os resultados. Há outra coisa, algo com aroma de vela assim que é apagada, defumado, mas não muito forte. Olho novamente para as tabelas e nada me chama a atenção. Franzo a testa e fungo novamente. Rosas, sal, algo defumado. Pego a Matéria Médica. Eu vou conseguir.

* * *

Mas a verdade é que não consigo. Pelo menos não com a rapidez que esperava. Na hora do almoço, levo pão e sopa para mamãe. Meus olhos a percorrem à procura de sinais de melhora ou recaída. Não fosse pelo tom rosado em seus olhos e pelo cabelo de teia de aranha, diriam que ela está saudável, recuperando-se de uma febre ou de um ferimento. Ela tem a aparência da mentira que contei para Unwin e Kirin. Suspira quando afofo os travesseiros ao seu lado e eu paro, encarando-a incisivamente. Ela, por sua vez, fecha os olhos em sinal de dispensa. Deixo a caneca de água ao lado da cama e estou prestes a fechar a porta quando paro e me fixo em suas mãos. Seus dedos vibram por cima das cobertas, uma-duas-três-quatro batidas na barriga, repetidas vezes, como Silas quando está agitado. Uma memória cruza minha mente.

Nós quatro sentados à mesa e os dedos de minha mãe silenciosamente marcando uma tatuagem no tampo da mesa, enquanto Lief e meu pai discorriam sem parar sobre os prós e contras de um determinado método de plantio. Posso vê-la de novo, dedilhando sobre o balcão e olhando pela janela a chuva que a impediu de ir tomar chá com a vizinha. Ela faz isso quando está entediada. Como o dedilhar de Silas, é involuntário; suspeito que nenhum dos dois saiba o que está fazendo.

Minha mãe está entediada.

Não paro pra imaginar o que isso pode significar. Corro para a sala e puxo um livro de histórias da cama. Volto para ela e coloco o livro em seu colo sem ousar respirar, para não arruinar o que quer que isto seja. Seus olhos abrem e se concentram no livro, depois se voltam para mim. Não há reconhecimento em seu olhar, e sinto minhas bochechas corarem, envergonhada por meu sentimentalismo. Como é possível que eu ainda pense...

Uma fria mão segura a minha e eu engasgo. Antes que possa me soltar e correr, seus dedos se enroscam nos meus com a leveza de uma pétala de rosa. Por três segundos, ela segura a minha mão e depois a solta, fechando os olhos outra vez.

Minha pele formiga e meus olhos queimam quando saio do quarto, girando a chave decididamente. Encosto na porta e respiro, inspiração e expiração, até que tenho certeza de estar calma. Em seguida, faço uma xícara de chá e sento no banco, contemplando meus experimentos com pensamentos demais na cabeça. Uma pequena semente começa a germinar dentro de mim. E, por mais que tente ignorar, não consigo.

É cedo demais para determinar se o que Silas nos deu é o que causou essa mudança, embora eu saiba com todo o meu ser, de algum modo, que sim. Tem que ter sido. Qualquer que seja o milagre contido nesta poção, está alcançando minha mãe e trazendo-a de volta. E, se eu conseguir decifrar o que é, e fazer mais e mais, podemos... é realmente provável que possamos ir para casa.

Se ela recobrar a consciência, poderá me ajudar a controlar sua doença. Há uma chance de conseguirmos voltar para Tremayne, não para a fazenda, mas...

Eu poderia retomar meu treinamento. Poderia voltar à botica. Mestre Pendle ainda poderia me tornar sócia de sua botica, e então teríamos dinheiro o bastante para alugar alguma moradia nos arredores. Com um porão. Esqueça Unwin, os campos de refugiados, tentar achar algum lugar longe de outras pessoas para escondê-la. Casa. Mesmo que venha a guerra, estaremos mais seguras lá, atrás dos muros da cidade.

Vou desvendar essa fórmula; com a ajuda dos Deuses de todos os panteões, eu vou desvendar esta fórmula.

É o meu mantra durante toda a tarde: se a fera puder ser controlada, daí talvez consigamos ir para casa. Só paro de trabalhar para conferir minha mãe e o livro, mas essas são as únicas tarefas que faço. Louças sujas ficam sujas, janelas ficam cobertas, e ainda visto o mesmo avental ensanguentado de ontem. Não importa. Nada mais importa além disso. Descobrirei o que há nesta poção e depois a reproduzirei e tudo ficará bem. Sacrifico outra gota para atingir meu objetivo.

Cada vez que penso em retornar para casa, de volta para a botica, para minha vida real, a mesma emoção que me atingiu quando Kirin falou disso pela primeira vez corre dentro de mim. De volta com nosso povo, certamente, as coisas melhorarão. Se há algo que curaria as feridas deixadas pela ausência de papai seria voltar para casa. E Lief saberia onde nos procurar quando ele... quando ele...

Aperto a pipeta de vidro com tanta força que a despedaço, e os pequenos cortes ardem em minha mão. Mas eu mal os percebo, e o nó em meu peito aperta novamente. Congelo ao ver o sangue acumular na minha palma, mas não ligo. Estou enojada com meu próprio comportamento. Estou presa nas garras da culpa, e olho para o frasco, para meu trabalho.

Então, me lembro de Kirin dizendo que eu poderia ter ficado em Tremayne todo esse tempo; a perplexidade da dor em sua voz por termos negado sua ajuda e partido sem dizer adeus. Pela primeira vez, sinto uma pontada de raiva de Lief. Ele nos obrigou a viver aqui com a malícia de Unwin e incontáveis noites sem sono, tudo por conta de seu orgulho. Foi trabalhar em um país hostil, deixando-me sozinha com uma mãe em luto que nem sequer conseguia reunir forças para comer, simplesmente porque ele não quis aceitar caridade.

Estamos aqui porque ele teve um ego grande demais para confiar em seus amigos, *nossos* amigos. A doença de mamãe, os venenos que faço e tudo mais, nada disso precisava ser assim. Tolo, tolo Lief. Como pôde? E agora ele está... não. *Ele está bem. Estamos falando de Lief. Ele nos encontrará.* E quando o fizer, vou forçá-lo a pedir desculpas por tudo. Ele poderá cuidar de mamãe enquanto retomo meu trabalho. Vamos ver como ele se sai.

Percebo que estou tremendo e fecho os olhos, respirando fundo. Quando os abro novamente, concentro-me no frasco. Já usei metade da mistura. A mesa está repleta de tentativas abandonadas e manchas de líquido. De volta ao trabalho, digo para mim mesma.

* * *

Passo o resto do dia e boa parte da noite tentando isolar os componentes que ainda restam, mas não consigo encontrar nada que eu reconheça. Faço testes para identificar elementos alcalinos ou ácidos e destilo uma quantidade ínfima na tentativa de separá-los nos dois grupos, mas não alcanço resultado algum. Faço uma pausa para esquentar um pouco de sopa para minha mãe tomar com seu chá. Ela come com gosto, inclinando-se até a colher quando a levo até sua boca, e, mais uma vez, a sensação de esperança pulsa em mim. Adiciono a quarta gota do remédio de Silas ao chá, analisando-a enquanto ela toma pequenos goles docilmente. Quando a deixo, ela está deitada em paz, com o rosto relaxado. Pego o livro de contos de volta antes de trancar a porta. Após alguns instantes, arrasto o baú na frente da porta, por via das dúvidas. Nenhum cuidado é demais. Então, volto para a mesa, minhas tabelas e meus frascos. Sentia saudade disso.

Cubro as janelas e trabalho à luz de velas tentando encontrar lírios, anis, ruta e qualquer outra planta em que consigo pensar ou achar em meus livros, até que todo o remédio da quarta gota é absorvido. Fiz testes em humores fleumáticos e melancólicos, mas ele não reage a qualquer um dos dois. Ainda não sei o que compõe o Elixir de Silas. O único ingrediente incomum que suscitou alguma reação foi a *alchemilla*, mas mesmo isso pode ser uma anomalia, uma vez que o resultado foi tão baixo. Já estou trabalhando há tanto tempo que estou certa de que posso sentir indícios de enxofre, de algo metálico. O que é?

Analiso a mesa, a bagunça de papéis e conta-gotas e tabelas e recipientes espalhados no tampo. Pego o frasco que Silas me deu e o observo. Restam duas gotas. Amanhã é a última noite de lua cheia, então, por enquanto, só preciso de uma gota para ela... e sei que estou chegando perto. Tenho que estar.

Aceito o risco e separo outra gota. Faço outra avaliação para *alchemilla*, permitindo que as tiras-teste suguem um tanto do líquido miraculoso. Mais uma vez, a tira escurece um pouco, inconclusiva, e a jogo no chão. Inútil.

Afasto-me da mesa, esquecendo o silêncio, e congelo quando o arrastar do banco rasga a quietude. Mas a cabana permanece piedosamente tranquila. Obrigo-me a fazer uma pausa e como o resto da sopa direto da panela, sem esquentar, lavando-a em seguida e a pendurando novamente sobre o fogo. Preciso recuar um pouco, só isso. Estou perto demais. A pergunta é: continuo tentando ou imploro a Silas para me contar o que é?

Tomo uma decisão; levanto e pego meu manto. Precisarei ser muito cuidadosa para não ser avistada, seja por soldados ou por Unwin. Se Silas consegue, não há por que eu não possa conseguir.

Quando abro a porta, Silas está logo ali, com a mão erguida para bater.

Ele me analisa de cima a baixo e passa por mim, para dentro da cabana. Fecho a porta e posso ouvi-lo respirando por entre os dentes, como eu mesma faço. Ele empurra o capuz e se vira novamente para mim. Seus olhos me penetram como um soco. Já havia me esquecido de como eles queimam.

– Esteve ocupada – diz ele, com uma voz monótona. – Está desperdiçando seu tempo. E a poção.

– Então, evite que eu desperdice mais e me diga o que há nela.

Silas fecha a expressão e seus olhos dourados se apagam.

– Contente-se com o que tem, Errin. Já quebrei diversos juramentos ao lhe dar este frasco. Não posso dizer nada mais.

– Ela dormiu a noite inteira, Silas. Olhou para mim hoje de manhã. Ela me tocou. E, se isso for resultado da sua poção, se puder trazê-la de volta, então preciso saber o que é. Silas, eu preciso. Por favor, não me tente com isso para depois tomar de volta. Já perdi muito.

Dou as costas para ele. Sinto a garganta coçar e os olhos arderem. O desespero borbulha, e preciso trancar a mandíbula para não chorar.

– Errin? – diz ele, e balanço a cabeça. – Desculpe – diz suavemente.
– Eu queria ajudar.

Então, sinto sua mão hesitante em meu ombro e congelo.

Prendo a respiração; o peso da mão parece um lastro, e preciso me conter para não soltar meu peso. Nunca fui capaz de entender o que sinto por ele; às vezes, é fúria, outras vezes... sei que, em alguns momentos, sua voz pode fazer coisas estranhas acontecerem em meu estômago, se eu não me segurar. Sei que passei tempo demais contemplando sua boca, e não porque seja o único jeito de ler seus sentimentos antes de vê-lo sem manto. Tenho certeza de que o homem misterioso em meus sonhos é uma tentativa da minha mente de criar uma versão mais responsiva de Silas, o que é humilhante.

Porque sei que o Silas de verdade não tem sentimentos por mim. Não assim.

Quatro semanas depois do início do nosso estranho relacionamento profissional, fui até seu chalé entregar uma encomenda, um inofensivo bálsamo de cânfora e hortelã. Nada demais.

Estava cansada até a alma; entre meus sonhos estranhos e a doença de minha mãe, eu acabava passando os dias feito uma sonâmbula. Havia sido consumida na tentativa de cuidar de nós duas e esconder nossa fragilidade de todos no vilarejo, penetrando a floresta para coletar ingredientes, fazendo incontáveis poções para tentar curar sua doença, cuidando dos arranhões em seus braços, procurando alimento e fazendo escambos quando podia. Trabalhava da alvorada até a meia-noite, sem parar, tirando Lief e papai de meus pensamentos, ciente de que não poderia sustentar uma situação em que eu também sucumbisse.

Mas, com a proximidade da lua cheia, percebia que os olhos dela me seguiam pelo quarto, os dedos fechando em formato de garra. Certa noite, eu a tranquei no quarto por acidente e acabei salvando minha vida. Já havia suportado duas longas e traumáticas noites de xingamentos, arranhões e batidas, apenas para vê-la cair em silêncio assim que o sol nascesse. Já vinha estudando as antigas histórias do livro logo que descobri que o Príncipe Adormecido voltara, de modo que sabia o nome daquilo em que ela estava se transformando, com olhos vermelhos e língua agressiva. Reconheci.

Não acreditei completamente até que ela me derrubou no chão e quebrou meu dente.

Então, quando levei a pomada para Silas, não estava bem da cabeça. Não é desculpa; estava com medo, exausta, em luto. Nas últimas duas luas, meu mundo mudara por completo. Então, quando ele ofereceu a menor das gentilezas, eu... eu interpretei mal.

Ele me convidou para seu chalé, como sempre fez, e também como sempre estendeu a mão para receber o frasco, e eu fiz o mesmo para receber a moeda. Percebi desde o nosso primeiro encontro que ele sempre usava as luvas e o capuz, e que se esforçava ao máximo para não me tocar. Então, fiquei surpresa quando seus dedos encostaram em meu queixo para levantar minha cabeça à mesma altura da dele.

– Você parece cansada – disse ele; o ronco em sua voz mexia com algo dentro de mim.

– Estive ocupada. – Tentei sorrir, mas seus dedos apertaram minha mandíbula.

– O que aconteceu com seu dente? – Ele olhou para o dente quebrado e fechei a boca, tentando cobri-lo para falar.

– Caí.

– De cara na porta? – Sua voz estava sombria e raivosa.

– Não, Silas. No chão. Um chão de verdade. Depois de uma queda de verdade.

– Em casa?

– Sim. – Puxei meu rosto de sua mão, incomodada com aquelas perguntas e com minha própria reação por estar tão perto dele. Podia percebê-lo como nunca percebi ninguém, e podia perceber-me também, quanto ele era alto e angular se comparado a mim. Ele estava tão próximo de mim. Podia sentir o calor de sua respiração em meu rosto quando falava. Podia sentir seu cheiro, um vago aroma de hortelã e incenso.

Ele mordeu o lábio e inclinou a cabeça. Então, voltou a falar:

– Você me contaria se alguém a machucasse, não contaria?

Naquele momento, caí em pranto. Não pude me conter, não podia lidar com essa pequena gentileza. Ele ainda era praticamente um estranho, um cliente, mas era a primeira pessoa a ser gentil comigo, ou demonstrar o que parecia ser gentileza, há luas. Lancei-me nele, enterrei-me em seu peito e solucei. Em seguida, ele miraculosamente jogou os braços em volta de mim e me abraçou. Ele mantinha os braços soltos, mas me segurou até que eu parasse de tremer, deixando que chorasse em sua túnica. Acariciou meu cabelo até as pontas, seus dedos embaraçados nos nós, alisando e cuidadosamente desfazendo cada um deles. Que sensação boa.

– Você está bem? – perguntou. Sua voz era um ruído na minha orelha.

Olhei para cima, para a profundidade enegrecida de seu capuz, enquanto ele aguardava a resposta.

Eu o beijei.

Nunca havia beijado alguém, mas o beijei. Fiz um movimento rápido para pressionar meus lábios contra os seus. Por uma, duas, três batidas do meu coração, ficamos assim, minha boca na sua. Parecia que seus lábios se moviam suavemente nos meus, tão suavemente que poderiam ter sido asas de borboletas. Pensei que estava me beijando de volta.

Então, ele me empurrou para longe com tanta força que eu quase caí.

– Não – disse ele, limpando a boca como se eu o tivesse sujado.

Rapidamente, girei para tentar correr, mas ele me puxou para trás, me segurando com o braço.

– Desculpe – disse, respirando intensamente. – Desculpe por tê-la empurrado. E por ter gritado com você. Mas você não pode... não deve... não faça isso, Errin. Por favor.

Nunca havia passado tanta vergonha em toda minha vida. Acenei silenciosamente com a cabeça. Ele me soltou, e corri pra casa para tomar chá de papoula. Na manhã seguinte, acordei com enxaqueca, uma dor no coração quando pensava nele, e um bilhete debaixo da porta com um pedido de pomada de casca de salgueiro.

Nunca mais falamos sobre isso. Até o dia em que ele pegou na minha mão na frente de Unwin, nunca mais nos tocamos.

Dou de ombros discretamente, tirando sua mão do lugar, e ele imediatamente a recolhe. O lugar onde ela estava encostada fica frio.

– Você queria alguma coisa? – digo, categoricamente.

– Estava a caminho para encontrar meu contato. Queria ver como estavam. Vocês duas.

– Obrigada. Esta foi a melhor noite que tivemos nas últimas três luas – respondo, e seu rosto despenca. – Usei a maior parte do Elixir tentando compreendê-lo, mas não consigo. Admito que não consigo; preciso da sua ajuda e só resta uma gota. Você pode me dizer o que tem aqui? Por favor.

– Você não pode fazer esta poção, Errin. Nem deveria querer.

– Por que não?

– Eu queria... – começa Silas, mas depois ele sacode a cabeça. – Posso tentar conseguir mais para você. É tudo o que posso fazer.

Eu o encaro de volta.

– Quanto? Você conseguiria o suficiente para durar um ano?

Ele faz uma cara estranha, com os lábios contraídos e as bochechas pálidas.

– Eu vou pagar, não estou pedindo favores.

– Este não é o problema. Eu não posso...

– Não pode me contar – interrompo. – Claro que não. Provavelmente é um segredo, não é mesmo, Silas?

– Você não está sendo justa.

Balanço a cabeça.

– Não me fale sobre justiça, Silas Kolby.

Com uma aparência miserável, ele olha para mim, mas não sou capaz de simpatizar com ele. Saio de perto e espero até ouvir a porta se fechar delicadamente às minhas costas. Então, volto para a mesa. Mais uma tentativa.

Mais tarde, quando durmo, sonho novamente com o homem. Desta vez, não estamos na botica, nem na minha cabana, nem em qualquer lugar onde eu já tenha estado. É um aposento pequeno, de pedra, modestamente mobiliado. Está frio e úmido, e algo me faz crer que estamos no subsolo. O homem está sentado em uma cadeira de madeira, inclinado sobre uma mesa com manchas pretas. Está curvado, parece derrotado e cansado, e fico triste por ele.

– Venha cá, doçura – diz, percebendo minha presença. Vou até ele. O homem coloca seus braços em torno da minha cintura e encosta a cabeça na minha barriga. – Que bagunça – suspira. – Que bagunça.

Ele estica os braços e me puxa para baixo, então eu me curvo sobre ele, e ele pressiona os lábios contra a minha garganta. Fecho os olhos trêmulos e ele me beija até o pé da orelha. Quando para, me sinto tonta.

– Mas eu tenho você, não tenho? – pergunta, com a boca na minha orelha e a língua oscilando levemente.

Percebo que estou concordando.

Sou acordada por batidas na porta algum tempo mais tarde. O amargor da decepção e o ar gélido esfriam o suor em minha testa enquanto eu me sento, desorientada. Meu primeiro pensamento é que a poção não funciona, afinal de contas. Foi apenas uma coincidência que ela estivesse quieta na noite anterior.

Mas a batida ressurge, vagamente, três vezes.

Na porta da frente. Não era a porta do quarto de minha mãe.

Todas as possibilidades mais terríveis do mundo passam pela minha cabeça: é Unwin; é Kirin com seus soldados; são saqueadores ou ladrões. Minha maior esperança é que seja Silas, mas, considerando o que aconteceu mais cedo, isso é bastante improvável. Saio da cama e congelo, resmungando *Por favor, vá embora* repetidas vezes por debaixo da respiração. Silêncio, seguido de mais batidas, mais insistentes, mais altas, e meu coração afunda. Soldados, então.

O trinco chacoalha e disparo para a frente, percebendo tarde demais que a porta não está trancada. Quando se abre, vejo uma figura segurando um grande pacote nos braços.

– Me ajude aqui – diz Silas, arrastando-se para jogar um corpo sobre o estrado.

Capítulo 9

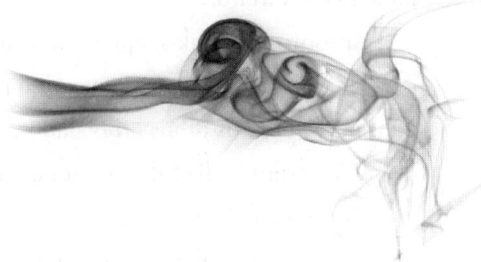

Fecho a porta da frente e vou para onde Silas está agachado, perto do que acredito ser um homem. Seu rosto parece uma fatia de carne crua. Seu nariz está espalhado pelo rosto, uma bochecha está frouxa e seu cabelo está embebido em sangue. Ele está inconsciente. Aperto seu punho com meus dedos e, para minha surpresa, sinto uma pulsação distante, como o farfalhar das asas de uma mariposa. Conto as pulsações, preocupada com o quão fracas e espaçadas estão.

– Não sabia para onde ir – diz Silas, parecendo magoado e desamparado. – Desculpe.

– Preciso de água. – Não olho para ele, e sigo avaliando os ferimentos do homem. Ele tem sorte de estar vivo. Não acho que vai continuar assim. – Sei que é arriscado, mas...

– Vou buscar.

Enquanto Silas está fora, pego minha faca e corto a túnica do homem longitudinalmente, expondo um torso musculoso e agredido, tão machucado quanto seu rosto. Pressiono suas costelas com cuidado, tentando encontrar fraturas, mas não há nada. Passo as mãos sobre o lado esquerdo de seu quadril, descendo para a perna, explorando o joelho e o tornozelo com firmeza. Satisfeita em saber que nada está quebrado, vou para o lado direito.

– Pronto – diz Silas, apressando-se de volta para a cabana e batendo a porta atrás de si. Estremeço e olho para a porta de minha mãe. Ambos pausamos, com os olhos arregalados, esperando.

– Desculpe – diz Silas, e sacudo a cabeça.

– Esqueça. A água precisa ser fervida. – Aponto para o balde em suas mãos com a cabeça, noto a corda rompida e tremo por dentro só de pensar nas perguntas que os soldados farão quando tentarem usar o poço no dia seguinte. Ele leva a água direto para a lareira e derrama um pouco na panela de ferro. Posso ouvi-lo preparando o fogo, o ruído de papéis e os estalos distantes da chama. Depois, põe-se novamente de pé por cima de mim, observando enquanto termino minha avaliação.

– Precisamos de ataduras – digo. – Pegue uma das cobertas limpas no varal. Rasgue tiras longas.

Ele busca uma coberta e se senta perto de mim, rasgando-a com tamanha violência que chega a me preocupar. Durante algum tempo, o único som é o rasgar do tecido. Até que finalmente começo a falar para preencher as lacunas daquele barulho enfadonho.

– O nariz dele está quebrado, e acho que seu osso malar também – começo. – Suspeito que as costelas dele estejam fraturadas: duas, talvez mais. Suas pernas não parecem quebradas, mas o tornozelo direito está muito inchado, então, não há como saber. Parece que ele foi severamente espancado.

– Ele vai sobreviver? – pergunta Silas.

– Não sei – respondo. Vou para a mesa e reviro meu estojo para achar bálsamo de arnica e casca de salgueiro. – Coloque um pouco de sal na água – peço a Silas antes de prosseguir. – Você o conhece? Ele é a pessoa que você ia encontrar?

Silas está fixado no homem ferido, boquiaberto. Ele não estava coberto pelo capuz quando chegou; suas mãos estão trêmulas. Ele está perdendo o controle; todo o senso de propósito que conseguiu reunir para trazer o homem até aqui está escapando dele.

– Silas, preciso da sua ajuda – digo enfaticamente. – Preciso de uma vara. Uma vara resistente. Mais ou menos deste comprimento. – Estendo as mãos, mostrando uma distância de aproximadamente quinze centímetros.

Ele olha para mim com uma expressão vazia, e percebo que é inútil para mim agora. Ergo-me, limpando as mãos no vestido já manchado, e saio caminhando na escuridão. O céu noturno está limpo, e mil estrelas conspiratórias piscam acima da minha cabeça. É lua cheia, e ela está pálida e pesada no céu. O mundo brilha como se fosse dia, embora pareça que todas as suas cores foram sugadas. Ainda nem é meia-noite.

Encontro rapidamente o que procurava, um galho de carvalho fino e linear o bastante para ser usado como tala, e volto para a cabana. Congelo ao ver um vulto. A luz bate em alguma coisa nas árvores atrás da cabana, algo que logo some em meio à floresta sombria. Permaneço parada e aperto os olhos, varrendo a silhueta das árvores à procura de movimento, o brilho de malha de metal ou uma faixa azul, o rosto coberto de um saqueador, ou quem quer que tenha atacado o amigo de Silas. Espero, contando as batidas do meu coração. Quando chego a sessenta e não vejo nada, corro o mais rápido possível de volta para a cabana. Fecho e tranco a porta ao passar, e depois me escoro nela, tirando um instante para me acalmar antes de voltar para o meu paciente.

Silas está de pé perto da mesa, encarando cegamente os frascos e a bagunça espalhados sobre o tampo. Estendo o galho para ele, instruindo-o a remover a casca. Com um sobressalto, ele começa a fazer o que pedi e eu passo a cortar a calça do homem, lamentando porque o tecido é fino, de trama estreita e costurado com pontos pequenos e caprichados. Quem quer que este homem seja, tem origem abastada. Puxo e rasgo o tecido, já enrijecido pelo sangue e pela sujeira em sua pele.

– Pode salvá-lo? – pergunta Silas, tão baixo que preciso olhar para ele e conferir se falou mesmo.

– Não sei. – Começo a entalar a perna do sujeito, prendendo a madeira com as bandagens que Silas fez.

– Por favor, tente. Faço qualquer coisa. Qualquer coisa. – Os olhos dourados de Silas estão fixados nos meus, demasiadamente brilhantes, e concordo uma vez com a cabeça antes de voltar para o paciente.

Sempre levei jeito com plantas. Em nossa fazenda havia um pequeno pedaço de terra que me fora presenteado por meu pai no meu aniversário de treze anos. Terra boa, fértil. Meu pai demarcou o terreno com uma pequena cerca, que ele mesmo fez.

– Isto é para a nossa Errin – anunciou para todos nós, enquanto olhávamos para a terra batida. – Para que ela possa plantar suas ervas e nós possamos economizar uma fortuna na botica.

Foi uma piada; nós quatro éramos insolentemente saudáveis. Até o dia da queda de meu pai, jamais havíamos chamado o boticário por qualquer razão além do meu pedido de treinamento.

Tomei conhecimento de seu acidente quando meu irmão correu para o horto do vilarejo. Estava sentada com Lirys, distraidamente escutando alguma história sobre Kirin, quando Lief chegou, trêmulo e branco como um fantasma.

– Venha – disse ele, e uma facada de terror penetrou meu coração. Levantei minhas saias e o segui.

Corremos em silêncio até chegar em casa.

Na fazenda, ele correu pela cozinha, deixando para trás uma trilha de pegadas enlameadas no chão de pedra. Eu me lembro de pensar em como mamãe ficaria enfurecida quando visse aquilo; em como daria uma bronca em nós dois e nos faria limpar tudo. Não sabia que ela já havia limpado o chão do sangue que papai derramara.

Segui a trilha pela casa até o quarto de mamãe e papai.

– O que aconteceu? – arfei, segurando no batente da porta. Mamãe estava sentada ao lado de papai, segurando um pano contra sua perna. O quarto tinha cheiro de metal e álcool e medo.

– Maldito touro – disse papai, tentando esboçar um sorriso no rosto acinzentado. – Estava removendo-o do cercado do lado leste quando ele avançou contra mim.

– Ele o chifrou? – perguntei.

– Não – disse Lief. – Papai correu mais rápido do que ele. Mas pulou a cerca com muita velocidade e acabou caindo na forquilha, que perfurou sua perna.

– Papai, me deixe ver – disse. Andei na direção da cama e tirei a mão de minha mãe, que cobria o ferimento.

O sangue não jorrou como um chafariz, nem pulsou com as batidas do coração de meu pai, o que me encheu de alívio. Nada vital parecia ter sido rompido. O sangue se acumulava na ferida, que era uma espécie de reservatório.

– Precisamos limpá-lo.

Mamãe acenou com a cabeça e respirou fundo.

– O que devo fazer?

– Precisamos de água fresca – disse. – Lief, aqueça a chaleira e mantenha a fervura. Lave e encha uma das tigelas de cobre com água fervente. Depois, adicione sal e a traga para mim. Mamãe, pode trazer conhaque e panos limpos e buscar seu estojo de costura? Limpe o ferimento, limpe minuciosamente com água. Apenas salmoura.

– E o conhaque?

– Dê para o papai. Tanto quanto ele quiser.

– O que você vai fazer? – perguntou ela.

– Estarei no meu jardim.

* * *

Estava sendo treinada pelo boticário havia dois anos. Em cinco dos sete dias da semana, entrava em suas salas aromáticas e aprendia sobre ervas, plantas e curas. Mais de uma vez, discuti amigavelmente com ele sobre conselhos escritos na Matéria Médica e alguns dos métodos que ele usava para tratar seus pacientes. Mas Mestre Pendie era um homem bom e gentil, que já se esquecera mais sobre medicina do que qualquer um jamais soubera.

Papai estava muito orgulhoso de mim.

– Você tem a inteligência de minha avó – dizia. – Ela foi perspicaz o bastante para sair do castelo quando o povo se virou contra os nobres. Foi perspicaz o bastante para sair do castelo com meu pai, esconder-se e construir uma vida bem aqui, nesta fazenda. Bom saber que você também é uma menina inteligente.

Papai me presenteou com um jardim, e fui justamente para lá, passando a mão pelas plantas, catalogando e escolhendo aquelas de que precisava. Confrei para estancar o sangramento. Pimenta-de-são-tomé seria melhor, mas ainda não havia conseguido fazer vingar em meu jardim e não queria perder tempo correndo até a botica para comprar. Agrimônia e confrei seriam suficientes em seu lugar, além de um pouco de feiteirinha, para ter certeza. Lavanda, camomila e prunela para purificar a ferida.

Com os braços cheios de folhas, corri de volta para casa. Meu irmão estava na cozinha, batendo o pé no chão enquanto olhava fixamente para a chaleira.

– Ainda não ferveu? – perguntei.

– Mamãe já tem um pouco – disse. – Esta é a segunda leva.

Escutamos um grito de dor no andar de cima e trememos.

– Ele não vai conseguir trabalhar por algum tempo, não é? – disse Lief.

– Não, ele vai precisar descansar até estar curado.

– Você vai ter que me ajudar, então.

– O que quer dizer com isso? – coloco as folhas na mesa, percorrendo a cozinha atrás de aveia, musselina e mais tigelas limpas.

– Quero dizer: nada de vagabundear nas imediações do vilarejo para fofocar sobre meninos quando há trabalho a ser feito aqui.

– Meu trabalho é no vilarejo, na botica, lembra?

– Então você vai precisar tirar umas férias, não é?

– Você não é meu pai, Lief.

– Não, não sou. Nosso pai está no andar de cima sangrando porque você foi preguiçosa demais para guardar as ferramentas.

Paralisada, virei-me apenas para olhar pra ele.

– Ele jamais me pediu para fazer isso.

Ele me encarou de volta, com os olhos lampejando de raiva.

– Primeiramente, ele não deveria precisar pedir. Além disso, ele tentou falar com você hoje de manhã, mas você fingiu não ouvir.

– Eu não ouvi! – protestei, com uma pontada de culpa, embora tecnicamente fosse verdade que eu não ouvi, porque estava de saída para o vilarejo, com pressa. – Está dizendo que a culpa é minha?

– Aqui está. – Ele soltou a chaleira de ferro na mesa de madeira arranhada. – Vou ver como ele está. Família em primeiro lugar, Errin. Lembre-se disso.

Ele me deixou ali, parada e dormente, até que lembrei que tinha um trabalho a fazer. Moí o confrei, a agrimônia e a feiteirinha, misturei a aveia, produzindo o cataplasma com água e leite para fazer a liga. Embrulhei tudo em musselina, torci e corri escada acima.

O quarto cheirava a sangue fresco quando voltei. Mamãe deu um passo pro lado para que eu pudesse examinar a ferida. Agora limpa, era mais profunda do que eu havia pensado. Ele deve ter caído com quase todo o seu peso sobre a perna.

– Quanto conhaque ele bebeu? – perguntei à mamãe, que indicou a garrafa com a cabeça. Faltava um terço do volume. – Coloque isto dentro da ferida e segure. Será atribulado, mas estancará o sangramento. Uma vez que pare, limparemos de novo, e depois costuraremos.

Mamãe concordou e pegou o cataplasma. Papai gritou de novo quando ela pressionou a ferida. Lief pegou a garrafa e a segurou sobre a boca dele.

– Vou preparar a outra parte do remédio – disse, e Lief concordou concisamente.

Voltei à cozinha e pus a chaleira para ferver novamente. Coloquei lavanda, camomila e prunela no moedor e triturei tudo junto. Derramei um pouco de água na mistura e, quando virou uma pasta, adicionei uma medida de banha de porco para fazer a pomada. Banha de porco é mais indicada para uso em homens.

Àquela altura, meu pai já havia desmaiado. Pode ter sido pela dor, ou pelo conhaque, ou pela mistura dos dois, mas facilitou muito meu trabalho. Quando mamãe removeu o cataplasma, o sangramento havia diminuído. Respirei aliviada.

– Preciso que me ajude agora – disse para ela. – Preciso que junte a pele para que eu dê os pontos.

Ela esverdeou, mas concordou e eu preparei a agulha que ela trouxera. No entanto, assim que furei a pele dele para dar o primeiro ponto, ela saiu às pressas do quarto com a mão na boca.

– Lief? – pedi, e ele veio e se sentou do outro lado da cama.

Pouco a pouco, costuramos nosso pai.

Enquanto eu espalhava a pomada em sua perna, levantei o olhar e dei de cara com papai, encarando-me de volta.

– Como se sente? – perguntei.

– Como se tivesse caído sobre uma forquilha e minha filha me tivesse costurado de volta. E acho que posso estar um pouco bêbado – respondeu, com a fala levemente arrastada.

– Nada fora do comum, então? – disse, abrindo um sorriso cansado.

Levantei e dei-lhe um beijo na testa. Ele segurou minha mão com firmeza.

— Você é uma menina tão boa — disse ele. — Tenho orgulho de você.

Não me sentia uma menina muito boa com as palavras de Lief ecoando em meus ouvidos.

Na manhã seguinte, papai parecia bem. Estava sentado na cama, reclamando de dor de cabeça, quem diria? Conferi o estado do ferimento e passei mais pomada. Deixei-o sob os cuidados de mamãe, enquanto ajudava Lief relutantemente com as tarefas. Uma das vacas me deu um coice e, embora não tivesse deixado nada além de um roxo, passei o resto do dia de mau humor. Lief e eu comemos separadamente, ambos fervendo porque ele exigiu que eu fizesse o jantar, e eu recusei.

— Mas é o seu trabalho.

— Por que sou uma menina?

— Sim.

Eu o fuzilei com os olhos.

— É melhor não deixar que papai escute quando fala coisas deste tipo.

— Nunca vi o pai cozinhar uma refeição sequer. E você? É o trabalho da mãe.

— Bem, hoje fui uma fazendeira e este é o trabalho de um homem. O que significa que hoje eu sou um homem e não cozinharei coisa alguma para você.

— Está bem. Não cozinhe. Comerei pão e molho de carne.

— Espero que engasgue — silvei, e o deixei. Em geral, nosso relacionamento era bom, fora as brigas costumeiras entre irmãos. Mas a tensão do ferimento de nosso pai e um dia duro de trabalho sem qualquer gratidão colocaram nosso temperamento em um estado pestilento, e nenhum dos dois estava disposto a recuar.

Não nos falamos por quatro dias consecutivos, e cada um deles pareceu uma semana, porque trabalhávamos lado a lado para ordenhar as vacas e levar o leite à leiteria. Desfrutei de uma pequena vingança quando forcei Lief a virar criada de leite enquanto mamãe ficava com papai, mas isso não me consolou muito. Verificava o ferimento de meu pai duas vezes por dia e parecia curar bem. Ele reclamava de rigidez na perna, mas isso era esperado, e mamãe se candidatou para fazer massagens.

Na sexta noite depois do acidente, eu não conseguia dormir, não importa quão cansada estivesse. Virava de um lado para o outro na cama, quente demais no calor escaldante do verão. Estava deitada sobre os lençóis, espalhada feito uma estrela, tentando me refrescar, quando a porta abriu.

– Errin, algo está errado – falou a mamãe, suspirando na escuridão.

Quando entrei, o quarto cheirava mal, a azedume de doença, e quase vomitei. Pousando a mão na testa de meu pai, senti que estava pegando fogo. Ele gemia fracamente enquanto dormia. Sua pele parecia pastosa sob a luz baixa, umedecida pelo suor que nada tinha a ver com o verão. Então, começou a tremer, súbita e horrendamente, e minha mãe correu de volta para perto dele, tentando segurá-lo.

Eu soube na hora o que era, mas não queria acreditar, porque não queria que fosse real e não queria que fosse tarde demais.

– Há quanto tempo ele está assim?

– Ele disse que sentia muito calor no jantar. Não conseguia engolir; disse que a mandíbula estava doendo. Então, começou pelo pescoço. Podia sentir os músculos sacudindo.

Papai deu outro arranque e fechei os olhos.

– Precisamos do Mestre Pendie.

Mamãe mandou Lief buscá-lo imediatamente. E, enquanto ele estava fora, pela primeira vez em toda a nossa vida, mamãe e eu caímos de joelhos e rezamos aos Deuses nos quais nunca acreditamos.

Mestre Pendie fez o que pôde. Colocou casca de salgueiro e mais lavanda, pediu cintos e roupas para segurar meu pai na cama. Cada ataque ficava mais violento do que o anterior, e o boticário nos instruiu a colocar mel na garganta dele, a continuar oferecendo-lhe açúcar, creme e manteiga.

Durante toda a noite, carregamos comida e água de um lado para o outro, tentando fazê-lo comer nos intervalos dos ataques, para que tivesse forças. Quando o sol nasceu, ele estava cansado, mas ainda tremia. Seu corpo estava inacreditavelmente mais magro do que quando o sol se pusera.

– Ele tem trismo – disse o boticário, quando retornou.

– Como tratamos disso? – perguntou mamãe.

– Não há tratamento – respondeu Mestre Pendie, miseravelmente, virando-se para mim. – Eu sinto muito. De verdade.

Ele deixou lágrimas de papoula para administrarmos ao meu pai. Trismo era uma forma dolorosa de morrer. Até com o sedativo, seu corpo tremia.

Minha mãe estava catatônica, recusava-se a aceitar. Passou o dia no meu quarto olhando para a parede e resmungando velhas rezas esquecidas para velhos Deuses esquecidos, enquanto eu segurava em silêncio sua mão, fazendo mentalmente minhas próprias preces. Lief ficou com nosso pai.

Desci as escadas para buscar um copo de leite. Era tarde, a lua estava no topo do céu e o mundo estava imóvel. Não escutei quando Lief chegou por trás de mim; só percebi que ele estava lá quando vi seu reflexo no vidro da janela. Quando me virei e vi seu rosto, eu soube.

– O que digo para ela? – perguntou ele. – Como falo para ela que ele partiu?

Capítulo 10

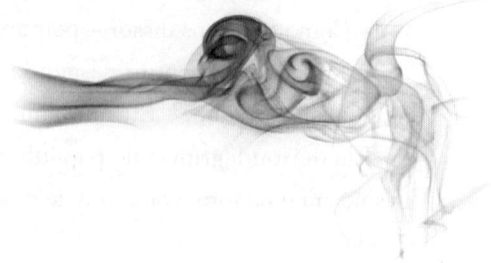

Silas trabalha comigo por toda a hora seguinte, limpando minuciosamente cada centímetro do homem e descobrindo diversas lesões e hematomas. Ele não se contrai, nem sente ânsia de vômito, trabalhando estoicamente e em silêncio, ajudando-me a lavar, tratar e atar as feridas da melhor maneira possível. Os hematomas feios e graves tornaram a pele do tórax e da barriga do homem azul-escura, e isso não é um bom sinal. Sua pele está fria ao toque, e não aquece, não importa quanto alimentemos o fogo. Ao lavarmos o sangue e a sujeira de seus cabelos, vejo que são brancos como os de Silas, e quando abro suas pálpebras para conferir as pupilas, noto que as íris são douradas. Olho para Silas, mas ele não diz nada.

Finalmente, quando já não temos mais nenhuma ferida para tratar, paramos, cobrindo-o com o máximo de cobertores possível.

– E agora? – pergunta Silas, com sua voz, que já costuma ser rouca, ainda mais áspera devido ao cansaço e à dor.

— Agora, nada. Já fiz tudo o que podia fazer. Agora depende dele. Se estiver com feridas internas... — Não termino a frase, e Silas acena rispidamente com a cabeça. — Se tudo der certo, a arnica e a casca de salgueiro reduzirão o inchaço externo. Saberemos mais se, ou quando, ele acordar.

Silas apoia a cabeça nas mãos.

Eu me levanto e confiro o balde, usando a pouca água que sobrou para preparar dois copos de chá. Ofereço um deles a Silas. Ele o aceita, envolvendo o copo com ambas as mãos.

— O que aconteceu? — pergunto. — Quem é ele? É... da sua família?

— Sim. É um primo distante. Mas eu o conhecia bem. Ele... — Silas para a fim de bebericar o chá. — Você tem algo mais forte?

Ergo as sobrancelhas para ele.

Silas dá outro gole.

— Ele tem sido o intermediário. Foi ele quem você viu comigo ontem. Temos uma corrente atravessando Lormere. Pessoas posicionadas em vários pontos, passando itens do templo de minha mãe, para que atravessem a fronteira e cheguem até mim, e eu os leve a um local seguro. Ele era o atravessador da fronteira, viajando pela mata. Ele era o melhor. Era com ele que eu deveria ter me encontrado mais cedo, mas ele não apareceu. Eu sabia que havia algo de errado e...

Estou prestes a interrompê-lo para perguntar que tipo de itens ele anda contrabandeando, mas, de repente, um frio atravessa minha espinha. Ele foi atacado na floresta... Arranco os cobertores sobre o amigo de Silas e começo a examiná-lo de novo, à procura dos arranhões longos e desnivelados que cobriam os braços de minha mãe.

— O que está fazendo?

— Nada, apenas... conferindo.

— Conferindo o quê?

Não respondo, aliviada ao não encontrar nada.

— E não havia sinal algum de quem, ou o quê, poderia ter causado isto?

Silas balança a cabeça.

– Perdão por trazer essa situação até você – diz ele. – Sei que tem seus próprios problemas.

– Para onde mais você iria?

Ele balança a cabeça e se inclina para a frente, apoiando os braços nos joelhos. Encontro-me encarando o topo de sua cabeça e notando que seu cabelo forma dois redemoinhos. Isso faz com que eu pense em Lief, cujo cabelo também era assim, e me lembro de quando minha mãe o cortou e todo o lado esquerdo do cabelo ficou arrepiado durante luas, até que o peso o aplanou. Depois disso, ele deixou o cabelo crescer e nunca mais permitiu que fosse cortado. Eu me pergunto se Silas sabe que seu cabelo tem dois redemoinhos, e se ele se importa com isso.

Eu me levanto e pego meu manto, colocando-o sobre seus ombros.

Ele se contrai quando o manto cai ao redor de seu corpo.

– Não estou com frio – diz.

– Não é por isso – sussurro de volta.

Nossos olhos se encontram e eu esqueço como respirar. Esta é a sensação; de repente, meu tórax se esquece de como inflar e desinflar, e meus pulmões já não sabem mais se encher de ar. Não me dou conta de que ele também está de pé até sentir sua respiração em minha bochecha, fazendo com que minha respiração volte a funcionar, rasa e ligeira, enquanto um calor incandescente queima minha pele. Eu o encaro e tenho vontade de estender a mão e desamassar a ruga entre suas sobrancelhas. Por um momento, ele se parece com o Príncipe Adormecido do livro, com as maçãs do rosto altas e a boca generosa. Então, de repente, ele nem se parece mais com um príncipe, mas apenas com um homem triste e perdido, e me parece a coisa mais fácil do mundo dar um passo para a frente, erguer os braços e abraçá-lo, juntando as mãos atrás de sua nuca e o puxando para junto de mim.

Ele enrijece por um instante, depois relaxa, mas não se esforça para me tocar de volta. Parece que meu abraço não tem nada a ver com ele.

Minha pele esquenta com a chama familiar da vergonha, e solto meus dedos e me afasto.

Então, seus longos braços me envolvem e ele me puxa para perto de si. Sua cabeça se aninha no espaço vazio entre meu pescoço e meu ombro, com o rosto apoiado em minha pele. Sinto o calor de sua respiração contra meu pescoço.

Esse momento se prolonga até muito depois de quando já deveríamos ter soltado um ao outro. Ele se agarra a mim como se eu fosse o último porto seguro em meio a uma tempestade, e tento ser isto para ele. Meus sentimentos saltam entre a preocupação e algo a mais, algo que faz com que meu coração perca o compasso de maneira reveladora. Temo pelo momento em que isso termine, porque algum tipo de instinto me diz que, quando Silas estiver fora de meus braços, algo vital dentro de mim terá se perdido.

Quando ele suspira, apoio minha cabeça contra a dele, que vira lentamente, até que sua boca roça em minha mandíbula, e o ouço inalar pesadamente, com os dedos apertando minha cintura por um segundo. Ele permanece daquela maneira, com os lábios a centímetros dos meus, e eu inclino a cabeça, até que os cantos de nossas bocas estejam descansando um no outro. Fecho os olhos, esperando que ele se mova, que me beije, mas ele permanece tentadoramente imóvel, agarrando-me junto ao seu peito, onde consigo sentir seu coração batendo tão violentamente quanto o meu.

E, então, ele me afasta. De novo.

– Errin – diz ele, e meus ouvidos zunem com a rejeição. – Não posso, por favor.

– Não vou, perdão – balbucio.

– Pensei ter sido claro antes – diz ele baixinho, e eu aceno com a cabeça, enrubescendo outra vez ao ser atingida por uma nova onda de humilhação. – Isso não pode acontecer – diz ele, em um tom de imploração, ao se afastar em direção à porta, e meu coração traidor salta quando o vejo estender a mão para abrir a tranca.

– Fique aqui – digo, de repente, e ele faz uma pausa, com a cabeça inclinada para o lado e as costas ainda voltadas para mim. – Está tarde.

– Não posso. – Com um movimento do ombro, ele retira o manto e o pousa delicadamente sobre o banco. – Voltarei ao nascer do sol.

E, de repente, ele se vai, deixando-me sozinha com um homem moribundo.

Limpo a água ensanguentada e lanço os panos para queimar na fogueira, assistindo enquanto eles chiam e estalam. Os olhos do homem estão sombreados e sua feição é perigosamente pálida. Quando não há nada mais para fazer com as mãos, pego o manto e me enrolo nele, sentando no banco. E então, espero.

– Silas? – A voz é tão baixa que não me dou conta de que estou acordada, e nem sabia que havia adormecido. Quando a voz retorna, abro os olhos e os volto para o homem em minha cama. Ele também me encara, um olho fechado de tão inchado, mas o outro focado em mim.

– Silas? – chama o homem novamente, e cambaleio do banco até seu lado.

– Shhh, descanse – digo. – Vou chamá-lo. Vou chamá-lo para você.

Estou quase me levantando quando o homem ergue a mão fracamente.

– Você o conhece?

– Sim, ele o trouxe até aqui. Ele...

– Preciso que envie uma mensagem.

– Vou chamá-lo...

– Não! – O homem tosse, e sua saliva respinga nos lençóis, escura e reluzente. Ele fecha os olhos, e temo já ser tarde demais. E então ele volta a falar. – Diga a ele que ela já se foi.

– Ela já se foi? – Quem? Quem se foi? Será que está falando da mãe de Silas? Será que ela morreu?

– É por causa dela que ele está aqui, ele compreenderá. Diga que ela foi para Scarron... – O homem tosse novamente, produzindo um som espesso e molhado. O sangue borbulha no canto de sua boca, e, nesse momento, sei que ele não se recuperará. Seguro sua mão, e seus lábios ensanguentados formam um sorriso minúsculo. – Ela se foi de lá antes... antes de *ele* vir. Ela está segura, por enquanto.

– Certo – digo, segurando sua mão. Então, não é a mãe de Silas. É outra pessoa.

O homem respira fundo.

– Ele precisa encontrá-la. – Há um chacoalhar em sua garganta. – E levá-la até o Conclave. Rápido. Ele não tem muito tempo.

– O Conclave?

– Todos... É o lugar mais seguro. Ele precisa levá-la até lá. Eles precisam ficar lá. O príncipe está a caminho. Ele sabe dela...

– Vou avisá-lo. Eu prometo.

E, então, ele morre. Ele apenas morre. Em um momento, seu olho está brilhando e focado, e no outro... testemunho sua morte; testemunho a mudança. É indefinível, mas algo nele se vai, algo permanente. E, então, eu me lembro de que não sei seu nome; nunca perguntei, e Silas nunca me disse. E agora ele está morto, na casa de uma estranha, a quilômetros de seu lar.

Fecho seu olho, esperando que isso faça com que ele pareça estar dormindo, mas não adianta. Há uma moleza em seu corpo que deixa claro que ele está morto. Eu me sento sobre meus calcanhares, encarando-o. É a primeira vez que vejo alguém morrer. Vi meu pai, mas só depois. Não vi o momento de sua morte.

Passam-se momentos longos e estranhos, e eu me sinto dormente, distante. Tento pensar em algo para fazer, mas não faço nada, apenas encaro o homem morto. Sou trazida de volta à realidade apenas quando algo se move e estala na fogueira, e então me levanto. Preciso transmitir a mensagem a Silas, para que ele a leve, quem quer que seja, até o Conclave.

Estou prestes a alcançar a tranca quando paro, sobrepujada por uma onda de compreensão. Silas sabe onde o Conclave se encontra.

Antes da última guerra, nossos alquimistas viviam livremente nas cidades, mas depois que Lormere nos derrotou e nos forçou a entregá-los, como se fossem propriedades ou bens, nós os escondemos em uma comunidade secreta, conhecida como o Conclave. O local não se encontra em mapa nenhum, e, fora do Conclave, apenas dois membros anônimos do Conselho de Tressalyn conhecem sua localização. Ou, pelo menos, é isso o que eu acreditava até esta noite.

Em ocasiões raras, o Conclave pode ser visitado, desde que a visita seja marcada com antecedência, mas os visitantes devem aceitar ser colocados em um estado de sono induzido por drogas ao chegar e sair do local, para que não saibam voltar lá. Eles são vigiados por uma força de elite durante a visita, não devem falar com os alquimistas, a não ser que sejam convidados a fazê-lo, e no máximo duas pessoas podem visitar o local ao mesmo tempo. O Príncipe Merek visitou o Conclave certa vez, e até ele, ou especialmente ele, foi drogado e vigiado.

Não deveria haver alquimistas vivendo fora do Conclave, especialmente em Lormere.

Silas disse que seus antepassados eram Tallithi. Seus olhos e cabelo...

Então, de repente, tudo se encaixa. O cabelo branco, os olhos dourados. Família de Tallithi. Não qualquer um de Tallith, mas a realeza, a linhagem de alquimistas. Silas é um alquimista. Um alquimista lormeriano.

Eu me escoro pesadamente na mesa, derrubando o frasco e fazendo com que a última gota preciosa deslize pela lateral do vidro.

E, de repente, preciso agarrar a mesa com as duas mãos para não desabar sob o peso da revelação.

Um remédio misterioso que cura minha mãe, impedindo-a de se tornar a fera, acorda-a de seu luto, e que eu nunca conseguiria replicar. Entregue a mim por um alquimista.

Não preciso que Silas me diga o que há em sua poção. Ele tem razão, nunca conseguirei produzi-la.

Ela é o Elixir da Vida.

Capítulo 11

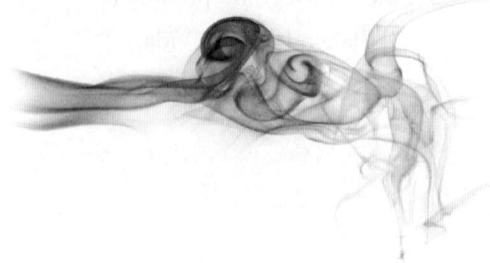

Estendo a mão para pegar o frasco e depois o posiciono contra a luz. O Elixir da Vida. Será verdade?

Isso significa que nem todos os filtrescentes estão mortos. Alguns ainda sobrevivem, com a capacidade de produzir o Elixir. E preciso de mais dele, para mamãe. É a única maneira de silenciar a fera.

Espio por entre as frestas da janela, procurando por algum sinal de vida ou movimento lá fora, e depois volto a olhar para o homem morto. O alquimista morto. Será que devo...? Decido que sim. Estamos todos perdendo tempo. Pelo menos, sob a escuridão, não corro tanto risco de ser vista por Unwin ou pelos soldados. E mamãe ficará bem; ela não sabe de nada do que aconteceu esta noite, e não há como o homem morto feri-la. Voltarei assim que tiver minha resposta. Prendo meu manto e me inclino sobre o homem. Cubro seu rosto com um cobertor.

– Durma bem – digo baixinho.

* * *

A noite está tranquila demais. Deveria haver criaturas fazendo ruídos e farejando, fazendo com que eu arquejasse e me assustasse quando o peso de seus corpos estalasse gravetos caídos e remexesse as folhas secas. Deveria haver corujas piando baixinho e noitibós cantando. Ratazanas, camundongos, veados; coisas vivas deveriam estar vivendo por aí, mas o mundo está completamente silencioso, e, não fosse meu coração batendo estrondosamente dentro do peito, acreditaria ter ficado surda. Onde estão os soldados que deveriam estar patrulhando a região? Por que não os ouço rindo nervosamente e caçoando um do outro para aguentar a noite? A falta de som faz com que eu fique consciente demais, e meus sentidos se estendem para dentro da escuridão à procura de qualquer coisa que sirva de âncora, qualquer odor ou som ou coisa para ver.

Uso a luz da lua para me guiar, enquanto tento me manter nas sombras. Ela está mais baixa no céu agora, e sua luz tornou o mundo monocromático: tudo está preto e branco e cinza e prateado. O vilarejo parece pintado, feito uma maquete, nem um pouco real, e tenho a sensação desconcertante de não estar aqui. Ao passar pelas janelas do vilarejo, vejo que quase todas estão escuras; apenas a da Casa de Justiça está acesa, com uma luz de vela visível em uma das janelas superiores.

Estou prestes a virar a esquina em direção ao chalé onde Silas está ficando, quando um relâmpago prateado a distância chama minha atenção. Uma sombra se move ao longo da fileira de árvores; será um soldado? De repente, congelo.

De dentro da floresta surge uma enorme figura, com pelo menos dois metros e quinze de altura, e um perfil desfigurado e pesado. Um grito brota em minha garganta, mas é instantaneamente silenciado quando avisto sua cabeça.

Ele não tem rosto.

Onde deveria haver olhos, nariz e boca encontra-se uma massa escarpada e saliente, que mal pode ser identificada como humanoide. Mas sua falta de olhos e orelhas não o impede de levantar a cabeça, como se farejasse o ar, antes que seu corpo se vire na minha direção.

De repente, um segundo ser surge ao seu lado, e uma rajada de vento sacode as copas das árvores e carrega o odor das criaturas até mim. Lama molhada, folhas podres e enxofre; decomposição doce, pesada e nauseante. Eu me viro, depois começo a correr. Não olho para trás ao me mover, correndo para longe da casa de Silas, da Casa de Justiça, atravessando o vilarejo, determinada a me afastar o máximo possível deles. Corro até os limites do vilarejo e me lanço para dentro da sebe, engatinhando entre os espinheiros e soltando meu manto deles, até me encontrar sentada em um emaranhado de vegetação rasteira, o coração disparando tão rápido que nem sei como continua batendo. Eu me enrosco, com o coração martelando no peito, os olhos fechados, arquejando e trêmula.

Meu coração está começando a desacelerar quando algo toca meu ombro e eu inspiro, pronta para partir a noite com meu grito. Uma mão cobre minha boca, e, de repente, Silas está ao meu lado. Ele está sem camisa; está nu da cintura para cima, e descalço, com a pele rasgada e sangrenta dos arranhões causados pelo arbusto, enquanto me seguia. Quando ele gira o corpo, espiando de trás do nosso esconderijo, vejo marcações ao longo de sua coluna, discos variando de completamente escuro a três quartos sombreado, depois metade cheio e crescente, até finalmente formar o contorno de um círculo perfeito de tinta preta contra sua pele, atravessado no centro por uma linha.

Tiro os olhos da tatuagem e espio por entre os gravetos, esperando as criaturas aparecerem. Ele segue meu olhar, a cabeça inclinada para o lado esforçando-se para ouvir o som de movimento, com a luz da lua refletindo em seu cabelo prateado. Movo os ombros para tirar meu manto.

– O que está fazendo? – sussurra ele.

– Cubra-se.

Ele olha para baixo.

– Desculpe. Eu estava me preparando para dormir.

– Não. O seu cabelo – sussurro. – Ele está brilhando.

Silas arregala os olhos e me ajuda a tirar o manto, cobrindo o máximo possível da cabeça e dos ombros.

Esperamos em silêncio, com cada momento permitindo que o medo se dissipe. Depois de muito tempo, ele me acotovela e faz um movimento brusco com a cabeça; então, começa a rastejar para fora do esconderijo.

Eu o sigo. Os espinhos arranham meus braços, mas o frio anestesia a dor, e, de repente, ele me toca, as mãos enluvadas em meus braços, puxando-me para fora.

– Acho que eles se foram – diz, estudando o espaço ao redor de nós.

Também espio ao redor, com os pelos do meu corpo eriçados.

– Espere, você viu alguém ali, perto da floresta? Um soldado, talvez?

Ele balança a cabeça.

– Pensei ter visto alguém, antes de os golens aparecerem.

– Vi dois golens. – Ele olha ao redor novamente. – Tem certeza de que viu alguém?

– Não. Sim. Não sei.

Silas franze a testa.

– Precisamos entrar.

Ele se move como neblina, leve e seguro, e eu o sigo, consciente de que meus movimentos não são tão silenciosos quanto os dele. Enquanto ele desliza, eu estalo, mas ele não me silencia, permanecendo perto enquanto nos esgueiramos ao redor da Casa de Justiça. A luz do lado de dentro já se apagou, e a luz da lua é nossa única guia. A certa altura, o capuz escapa de sua cabeça, porque meu manto é pequeno demais para ele.

– Cabelo – sussurro, e ele para. Ajudo-o a ajeitar o capuz, escondendo o brilho revelador.

– Melhor assim?

Aceno com a cabeça. De repente, sinto aquele cheiro cobrindo o interior de minhas narinas com decomposição e enxofre. Nossos olhos se encontram, quando nos damos conta do que isso significa.

– Corra! – sussurra Silas, disparando imediatamente diante de mim, com o manto balançando atrás de si enquanto agarra o capuz na cabeça. Fico paralisada, encolhendo-me contra a parede da casa de Unwin, observando enquanto uma das formas enormes e pesadas surge do nada e começa a perseguir Silas. Tudo a respeito dela, desde seu cheiro à maneira como se move, com solavancos e lentidão, é pouco natural, e preciso conter um sentimento constante de náusea, porque a existência dessa coisa não deveria ser possível.

Onde está o outro?

Meus olhos encaram nervosamente a noite. Estou me esforçando para inalar completamente o ar. Disparo, tentando não fazer barulho e me manter no caminho mais escuro.

Mas quase dou de cara com ele.

De perto, o fedor de podridão úmida me causa ânsia de vômito. Ele lança os braços silenciosamente em minha direção, estendendo suas mãos enormes, e tropeço para trás, girando e disparando em direção à floresta, desta vez ouvindo os passos pesados atrás de mim. Preciso morder o lábio para não gritar. Não quero que o outro descubra onde estou e bloqueie meu caminho. Onde estão os soldados? Onde está Silas?

Corro pela floresta, ziguezagueando, o pânico zumbindo em meus ouvidos. Eu me lembro dos mercenários, das flechas, do zunido e do ruído seco, da maneira como a flecha estalou feito um osso quando arranquei sua ponta, e me lanço para o meio dos ramos baixos da árvore mais próxima, puxando-me para cima. O pouco espaço entre as árvores e os arbustos dos limites da floresta dificulta os movimentos do golem que me segue, e isso garante os segundos que preciso para escalar entre três a quatro metros e meio acima do solo. Empoleiro-me no galho, com os membros travados, enquanto ele passa sob mim. Quando o cheiro me atinge, estremeço.

Ele não tem olhos. Não sabe onde estou. Se eu conseguir permanecer imóvel e calada, ficarei bem. Ficarei bem.

Ele faz uma pausa, levantando a cabeça e paralisando como uma estátua, e o terror quase faz com que eu solte o galho. E então, com uma velocidade surpreendente, ele se afasta pesadamente, movendo-se em direção ao centro da mata. Consigo ouvir os arbustos sendo esmagados à medida que ele passa. Assim que desaparece da minha vista, eu desço, desabando no final e arranhando as mãos. Meus joelhos tremem muito, mas não me dou ao luxo de parar, correndo de maneira meio cambaleante para fora da floresta e em direção à cabana de Silas.

Lanço-me porta adentro, entrando no quarto vazio.

Enterro-me em uma pilha de cobertores, até que apenas minha cabeça fica exposta. Preciso manter os olhos abertos e atentos, porque cada instante que ficam fechados, mesmo que pela fração de segundo que levo para piscar, vejo um golem parado embaixo de mim, sem qualquer feição no espaço em que seu rosto deveria estar.

Parece que horas se passaram antes de Silas aparecer na porta, muito ofegante. E então, ele está ao meu lado, aninhando meu rosto em uma de suas mãos e afastando seu capuz com a outra, e nunca estive tão feliz em ver alguém na minha vida.

– Você está bem? Foi seguida? – Sua voz é baixa e urgente.

– Eu o despistei, na floresta.

– Fiz o mesmo... – Ele para de repente, virando-se para a porta, e nós dois escutamos, enquanto meu coração martela dentro da caixa torácica.

– Acho que estamos seguros – diz ele, depois de alguns instantes. – Sem velas. Sem fogo. E sem barulhos. Não queremos que eles retornem. – Em seguida, ele se volta para mim, impressionantemente perto. – Por que estava fora de casa? Ely... – Ele para. – Ah. – Todo medo e urgência desaparecem de sua voz. Ele desaba para trás e acena com a cabeça. – Sim, entendo.

Ely. O nome do homem morto era Ely.

– Lamento tanto. Eu tentei...

– Eu sei. Sei que tentou. – Ele suspira profundamente, esfregando o dorso do nariz com os dedos longos, o pescoço inclinado.

– Ele acordou por um breve instante.

Silas ergue a cabeça imediatamente.

– Ele falou alguma coisa?

– Sim.

Seus olhos fixam nos meus.

– E?

– Ele falou o bastante. Sei o que você é.

Uma sombra atravessa o rosto de Silas.

– *O que* eu sou. Quer dizer que voltamos a isso?

Falo lentamente, escolhendo cada palavra cuidadosamente.

– Ele me contou o que você é, e o que está procurando.

– Contou, é. – Não é uma pergunta.

Aceno com a cabeça.

– Ele também pediu que eu lhe avisasse que *ele* está vindo. E que *ele* sabe.

Silas fica inexpressivo.

– Bem, agora você já sabe de tudo – diz, categoricamente. – O que fará com essa informação?

Já tomei a decisão. Se eu revelar que a garota está em Scarron, ele irá embora. Silas e Ely deixaram claro que seu serviço à ordem de sua mãe é sua maior prioridade, independentemente do perigo que significa para eles. Mesmo que signifique a morte. Ele irá encontrá-la, depois desaparecerá no Conclave. E, se eu perdê-lo, perderei qualquer chance de salvar mamãe ou de recuperar minha vida.

Este é o único caminho, para mim e para mamãe. Não tenho escolha. Não conseguirei produzir o Elixir, sei disso agora. Mas ele conhece alguém que consegue. E, se ele não for trazê-lo até mim, então...

Família primeiro.

– Quero que nos leve com você – digo.

– Para...?

– Para o Conclave. – Ele fica boquiaberto tão rápido que é quase engraçado. – Você não acreditou em mim – afirmo lentamente. – Pensou que eu estivesse tentando enganá-lo, para que se entregasse.

Ele permanece em silêncio, rebelde.

– Não estou enganando você. Ely me contou. Você é um alquimista. Está aqui porque está esperando por uma mulher, ou uma menina, alguém que corre perigo por causa do Príncipe Adormecido. É por ela que está aqui; é por ela que estava esperando enquanto transportava artefatos para sua mãe. Uma vez que a tiver encontrado, precisará levá-la até o Conclave. – Não sei ao certo quanto disso é verdade até notar que a pouca cor que Silas tinha no rosto desapareceu. – Ely me contou onde ela está. E ele me disse que o Príncipe Adormecido também sabe, e que está a caminho.

– Onde ela está?

Balanço a cabeça.

– Você nos levará para o Conclave. Você sabe onde fica. Nós não o atrapalharemos; você sabe que sei cuidar de mim mesma. Precisamos estar em um lugar seguro e escondido. E... – Faço uma pausa. – Precisamos de mais Elixir. – Seu rosto fica pétreo e eu disparo as palavras. – É a única coisa que... é a única coisa. Quando tiver isso, revelarei onde ela se encontra.

– Está me chantageando?

– Não é chantagem. Estou pedindo sua ajuda em troca do meu conhecimento.

– Confiei em você. – Ele diz isso baixinho, com os olhos arregalados e incrédulo.

– Silas, eu só quero sua ajuda. E o ajudarei de volta. Podemos ajudar um ao outro.

Ele cerra os olhos dourados.

— Você não pensou em pedir ajuda em vez de fazer ameaças?

— Foi o que fiz – digo, com um tom mais duro do que planejava. – Já pedi duas vezes. Primeiro, pedi a receita, depois, se poderia me vender mais poção.

Ele faz uma expressão estranha com os lábios puxados para trás e as bochechas empalidecendo.

— Eu vou pagar – digo rapidamente. – Não estou pedindo favor nenhum.

— Não é isso. É que não conseguirei fornecer a quantidade que você quer.

— Então, leve-me até alguém que consiga.

Ele me encara de boca aberta, balançando a cabeça.

— Pensei que fôssemos amigos.

Eu o encaro de volta.

— Amigos. Claro. E se eu tivesse revelado o que seu outro *amigo* disse, e depois pedisse sua ajuda, você teria me ajudado? Ou teria partido imediatamente?

Ele parece estar sofrendo.

— Errin... não há como você compreender. Se o Príncipe Adormecido a encontrar... não temos tempo para isto. Tenho um trabalho a fazer, e isso é muito maior do que você...

— Então, é assim que tem que ser. – Eu o interrompo.

Silas balança a cabeça.

— Se Ely sabia onde ela estava, é porque alguém deve ter contado para ele. Descobrirei a verdade por essa pessoa.

— Você não tem tempo. Ely disse que você não tem muito tempo. Precisamos trabalhar juntos, ou será pior para nós dois.

Silas lança um olhar carregado de desgosto em minha direção.

— Você realmente fará isso, Errin?

Aceno com a cabeça, sentindo-me enjoada.

— Sim. Preciso fazer.

Ele desvia o olhar, encarando a janela, e seus ombros desabam. Ele mantém as costas voltadas para mim ao falar, e minha náusea piora.

– Então, que seja assim. Eu a levarei para o Conclave. Conseguirei mais Elixir. Quer mais alguma coisa?

– Só quero que nós dois fiquemos seguros. Quando chegarmos lá, direi por que realmente preciso fazer isto. A razão verdadeira. Não tenho escolha, Silas. Se houvesse outra maneira, eu faria, mas não há. Precisa ser assim.

Ele bufa ao se virar, e a luz da lua ilumina seu perfil e seu lábio, que se curva.

– Realmente pensei que fôssemos amigos. Pensei que fôssemos mais do que isso.

– Mais do que amigos? Quando você se contrai ao meu toque? – Esforço-me para falar baixo. – É claro, tudo faz sentido agora. A garota. A espera. Por que não me disse que tinha alguém? Mas ela não deve achar grandes coisas de você, se você nem sabe onde ela está. – Sei que preciso parar de falar, mas não consigo.

Ele gira o corpo e me encara.

– É essa a questão? Esta é sua vingança, porque você e eu... você acha que isto tem a ver com uma garota? Que isto tudo não passa de ciúme?

– É claro que não. – Solto uma risada, mas não há qualquer humor nela. – Você já deixou seus sentimentos por mim bastante claros. Você não está interessado.

– Não, não estou – cospe ele, silenciando-me. – Porque sou um monge, Errin.

Capítulo 12

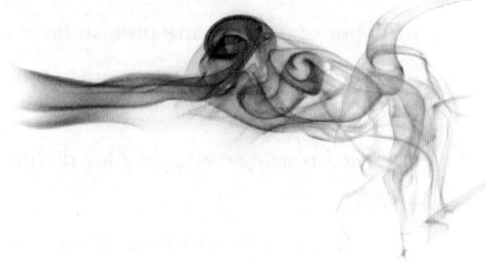

Eu o encaro, e o impacto de suas palavras finalmente me atingem.

– Você é um monge? – pergunto, atordoada.

Ele puxa o manto de seus ombros e o lança para mim. Sob a luz tênue que atravessa a janela de chifre de vaca, sua pele assume um tom dourado sutil, e sua palidez é temporariamente lavada. Ele se inclina para pegar uma túnica do chão, e os ossos de sua coluna parecem degraus de pedra entre e sob as tatuagens, desaparecendo sob uma fina camada de músculo quando ele se ajeita e puxa a túnica sobre a cabeça. Silas parece uma criatura de outro mundo, de alguma história, talhada em gelo e ouro.

– Sim. Sou um irmão da Ordem das Irmãs de Næht.

– Não compreendo. – E isso é verdade em tantos graus diferentes. Ele é jovem demais para ser um monge, e... monges não carregam facas nem espreitam florestas. Monges não compram veneno. Monges não são alquimistas lormerianos com tatuagens. Monges usam tonsuras e têm hálito ruim. Eles são velhos. Silas... não é um monge.

Ele ergue a sobrancelha esquerda.

– O que é tão difícil de entender? Fiz um juramento e vivo para servir as Irmãs de Næht.

– Você acredita nos Deuses?

– Não, é claro que não.

– Mas, então... – Eu paro, juntando todas as informações em minha mente. As Irmãs, sua alquimia, seu contrabando. Testo a teoria novamente em minha cabeça, e então dou meu palpite. – As Irmãs de Næht são alquimistas, não são? Alquimistas lormerianas vivendo em segredo. É uma fachada.

Ele dá de ombros, cruzando os braços e permanecendo em silêncio.

Eu me lembro do que ele me contou sobre seus pais.

– Sua mãe é uma alquimista?

– Não. Ela é como você. Normal. – Ele diz isso como se fosse algo ruim, o que me magoa. – Meu pai era o alquimista. O sangue alquímico corre de verdade.

Respiro fundo, repassando a questão em minha mente.

– Então você não é um monge de verdade. É um disfarce.

Ele me encara com os olhos dourados fixados nos meus.

– Não. Eu sou um monge. Fiz um voto de fidelidades às Irmãs de Næht. Jurei servi-las por toda a minha vida, colocando-as acima de todos. Jurei não me casar ou gerar uma criança enquanto estiver a seu serviço. Sou um adepto, em minhas palavras e atos.

Ele encara o chão, e, assim que o faz, permito que meu rosto desabe.

– Ah. – Minha voz fica baixa. – Como?

– Como me tornei um monge?

– Tudo – digo. – Como tudo isso aconteceu? Ou será que não pode me contar?

Não tive a intenção de parecer ríspida, mas seus olhos relampejam e ele ergue as sobrancelhas.

– Você bem que poderia saber vencer melhor. O que quer de mim agora? Sangue?

– O que eu quis dizer... – Caio em silêncio quando ele desvia os olhos de mim novamente e encara a janela, dispensando-me e levantando uma das lâminas para espiar o lado de fora. Ao voltar a olhar para mim, sua expressão está limpa outra vez. – Quero entender – digo com a voz suave.

– O conhecimento que está escondendo de mim é muito mais importante do que qualquer coisa que eu possa lhe contar. Compreenda isso.

Respiro profundamente, de maneira trêmula, e apoio a mão sobre meu coração, que racha devagar.

– Desculpe por isso. De verdade. Eu adoraria... adoraria que pudesse ser de outra maneira.

Seu sorriso é de amargura, e me fere profundamente.

– Se boas intenções fossem cavalos, nenhum mendigo andaria a pé.

Minha pele arde, e abaixo a cabeça.

– Desculpe – repito. – Preciso pensar na minha família. Na minha mãe. Preciso fazer o que é melhor para ela. Você certamente consegue entender isso, considerando o que está fazendo pela sua.

Ele permanece em silêncio, mordendo o lábio, com os braços cruzados.

– Você conhece Aurek e Aurelia, não conhece? – pergunta ele depois de alguns instantes, com um tom de voz um pouco menos frio.

Eu o encaro, balançando a cabeça lentamente. E então, uma imagem surge em minha mente. O Príncipe Adormecido em pé no topo de uma torre, com uma garota, sua irmã, ao seu lado, o dourado de Tallith reluzindo abaixo. E eu me lembro da legenda que acompanhava a ilustração, e consigo ouvir a voz de minha mãe a lendo.

Os gêmeos, o espelho um do outro por fora, afastaram-se ao envelhecer, tornando-se tão diferentes quanto dia e noite. Aurek, o Príncipe Dourado e herdeiro do trono de Tallith, auriscente e vitascente, e sua irmã, Aurelia, filtrescente, já não se moviam e pensavam como um.

Aurek. Depois de tudo o que aconteceu, nunca pensei nele apenas como Aurek, o dourado. Este é o homem de verdade, não o Príncipe Adormecido, o conto de fadas. O Príncipe Aurek de Tallith. Condenado a dormir por tanto tempo que o mundo o transformou em um mito. Eu havia me esquecido disso. Eu também havia me esquecido de que ele tinha uma irmã. Aurelia. Ela mal é mencionada na história, obscurecida pela provação do Príncipe Adormecido e da filha do caçador de ratazanas. Mas Aurek e Aurelia eram os alquimistas originais, as crianças abençoadas cujas dádivas trouxeram prosperidade e saúde inigualáveis a Tallith, até o Príncipe Adormecido ser amaldiçoado. E, então, Aurelia deixou Tallith, viajando para lugares desconhecidos, embora saibamos que ela acabou se casando e criando uma família; foi ela quem levou adiante a linhagem filtrescente.

– Sim. Os gêmeos. O Príncipe Adormecido e sua irmã.

Silas anui.

– E você conhece os contos de Aurek e seus... apetites?

Nego com a cabeça; Silas parece surpreso, depois encabulado, girando os olhos para o lado.

– Aurek gostava de... cortejar e seduzir donzelas. Ele engravidou muitas delas...

– Conheço a história do Portador – interrompo, e imediatamente me arrependo quando o rosto de Silas volta a ficar inexpressivo.

– Nós não o consideramos – diz ele friamente. – A história dele não faz parte da nossa tradição.

Eu me calo. Momentos longos e desagradáveis se passam; e, então, ele finalmente respira fundo e continua:

– Aurek decretou que, porque essas crianças carregavam seu sangue, deveriam ser tomadas de suas mães e criadas como nobres no palácio. Quando Aurek adormeceu, já havia gerado oito filhos.

– E todos os oito foram tomados de suas mães? – Apesar da maneira como me sinto a respeito de minha mãe no momento, fico horrorizada.

– Parece que as mães foram muito bem indenizadas. – Sua boca se contorce, aparentemente de desgosto. – E não adiantaria nada desafiar os desejos de Aurek. Ele era tão cruel quanto luxurioso. Depois que a maldição levou ao colapso de Tallith e ficou claro que Aurek não se recuperaria, Aurelia partiu e fundou a comuna em Lormere, junto com alguns antigos servos que eram leais a ela. Eles levaram consigo as crianças de Aurek. Como todos sabiam que eram seus filhos, eles estavam vulneráveis. Embora, a princípio, tenha parecido que eles não tinham as mesmas habilidades do pai, seus nomes já lhes teriam custado muito caro. Aurelia escolheu as Montanhas do Leste devido ao seu isolamento. Ela não fazia ideia de que a própria Lormere se tornaria um novo reinado sessenta anos depois de sua chegada.

Ele faz uma pausa, lambendo os lábios para umedecê-los, e espero para ouvir se a história continuará.

– A ascensão da Casa de Belmis e sua obsessão em conseguir alquimistas para trabalhar pra eles e garantir um poder ainda maior sobre a região levou muitos a deixar Lormere. Eles se casaram com homens e mulheres normais, em Tregellan, e, em geral, foram deixados em paz por sua antiga família real, exceto por pagarem um dízimo em ouro. Depois da guerra contra Lormere, eles voltaram a viver relativamente escondidos.

– Por causa das exigências da realeza de Lormere?

Seu rosto escurece.

– Precisamente. A Casa de Belmis sempre estivera um pouco interessada demais em alquimia, e em Aurek e Aurelia.

Meus olhos se arregalam e ele continua.

– Quando os Tallithi chegaram a Lormere, trouxeram consigo os contos dos gêmeos: Aurek, o vitascente, capaz de dar vida àquilo que nunca viveu; Aurelia, capaz de sarar qualquer ferida, curar qualquer mal. Com o tempo, a história foi passada de boca a boca, e as pessoas se esqueceram de que eles eram gêmeos, e de que eram mortais. Rumores se espalharam a respeito do sono encantado de Aurek; que ele não se decompunha, ou mesmo envelhecia. Que ele estava incorruptível e um dia acordaria novamente. Ele foi considerado um Deus, assim como Aurelia. Mais tarde, foram considerados amantes. É daí que vem a tradição real de casamentos entre irmãos. A história incompreendida de Aurek e Aurelia, os Gêmeos Dourados de Tallith.

Permaneço atenta à história. Silas continua:

– Eles foram transformados em Næht e Dæg, Deuses que haviam abençoado a Casa de Belmis e dado a eles o direito de reinar. Como uma espécie de piada amarga, a filha de Aurelia, que, àquela altura, era nossa líder, batizou formalmente a ordem de Irmãs de Næht. Ela nunca poderia revelar que a Casa de Belmis estava mentindo sem entregar a si mesma e a nós, mas não poderia deixar que eles ficassem com tudo.

– Mas por quê? – pergunto. – Por que eram tão contrários a trabalhar com a Casa de Belmis?

– Não teríamos sido contra trabalhar com eles. Mas éramos contra trabalhar *para* eles. Certos aspectos da alquimia são obscuros. A família real tregelliana, e depois o Conselho, sempre compreenderam isso. Mas a família real lormeriana, não. Eles queriam ouro. E se eles o descobrissem, também iriam querer o Elixir.

Silas afasta os olhos, encarando o nada.

– Quem produz o Elixir? É a garota? Ela é uma alquimista, uma filtrescente? Por isso é tão preciosa?

Ele olha para mim.

– Você realmente espera que eu lhe diga isso? Você está me chantageando, Errin. Levarei você e sua mãe para o Conclave, e terei que explicar como e por que fiz isso para o meu povo. Para a minha mãe. Serei obrigado a confessar que violei meu juramento para ajudar você. Precisarei explicar para o meu povo por que os coloquei em risco, por você. Já estou bastante encrencado por culpa sua. Você já levou demais de mim. Fique satisfeita com isso.

Nunca me senti tão baixa.

– Silas... eu não tenho escolha. A mamãe...

– Por favor, me poupe – ele me interrompe. – Não me importo com os detalhes.

Lágrimas queimam meus olhos e encaro o chão, enquanto a dor em meu peito aumenta, pesando dentro de mim.

– Silas, por favor, me perdoe – sussurro.

Ele se inclina contra a lateral da cabana.

– Para ser sincero, eu provavelmente faria a mesma coisa se estivesse em seu lugar. – E então, ele bufa. – Na verdade, você deve se lembrar que já fiz. Quando nos conhecemos.

Olho para ele, mas seus olhos estão fechados, e sinto uma faísca de esperança de que talvez me perdoe, ou pelo menos compreenda por que estou fazendo isto.

– Parece que voltamos ao ponto de partida. – Ele abre os olhos. – Preciso alertá-la de que será difícil conseguir o Elixir. O suprimento que existe no momento é tudo o que há, por agora. O frasco que lhe dei era o meu suprimento pessoal.

Ergo as sobrancelhas ao olhar para ele.

– Todos carregamos um pouco, para o caso de nos machucarmos. Ele é capaz de curar feridas físicas rapidamente. – Silas faz uma pausa. – Não consegui encontrar o suprimento de Ely. Conferi seus bolsos antes de trazê-lo até você. Ele deve tê-lo perdido.

– E você já havia me dado o seu. – Sou sobrepujada por uma nova onda de culpa. Se ele não tivesse tentado me ajudar, talvez pudesse ter salvado Ely. De repente, eu me lembro de voltar da floresta e vê-lo junto à mesa, perto do frasco, com os olhos selvagens. – O frasco estava bem ali, sobre a mesa. Com uma última gota.

Ele fica em silêncio.

– Eu sei. Não vou fingir que não considerei usá-lo.

– E por que não usou?

Ele encara meus olhos e me responde com uma voz de ferro.

– Porque você precisava dele. Não costumo trair amigos.

Minha pele arde, purpúrea, e então me dou conta de que as coisas não estão certas entre nós, e talvez nunca mais estejam. Desvio meus olhos dos dele.

– Obrigada – digo baixinho.

Depois de um instante, ele continua, em um tom um pouco mais gentil.

– Recentemente, passamos a carregar um frasco de veneno letal, para o caso de sermos capturados. Portanto, obrigado.

– Como assim, obrigado? – Encaro minhas mãos. – Vocês certamente conseguiriam criar seus próprios venenos.

– O Elixir não é como suas criações de boticário. O princípio básico de misturar ingredientes é o mesmo, mas a técnica é diferente, e, é claro, no caso do Elixir, não precisamos de um boticário. Costumávamos dominar essas artes, mas, por diversos motivos, elas foram abandonadas. Não fazemos mais experimentos. Além disso, alquimistas não gostam muito de veneno. Ou, pelo menos, não gostávamos.

– Bem, que bom que pude ser útil de alguma maneira. – Torço meu manto nas mãos.

Ele se move rapidamente, ajoelhando-se diante de mim.

– Você poderia ser ainda mais útil. Diga onde ela está. Juro que a ajudarei mesmo assim. Por favor, Errin. Não faça isso com nossa amizade.

Suas palavras me machucam. Mas, embora isso me deixe nauseada, balanço a cabeça.

– Silas, eu já disse, contarei quando você levar minha mãe para o Conclave e fizer com que cuidem dela. Eu mesma o levarei até ela.

Ele anui, abaixando a cabeça, derrotado.

– Amanhã. Enviarei uma mensagem amanhã.

Concordo.

– Obrigada. E... tenho instruções, sobre mamãe – digo. – E sobre sua doença. Eles precisariam seguir minhas instruções. À risca. E manter segredo.

Ele bufa, depois se aproxima da janela e espia para fora novamente.

– Somos bons em guardar segredos. Ela ficará bem lá.

Sim, ela ficará; voltaremos antes da próxima lua cheia. Sinto um pouco do peso sendo retirado de meus ombros, mas, ao olhar para ele, noto que o oposto aconteceu. Seus ombros estão caídos, e ele se apoia contra o aro da janela com um ar de esgotamento tão grande que eu me sinto culpada. Sou a responsável por Silas se sentir assim.

Eu me esforço para levantar, mas, ao empurrar os cobertores, meu pé fica preso e eu arquejo, começando a desabar. Ele dispara em minha direção e me segura, e meu rosto atinge seu ombro antes de ele me levantar.

– Obrig... – Levanto os olhos e vejo que seu rosto está próximo do meu.

Ele aperta os olhos e respira fundo, de maneira trêmula. Ao abri-los, eles estão cheios de determinação e fogo.

– Não é justo – murmura, com uma expressão dolorosa. – Estou me esforçando tanto para ser seu amigo.

Não ouso me mover.

– Fui sincero ao fazer meu juramento. – Ele retira as mãos dos meus ombros de maneira decisiva.

– Vou embora – digo, sem conseguir olhar para ele, mas Silas se move, impedindo-me de alcançar a porta.

– Não posso permitir isso – diz, baixinho. – Não posso correr o risco de que eles lhe vejam saindo daqui e venham investigar.

– Preciso ir. Mamãe está sozinha.

– E se os golens ainda estiverem lá fora e você os guiar até ela? Pense bem, Errin. Ela está o mais segura possível lá. Em breve vai amanhecer. Espere um pouco. Por nossa segurança.

Encolho-me novamente entre os cobertores e abraço os joelhos. Sei que ele tem razão. Enquanto estiver escuro, será perigoso demais; os golens já quase me capturaram duas vezes. Se eu os guiar até ela, ou até ele, terá sido tudo em vão.

Silas olha para mim com uma expressão vigilante e uma postura tensa, pronto para se mover. Seu escrutínio faz com que eu enrubesça novamente. Adoraria ser capaz de parar de me atirar em cima dele; quantas vezes ele terá que me afastar até que eu finalmente entenda?

— Desculpe sobre... — Abaixo a cabeça. — Desculpe. Sei que você não pode. Desculpe.

— Errin — diz ele em um tom baixo, e eu o encaro. — Se eu pudesse, eu faria. Se é que isso vale alguma coisa. — Ele abre um sorriso triste, e vejo as covinhas em sua bochecha esquerda por um breve momento. — Se a situação fosse diferente... se eu fosse diferente. Eu deveria ter sido honesto com você desde o princípio — continua. — Deveria ter lhe contado, e então, talvez... pensei que pudéssemos ser amigos. Pensei que seria suficiente.

— E é — afirmo. — Tem sido. Eu só... — Perco o fio da meada, sem saber o que sou. — Será que nós... será que ainda podemos ser amigos? Depois disto?

— Pelos Deuses, espero que sim — diz ele, em uma única respiração, os olhos penetrando os meus antes de desviar o rosto. — Eu ficaria muito triste em perdê-la — continua, com a voz tão baixa que preciso me esforçar para ouvi-lo.

Tomo uma decisão.

— Ela está em Scarron — digo, antes que consiga pensar duas vezes. — A garota. Ely disse que ela está em Scarron.

Silas fica boquiaberto.

— Obrigado. Muito obrigado. — Ele atravessa a sala e pressiona os lábios contra minha testa, como uma bênção, e seu beijo queima minha pele. — Enviarei uma mensagem para o Conclave logo de manhã, pedindo que eles nos esperem. Pedirei que permitam a soltura de sua mãe e eu mesmo levarei as duas até o Conclave, depois seguirei até Scarron.

– Posso ir com você até lá.

– Não, obrigado. Será melhor se eu for sozinho. Não sei se ela está nos esperando.

– Por que você não sabia onde ela está? – pergunto. – Se ela é tão importante para seu povo, como a perderam?

– Ela não morava com as Irmãs.

– Por quê?

– Animosidade – diz ele, depois de um longo instante. – É complicado. Podemos conversar sobre isso quando eu voltar.

Embora eu não goste disso, acabo concordando. Teremos muito tempo depois, suponho. E, quando eu estiver no Conclave, ele não conseguirá esconder muita coisa de mim.

– Obrigado – agradece ele. – Você não tem ideia da importância do que fez.

Sinto orgulho de mim mesma pela primeira vez em muito tempo.

Capítulo 13

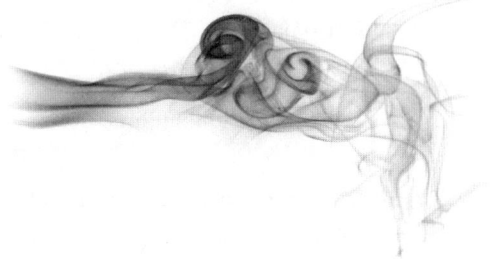

Depois disso, não há mais nada a dizer. Sentamos em silêncio, um silêncio mais amigável. Escutamos os sons da noite e, a certa altura, ele cai no sono e sua respiração fica mais lenta e profunda. Sigo seu exemplo e durmo também, sem sonhar, pela primeira vez em muitas luas.

Quando acordo, o sol já nasceu. A luz que passa pelas frestas entre as tábuas está leitosa e pálida.

– Pelos Deuses! Mamãe! – digo, esforçando-me para levantar. – Passei da hora, dormi demais.

Silas se senta, imediatamente alerta.

– Vá. Preciso de uma hora para enviar uma mensagem ao Conclave e depois voltarei para enterrar Ely. Nesse meio-tempo, você deve fazer as malas. Partiremos assim que estiver tudo pronto. Precisaremos andar, a não ser que eu consiga roubar alguns cavalos. Será que sua mãe consegue?

— Não. Ela não consegue andar. — Espio por entre as tábuas para ter certeza de que não tem ninguém do lado de fora. — Ela está muito fraca. Se conseguir um cavalo ou alguma outra coisa para ela, eu posso andar. Mas ela não vai conseguir.

— Verei o que posso fazer.

Sorrio para ele.

— Uma hora, então?

Ele acena com a cabeça.

Há algo cortante no ar, como a promessa do inverno enquanto me esgueiro para casa, ainda esperançosa. Tento imaginar como deve ser o Conclave, e onde deve ficar. Em algum lugar escondido, talvez ao norte. Depois de falar de Scarron, espero que o Conclave fique perto do mar. Deixo a memória me encher com o cheiro de algas e água salgada que conheci na cidade do norte. Eu poderia ser feliz perto do mar, se conseguisse encontrar um modo de terminar meu treinamento. Poderia ser a boticária deles, talvez ensiná-los algumas coisas, para agradecer pela ajuda. Eu poderia ajudá-los, se me deixassem.

Meu estado de esperança é maculado quando me aproximo da cabana. A floresta nos fundos do chalé parece menos amistosa agora, mesmo à luz do dia. Eu me lembro do golem, de suas pegadas esmurrando o chão atrás de mim, aproximando-se de mim. Aperto o passo em direção à cabana, ansiosa para entrar.

Mas, quando estendo o braço para abrir o trinco, a porta se abre e Kirin está lá com seu uniforme, a boca traçando uma linha de maus presságios.

— Errin, graças aos Deuses... — ele tenta falar, mas dou um encontrão ao passar por ele, irrompendo para dentro da cabana. Paro, imóvel, quando avisto o capitão com sua faixa vermelha e Chanse Unwin ao lado de Ely, agora descoberto e indubitavelmente morto. A mesa está repleta de resquícios do meu trabalho de boticária; meu diário, aberto na página que detalha as poções que fiz. Todos os venenos que preparei. A caixa que guarda meus remédios é revelada, os rótulos dispostos: beladona, cicuta, mata-lobos, oleandro. O frasco do Elixir está no centro da mesa.

Olho para eles, para as perguntas estampadas no rosto do capitão, para o sorriso malicioso de Unwin. Então, olho para a porta do quarto de minha mãe. Aberta.

– Errin – chama Kirin outra vez, quando corro para o quarto dela.

– Ela se foi – diz Unwin pelas minhas costas.

Dou um giro.

– Eu a evacuei para as instalações em Tressalyn. – Ele faz uma pausa e abre um sorriso. – Instalações especializadas. Para mulheres loucas.

– Não – eu me lanço contra ele, mas Kirin aparece de repente e me segura pela cintura, salvando Unwin do meu ataque.

– A loucura parece ser de família – zomba Unwin.

Kirin me empurra para o quarto e fecha a porta, por onde ainda consigo ouvi-lo conversando com Unwin.

– Vá embora – sua voz parece fria.

– Esta casa é minha – rosna Unwin. Mas Kirin faz alguma coisa, seja lá o que for, que o cala.

– O vilarejo foi requisitado pelo exército – diz serenamente outra voz, provavelmente do capitão. – Agora, você está aqui com o nosso consentimento. E talvez seja melhor ir embora.

– Sem chance – responde Unwin. – Quero saber há quanto tempo ela mantinha uma louca em cativeiro. Olhem para isto. Um corpo no chão, veneno sobre a mesa. É uma criminosa e eu sou o Juiz aqui. Você deve colocá-la sob minha custódia.

– Isto é tudo, Unwin – diz o capitão, e escuto os sons de uma briga. Quando a porta da frente é fechada, desgrudo da porta do quarto e aguardo.

Kirin a abre. Saio, lentamente, esperando enfrentar o capitão. Mas ele partiu e me volto para Kirin. Seu rosto está pálido, tem suor na testa e está inclinado para a direita. Havia me esquecido de seu ferimento. Deve ter estirado mais quando me impediu de alcançar Unwin.

– Você está bem? – pergunto. – Deveria estar descansando; foi flechado há apenas alguns dias.

– Não se preocupe comigo. Em que você se meteu? – pergunta ele em voz baixa.

– Onde está minha mãe?

– Ele ordenou que soldados a levassem embora antes que chegássemos.

– E você permitiu isso? – berro.

– Onde você estava? – Kirin berra de volta. – Onde estava na noite passada?

– Por favor, diga-me onde ela está – imploro.

– O que há de errado com ela? – continua Kirin. – Eles a encontraram trancada em seu próprio quarto hoje de manhã. Parecia estar à beira da morte. Nem sequer piscou quando a levantaram da cama. Foi você? Está drogando sua própria mãe?

Levo a mão à boca e caio de joelhos. Imagino os soldados aqui, tirando-a da cama com sua camisola esfarrapada, olhando para seu corpo esquelético, seus olhos vazios. Oh, Deuses!

– Por que você estava aqui?

– Unwin reportou o caso. Disse que instruíra os moradores a evacuarem com os outros e achou que os refugiados haviam invadido a casa. Se eu soubesse que era você... enviei alguns homens para cá com ele. Quando vim checar pessoalmente, já era tarde demais. Haviam capturado sua mãe e achado... tudo.

Enterro meu rosto nas mãos. Não. Oh, por favor, não!

Kirin afasta meus dedos, forçando-me a olhar para ele.

– Errin, você pode falar, ou terei que prendê-la eu mesmo. Há provas suficientes na mesa para que você seja enforcada, mesmo sem o corpo. Fale.

Com algum esforço, eu me solto dele e entro de novo no quarto de minha mãe. Sento-me na beira da cama. Ele vem atrás, mas para na porta.

– Depois que percebemos que Lief deveria estar preso em Lormere, ela... ela se desligou. Não comia, não se limpava, não usava o sanitário. Eu precisava fazer tudo por ela. Não tínhamos dinheiro, Kirin. Precisei dar um jeito. Comecei a fazer poções para vender, pra pagar o aluguel e a comida. Era a única saída. E eu... a sedava, às vezes. Algo aconteceu com ela na floresta. Algo a transformou. – Quando começo a falar, não consigo mais parar. – Tentei curá-la; depois, tentei tratá-la. Nada funcionou, e acabei tornando-a raivosa e perigosa. Ela me atacou. – Abro a boca e mostro meu dente. – Ela fez isto. E não foi só. Kirin, você precisa me dizer onde ela está. Se não cuidarem dela direito, poderá atacar outras pessoas.

Ele balança a cabeça.

– Ela é como a Varulv Escarlate – desabafo. – Vai machucar as pessoas. E espalhar a doença se eu não estiver por perto para tratar dela.

– Errin, isso não tem graça.

– É a verdade.

Ele olha para a mesa, para a bagunça que ainda está ali, onde tentei desconstruir o Elixir, e se volta de novo para mim. Balança a cabeça, com os olhos cheios de mágoa.

– Errin, eu não tinha ideia de que as coisas iam tão mal.

– Eu sei, mas posso controlar a situação. Temos para onde ir, com pessoas que poderão ajudá-la. Então, diga-me onde ela está e...

– Pare – diz ele. – Acabou. Ela está segura, agora. E você também estará.

– O quê? – Fico paralisada. – O que quer dizer?

– Iremos cuidar de você, foi um erro tê-la deixado sozinha. Vou me certificar disso.

Eu o encaro.

– Não preciso de cuidado. Encontrei um novo lar para nós. E lá estaremos mais seguras do que em qualquer lugar, acredite.

– Errin, você precisa de ajuda. Vocês duas.

– Não estou louca. Kirin, olhe para os braços dela. Tem cicatrizes. Aconteceu. É real. Você precisa acreditar em mim.

Mas ele não acredita. Está estampado em sua cara, no modo como suas sobrancelhas se arrepiam, na tristeza com a qual sua boca se arranja.

– Errin, você precisa me escutar. Vou cuidar de vocês. Haverá perguntas, perguntas sérias, por causa de algumas das coisas que você tem aqui. E por causa do corpo. Mas qualquer pessoa pode ver que você não o machucou, não poderia tê-lo machucado assim. Falarei por você e escreverei para o Mestre Pendie pedindo que ele ateste por seu caráter. Explicaremos sobre seu pai e sobre Lief. E que você esteve aqui, sozinha com sua mãe, nas últimas quatro luas, sem dinheiro. É suficiente para enlouquecer qualquer um. Mas você não deve falar coisas assim, especialmente agora, por causa do Príncipe Adormecido. Você está em apuros, de verdade. Deixe que eu lide com isso, está bem? Vou resolver. E vai ficar tudo bem.

Suas palavras e sua bondade, e a preocupação que transparece nelas e em seu tom de voz, partem meu coração. E vê-lo agir como o irmão que me faz falta. Mas ele não entende. Preciso encontrar Silas. Ele saberá o que fazer; seu povo terá meios de ajudar. Eles são poderosos. Conseguirão me ajudar a recuperar minha mãe. E, uma vez que estejamos no Conclave, o diário e o pobre Ely já não importarão mais. Estaremos escondidos de todos.

Olho para Kirin e concordo, aparentemente arrependida e envergonhada. Ele sorri carinhosamente e atravessa o quarto para se sentar comigo no estrado fino. Joga seu braço por cima de mim em um abraço fraterno, e encosto nele por um momento.

– Desculpe – digo. – Desculpe por ter decepcionado você.

– Não... – começa ele. Cutuco sua barriga com o cotovelo e corro. Bato a porta atrás de mim e giro a chave na fechadura. Ainda estou na porta da frente quando ele começa a bater. Passo pelo batente e corro pelo vilarejo. Escuto os gritos de soldados atrás de mim enquanto corro para a cabana de Silas, mas não paro, acelerando pelas cabanas e chalés até chegar à dele.

– Silas! – grito, escancarando a porta. – Si...

Não pode ter passado mais de meia hora que o deixei. Ele disse que me procuraria em uma hora. Onde antes havia um ninho de cobertores no chão, agora não há nada. Nem mesmo um velho cotoco de vela. Está tudo bem, penso, enquanto o medo aperta meu estômago; ele deve ter feito as malas e levado suas coisas consigo, para mandar a mensagem. Provavelmente, está indo me...

– Ah, Errin – diz uma voz lenta, carregada de triunfo. Giro e dou de cara com Chanse Unwin. – Eu sabia que você voltaria aqui assim que aquele menino soldado inexperiente lhe desse uma chance – diz ele, parado na porta, bloqueando a saída. – Ele partiu, aquele seu amante. Pude vê-lo depois que a deixei. Ia na direção da Estrada Longa. Ele não se despediu?

Não. Não é possível. Ele não faria isso. Silas disse que éramos amigos. Disse que éramos mais do que isso.

Você não tem ideia da importância do que fez, disse ele.

Sim, eu sei. Deixei que me enganasse. Porque ele fingiu gostar de mim. Jamais o conheci de verdade. Deuses, ele passou luas mentindo para mim, escondendo-se de mim, me usando.

Sou uma otária.

Escoro-me na parede, enquanto minhas entranhas se desfazem. Tenho que me curvar. A dor atrás das minhas costelas desabrocha, incha, aperta meus pulmões e faz com que seja impossível respirar. O que faço? Levaram a mamãe, e eu... eu preciso dele. Como ele pôde fazer isso?

Na porta, Unwin ri.

– Você deve achar que eu nasci ontem – diz, escorado no batente. – Conheço cada centímetro deste vilarejo. Meu vilarejo. Acha que eu não sabia que ele estava ocupando esta cabana, feito um animal? Acha que passou despercebido? Eu sabia; estava esperando o momento certo.

Aperto os olhos. Não acredito nele, e minha sobrancelha esquerda sobe para que ele saiba disso.

– Você não entenderia as minhas motivações – ruge, e seu rosto fica roxo. – Você não entende nada, menina burra. Fui *gentil* com você. Cuidei de você. E continuaria cuidando. Mas não. Não sou bom o bastante para você, Senhorita Prepotente e Metida de Tremayne. – Sua cabeça inclina enquanto ele me examina, e minha mandíbula range de raiva. – Olhe para você – continua. – Nem é bonita.

– Se encostar um dedo em mim...

– Ah! – ele me interrompe com uma risada que mais parece um latido. – Não mijaria em você se estivesse pegando fogo. Agora, não. Agora que sei que você é uma mercadoria danificada. Já disse que vi tudo. Na noite passada. Você e ele, correndo pelo vilarejo. Ele, sem camisa, perseguindo você pelo matagal. Então, você, do lado de fora da minha casa, ajudando-o a se cobrir. Não estou surpreso que ele tenha partido. Por que ficar com a vaca depois que já se bebeu tanto de seu leite?

A vela acesa na janela da Casa de Justiça. Ele estava acordado, e observava. Mas percebo que não viu os golens. Então, ele caminha na minha direção e, instintivamente, dou um passo para trás.

– Não me importa o que você diga – afirmo.

Ele sorri maliciosamente.

– Pensei em me oferecer para ser seu guardião. Fazer de você a minha protegida. Pensei em como seria apropriado tê-la para limpar meu chão.

– Eu morreria antes de permitir que isto acontecesse.

– E assim será. Como eu disse antes, Errin: um corpo, uma caixa de venenos. Um belo e caprichado diário registrando tudo o que você fez, e para quem. Presenciarei seu enforcamento, e o de seu precioso Silas também, assim que o capturar.

Eu não achava que fosse possível, mas meu sangue fica ainda mais frio.

– Só espero que me permitam chutar o banco de debaixo dos seus pés.

Viro-me e dou-lhe um soco bem no meio da cara, com o dedão dobrado por cima dos dedos, como papai me ensinou. Sinto seu nariz despedaçar sob meu punho e a dor imediatamente irradia pela minha mão e na extensão do meu antebraço, quando a pele das minhas articulações rasga. Segurando a mão ferida com a outra, mordo a língua para impedir o grito. Unwin tenta estancar o sangue que jorra de seu nariz e eu apenas observo, esperando que ele olhe para mim. Quando o faz, dou um passo em sua direção e ele treme.

– Tudo tem volta, Chanse Unwin. Lembre-se disso. Se eu fosse você, tomaria cuidado com o que come e bebe de agora em diante. Você viu o que sou capaz de fazer.

Continuo encarando-o, até que ele olha para o chão, como um cachorro submisso ao seu mestre. Só então eu me viro e vou embora.

Consigo atravessar metade do vilarejo antes que minhas pernas afrouxem. Preciso encostar em um dos chalés. Respiro profundamente, embalando minha mão machucada com a outra. Dói tanto! Mesmo assim, faria tudo de novo, se precisasse.

Recosto na parede, sentindo a madeira úmida pela túnica. O pânico emerge e aquela onipresente pedra em meu peito me ancora na terra. Não tenho dinheiro. Não tenho para onde ir. Nem sequer tenho minha faca.

Que diabos faço agora?

PARTE 2

Capítulo 14

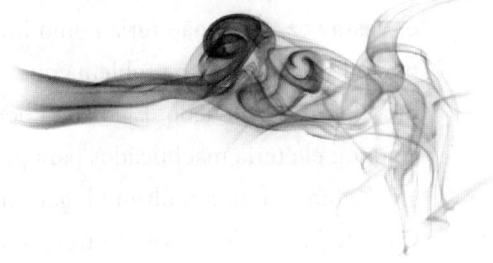

Deixo o vilarejo pelo mesmo caminho por onde cheguei com minha família há quatro luas. Mas faço a viagem inversa, virando à direita pela estrada de chão, galopando pelo mato e pela planície até chegar na Estrada Longa. O caminho é ladeado por arbustos, tojos, samambaias e cardos, terra selvagem, desocupada e inutilizada pelo homem.

Quando chegamos aqui, no pico do verão, a terra era verde e rica, em oposição ao vazio dentro de nós, o grande buraco antes ocupado por meu pai. Agora, está infértil e invernal, e há outro buraco onde meu irmão e minha mãe deveriam estar.

Penso onde estará Silas, e meu estômago é lavado imediatamente pela humilhação e pela raiva.

Olho para trás, mas não há indícios de que esteja sendo seguida. Entretanto, apresso meu cavalo até galopar, ansiosa por aumentar minha distância de Almwyk antes do anoitecer. Quando viro de novo, ainda há fumaça ao longe, e deixo escapar um sorriso.

* * *

Depois do encontro com Unwin, eu sabia que precisava sair de Almwyk o mais rápido possível, sabia que os soldados viriam atrás de mim. Com o corpo, os venenos e o ataque a Unwin, seria no mínimo jogada na prisão, e, desta vez, Kirin não teria como intervir e me salvar. Senti uma leve pontada de culpa pelo problema que causei a ele por me deixar escapar, mas deixei isso de lado. Ele ficaria bem. Afinal de contas, eu também o ataquei; ele teria machucados para provar isso.

Então, fui para o último lugar onde pensariam em me procurar: a Casa de Justiça de Unwin. Entrei por uma pequena janela nos fundos do prédio. Enrolei meu punho ileso com o manto e quebrei a janela frágil. Depois, catei o restante dos cacos de vidro e entrei na casa. Fui parar na despensa; a casa estava silenciosa e imóvel, e fui rápida. Peguei uma toalha limpa e amarrei meu punho lacerado; depois, peguei um saco de farinha e o levei para a cozinha, joguei tudo sobre o chão, tossindo quando a fumaça do pó subia até meu rosto, rindo quando cobria todo tipo de superfície de branco. Não que importasse.

Enchi o saco com o máximo de comida que consegui roubar de Unwin: pão, queijo, maçãs, sobras de presunto, um litro de leite fresco, alguns camarões em conserva enrolados em musselina. Minha boca enchia de água com aquela visão, apesar de tudo.

Deixei o saco ao lado da porta dos fundos e subi para o andar de cima. A ideia de vestir qualquer coisa que pertencesse a Unwin era nauseante, mas eu sabia que não tinha muita opção: uma mulher sozinha na estrada chamaria alguma atenção; uma mulher sozinha coberta por um vestido ensanguentado, enrolada em um manto leve, chamaria muita. Então, abri o armário, mexi em suas roupas, joguei coisas no chão, recuando ao sentir seu cheiro. Nada me serviria; tentei os velhos baús. Cavei através dos anos de sua vida, as calças e camisas ficaram menores, a qualidade pior e, finalmente, dei sorte com um par de culotes que, embora já não estivessem na moda havia uns trinta anos e ainda estivessem muito compridos, serviriam por enquanto. Enrolei as bainhas e adicionei um cinto de couro de qualidade que roubei de um gancho na porta, para manter as calças no lugar. Uma camisa de lã com cheiro de mofo sobre um colete leve engoliram meu torso, mas, pelo menos, eu estaria aquecida. Finalmente, peguei um casaco forrado com pele, fiz uma trança e usei meu velho manto para limpar a farinha que caíra em meu rosto.

Deixei tudo onde caiu, inclusive minhas roupas. Corri para o andar de baixo.

Na pequena biblioteca, roubei um punhado de moedas espalhadas sobre a mesa. Peguei todos os seus papéis, todos os seus livros, levei para a cozinha e larguei tudo sobre a mesa, espalhando a farinha no ar como um fantasma. Quando a pilha de pertences estava batendo em meu peito, peguei as garrafas de uísque que pareciam mais caras da despensa e as usei para embeber a pira que preparei. Finalmente, escolhi a faca mais sórdida e afiada que encontrei no bloco de madeira sobre o fogão e a enfiei no cinto. A operação toda durou menos de vinte minutos.

Em seguida, peguei o acendedor ao lado do fogão e o coloquei sobre a lareira. Permiti a mim mesma tirar um momento para observar a chama azul lamber o álcool e, depois, guardei o acendedor no bolso, peguei meu saco e fugi floresta adentro.

Assisti dos limites da floresta enquanto a casa queimava. A princípio, lentamente, tão lentamente que pensei que o fogo se apagaria antes de se espalhar. Quase voltei para atiçar ainda mais as chamas. Mas, então, uma lufada de vento carregou as brasas para o telhado de palha; ouvi o silvo quando as chamas vingaram. Vi dúzias de soldados correrem para tentar apagar o fogo, dispararem até o poço para buscar água e xingarem o balde, que não estava lá. Todos parados, impotentes enquanto a casa de Unwin era consumida. Eu quase, quase, perdoei Silas naquele momento.

Confiei que Unwin iria diretamente para os soldados prestar queixas contra mim, em vez de voltar para casa, quando decidi que este seria meu plano. E fiz a aposta certa. Ele chegou quando a casa já não poderia mais ser salva. Aproveitei mais alguns preciosos segundos para me deleitar na raiva e confusão de seu rosto ainda ensanguentado; então, arrisquei e corri pelos limites da floresta, aproximando-me sorrateiramente do acampamento dos soldados, mas me mantive longe das vistas dos que iam em direção ao vilarejo. Imagino que tomaram a fumaça como o início de um ataque.

Quando tive certeza de que estava vazio, agi rapidamente. Procurei minha mãe nas barracas maiores, caso estivesse presa ali, meu estômago revirando cada vez que puxava uma cobertura para encontrar uma barraca vazia. Da maior delas, roubei uma bolsa de couro, um cantil, um mapa do reino e uma segunda faca, com punho de opala.

Usei a faca para soltar um dos poucos cavalos nos estábulos improvisados, uma égua baia elegante com olhos vigilantes. Ela não recuou quando me aproximei, nem quando a selei ou subi em seu lombo.

Peguei minha égua roubada, minhas roupas roubadas, minha comida roubada, minhas facas roubadas e cavalguei o mais rápido que pude para longe de Almwyk.

Pelas primeiras duas horas na estrada, não vejo nada nem ninguém. Faisões cantam das profundezas da grama e pode-se ouvir o farfalhar de algo maior, mas a égua não se preocupa, nem eu. Em vez disso, mantenho a cabeça baixa e o capuz alto, observando a estrada à nossa frente e às nossas costas.

Fico nas laterais da estrada, cavalgando pela grama sempre que posso, apreensiva para não deixar qualquer trilha. O sol atravessa o céu e as sombras espicham, e começo a ver os sinais dos refugiados que partiram antes de nós. Passamos por uma boneca de madeira abandonada, o rosto arranhado virado para o céu, os olhos pintados nos seguindo estranhamente. Vejo um sapato, um pouco maior do que os meus, abandonado, e imagino como não deram falta dele, ou o que aconteceu com o dono. Quem poderia se dar ao luxo de perder um sapato? Outras coisas na beira da estrada: papel, vidro quebrado, pedaços de pano, todos deixam uma trilha que posso seguir, e assim eu faço, usando os resquícios para me guiar para dentro de Tregellan em direção a Scarron.

Porque, a não ser que tenha conseguido roubar um cavalo, Silas Kolby está indo para o norte a pé, por um país que ele não conhece. Então, vou cavalgar como o vento até Scarron e achar essa menina primeiro, antes que Silas o faça e eles desapareçam no Conclave para sempre. A única coisa que faz sentido é que ela seja uma filtrescente; estou convencida disso. É esse o motivo de os alquimistas quererem tanto achá-la. Silas disse que tem suprimentos limitados do Elixir, e acho que é porque ela parou de fornecê-lo para eles. Por causa dessa briga antiga. E agora que o Príncipe Adormecido está aqui, querem encontrá-la e fazer as pazes.

Família em primeiro lugar.

Então, chegarei antes dele em Scarron e serei a pessoa a informá-la que ela está em perigo e que deveria esconder-se no Conclave. Eu a acompanharei até lá. Cumprirei essa tarefa e, quando o Conclave cair de joelhos para me agradecer, direi que podem retribuir retirando minha mãe do sanatório, oferecendo asilo para nós duas e fornecendo algumas gotas de Elixir a cada lua. Um pequeno preço a pagar por trazer sua filtrescente de volta.

E então, quando mamãe estiver instalada, farei com que Silas Kolby se arrependa por ter traído minha confiança.

Na semana em que conheci Silas, também completei dezessete anos e descobri que o Príncipe Adormecido estava inacreditavelmente vivo, que acordara e invadira Lortune, tomara seu castelo e matara o rei no intervalo de uma noite.

Foi também naquela semana que nós duas nos demos conta de que Lief estaria preso lá.

Contei para minha mãe o que escutei no poço, tentando ficar calma, mas durante todo o tempo minhas costelas me asfixiavam até que eu não tive mais espaço para inalar, para respirar. Ela olhou para mim e, em seguida, virou-se para a parede. Saí da casa e a deixei. Fui caminhar na floresta e já me encontrava a meio caminho de Lormere quando me dei conta de onde estava. A pressão em meu peito não aliviou o tempo inteiro. Tornou-se um peso sólido entre meus pulmões, até que me acostumei. Disse para mim mesma que ele poderia estar bem, que provavelmente estaria a caminho de casa agora mesmo. Foi este o pensamento que me fez regressar. Na longa caminhada de volta, convenci-me de que ele estaria lá quando eu chegasse em casa, que havíamos passado perto um do outro na floresta. Que daríamos risadas disso mais tarde. Que um raio não nos atingiria duas vezes. Mas, quando cheguei na cabana, ele não estava lá. Nem minha mãe.

Eu a encontrei a quase um quilômetro de distância, enterrada em uma pilha de folhas, e seus braços lacerados sangravam por conta dos cortes profundos e largos. Quando perguntei o que havia acontecido, ela se calou. Seus olhos estavam selvagens e mortos, ao mesmo tempo.

No dia seguinte, voltei para aquela mesma floresta a fim de encontrar ervas, plantas, qualquer coisa que pudesse impedir uma inflamação nos arranhões. Com a floresta negra à minha volta, sombria e sigilosa, preocupei-me com tudo, ciente de que algo dentro de mim e dela estava quebrado, apavorada de não conseguir consertar isso. De repente, havia tanto com o que me preocupar: pobreza, doença, morte. Mais morte. Cada ruído, cada grunhido, cada canto de pássaro fazia com que meu coração quase pulasse para fora do peito, sem se preocupar com a carne e o osso que estivessem no caminho.

Minhas mãos tremeram quando tentei tirar a casca de salgueiro do baú, a lâmina da minha linda faca de boticária – o último presente que meu pai me dera – agora cega, meus nervos zumbindo de medo. Então, ouvi o denunciador barulho crocante de folhas atrás de mim, o estalo de um galho quebrando evidenciando que era algo grande. Girei e encontrei um homem encapuzado aproximando-se com o corpo abaixado em posição predatória. Enquanto eu andava para trás, empunhando a faca, ele parou e estendeu as luvas que cobriam suas mãos.

– Calma – disse, e sua voz congelou minha coluna. Era espinhosa, se é que uma voz pode ser chamada assim, e curiosamente desprovida de sotaque. – Não quero lhe causar mal.

– Fique onde está – ordenei, golpeando com a faca como prova de minha ameaça. – Ou arranco suas entranhas.

Seus lábios crisparam, mas não era um sorriso amigável. Certas pessoas têm sorrisos que nos fazem sorrir de volta; Lief era assim. Outras têm sorrisos que nos fazem esquecer o próprio nome. Há sorrisos reconfortantes, solidários e simpatizantes. Há pessoas como o Príncipe Merek, cujo sorriso vinha preso no canto da boca o tempo todo quando cavalgava por Tremayne, sem nunca poder ser libertado; seu sorriso era um pelo qual era preciso batalhar. O sorriso de Silas naquela primeira vez era puro desafio; a curva de sua boca era uma provocação.

– Não há necessidade disso – disse ele. – Pensei que você fosse outra pessoa. Posso ver que estava errado. Seguirei meu caminho agora.

Ele se afastou, e observei enquanto partia, meu coração martelando no peito, a ponta da faca visivelmente trêmula.

Assim que o perdi de vista, peguei minha cesta e continuei. Sabia que era burrice; sabia que precisava ter voltado para casa, mas não pude me conter. Precisava saber de onde ele viera, para onde ia. Durante a lua em que estivéramos morando em Almwyk, eu me familiarizara com os rostos e costumes de meus vizinhos. A coincidência era demais para ser ignorada: um estranho à espreita na floresta um dia depois de eu ter encontrado minha mãe arranhada e em estado de choque. Precisei segui-lo. Queria saber onde dormia o estranho com o sorriso perverso.

E queria brigar. Queria machucar alguém, porque eu mesma estava machucada, porque mamãe estava machucada. Porque Lief poderia estar machucado, e isso não era justo.

Então, ainda empunhando a faca, silenciosamente o segui de volta ao vilarejo, bordeando as árvores para acompanhá-lo. Em um dos chalés recentemente abandonados à beira da floresta, pude vê-lo puxar as frágeis ripas de chifre de boi que todos os chalés tinham no caixilho. Ele se meteu para dentro e esticou os longos braços a fim de reposicionar as ripas. Logo percebi que estava escondido, como um refugiado. Mas, certamente, nem Unwin nem ninguém mais sabia dele, o que aumentava minhas suspeitas. Aproximei-me com cautela e encostei a orelha na janela.

Então, ele surgiu atrás de mim com a mão sobre minha boca. Derrubei a cesta e pude sentir seu conteúdo caindo sobre meu pé, no chão. Ele soubera o tempo todo que eu o estava seguindo. Saiu de perto da porta da frente assim que entrou, para me esperar.

– Você é enxerida, não é? – disse ele, pressionando meu rosto contra a madeira áspera do chalé, embora permitisse com surpreendente delicadeza que sua mão coberta pela luva suportasse o peso. As luvas cheiravam a hortelã e urtiga. – E o que faremos a este respeito, afinal?

Tentei me libertar, mas estava pinçada firmemente.

– Vou remover minha mão da sua boca. Se você gritar, eu a silenciarei permanentemente – disse. – Entendeu?

Concordei com a cabeça, lentamente. Ele tirou a mão, virou-me para encará-lo de frente e levantou meu queixo. Então, empunhei minha faca, apontando para sua garganta. Por debaixo do capuz, ele sorriu de novo.

– Você é boa – disse, e senti um orgulho perverso por sua aprovação. Então, algo afiado pressionou o espaço entre minhas costelas. Era a faca dele mirando meu coração. – Mas, desta vez, eu sou melhor. Portanto, abaixe sua arma. Sejamos civilizados.

Fiz conforme ele pediu e, para meu alívio, ele também fez, puxando a faca de volta quando movi a minha.

Ficamos parados. Eu podia sentir seu olhar espreitando meu rosto de dentro do capuz, estudando meu comportamento, mas não conseguia enxergar nenhuma parte de seu rosto a não ser a boca, alinhada em uma reta fina e determinada.

– Quem é você? – perguntou, finalmente. Ele deu um passo para trás e embainhou sua faca. Fiz o mesmo. – Por que estava me seguindo?

– Meu nome é Errin. Errin Vastel. Pensei que... queria saber quem você era.

– Não sou ninguém, Errin Vastel – disse ele, girando o lábio inferior com os dentes.

Algo sobre o jeito como disse meu nome completo me fez tremer, como se houvesse uma maldição ou um feitiço naquelas palavras. Havia alguma coisa fora do lugar ali, algo que requeria cuidado.

– Você não mora aqui – falei. – Esta cabana não é sua.

– É minha por enquanto – respondeu. – O que lhe importa quem eu sou?

– Eu só queria saber. Neste lugar, pessoas desconhecidas são motivo de preocupação.

– Pelo que ouvi dizer, todos em Almwyk são motivo de preocupação.

– Se Chanse Unwin descobrisse... – digo, mais como um aviso do que como uma ameaça, mas ele responde com um assobio.

– Mas ele não descobriu. Nem vai. Ninguém vai. Minha presença aqui será nosso segredo, a não ser que você queira contar para todos como nos conhecemos. Na floresta, você carregando uma cesta cheia de cicuta, beladona e oleandro. – Ele indicou a bagunça aos meus pés. – É uma ofensa passível de enforcamento colher essas ervas sem uma licença de boticário, não é? Não imagino que você tenha uma licença, Errin Vastel. Ou eu estou enganado e você é a boticária de Almwyk?

Corei, enquanto a raiva e o medo travavam uma guerra dentro de mim. O medo venceu.

– Não.

– Muito bem. Então, você guarda o meu segredo, e eu guardo o seu. O que me diz?

O que mais eu poderia dizer? Concordei, e fiz o que pude para evitar o chalé onde ele morava.

No entanto, três dias depois, eu o avistei novamente na floresta. Foi depois da primeira assembleia municipal promovida por Unwin, no dia em que ele nos informou que o Conselho de Tregellan enviaria soldados para nosso vilarejo a fim de proteger a fronteira, quando metade dos habitantes fez as malas e partiu antes que fossem presos. Enquanto saíam do vilarejo, formando uma espécie de caravana longa e barulhenta, entrei na floresta por aquela que achava ser a última vez antes da chegada dos guardas. Ele estava esperando por mim.

– Preciso que faça uma poção para mim, se puder – pediu, sem prenúncios, pulando do toco de carvalho onde estivera empoleirado. Ele tirou folhas mortas e limo de seu manto de modo casual, como se nos encontrássemos na floresta com frequência, como se fôssemos amigos, o tempo todo com a cabeça inclinada feito passarinho. – Uma tintura de meimendro. O mais forte possível. Pagarei três florins e não direi a ninguém onde a consegui.

– Por que eu deveria fazer isso? – Assim que as palavras rancorosas saíram da minha boca, quis mordê-las de volta. Os florins pagariam por uma lua de aluguel e ainda sobraria o bastante para a comida complementar ao que coletei. Três florins significavam mais uma lua de sobrevivência. Esperei que ele fosse embora depois da minha grosseria.

Eu estava errada.

– Porque você claramente precisa do dinheiro. E eu realmente preciso da poção. Precisamos um do outro. Faz sentido.

Analisei-o em seu manto detestável e suas luvas ridículas, e pude sentir que me encarava de volta.

– Qual é seu nome? – perguntei, finalmente.

Ele caminhou na minha direção e me dei conta de como era alto e esbelto. Na última vez em que nos encontramos, meu foco era ficar viva, mas agora... Ele me fazia lembrar de um vidoeiro-branco, ou um salgueiro; tinha um ar casual e despreocupado, estava em casa na floresta. Ele combinava com o lugar.

– Silas Kolby – respondeu, parando a trinta centímetros de mim. Estendi a mão e ele a observou, confuso, como se o gesto lhe parecesse estranho. Minhas bochechas pegaram fogo e puxei a mão de volta bem na hora em que ele subitamente a pegou, sua palma, maior do que a minha, encobrindo-me mais como se estivéssemos selando um pacto do que nos apresentando.

Levei algumas semanas até deixar de temer que ele tivesse sido a pessoa a ter machucado minha mãe, mas as noites da primeira lua cheia após o ataque provaram que não fora ele; Silas continuou irritantemente o mesmo, enquanto ela... Foi pura sorte eu ter me acostumado a trancá-la antes de sair de casa, para impedir que saísse vagando por aí e se machucasse novamente. Foi pura sorte ter girado a chave na fechadura depois de lhe dar o jantar, já sonolenta e agindo pela força do hábito. Foi sorte que fez com que ela arranhasse a porta naquela noite, e não eu, que sentava do outro lado, chorando ao som dos xingamentos que ela direcionava para mim. Durante aquela primeira lua, quando lentamente percebi, aos poucos, que Lief estava em apuros de verdade, e que éramos apenas eu e a fera da minha mãe de agora em diante, Silas foi a única coisa que me manteve sã. Ele tinha o talento de aparecer quando eu estava à beira de algo sombrio e não conseguia me refazer.

E eu confiei nele. De verdade. Não tinha ideia de quanto, até que ele me traiu.

Capítulo 15

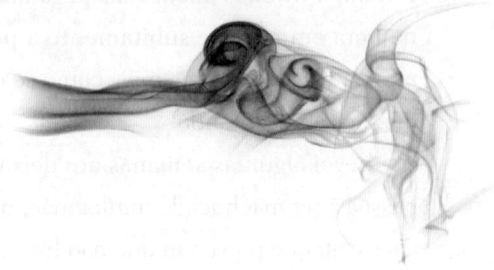

No Oeste, ao longe, o sol paira baixo no céu e percebo que a noite se aproxima, rápida e silenciosamente. Reduzo a marcha da égua e puxo minha bolsa para pegar o mapa. Faltam oito quilômetros para Tyrwhitt, mas, mesmo que eu conseguisse pagar por uma estalagem com minhas moedas roubadas, seria o primeiro lugar onde os soldados me procurariam. Então, esta não é uma opção. Tremayne fica a mais ou menos oitenta quilômetros ao noroeste de Tyrwhitt, e precisamos chegar lá até a hora do almoço de amanhã se quisermos alcançar Scarron antes do anoitecer.

Decido continuar e me distanciar o máximo possível de Tyrwhitt antes que o sol desapareça por completo. Então, precisaremos parar e passar a noite, com ou sem abrigo. Ficará tudo bem, digo para mim mesma. É uma noite, e tenho um manto pesado. Não pode ser muito pior do que o chalé patético em Almwyk.

– Vamos lá, menina – enfio os calcanhares no lombo da égua e seguimos em frente. O céu vai de cinza a violeta. Passamos pelos arredores de Tyrwhitt e consigo ver, pela primeira vez, o campo de refugiados nas planícies ao longe. Kirin não estava exagerando quando disse que era possível sentir seu cheiro no vento. O lugar fede a podridão, lixo e dejetos humanos.

Aperto os olhos para ver os barracos improvisados escorados um no outro, com tecidos pendurados entre eles para melhorar o abrigo. As tendas são todas diferentes, feitas com restos e erguidas com pedaços de madeira. Pequenas fogueiras reluzem por todos os lados, mas não se vê muito movimento nem se sente o cheiro de comida no ar fétido. Parece abandonado e esquecido. Não vejo onde pegar água fresca, ou onde os refugiados possam se lavar ou usar o banheiro. O lugar parece um criadouro de doenças.

O pior de tudo é a cerca em volta do acampamento, salpicada com trios de estrelas de madeira porcamente esculpidas e amarradas com azevinho, com bagas brilhando sob a luz escassa. Parecem gotas de sangue nos cruéis rolos de arame afiado como lâmina. A vista é o bastante para que eu apresse a égua a seguir em frente. Será que o Velho Samm está ali? Pegwin? Que os Deuses ajudem essas pobres almas.

Conseguimos avançar mais sete ou oito quilômetros após Tyrwhitt antes que eu decretasse o fim do dia. Decido acampar longe da estrada principal. Arrio da égua e a conduzo pela estreita trilha de terra batida. Sob o último feixe de luz, posso ver as orelhas da égua girarem para trás e chega a parecer que as minhas querem fazer o mesmo, atentas ao perigo. Estamos ladeadas por moitas densas o bastante para esconder uma pessoa, e decido que esta é provavelmente nossa melhor opção.

A trilha faz uma curva acentuada para a esquerda e um chalé pequeno e imundo, nada diferente daqueles de Almwyk, emerge da escuridão à nossa frente. Eu congelo, prendendo a respiração e observando, escutando e examinando o chão em busca de pegadas.

Amarro a égua em uma árvore e puxo minha faca, esgueirando-me para a frente. Não há luz de velas nem lareira visível pelas janelas sem vidro. As persianas estão abertas, sujeitas às intempéries do clima, apesar da temperatura. Ao chegar mais perto, eu me levanto.

Dou a volta, escuto, espio pelas frestas das janelas, e meu coração bate feito um louco, pronto para fugir. Quando chego na porta da frente, vejo que está aberta. Cautelosamente, à espera de que algo voe para cima de mim, abro a porta, estremecendo com o barulho da dobradiça. Espero até que meus olhos se ajustem, e entro.

A princípio, as pequenas janelas e a penumbra dificultam minha visão. Eu me aventuro para dentro e começo a explorar. É um pouco como nosso chalé: uma minúscula lareira e um chão de terra batida. Mas este lugar tem apenas um grande cômodo vazio e, estranhamente, uma estreita escada de madeira conduzindo a um segundo andar. Com uma das mãos ainda empunhando a faca e a outra segurando o corrimão, subo lentamente, na expectativa de ouvir o estalido da madeira por debaixo dos meus pés a cada passo.

No topo da escada há outro espaço com uma cama encaroçada perto da janela e um engradado de madeira de cabeça para baixo, servindo de mesa de cabeceira. A camada de poeira no colchão e na mesa de cabeceira é espessa, e as únicas pegadas no chão encardido são minhas. É assustador, e isolado, mas tem paredes e um teto, e faz muito tempo que ninguém vem aqui...

Tomo uma decisão; disparo escada abaixo e acendo um fogo na lareira, fechando as persianas para esconder a luz. Rezo para que a chaminé não esteja entupida. Então, saio de novo, levo a égua para trás do chalé, onde a amarro, murmurando um pedido de desculpas por deixá-la do lado de fora. De sua parte, ela não parece se importar e me cutuca com seu focinho, até que eu lhe dou uma maçã e um pouco de água do cantil. Detesto deixá-la selada, mas não tenho onde pendurar o equipamento, nem pensei em trazer um pente ou uma escova para asseá-la. Afrouxo a sela tanto quanto posso, como um pedido de desculpas, e ela me observa com os olhos castanhos líquidos, resfolgando carinhosamente em meus ombros.

Então, volto para meu lar temporário, trancando a porta às minhas costas.

Torro um pouco do pão com queijo e bebo leite, deleitando-me ainda mais por saber de onde vêm; então, removo a bandagem de toalha da mão e examino a ferida. Uso um pouco de água para limpá-la e a enfaixo novamente. Ainda dói, mas aposto que não chega à metade da dor que Unwin sente no rosto. Repriso aquele momento mentalmente. Espero que seu nariz cicatrize torto e que, toda vez que olhe no espelho, ele se lembre de mim.

Quando minhas pálpebras começam a pesar, penso em dormir no andar de cima, mas não quero bloquear a saída. Em vez disso, cubro-me com meu manto sem tirar as botas nem as roupas, e uso a bolsa como travesseiro. Assisto enquanto o fogo arde, vermelho e preto, e fecho os olhos. *Por favor, permita que minha sorte dure. Tive muito pouco desta preciosidade ultimamente.* Não sei para quem ou o quê rezo, mas espero que estejam escutando. *Permita-me ir a Scarron e encontrar a menina.* Não estou pedindo um milagre. É tudo de que preciso. Apenas, por favor, por favor, deixe que eu a encontre antes de Silas.

Sonho com o homem, mas é um sonho fragmentado: ele está lá, mas não está. Sempre a um cômodo de distância, em algum lugar com mais cômodos do que parece ser possível. Corro por corredores sem fim, procurando por ele e temendo encontrá-lo depois de cada curva. Escuto quando me chama, e a pele na minha nuca se contrai e espeta. Não sei se estou fugindo até ele, ou dele.

Quando acordo, algum tempo depois, tremo tão vigorosamente que meus dentes tiritam. O fogo apagou e meu manto já não me cobre mais, expondo-me à noite fria. Estico-me para puxá-lo de volta, mas paro.

A começar por meus tornozelos, subindo pelas canelas, minha pele entra em erupção em forma de espinhos. A sensação rastejante aumenta e todos os pelos do meu corpo se eriçam. Meus olhos disparam pelo pequeno cômodo, assimilando as sombras, procurando a razão pela qual meus instintos me dizem que algo está errado.

Esforço-me para ouvir os sons do lado de fora do chalé, procurando o ronco de cavalos ou o farfalhar de algum animal. Ali. À esquerda da casa posso ouvir folhas sendo amassadas sob pés.

O mais silenciosamente possível, aproximo-me da janela e olho pela estreita fresta entre as persianas, mirando na direção que penso ser o leste e estreitando os olhos para ver se o céu está mais claro.

Uma sombra cruza na frente da janela.

Dou um pulo para trás, com a boca seca de terror. Então, outra sombra aparece.

Antes que eu tenha tempo de pensar, já corri para a mochila e a coloquei em volta do pescoço, abandonando a comida e meu manto. Subo as escadas, rezando para que nenhuma tábua estale, movendo-me o mais rápido possível sem fazer um barulho sequer. Quando chego no topo, o trinco da porta chacoalha.

Ando nas pontas dos pés até o outro lado do quarto, fico em pé sobre a cama e espio para fora da janela, incapaz de ver quem os visitantes seriam. E se forem soldados? E se tiverem me encontrado? Fico imóvel, escutando, esperando que vão embora. Por favor, vão embora. Vão embora.

Um estampido ruidoso no andar de baixo, e depois outro: o som da porta atingindo o chão de terra batida.

Olho mais uma vez, tentando medir a distância até o chão. Longe demais, decido. Se eles me escutassem, ou se eu me machucasse, estaria acabada.

Então, olho para cima. O beiral é baixo, chegando perto da janela, e me pergunto... ouço alguém cutucando o fogo, passos se aproximando da escada, e o tempo para conjecturas está esgotado. Escalo para fora pelo parapeito da janela, de costas para a noite, e estico o braço para cima tentando apalpar as vigas do beiral. Dou um puxão de teste, em busca de qualquer garantia para me tranquilizar. Eu me lanço para cima, caindo de pé na pequena estrutura do beiral, encostando os cotovelos no telhado. O ar frio chicoteia minhas costas. Estou paralisada pelo medo.

Em seguida, escuto uma voz masculina.

– Há um segundo andar – diz ele, com sotaque lormeriano. Não são soldados, então.

Mas não há tempo para alívio. Os músculos dos meus braços berram enquanto me sustento, mordendo os lábios quando sinto a pele das articulações em meus dedos da mão direita abrirem novamente. Meu torso avança por cima do telhado, e a palha abafa o som. Por um momento turbulento e terrível meus pés não encontram sustento, e giro as pernas freneticamente até que consigo me agarrar na palha. Balanço as pernas para o alto e, um pé após o outro, alcanço a viga. Graças ao Carvalho, estou usando culotes. Jamais teria conseguido esta proeza de saia.

Lá embaixo, escuto o som dos passos, dois pares, trovoando escada acima, e sinto tanto medo que quase me deixo soltar.

Deito de bruços, a mochila enfiada por debaixo do meu corpo, segurando a respiração.

– Ela saiu pela janela – diz outra voz que, para minha surpresa, é feminina, embora seja tão áspera quanto a de um homem. Também tem sotaque lormeriano. – Veja. Há pegadas na poeira, em cima da cama. Ela pulou.

– E não quebrou as pernas? Sem chance. Poderia estar no telhado – responde seu companheiro.

– É melhor checar, então.

Meu estômago afunda quando um par de mãos peludas aparece a centímetros do meu rosto. Posso ver as bordas mordidas de suas unhas sob a luz da lua. Estou pronta para chutá-lo para longe quando a palha solta do telhado e posso ouvi-lo xingar.

– Ela não está lá em cima. A palhoça está podre; ela estaria no chão com mais do que uma perna quebrada se tivesse tentado subir lá. Você está certa. Ela pulou. Deve ter nos escutado e fugiu.

– Ela provavelmente o escutou a mais de um quilômetro e meio de distância, com o estardalhaço que você estava fazendo.

– Não pode estar longe; seu manto ainda está quente. E deixou a comida para trás. Talvez volte para recuperá-la quando achar que está segura. Deveríamos esperar.

– Ela estava com duas bolsas, lembra? A outra não está aqui. E não há sinal do cavalo. Eu não voltaria, se fosse ela. Fugiria para o mais longe possível. – As palavras da mulher estão repletas de certeza, e seu parceiro solta um grunhido em resposta.

Escuto suas botas indo embora, descendo as escadas, e respiro uma vez antes de me dar conta de que, se eles dessem a volta por trás da casa e olhassem para cima, poderiam me ver pendurada no telhado feito uma aranha. Arrasto-me para a ponta, mas o homem fechou a portinhola por onde eu poderia entrar novamente na casa.

Não tenho opção senão ficar onde estou por enquanto.

Posso escutá-los indo embora e espero, pronta para o momento em que dariam a volta e me veriam, ou procurariam pegadas, encontrariam minha égua e saberiam que ainda estou aqui.

Então, escuto uma pancada abafada de dentro da casa e meus membros travam. Eles não foram embora, no fim das contas. Esperaram. Sabem que estou aqui; tentaram me enganar. Escuto o estalar das escadas, sinto alguém logo abaixo de mim, esperando na janela. Ficam ali por um longo tempo e posso sentir meu coração bater em frenesi no peito e até nas pontas de meus dedos. Em seguida, piedosamente, escuto o estalar das escadas novamente e, depois, silêncio.

Longos minutos se passam enquanto me seguro firmemente ao telhado com todas as minhas forças, a respiração leve, os membros trêmulos. A espera torna-se insuportável e eu me inclino mais para perto da borda, escutando. Será que partiram mesmo? Quando ajusto meu punho na palha, ela se solta.

Tenho que pular, ou vou cair.

Lief e eu costumávamos saltar do palheiro para o celeiro depois da colheita, lançando nossos corpos em quatro metros e meio de queda até quicar no feno de aroma doce. Ao ficar mais velho, Lief passou a dar cambalhotas, lançando-se de costas nas pilhas de grama. Mas eu não era tão corajosa, ou burra.

Pelas minhas estimativas, a beira do telhado deve estar a cerca de quatro metros do chão. E não há feno lá embaixo.

Posiciono-me em paralelo com a cantaria. Há uma viga espessa na estrutura, a qual me agarro com firmeza. Preciso rolar assim que cair no chão e, em seguida, preciso correr. Rolar e correr. Quando penduro meu corpo e meus pés tocam o ar, entro em pânico, embora soubesse que isso aconteceria. Agarro um novo punhado da palhoça.

A palha solta na minha mão e eu caio. Antes que tenha tempo de entender o que aconteceu, estou no chão e não posso respirar. Uma dor abrasadora atinge minhas costelas, e meus pulmões não conseguem se expandir...

Então, a dor rescinde e uma lufada de ar doce toma meus pulmões. Sinto dor, mas inspiro de qualquer modo, sugando o ar para dentro de mim. Ofegante. Fiquei ofegante, só isso. Achei que tivesse fraturado a coluna.

Rolo para o lado, empurro a mochila que está sob mim e viro a cabeça para ver o céu relampejar. Depois, faço um inventário do meu corpo. Estou chocada e abalada, mas nada está quebrado ou torcido. É o choque que me segura no chão, mesmo quando parte da minha mente insiste que eu me levante e corra. Esta parte fala cada vez mais alto e eu me sento, enrijecida, espantada porque, por um milagre, estou bem. Olho para o chalé, tentando tomar coragem para ir até lá. Certamente, se alguém ainda estivesse lá, teria saído ao me ouvir caindo.

Puxo a faca da mochila e me aproximo.

A porta não está mais ali, foi chutada para longe do batente. Avanço para dentro, tentando ficar perto da entrada enquanto meus olhos se acostumam à escuridão. Então, esqueço de ser cuidadosa e solto um grito, correndo até a cama improvisada.

Meu manto, toda a minha comida e até meu acendedor não estão mais lá. Tudo o que tenho é a mochila e os mapas, a faca extra e um cantil de couro quase vazio. Malditos! Quando me levanto, sinto um cheiro tão inesperado que fico paralisada, petrificada.

Hortelã e incenso velho. Vago, pairando no ar como ciscos de poeira.

Silas esteve aqui.

Corro até o matagal e desato a égua, apressando-me para ajustar a sela e os estribos. Ela fareja meus bolsos à procura de comida e eu a empurro, irritada.

– Não temos mais nada – digo. – Não adianta procurar. – Ela relincha levemente e sinto remorso. Não é culpa dela. E poderia ter sido pior; imagine se a tivesse perdido também? Imagine se Silas ou os outros a tivessem achado? Acaricio seu focinho e murmuro um breve pedido de desculpas.

Silas esteve aqui. Será que estava com aquelas pessoas? Mas não, eu ouvi duas vozes, dois pares de pés. Se veio, veio depois, quando eu estava no telhado.

Se é que era ele. Posso ter certeza de ter sentido o cheiro de incenso? Foi uma queda bem grave; eu poderia estar enganada. Deixo a égua e ando pela trilha até a estrada, atenta aos sons durante todo o tempo, apertando os olhos para enxergar na luz baixa. Quatro pares de pegadas seguem para o chalé e três retornam. Apenas um conjunto de pegadas de cavalo. Então, ele ainda não tem um cavalo. A não ser que o tenha deixado na estrada. Não, ele não seria tão tolo. Viro-me para minha própria montaria.

Quando subo na sela, sinto como se eu fosse feita de ferro; tudo está pesado demais. Estou prestes a atiçar a égua, mas paro. Sejam lá quem aquelas duas pessoas que chegaram primeiro fossem, sabiam que eu tinha duas bolsas. Sabiam que sou uma mulher. O que significa que provavelmente me avistaram antes, e depois me seguiram. Suponho que deveria me sentir grata pelo fato de não terem sido soldados. Ainda assim... isso quer dizer que estou em evidência. E, obviamente, vulnerável.

Solto a trança dos cabelos e deixo que caia por minhas costas. Em seguida, puxo a faca e começo a serrar a trança na altura da nuca. Não levo mais de alguns instantes para ter a trança na mão, e minha cabeça parece incrivelmente leve quando a brisa da manhã bagunça meu cabelo, agora curto. Olho para o cabelo tosado, sujo e opaco, e o jogo na floresta.

De longe, aparento ser um homem jovem, o que espero ser suficiente para enganar qualquer um procurando uma vítima em potencial e, talvez, até alguns soldados que cruzem meu caminho. Contanto que não cheguem muito perto. Olho para meus seios e faço uma careta, afrouxando um pouco a blusa para disfarçá-los. Gostaria de ainda ter meu manto. O ar frio bate em meu pescoço e guio a égua de volta para a estrada. Pergunto-me se estou parecida com meu irmão.

Mantenho o sol à minha direita até chegarmos na estrada principal, que, depois de tanto tempo, ainda atende pelo nome de Estrada Real, cobrindo a extensão entre Tyrwhitt e Tremayne, com uma bifurcação para Tressalyn. Uma vez nela, tento aparentar tão ameaçadora quanto posso, mantendo-me alerta a qualquer pessoa viajando a pé, tanto na estrada quanto nos bosques e campos que a ladeiam. Paramos raramente, nunca perto de vilarejos ou aldeias. Mantenho um ritmo suave, mas constante. Logo fica evidente que a égua que escolhi tem a constituição necessária para resistência e longas distâncias, mas estamos progredindo muito lentamente.

Passo por outros viajantes indo pela estrada na mesma direção. Sozinhos ou em pares, estão sempre encapuzados como Silas, o que me faz prender a respiração até que os ultrapasse e veja que são muito largos ou baixos para ser ele; não andam como ele anda. A maioria segue cabisbaixa, embora um ou dois olhem para cima e seus olhos vazios, cheios de terror, me colocam ereta. Eles sempre desviam o olhar primeiro, acovardando-se para longe de mim, e sei que são refugiados de Lormere. Guio a égua para o outro lado da estrada quando os ultrapassamos, para assegurá-los de que não tenho intenção de machucá-los. Mas não consigo tirar seus rostos de minha memória. Como são vazios. O que viram para que ficassem assim?

Com o passar das horas, fica óbvio que subestimei seriamente a velocidade que conseguiria atingir ao viajar. Na hora do almoço, após cinco horas de cavalgada, mal passamos de Newtown e ainda temos aproximadamente cinquenta quilômetros pela frente. Desmonto da égua e ando por alguns quilômetros, permitindo que ela reduza a velocidade e beba água das poças quando necessário. Quando bebo as últimas gotas de água do cantil, penso em enchê-lo com a água das mesmas poças, mas mudo de ideia ao ver a bagunça que ela faz quando bebe. Não estou com tanta sede assim. Ainda não. Penso nas pessoas pelas quais passei e me pergunto como elas têm matado a sede. Quando comeram pela última vez.

Não encontro ninguém a cavalo até mais tarde, depois do almoço, quando as estradas alargam e a terra fica compactada pelo trânsito constante. Meu estômago revira pela falta de comida e minha boca está seca. A sede me dá dor de cabeça. Quando nos aproximamos de outro grupo de refugiados, puxo a égua para longe deles, com seus embrulhos nas costas e o medo pairando ao seu redor feito inseto em volta de um lago. Então, avisto ao longe um grupo viajando em nossa direção, a cavalo, aproximando-se rapidamente. Os refugiados imediatamente largam seus embrulhos no chão e correm para os arbustos. Alguns dos cavaleiros se destacam do grupo e direcionam seus cavalos para os campos, atrás deles. Sigo em frente, mas meu coração acelera, minhas mãos ficam subitamente escorregadias e as articulações de minha mão direita latejam.

À medida que os cavaleiros se aproximam, posso ver as túnicas verdes do exército tregelliano, e meu medo aumenta. Começo a suar, embora não tenha um manto nas costas. Os outros refugiados se separam, deixando-me sozinha na estrada enquanto os soldados chegam mais perto.

– Vá atrás deles! – berra um militar com a faixa azul que o identifica como tenente. Seus comparsas cavalgam em direção aos fugitivos nos campos. – Cerquem-nos. Você! – Ele olha para mim. – Desmonte. Devagar.

Tremendo, faço como ele ordena, mantendo-me próxima à égua.

O tenente salta da sela e puxa sua espada. Seus olhos estão incendiados pela raiva.

– Seu ladrão imundo! Onde conseguiu esta égua? De joelhos, escória lormeriana.

– Não sou um refugiado.

– Cale a boca. – Ele se inclina sobre mim, debochado, esticando uma das mãos em minha direção.

Dou um passo para trás e trombo na égua, que relincha com medo.

– Sou tregelliano. Sou de Tremayne. Sou tregelliano.

– Claro que é. – Ele agarra meu cabelo, forçando-me a ficar de joelhos. Arfante, procuro minha faca.

Um berro ecoa nos campos.

– Homem ao chão! – grita uma voz masculina.

O tenente aperta meu cabelo ainda mais forte por um momento, e solto uma lamúria.

– Está morto! – grita a voz novamente. – O bastardo o matou!

– Fique aqui – diz o tenente com um grito, e me empurra para baixo de modo que meu rosto fica a centímetros da lama. – Parado – diz novamente e, então, solta meu cabelo, e meu couro cabeludo formiga com o vento frio.

Nem finjo obedecer. Em questão de segundos, estou de volta na sela, e meu pé direito nem bem entra no estribo quando a égua começa a galopar. Quando sento, espio para trás e não vejo uma pessoa sequer olhando em minha direção. Em vez disso, estão rodeando alguma coisa na grama, algo imóvel. Soldados de todos os lados correm para se juntar a eles, alguns arrastando prisioneiros consigo. Há terror estampado nos rostos dos refugiados e, para meu horror, júbilo nos dos soldados. Seus olhos estão selvagens e seus lábios esticados como um ricto de alegria. Fixo o olhar por tempo suficiente para ver o tenente riscar sua espada horizontalmente contra a garganta de um dos refugiados.

Giro de volta para a frente, boquiaberta, soltando um grito mudo. Continuamos cavalgando.

Só depois de muitos quilômetros, fiz a égua reduzir o trote. Minha cabeça está latejando e meu pescoço está doendo de tanto virar para trás a fim de ter certeza de que não estávamos sendo seguidas. Toda vez que olho para trás, vejo o refugiado assassinado de novo e a selvageria nos rostos dos soldados. Eram soldados tregellianos. Meu povo. Um povo dado à lógica, à racionalidade e à decência. Nada parecido com os lormerianos.

Eles trataram os lormerianos como se fossem animais. Estão aqui porque estão tentando salvar suas vidas. São pessoas.

Imagens do campo, dos mercenários, das estradas sem comerciantes, dos soldados, todas atravessam minha mente... eu não esperava por isso. Kirin não me disse que estava assim. Kirin também é tenente.

Talvez ele não fosse um refugiado; talvez fossem criminosos, criminosos perigosos, e os soldados não tivessem opção.

De joelhos, escória lormeriana.

Eu me lembro da boneca perdida, do sapato abandonado, dos olhos selvagens do soldado quando ele se estendeu para agarrar meu cabelo e me forçar para baixo. Não está certo.

Não vejo mais nenhuma pessoa até que alcançamos a traseira de uma pequena carroça repleta de sacos e crianças. Os pequenos me observam solenemente enquanto eu me aproximo. Para minha surpresa, e, com toda sinceridade, meu alívio, as duas mulas que puxam a carroça são guiadas por uma mulher.

Antes que possa evitar, pergunto alto:

– Você tem um pouco de água, boa mulher?

Ela olha para mim com suspeita. Os olhos das crianças estão arregalados, e seus pequeninos dedos gordos agarram a lateral da carroça. Ela vasculha ao seu redor e saca um cantil de couro, chacoalha-o e o lança para mim.

Esqueço de agradecer, determinada como estou a tirar a rolha e beber. Esvazio o cantil e ainda não é suficiente. Percebo, tarde demais, que pode ser tudo o que ela possuía.

Olho para ela, que me encara de volta com uma expressão cautelosa.

– Obrigado – digo com timidez e jogo o cantil de volta. Reparo que a mulher o segura delicadamente entre o indicador e o dedão antes de largá-lo no chão da carroça. – Para onde você vai?

– Tressalyn.

Estou desapontada. Tinha uma ponta de esperança que ela estivesse viajando para Tremayne, e então eu poderia acompanhá-la um pouco.

– E você? – pergunta ela.

– Tremayne.

– Há um posto de controle, sabe? – diz.

– Onde?

– No fim da Estrada Real, antes dos portões da cidade. Um posto de controle de acesso para Tremayne. O mesmo em Tressalyn. Em todas as cidades. Caso contrário, os refugiados já teriam invadido as cidades.

Invadido? Quantos refugiados existem?

– Desde quando? – pergunto.

– Desde que o Príncipe Adormecido parou de dormir e começou a incendiar coisas em Lormere, fazendo com que todos quisessem vir para cá. Você vai precisar de documentos para passar. Nenhum refugiado é permitido. Sem os papéis, terá que ir para um dos campos ao leste.

– Nasci em Tremayne – digo. – Sou tregelliano.

Ela me analisa de cima a baixo. Primeiro, seus olhos pousam em minha calça larga. Depois, em meu cabelo tosquiado.

– Contanto que consiga provar, ficará bem.

Por um momento de tensão, encaramos uma a outra. Então, ela estala as rédeas e as mulas viram para a esquerda, em direção a Tressalyn, e eu guio minha égua para Tremayne, à direita. Para o posto de controle.

Não tenho os papéis. Não tenho coisa nenhuma que prove quem sou. E realmente não quero encontrar mais soldados.

Então, não posso entrar em Tremayne. Talvez seja melhor assim, decido. Minha prioridade é encontrar água. Sei que há um rio que corre por fora da cidade.

Olho para o céu. O sol está na metade de sua descida, o ar rapidamente resfria e minha respiração condensa na minha frente. Levei um dia inteiro para chegar até aqui, um tempo do qual não disponho. Terei que seguir para Scarron no escuro.

Paro a égua a cerca de três quilômetros dos muros de Tremayne. Observo os mapas, planejo uma rota para nos tirar da estrada principal, longe dos postos de controle e em direção ao rio. Certificando-me de que não há pessoas em volta, escorrego da sela, soltando um gemido ao esticar as pernas rígidas. Meu estômago ronca alto. Um dia inteiro na sela me exauriu, demandou toda a energia que eu tinha. Preciso de um pouco de comida ou terei um colapso. E preciso de um novo manto. Não vou durar o pernoite sem um.

Precisarei entrar em Tremayne, afinal de contas.

A ideia de estar tão próxima da minha antiga vida, da minha botica, faz com que eu me sinta fraca, e meu peito aperta.

A ideia de ver soldados nos portões faz meu estômago afundar.

Imaginei que meu retorno a Tremayne seria triunfante. Eu teria tudo sob controle, a vergonha de nossa fuga estaria esquecida. Não vestiria roupas roubadas, minhas articulações não estariam machucadas por causa de brigas e meu couro cabeludo não formigaria por causa do ataque de um soldado.

Não tenho escolha, penso; preciso encontrar a menina, preciso resgatar mamãe. Posso me preocupar com a botica e a guerra e tudo mais depois disso.

Uma garganta dilacerada por uma espada reprisa por detrás dos meus olhos.

Respiro fundo e subo na sela outra vez.

Então, eu vejo: uma trilha estreita, quase imperceptível, subindo o morro suavemente à minha direita. Estalo as rédeas e acelero a égua pelo caminho, com o coração martelando dentro do peito. Enquanto nos movemos pela crista do pequeno morro, o reconhecimento me atinge com um soco no estômago e eu a vejo.

Nossa fazenda.

Emito um som estrangulado. Nada mudou. Não faz tanto tempo que partimos, então eu não deveria estar surpresa de que ainda tenha a mesma aparência, como se, a qualquer momento, Lief e papai fossem sair pela porta a passos largos, ou mamãe fosse aparecer na janela. Eu deveria estar lá agora, com minha família. Mas metade dos meus parentes morreram ou desapareceram, eu sou uma fugitiva e mamãe está encarcerada sabe-se lá onde. E é tudo minha culpa.

Preciso resgatá-la. Esta bagunça é minha.

Se eu conseguir pegar comida e um manto, conseguiremos continuar. Poderia chegar em Scarron ao nascer do sol. Ainda me lembro de como chegar da nossa fazenda para Tremayne pelo portão da torre do relógio. Pelo rio. E duvido que haja um posto de controle ali.

Capítulo 16

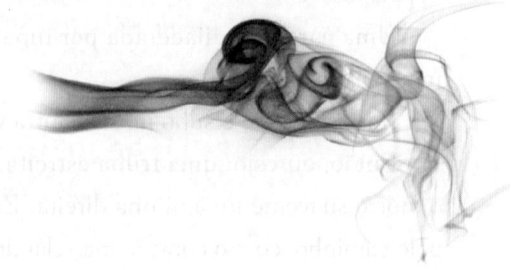

Não é a primeira vez que estou errada. Quando chego ao portão da torre do relógio, sou cumprimentada por dois soldados armados com espadas, as expressões cerradas e hostis. Um terceiro soldado está empoleirado no topo da torre, com uma flecha posicionada e apontada para mim. É tarde demais para fugir. Ao avistá-los, meu estômago afunda e meus dedos tremem nas rédeas.

– Desmonte e declare suas intenções – diz um deles.

Trêmula, faço o que ele manda, mantendo uma das mãos no cepinho da sela e as pernas preparadas para me lançar para cima e montar caso tentem me atacar.

– Você é uma menina – diz um dos espadachins, surpreso. – Muito bem, muito bem. Belos culotes. Vejamos seus documentos, então. – Olho para ele, tentando inventar uma razão, qualquer razão, para eu não ter os papéis. – Está surda? Eu disse documentos. Mostre seus documentos.

– Eu... não os tenho. Fui roubada no caminho para cá. Estavam na minha bolsa. Na outra bolsa. Perdi meu manto também. – Tento manter um tom agradável e razoável, mas está difícil, e meu peito começa a apertar. Eu deveria fugir.

– De onde você é? – pergunta o homem.

– Originalmente, daqui. Nasci em Tremayne. Já não moro aqui, mas parte da minha família ainda mora. Estou aqui para visitá-los.

Ele embainha a espada e pendura os dedões nas passadeiras do cinto. Solto um pequeno suspiro, aliviando parte da minha tensão.

– De onde vem, então?

– Tressalyn – minto. – Vim trazer notícias para minha família. Notícias urgentes.

– Sozinha? Apenas você, cavalgando pelo país com uma égua tão boa? – Ele está gostando disto, deste pequeno poder que tem. Posso ouvir em sua voz e ver em seu rosto. Ele olha para meus culotes largos, meu cabelo picotado, minha mão enfaixada. – De onde disse que veio, mesmo?

– Deixe-a entrar, Tuck. Não é o Príncipe Adormecido e não tem sotaque lormeriano. Está quase na hora de terminar o expediente – diz o outro guarda, que está no portão. O homem na torre agora está cutucando as unhas com a ponta da flecha, o arco jogado sobre o ombro, ignorando-nos.

– Qual é seu nome, mesmo? – pergunta o brigão, Tuck.

– Er... ika. Erika Dunn. – Há muitos Dunn em Tremayne. Para todos os lados. É um nome bastante comum.

– Nunca ouvi falar de nenhuma Erika Dunn – sorri Tuck.

– Eu já – diz o arqueiro, de repente, lá de cima. – Pensei tê-la reconhecido. Não é a sobrinha de Tarvey Dunn?

– Sou – digo, tentando esconder minha surpresa. Tarvey é um dos açougueiros para quem meu pai costumava vender nosso gado, famoso por sua excelente carne e por ser perneta. E, para minha sorte, sua família é notoriamente prolífica. – Uma de muitas – adiciono, abrindo um sorriso para o arqueiro.

Tuck franze a testa.

— Seja como for, regras são regras. Ninguém entra ou sai sem documentos. E ninguém entra ou sai depois do pôr do sol. Opa. — Ele olha para cima, para o céu escurecido, e sorri. — Talvez me sinta mais generoso amanhã.

— Tarvey ficará furioso se souber que você a impediu de entrar. Provavelmente, está esperando por ela. — O arqueiro coça a perna com a flecha antes de guardá-la.

— Sim, ele está — solto, com a voz estridente.

Tuck o encara e, depois, a mim.

— Seja como for...

— Não é o Tarvey que fornece a nossa carne? — pergunta o arqueiro com impecável inocência.

Tuck lança outro olhar atravessado para o homem, que examina as unhas novamente. Com um suspiro profundo e um aceno de cabeça, ele finalmente dá um passo para o lado. Guio o cavalo pelo portão da torre do relógio com um sorriso dócil e o coração batendo violentamente. Olho para o arqueiro lá em cima, que me dá uma piscadela dissimulada. Eu poderia beijá-lo naquele momento.

Andamos apenas alguns metros quando escuto o ruído metálico de correntes atrás de mim. Giro a tempo de ver o portão de ferro fechando de novo.

— O que está fazendo? — pergunto.

— Eu lhe disse. Ninguém entra ou sai depois do pôr do sol.

— Mas preciso partir hoje à noite! Estou aqui para pegar algumas coisas e repassar as notícias; ficarei uma hora, no máximo. Não posso ficar.

O sorriso de Tuck é presunçoso.

— Temo que terá que ficar. Você queria entrar, e entrou. Tenho certeza de que seu tio poderá recebê-la. Quer que lhe acompanhe para nos certificarmos?

Balanço a cabeça e rapidamente guio a égua para longe, resistindo à vontade de virar de costas para ter certeza de que ele não está me seguindo enquanto nos dirigimos para a praça principal.

Há muitos soldados vagando do lado de fora da taverna. Um deles está encostado no poço, conversando com uma mulher que não reconheço. Há sacos de areia empilhados em um dos cantos da praça e grandes barris em um carrinho puxado por uma mula aparentemente rabugenta. Mas estas são as únicas evidências da guerra; o caos de outras partes do país quase não se faz presente do lado de dentro dos muros. Dois jovens meninos giram em círculos, um perseguindo o outro, do lado de fora da padaria. Posso ver a mãe deles conversando com o próprio padeiro. Outros fofocam e riem, os sinos da loja tocam conforme as portas fecham. O ar cheira a comida boa e farta, carne e legumes, pão e doces. Tem o cheiro de casa; Lief e eu costumávamos correr na frente da padaria como aqueles meninos; Lirys e eu costumávamos esperar por Kirin ao lado do poço. Aqui, tudo está coberto de memórias do que perdi: meus amigos, meus pais, meu irmão. Minha velha vida.

Do outro lado da praça, luzes piscam na janela superior da botica onde eu costumava trabalhar. Paro e observo. Nada mudou. Sinto que posso subir as escadas, abrir a porta, pegar meu avental no gancho e começar a trabalhar.

Os meninos correm por mim, gritando alegremente, e me acordam do estado de devaneio. Sigo caminhando cabisbaixa. Ando pela praça da cidade como um fantasma, passando pelo açougue onde Tarvey provavelmente está trabalhando, pelo sapateiro preferido de minha mãe. Paro na mercearia para ver o interior, mas, quando percebo que ainda há clientes, gente que conheço de vista, não consigo me convencer a entrar. Conseguirei um manto primeiro, e voltarei depois. Então, acharei uma maneira de sair da cidade.

Deixo a praça principal e ando pela rua do comércio, na direção da alfaiataria. Cada janela pela qual eu passo tem velas acesas e famílias em movimento do lado de dentro. Sinto muita saudade de casa, do meu lar. Minha velha vida está por todos os lados. Passo pela ferraria desértica onde Kirin trabalhava e pela casa do mercador de sal. Conhecia sua filha superficialmente. Olho para cima e me detenho, quando vejo um círculo cortado por uma linha talhados na porta. É familiar. Franzo a testa.

– Errin?

Giro, esticando a mão até o cinto em busca de minha faca, mas minha mão hesita quando vejo quem falou meu nome.

Carys Dapplewood, mãe de Lirys e uma segunda mãe para mim, parada à meia-sombra, com uma cesta nas mãos.

– É você mesmo?

Minha língua gruda no céu da boca.

– Vi quando passou pela praça – diz ela, dando um passo à frente. – Achei que estivesse enlouquecendo. Mas precisava saber... o que está fazendo, menina?

– Eu... eu... eu preciso de um manto e de comida. Depois, preciso partir.

– Como assim, precisa partir? Onde está Lief? Onde está Trina? Há quanto tempo voltou? Onde está ficando?

Meu coração acelera, a garganta fecha e aquela conhecida sensação de suadouro começa a rastejar por meus ombros. Quero responder. Quero fugir. Não estou pronta para isto. Olho diretamente para ela e balanço a cabeça.

Onde está Lief?

Sem dizer mais uma palavra, Carys solta a cesta no chão e toma meu braço com uma das mãos e as rédeas com a outra. Rapidamente, ela nos conduz para longe sem dizer nada, e o peso em meu peito só aumenta. Cruzamos a ponte e então posso ver a leiteria dos Dapplewood, com tijolos amarelos feito manteiga, tão familiar para mim quanto a fazenda. Carys solta as rédeas e me conduz pela porta da frente. Entro em pânico e tento soltar meu braço. Sua empunhadura é surpreendentemente forte para uma mulher da sua idade, e estou ocupada demais tentando respirar para resistir.

Ela abre a porta da frente e chama Lirys. Um banho de luz e calor me cobre, e sinto o cheiro de carne assando. Tenho vontade de chorar.

– Levarei a égua para o celeiro – diz ela, dando tapinhas em meu braço ao me soltar.

Meu estômago revira quando ouço o som de passos. Preparo-me para o golpe que será ver minha melhor amiga pela primeira vez desde o funeral de meu pai.

Ela para na minha frente com cachos louros escapando por debaixo da touca e a pele branca como creme corada pelo calor. Inclina a cabeça para o lado. O gesto me lembra Silas. Nós nos encaramos e percebo que estou em postura de fuga.

– Errin? – diz ela, finalmente, olhando-me de cima a baixo. Engulo em seco. Meus olhos estão começando a arder sob seu escrutínio. – É você, mesmo? Você parece... – ela faz uma pausa. – Bem, eu gosto dos seus culotes – diz. – São do Lief? Você está parecida com ele com este cabelo. Pensei que fosse ele. – Ela olha por cima do meu ombro com expectativa, e depois se volta para mim. – Ele está com você? Vocês voltaram? Errin? Errin, você está bem?

Onde está Lief?

Olho fixamente para ela. O sangue bombeia minhas lágrimas e meu coração bate tão forte que faz uma tatuagem em meu peito.

Lief.

Em nenhum momento, nem quando estava chantageando Silas, nem quando esperava fugir com mamãe para o Conclave, nem neste tempo todo em que estive na estrada, nunca incluí Lief em nosso futuro.

Em nenhum dos momentos nos quais pensei realisticamente, ele fez parte do que aconteceria em seguida. Fazia tempo que eu não o incluía. Vivia dizendo para mim mesma que ele voltaria algum dia.

Eu sabia o tempo inteiro. Só não queria admitir.

E agora que estou aqui, em Tremayne, em nosso lar, não consigo mais ignorar isso.

Ele não está preso em nenhum lugar de Lormere. Não está ferido. Ele não está lutando para voltar para nós.

A dor, fundida em ferro e trancada a sete chaves, aninhada em meu coração como uma coisa morta, irradia sem aviso prévio. Ele está morto. Meu irmão está morto. Ele não voltará para casa. É afiada e é uma estaca que me põe de joelhos, fixando-me no chão de madeira. Não consigo inspirar, é grande demais, está bloqueando meus pulmões.

Então, os braços de Lirys me envolvem. Ela cheira a farinha, manteiga e bondade. Eu uivo com a cabeça encostada em seu ombro, feito um animal. Em meu acesso de raiva, escuto outros passos aproximando-se e retirando-se. Mas me agarro à minha amiga, que me agarra de volta. Cada vez que meus dedos apertam, os dela apertam em resposta, até que estamos nos segurando com força o bastante para deixar marcas.

Finalmente, as lágrimas param e murcho nos braços dela, esgotada.

Pela primeira vez em quatro luas, consigo respirar.

— Você precisa de um banho e um pouco de comida — diz ela com sua adorável voz cadenciada. — Depois, vai para a cama.

— Não posso — digo, rouca como um corvo. — Preciso ir embora.

— Errin Vastel, você não pode ir embora. Temos um toque de recolher e os portões estão trancados. E, mesmo que não estivessem, eu não a deixaria ir. Você está em casa.

E, com isso, voltam-se as lágrimas. Mas estas são fartas e quentes, e consigo respirar enquanto caem.

* * *

Ela está sentada em um banco ao lado da banheira, observando-me com olhos ligeiramente apertados. No quarto ao lado, posso ouvir o murmúrio distante de seus pais jantando. Lirys os manteve longe de mim desde que entrei em colapso. Guiou-me até o calor da cozinha, para onde arrastou uma tina de banho que posicionou na frente da lareira, e a encheu jarra após jarra com água fervente. Ajudou-me a me despir e entrar na banheira, reprovando com estalos da língua os hematomas que me cobriam e minha carcaça magra demais. Então, lavou meu cabelo. Finalmente, substituiu a faixa que cobria minha mão por gaze de verdade e passou uma pomada na ferida, que instantaneamente aliviou a dor.

Embora a expectativa provavelmente a estivesse matando, ela espera até que eu esteja pronta para falar. Não pergunta onde estive ou por que não escrevi. Aceita tudo, com paciência e gentileza, papeando calma e deliberadamente sobre Kirin e a dança lenta e constante que fizeram por todo o outono, até que ele finalmente a beijou e a pediu em casamento. Ela fala sobre o fato de que ele é um soldado, e sobre o choque que isso foi para ela, mas que pensa que ficará tudo bem.

Ela não acha que a guerra chegará aqui.

Penso no ataque na floresta, na flecha no ombro de Kirin. Nos golens em Almwyk e no campo em Tyrwhitt. Nos mercenários que me seguiram à noite e no soldado que me empurrou no chão e depois cortou a garganta de outro homem. Penso em Lief, que nunca voltou de Lormere. A guerra chegou. Não importa se o Príncipe Adormecido vai invadir Tregellan ou não; já está aqui. A pior parte é saber que, se eu estivesse no lugar dela, aqui em Tremayne, no lugar onde sempre morei, também duvidaria. Teria seguido pensando que Tregellan é um paraíso imparcial, justo e seguro.

A inocência de suas palavras, a normalidade delas, sem maldições, feras, alquimia ou mistério, esprime algo dentro de mim, e decido que não quero que ela saiba nada sobre minha vida em Almwyk. Não quero que ela saiba do pior que já fiz: produzir venenos, socar pessoas e incendiar casas. Roubar. Atacar seu noivo. Não quero que ela me veja desse modo. E não quero assustá-la; quero que continue inocente.

Mas preciso dizer alguma coisa. Posso senti-la esperando que eu me abra.

Não faço qualquer menção ao Elixir ou a Silas. Deixo de fora as cantadas de Unwin e os homens na floresta. Não conto sobre os golens, nem sobre o que me aconteceu no caminho até aqui. Simplifico: conto sobre o colapso de mamãe, deixando de fora as partes sobre a fera, e sobre como estava tentando curá-la. Estou indo bem, até que percebo que preciso contar que mamãe foi apreendida e que eu não estava lá para protegê-la. E que, agora, estou me virando para resgatá-la.

– Não é culpa sua – diz ela, imediatamente, e me passa uma barra de sabão cujo aroma inalo avidamente.

– Claro que é. Eu não deveria tê-la deixado sozinha. Pelos Deuses, Lir, imagino como deve ter sido terrível. Soldados invadindo a casa e levando-a embora. Ela nem sequer deveria saber o que estava acontecendo. Eu causei isso, porque eu...

– Porque você o quê?

Balanço a cabeça.

– Não importa.

– Errin, não diga isso.

– Desculpe.

– Não quero suas desculpas – rebate ela, e fico surpresa. – Queria que pudesse ter visto seu estado quando chegou. Parecia um defunto. Seu cabelo, seus machucados. Você parece não ter comido uma refeição decente desde que partiu. Há quanto tempo vive assim? Quem cuida de você?

– Eu mesma.

– Não, Errin. Você não se cuidava. – Sua voz é gentil, mas firme. Ela me faz lembrar mais uma vez de Silas, da pena em seus olhos quando viu a cabana pela primeira vez. – Não sou burra; sei que está escondendo algo de mim. Como conseguiu dinheiro para alugar o chalé? O que comia? Vivia de quê?

– Eu... – olho para ela, impotente.

– Não posso forçá-la a me contar. Mas gostaria que tivesse mandado uma carta, para qualquer um de nós – diz ela, balançando a cabeça. – Você deveria ter ficado aqui. Somos seus amigos. Poderíamos ter cuidado de você.

Suas palavras reacendem uma memória que me dói. Quando Mestre Pendie veio oferecer suas condolências, não abri a porta. Não queria contar para ele que eu estava partindo. Mamãe estava no andar de cima, em seu quarto, e Lief estava pela fazenda montando um inventário. Parei atrás das cortinas pretas e espiei por uma brecha enquanto ele batia à porta, e batia de novo. Finalmente, com um olhar triste, deixou uma cesta na porta e foi embora. Seus passos eram arrastados, como se estivessem amarrados à casa com cordas invisíveis e cada passo ameaçasse puxá-lo de volta. Quando abri a cesta, encontrei frascos de poções para sofrimento, tristeza e insônia. E um bolo. Um bolo torto e feio, queimado no fundo e cru por dentro.

Ele fizera um bolo. Estava horrível, mas comi cada pedaço. Fomos embora para Almwyk no dia seguinte e nunca o agradeci.

– Estava envergonhada – disse, finalmente. Falei baixinho, para a água que rapidamente esfriava na banheira. – Ainda estou.

– Por quê? Você não fez nada que leve a se envergonhar.

Eu bufo.

– As dívidas. Ter que vender tudo. Ter que partir.

– Não foi culpa sua. O que posso fazer para lhe convencer disso?

– Não foi? Se eu tivesse guardado as ferramentas, papai não teria caído em cima delas. O que significa que ainda estaria aqui, tal como Lief e mamãe. Mas, em vez disso, Lief e papai estão mortos e mamãe está presa em algum lugar esquecido pelos Deuses em Tressalyn, e ela...

Lirys se inclina para a frente e espirra água em meu rosto. Levanto o rosto com surpresa.

— Basta – diz ela com uma voz coberta de aço. – Você não é responsável pela morte de seu pai. E não é responsável pelos atos de Lief, ou pelo que aconteceu com ele. Você sabe que ele era como... os Deuses sabem que eu o amava como se fosse meu próprio irmão, mas Lief era imprudente. Era impossível detê-lo, ninguém conseguia. E você certamente não é responsável por sua mãe. Nada disso é culpa sua. Pare de se castigar.

— Lirys – digo.

— Errin – responde ela, com o mesmo tom de súplica. – Você precisa comer. E dormir. Deixei uma de minhas camisolas sobre minha cama. Se você aguentar usar um vestido agora – sorri.

— Não posso. Preciso ir embora. Preciso achar uma pessoa. Se conseguir achá-la, será a chave para resgatar mamãe.

— E tenho certeza de que a encontrará. Mas, por enquanto, fique aqui e descanse. Falaremos com mamãe e papai pela manhã e decidiremos o que fazer. Pode levar algum tempo, mas sei que todos vão querer ajudar.

Balanço a cabeça.

— Não tenho tempo. Preciso voltar o mais rápido possível. Você não é capaz de me ajudar com isso.

Gostaria de poder explicar sobre a fera e sobre por que o tempo é curto.

Lirys, que sempre confia nas pessoas e não faz perguntas, suspira.

— Bem, você não pode partir até de manhã. Os portões estão trancados, todos eles. E vigiados. Goste ou não, sua missão precisará esperar. Então, é melhor que se vista e coma alguma coisa. – Ela me suspende para fora da banheira e me veste com um espesso robe. Em seguida, direciona-me escada acima até seu pequeno e limpo quarto. – Servirei o jantar para você aqui em cima – diz ela, fechando a porta e deixando-me sozinha.

Tiro o robe e enfio o vestido de linho pela cabeça, suspirando com a sensação do material macio e limpo em minha pele macia e limpa. Sento na cama, tentando calcular onde Silas estaria agora. Se ainda estiver a pé, deve estar a pelo menos cinquenta quilômetros de distância, mesmo andando à noite toda. Mas, se tiver um cavalo... Descansarei por algumas horas, decido. E estarei nos portões ao nascer do sol. Cavalgaremos como o vento até Scarron. Não posso deixar que ele chegue antes de mim.

O homem está andando por ruas escuras, sob a chuvarada e a ventania. Seu manto ricocheteia às suas costas e seu capuz cobre quase todo seu rosto. Está chamando meu nome, de novo e de novo, uivando para o vento.

Não digo coisa nenhuma. Observo-o, dividida mais uma vez entre correr até ele e correr dele.

Então, ele vira e abre a boca quando me vê. Fica ali, imóvel, enquanto tudo à sua volta está enfurecido. Devagar, ele levanta uma das mãos e acena com um dedo me chamando por debaixo da luva. Observo, ainda indecisa sobre correr ou ficar, e ele inclina a cabeça para o lado.

– Errin? – diz, suavemente. – Por favor.

Sem fazer uma escolha consciente, começo a andar em sua direção. Ele estende a mão para mim e sorri. Raios cruzam os céus sobre nossas cabeças e logo estou a dez passos dele, cinco e, então, apenas dois. Levanto minha própria mão para pegar a dele...

Nada. Elas não se encontram. Há algo entre nós que nos impede. Empurro e cutuco a barreira invisível de cima a baixo, tentando achar uma fresta.

– Meu irmão está morto – digo. – Você estava certo. – Baixo a cabeça e meus dedos descem através do obstáculo entre nós.

– Onde está? – pergunta ele. – Por que não consigo alcançá-la?

– Onde você está? – pergunto.

– Onde sempre estive.

– Estou em Tremayne – digo, e imediatamente me arrependo. Agora, saberá que estou quase lá.

O borrão pálido de seu rosto mira o céu escuro.

– Tremayne – sussurra ele, e o vento rouba a palavra de seus lábios assim que ela é emitida. Ele se volta para mim outra vez. – Por quê?

Dou as costas para a barreira entre nós, ignorando seus chamados. Sua voz se perde na tempestade.

Acordo ao som de roncos suaves vindos do chão ao lado da cama. Deito de costas e estico o corpo, suspirando ao sentir a cama sob mim. É a primeira vez, desde que deixamos a fazenda, que durmo em uma cama de verdade. É tão macia, tão acolhedora. É como ser embalada, e regozijo, contorcendo-me no meio da cama para fazer um sulco com meu corpo.

Cerca de uma hora depois, estou totalmente desperta, encarando o teto, incomodada pelo ronco de Lirys e sua habilidade de seguir dormindo. A cama, um luxo depois dos estrados e chãos nos quais dormi, é macia demais. Tentei deitar em todas as posições possíveis, mas não me sinto sustentada pelas penas. Parece que estou afundando nelas. Sei, então, que já dormi o suficiente por hoje e tiro as cobertas de cima de mim, pousando os pés sobre o chão frio de madeira. Usando a cama como guia e os dedos esticados à minha frente, ando até a janela e abro a persiana para ver o lado de fora. Escuro. Ainda. Nenhum sinal do amanhecer.

Fecho a persiana, esgueiro-me pelo quarto e puxo o robe de Lirys da parta de trás da porta, antes de abri-la e sair. O chalé está silencioso. Tateio pelas escadas e pela cozinha. Os azulejos de ardósia gelam debaixo dos meus pés. Acendo um dos círios do fogão e encosto sua ponta flamejante nas velas sobre a lareira. Vou até a despensa. Meu estômago ronca, horrivelmente ruidoso no silêncio da noite; dormi em vez de jantar.

Na esperança de que os Dapplewood não se importem, sirvo-me de frango gelado, pão e manteiga e de um grande copo de leite, que bebo em três goles antes de servir outro. Levo a refeição para a mesa e me sento, no mesmo lugar em que sentei a vida inteira nesta casa, com os pés enfiados por debaixo das pernas para aquecê-los.

Estou arrancando o frango do osso quando escuto alguém às minhas costas.

Carys Dapplewood passa por mim, abrindo a despensa para pegar seu próprio copo de leite, antes de sentar-se à minha frente. Mastigo a ave e engulo, esperando.

– Lirys contou que seu irmão morreu – diz, depois de algum tempo.
– Sinto muito, Errin. Ele era um rapaz especial, brincalhão e engraçado. Era muito chegada a ele. Todos éramos.

Balanço a cabeça, sufocando a onda de sofrimento. Ela conhecia Lief. Todos aqui o conheciam. Não posso respirar quando sou lembrada dele.

– Seu irmão, que os Deuses o tenham, era orgulhoso. Você também é. Rezo para que seja mais cuidadosa do que ele foi. – Apesar da aspereza de suas palavras, não são ditas indelicadamente. – Ouvi dizer que quer partir novamente para resgatar sua mãe. Lirys diz que ela foi internada por causa da cabeça.

– Ela foi, e eu vou.
– Sabe onde ela está?
– Tressalyn. Vou cavalgar até lá.
– Por Tremayne? É uma rota curiosa, a que você escolheu. – Carys tem uma aparência perspicaz.
– Preciso fazer algo antes.
– Foi o que Lirys disse. Ela também disse que não consegue fazer com que você diga o que é. Que você está misteriosa.
– Não é nenhum segredo – minto. – Tenho que ir neste lugar antes de resgatar mamãe, só isso.
– Parece uma tarefa tola. Você tem sorte de ter chegado até aqui sem se machucar. Sei que não é nenhuma donzela desamparada, mas, ainda assim, está correndo um risco enorme. – Eu me lembro da sensação dos dedos em meu cabelo, de quanto estava impotente naquele momento. Estremeço. Não contei isso para Lirys, e a aparência no rosto de Carys Dapplewood me alegra.

– A sorte favorece os corajosos – sorrio debilmente.

— A morte também — contra-ataca Carys imediatamente. — Os medrosos vivem muito mais do que os corajosos. Você deveria ficar aqui e viajar pelos canais apropriados.

— Não tenho tempo.

— Lirys contou que você diria isso. — Ela toma um gole de seu leite. — O que vai fazer quando tiver resgatado Trina? Para onde irá?

— Tenho um plano.

— Seu irmão também tinha — diz ela, calando-me. — Não tentarei dissuadir você. Acho que ninguém jamais conseguiu convencer um Vastel a não fazer algo estúpido. Mas direi isto: você tem um lar aqui. Não importa em que tipo de confusão esteja metida, ou quão ruins as coisas possam estar. Somos sua família; este é seu lar.

Concordo com a cabeça, segurando o nó na garganta, e ela me alcança para apalpar minha mão.

— A porta sempre estará aberta para você, Errin. Sempre esteve. E sempre estaremos aqui. Agora... — Ela afasta o sentimentalismo com um gesto da mão. — Eles não abrirão os portões antes do amanhecer, então você está presa aqui. Mas se não se importar com a companhia de uma velha mulher, ficarei com você.

— Você não é velha — digo automaticamente, mas a estudo sob a luz das velas e percebo que é. Lirys é um ano mais velha que eu e Kirin; da mesma idade de Lief. Carys e Idrys tentaram ter filhos por vinte anos, segundo dizem, mas não foram abençoados. Quando finalmente aconteceu, Carys não acreditou. Embora seus fluxos tivessem parado, ela achou que fosse a idade natural para isso e que sua cintura alargada fosse apenas outro sintoma do tempo. Apenas quando sua bolsa d'água rompeu, ela percebeu estar finalmente dando à luz.

Agora, Carys está na sua sexagésima primeira colheita e seu cabelo tem mechas cinzas e brancas. A luz das velas, tão lisonjeira para os jovens, desenha sombras embaixo de seus olhos e bochechas, brinca nas linhas que compreendem sua boca e emergem dos cantos de seus olhos. Na minha cabeça, tem a aparência de quando éramos crianças – um pouco grisalha, um pouco cansada, mas aguerrida; de língua afiada e pavio curto, mas a mulher mais gentil que conheci em toda a minha vida. Levanto meu copo e bebo, e ela faz o mesmo. Ainda assim, percebo que, quando descansa o copo, suas mãos ainda estão um pouco contraídas.

Quando chega a hora de ir embora, tenho mais leite, frango, pão e queijo, mais maçãs para minha égua, além de meia torta de ameixa. Debatemos se deveríamos acordar Lirys para dar adeus, mas eu estava inquieta por causa da hora e Carys não me pressionou.

Além da comida, ela deu um jeito de conseguir novas roupas para mim. Agora, visto uma túnica azul limpa e culotes pretos que me servem melhor. Não sei de quem são e não me importo: não são de Unwin. Digo a Carys que queime as outras roupas. Uma hora antes de amanhecer, Carys aparou as pontas do meu cabelo e também me emprestou seu velho manto de inverno verde-escuro com forro de pele de coelho. De cabelo e roupas limpos, e, melhor ainda, documentos recém-forjados declarando minha identidade como Erika Dapplewood, que Carys enfia em meu bolso dando um tapinha na lateral de seu próprio nariz. Monto minha égua com esperança. Ela também parece estar renovada.

– Nós a veremos em breve, Errin – diz Carys carinhosamente, enquanto me observa da entrada de casa. – Promete?

– Prometo – digo, conduzindo a égua do jardim para a pista.

Deixo meus olhos passearem pela cidade adormecida, enquanto a atravesso. Tremayne parece tão idílica, segura e intocada. Estou devastada, porque quero muito voltar para cá e seguir com minha vida. Mas não sei como poderia, por causa de mamãe. Além disso, não sei se conseguiria, depois de tudo o que vi do outro lado dos muros da cidade.

Esse é o problema de saber as coisas: não se pode deixar de sabê-las. Uma vez que se permite vê-las ou reproduzi-las em voz alta, tornam-se reais. Olho para os portões, percebendo que os guardas são outros esta manhã. Com um passar de olhos superficial em meus documentos, eles me dão passagem. Olho para Tremayne uma última vez, com o coração partido, enquanto deixamos a cidade.

Acelero a égua, para aumentar o ritmo, e cavalgamos em direção a Scarron e ao mar. Acharei a menina e resgatarei minha mãe. Depois, tomarei uma decisão.

Capítulo 17

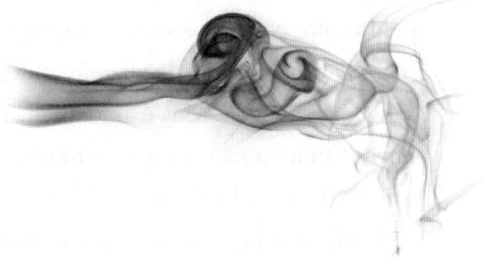

Scarron é uma pequena vila de pescadores localizada no ponto mais ao noroeste de Tregellan, na foz do estuário, onde o rio Aurmere deságua no mar. O rio nasce em algum local nas montanhas; supostamente, há cem cachoeiras nelas, formadas pelo Aurmere no seu caminho em direção ao mar. A região conta com uma abundância de boatos sobre cavernas de piratas e tesouros escondidos; dizem até que existe uma fonte da juventude por lá, em algum lugar. Eu costumava acreditar que isso não passava de um mito, mas, considerando que as histórias estão ganhando vida ultimamente, talvez eu a procure se tiver uma chance algum dia.

Depois de escapar das montanhas, o rio corre entre Tregellan e Tallith. Com 113 quilômetros de comprimento, ele se alarga mais e mais, até desembocar no oceano. O rio é conhecido por ser caudaloso e difícil de atravessar, com correntes violentas e inclementes. Nos dias limpos, é possível ver a cidade de Tallith na margem oposta do Aurmere, ou o que sobrou dela. O castelo ficava no alto do penhasco, sobre o porto, e as ruínas de suas sete torres continuam lá, desmoronando lentamente em direção ao mar abaixo.

A população de Scarron é composta de pescadores, e ela é resistente, talvez a população mais resistente de toda Tregellan. Eles precisam ser, para pescar naquelas águas. Suas peles são bronzeadas, queimadas pelo vento, e seus rostos têm rugas prematuras, entalhadas pelo ar, sal,e mar. Scarron é o tipo de vilarejo onde pessoas nascem e morrem. Quase ninguém sai de lá. Mas é ainda mais raro que o vilarejo receba um rosto novo. Então, a não ser que a menina esteja se escondendo, como Silas estava, deve ser fácil encontrá-la; ela seria conhecida como a "nova pessoa", mesmo que passasse os próximos cinquenta anos por lá.

Já estive em Scarron uma vez, com minha mãe, há cerca de oito anos. Ela tirou os filhos da fazenda por alguns dias, e foi para cá que viemos. Chegamos depois do anoitecer, então não vimos o mar até a manhã seguinte, quando fomos correndo da estalagem até a praia. Mas conseguimos sentir o cheiro da maresia; sentimos o odor por toda a noite, o ar salgado e esverdeado invadindo as janelas abertas. À época, tive sonhos estranhos: uma mulher com escamas de peixe e pele verde sorrindo para mim com uma boca cheia de dentes afiados, convidando-me para entrar na água. Eu queria tanto ir com ela. Ao acordar, estava sem fôlego, como se estivesse me afogando.

Eu adorei a cidade. Adorei o punhado de chalés agredidos pelo vento que se encontrava em uma caótica fileira diante do porto. Adorei o mestre do porto, um homem alegre com uma voz sonora que tirou seu tempo para mostrar a Lief e a mim como amarrar nós, prender iscas em armadilhas para lagostas e catar mexilhões. Tudo reluzia perto do mar, tudo era varrido pelo vento e, assim, encontrava-se melhor. E era tão distante de tudo. Era um lugar único, como Almwyk, praticamente um país independente, porém melhor, mais honesto e sadio. Dava para entender por que a menina decidira ir para lá.

* * *

A paisagem muda novamente à medida que viajo para o norte, e aperto o manto ao redor do corpo para combater o ar gelado. As árvores se tornam mais esparsas e perenes, dobradas pela batalha contra vendavais e tempestades. Paro de tempos em tempos para comer e beber e para reanimar a corrente sanguínea nas mãos e nos pés. Dou algumas maçãs à égua, depois um pouco de queijo; bebo meu leite e mastigo alegremente o pão fresco que Carys empacotou para mim.

Alterno meu tempo entre cavalgar e caminhar entre um quilômetro e meio e três quilômetros, para manter meus músculos flexíveis. Depois de passarmos por Toman, já não vejo soldados, e mesmo os que avisto lá não exigem que eu mostre meus documentos. Depois de Toman, os povoados vão ficando progressivamente menores, abrigando entre cinquenta e sessenta almas, a maioria de agricultores, e tão pequenos que não aparecem em meu mapa. Ignoro os olhares curiosos dos aldeões ao passar a cavalo. Eles parecem despreocupados, intocados pelo que ocorre ao sul e ao leste. Mantenho os olhos atentos a qualquer sinal de um exército, mas, como em Tremayne, todos aqui parecem tranquilos, e, por algum motivo, isso me irrita. A pouco mais de 150 quilômetros daqui, jovens estão sendo alvejados na floresta. Refugiados estão sendo expulsos das estradas, capturados e jogados em acampamentos infernais. E a guerra ainda nem começou de verdade. Como é possível que as pessoas aqui aguentem isso? Será que elas não sabem o que está acontecendo?

As beiradas do céu se tornam douradas, com nuvens parecendo hematomas, e então o céu começa a escurecer. Desmonto da égua, caminhando lentamente diante dela e permanecendo na estrada. Algumas luzes surgem ao longe, e andamos vagarosamente em direção a elas, enquanto o mundo se torna azul, depois roxo, depois preto ao nosso redor.

Quando alcançamos os limites de Scarron, a maioria das luzes já foi apagada e o povoado está silencioso. Como em todos os vilarejos pesqueiros, a maior parte da população já se deitou, para acordar bem cedo e levar seus barcos para o mar. Com o medo mordiscando minha confiança, desmonto e guio a égua por um pequeno círculo de chalés, e só o que se ouve é o ruído dos cascos do animal contra o chão.

Não, não é só isso que se ouve. É algo tão natural que não cheguei a notar ao nos aproximarmos, mas, de repente, consigo sentir seu cheiro e depois seu ruído. O mar: um ronco distante e apressado. Algo dentro de mim se enche de anseio, e sinto vontade de correr até ele. Mas não o faço. Continuo caminhando, imaginando que terei tempo para isso mais tarde, não esta noite, mas nos dias e semanas que virão. Se tudo der certo. Se tudo der muito certo.

Não sei o nome da garota. Não sei sua idade, nem se está sozinha. Não pensei se havia uma estalagem aqui; não planejei precisar de uma, e não encontro ninguém a quem possa perguntar. Não consigo nem sentir o cheiro de uma taverna. Parece que todo o vilarejo foi dormir.

Guio a égua por uma praça organizada, com uma orelha atenta a sons de vida, e então ouço algo muito mais agradável para mim: o ressoar familiar de ferro contra ferro. Sigo em sua direção até um barracão pequeno ao lado de um minúsculo chalé inclinado, um pouco afastado dos outros, e amarro a égua à cerca ao ser redor. Bato à porta e espero. O ressoar continua. Quando para, eu bato novamente e empurro a porta, encarando os olhos reluzentes de um homem com o rosto completamente enrugado. Ele segura um martelo em uma das mãos e um gancho torto e enferrujado na outra.

– Você não é daqui – diz ele, olhando-me de cima a baixo.

– Não, não sou. Estou procurando uma pessoa. Ela...

– A garota lormeriana? – interrompe ele. – Dimia?

O nome me soa familiar. Contenho um sorriso de alívio.

– Sim. Dimia. Você poderia me dizer onde posso encontrá-la?

Ele me lança um olhar astuto.

– Você é parente dela?

– Amiga. – Não é completamente mentira.

Ele me olha de cima a baixo outra vez, depois dá de ombros.

– Então, ela está esperando você?

– Não.

– Está muito tarde, querida. Acho que ela não ficará muito feliz em receber visitas a esta hora, e, além disso, sinto o cheiro de uma tempestade chegando. Por que não vai para a taverna e pede por um quarto?

– Não posso ficar. Preciso vê-la esta noite. É muito importante. Tem a ver com a guerra.

– A guerra?

Eu o encaro.

– Em Lormere.

– Pensei que ela já havia acabado há anos.

– Não, é uma guerra nova. Com o Príncipe Adormecido.

Ele dá de ombros de novo.

– Não sabemos nada sobre uma guerra aqui, amor.

– Isso é impossível. O Conselho reuniu um exército; alguns dos homens daqui certamente foram recrutados. Há postos de controle espalhados por toda a Estrada Real, refugiados, e os portões das cidades estão sendo fechados à noite em Tressalyn e Tremayne. Todos no leste estão em alerta; há soldados por todo lado. O Conselho não enviou notícias?

– Ah, nós não os perturbamos e eles não nos perturbam.

– Mas... e quando você leva seus peixes ao mercado? E quanto às pessoas que vêm aqui?

– Ninguém vem aqui, não nesta época do ano. E o mercado mais próximo fica em Toman. Paramos de ir lá depois da colheita, quando trazemos o que precisamos para o inverno; a estrada fica traiçoeira demais nesta estação. Receberemos as notícias na primavera, imagino.

Ele parece completamente despreocupado com tudo o que eu disse, e a raiva começa a borbulhar dentro de mim novamente, vermelha e pulsante.

– Eu realmente preciso encontrar Dimia hoje. É mais urgente do que você imagina.

– Há uma tempestade chegando, amor. É melhor você achar um lugar coberto.

– Por favor. Estou implorando. Apenas me diga onde encontrá-la.

Ele pisca para mim, depois balança a cabeça, desapontado.

– Atravesse a praça novamente e pegue a esquerda no porto. Siga essa rua até encontrar o caminho que leva ao penhasco. Siga esse caminho, e, quando chegar à bifurcação, vá em direção ao interior e você verá seu chalé no final da trilha. Não há como errar. É o único chalé por aquelas bandas.

– Obrigada. – Aceno com a cabeça e começo a fechar a porta.

– Espere – diz ele, seguindo-me para fora. – Você não conseguirá levar sua égua. O caminho é estreito demais.

– Posso deixá-la em algum lugar?

Ele pensa.

– Pode deixá-la comigo. Ela ficará segura no puxadinho dos fundos, protegida da tempestade. Eu a levarei até lá, assim que acabar aqui.

Encaro a égua, depois o homem, analisando a situação.

– Obrigada – digo finalmente. – Voltarei para buscá-la em breve.

– Sem pressa – diz ele. – Você tem um lampião?

– Não.

– Ali – diz, gesticulando para um lampião a óleo pendurado na parede. – É só pegar.

Retiro o lampião com cuidado.

– Obrigada.

– Não precisa agradecer. Qualquer amiga de Dimia é bem-vinda aqui. Tenha cuidado. A tempestade chegará rápido e será violenta. Olhe por onde pisa.

Com isto, ele volta a atenção novamente para o gancho, e eu o deixo sozinho.

Seguindo as direções que ele me deu, entro na pequena praça do vilarejo. Conto nove chalés ao redor do poço, com o chalé do ferreiro no final do caminho, mais a fileira de cinco ao longo do porto, e o de Dimia. Não há qualquer Casa de Justiça, nenhuma estalagem, e apenas um pequeno comércio, que é claramente a casa de alguém também. Será que ninguém aqui sabe do Príncipe Adormecido? Será verdade mesmo que nenhuma mensagem foi enviada, que foram ignorados ou esquecidos? Penso sobre isso por todo o caminho do desfiladeiro, ao ouvir o mar atingindo a pedra abaixo de mim e ao assistir as nuvens de tempestade chegando, cobrindo as estrelas. Acelero o passo antes que elas consigam cobrir a lua, virando bem na bifurcação e seguindo terra adentro.

O chalé aparece de repente, surgindo da escuridão. Ele não tem um segundo andar, mas é bem grande. Conto duas janelas em cada lado da porta, e outras nas laterais. Pouso o lampião no chão atrás de mim e encaro uma das janelas dianteiras, tentando avistar qualquer indício de luz em suas beiradas. E, então, lá está ela. Uma tênue barra laranja correndo por parte da parede.

Retiro o capuz e aliso meu cabelo, arrependida por não ter entrado na estalagem para ao menos lavar o rosto. Agora é tarde demais, decido, abrindo o pequeno portão de madeira e atravessando o jardim desfolhado. Uma gota de chuva pousa em meu nariz, depois na bochecha. Espero que ela esteja se sentindo hospitaleira.

Limpo meu vestido com as mãos, e então, respirando fundo, bato à porta.

Capítulo 18

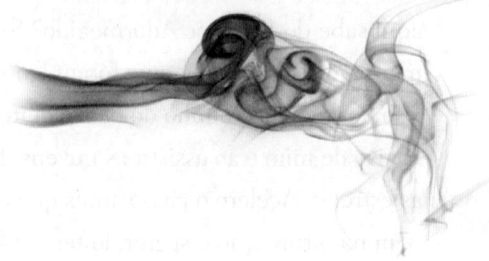

A porta abre de supetão, e uma menina está parada lá, com a silhueta desenhada pela luz da sala. Ela me encara, depois me encara de novo com olhos semicerrados, antes de espiar a noite atrás de mim. E eu a encaro de volta.

Cabelo comprido e preto. Olhos verdes.

Não é uma alquimista. Não é possível que seja ela quem produz o Elixir.

A menina me olha de volta, franzindo a testa, parecendo tão confusa e desapontada quanto eu.

– Quem é você? – pergunta.

– Meu nome é Errin. Errin Vastel.

Seus lábios se abrem e uma expressão estranha cruza seu rosto.

– Alguém a mandou aqui? – Seu tom é frágil e cristalino. Seus olhos penetram os meus, enquanto ela espera minha resposta.

– Não. Desculpe. – Faço uma pausa, tentando compreender a situação. – Você é Dimia?

Ela fica paralisada, e sinto a esperança de que talvez não seja ela.

— Sim — responde baixinho. — Sou Dimia.

— Ah. — Não consigo disfarçar a sensação de decepção que me atravessa, e ela ergue as sobrancelhas antes de olhar para dentro de sua casa. — Espere... você está sozinha?

— Estou o quê? — Ela semicerra os olhos ao voltar a olhar para mim.

— Você mora sozinha?

— Que tipo de pergunta é essa?

— Perdão, não quis dizer... Estou procurando uma pessoa. — A expressão de Dimia continua preocupantemente confusa, e meu coração desaba. — Vejo que você não é quem eu procuro — digo.

Ela balança a cabeça lentamente.

— Não. Acho que não sou.

— É só que... conversei com um homem no vilarejo, e ele me disse que a garota lormeriana morava aqui.

Ela hesita.

— Sou de Lormere.

— E se eu mencionasse "as Irmãs" ou "o Conclave", isto significaria alguma coisa para você?

Ela balança a cabeça.

— Não há nenhum outro lormeriano aqui em Scarron? — arrisco.

Ela balança a cabeça de novo.

Meus olhos ardem, irritados por lágrimas de frustração. Eu deveria ter adivinhado. Deveria ter me dado conta de que, mesmo que ela estivesse aqui, estaria escondida, como Silas estava. Não morando em um chalé, às vistas de todos. Seria fácil demais simplesmente receber a informação de sua localização do velho ferreiro. A não ser... Silas disse que pessoas normais vivem com os alquimistas. Será que essa garota está mentindo para proteger a filtrescente? Será que ela é um tipo de serva, ou de disfarce?

— Tem certeza? — digo com urgência. — Tem certeza de que está sozinha? Tem certeza de que não sabe do que estou falando?

O olhar que ela lança para mim poderia congelar água.

– Não sou mentirosa.

– Entendo. Bem, caso encontre alguém que sabe do que estou falando, peça que me procure na taverna. Ela está correndo perigo. O Príncipe Adormecido está atrás dela.

Não estou preparada para sua reação.

– O quê? O que você disse? – Ela se agarra ao batente da porta. Já está branca sob a luz do lampião, mas empalidece tanto que as sardas em seu nariz, bochechas e testa se destacam pelo contraste. – Onde está ele? Ele está indo para Lormere? Ele já está lá?

Aceno com a cabeça, estudando-a cuidadosamente.

– Ele está sentado no trono de Lormere. Está lá há três luas.

– Não... – A voz dela está trêmula.

– Toda Tregellan está preparada para a guerra – continuo. – Há soldados em todas as principais cidades, postos de controle nas estradas e portões das cidades. Pessoas estão morrendo em Lormere. Centenas delas. Ele está atacando os religiosos, esperando encontrar as Irmãs. E a garota.

– Já disse que não sei o que isso significa. Não conheço Irmã nenhuma. Estou aqui desde antes da colheita... – Ela encara a noite atrás de mim. Um relâmpago nos assusta, fazendo com que ela volte a se concentrar em mim. – Três luas – diz ela. Quase não consigo ouvir suas palavras por trás do trovão que atravessa o céu. – E quanto à rainha? Ela se aliou ao Príncipe Adormecido? E quais são as notícias do príncipe, não, do rei de Lormere? Ele está escondido? Está reunindo seus homens? Eles estão lutando? Ele está neste Conclave?

– Ele está morto. O rei está morto. Foi morto no dia em que Lormere caiu.

– Mentirosa. – Dimia me encara, e seus olhos me fulminam.

Estou prestes a ralhar com ela quando me dou conta de que ela não está sendo grosseira. Está apenas implorando que não seja verdade.

– Perdão – suspiro. Sei o que é luto de verdade.

Ela fecha os olhos. Agarra os próprios braços, como se estivesse sustentando a si mesma. Depois, afasta os olhos de mim, entrando em casa e deixando a porta aberta. Caminha até a lareira e pega um cálice, tragando seu conteúdo. Assisto a ela enchendo o cálice novamente.

– É melhor você entrar – diz com pesar.

Assim que as palavras deixam sua boca, os céus desabam, e então entro em seu chalé pequeno e arrumado, fechando a porta atrás de mim. Ao me voltar novamente para ela, seus ombros estão sacudindo, e, sem pensar, cruzo a sala e pouso minha mão em seu braço.

Ela dá um salto, como se eu tivesse acabado de esfaqueá-la, girando e se afastando de mim, com a mão estendida e uma expressão de horror sob as manchas de lágrimas.

– Perdão – gaguejo, levantando as mãos para mostrar que não quero fazer nenhum mal.

Um som alto e repentino de batidas faz com que nós duas giremos; a chuva virou granizo e está agredindo a janela, deixando marcas no vidro espesso e verde. A sala se acende de novo, um trovão ronca, e eu estremeço. Ela desvia os olhos, apoiando-se contra a cornija, e aproveito para olhar ao redor da sala. Um cálice, uma poltrona, um livro com a capa esquerda deitada sobre o assento; ela estava lendo quando cheguei. As portas para os outros aposentos estão abertas; de onde me encontro, consigo ver uma pequena cozinha e um quarto, com um cobertor de retalhos sobre uma cama estreita. Movo-me, fingindo querer olhar para fora da janela, e noto que o último aposento está vazio. Não há onde alguém se esconder. Ninguém mais mora aqui. Apenas Dimia, e ela não tem os Olhos dos Deuses, nem o cabelo lunar. Está falando a verdade. Volto para perto dela.

– Sei que não significa muito, vindo de uma tregelliana, mas eu gostava do seu rei – admito em voz baixa. – Eu o vi quando ele veio aqui.

– Merek gostava de Tregellan. Ele tinha planos de introduzir alguns de seus costumes em Lormere.

Por um instante, suas palavras me confundem, e então me dou conta do motivo. As pessoas não costumam se referir aos seus soberanos pelo nome.

– Você o conhecia?

Ela se volta para mim.

– Muito pouco. – Suas bochechas ficam rosa e ela encara o nada. – Trabalhei no castelo por um tempo. Ele foi gentil comigo.

– Ele provavelmente teria sido um bom rei.

Dimia acena com a cabeça, e seu rosto se contrai outra vez.

– Sim, teria – suspira ela, com lágrimas deixando marcas prateadas em seu rosto. – Perdão. – Ela respira fundo, de maneira trêmula, e fecha os olhos. Ao abri-los, eles se fixam nos meus. – Conte-me tudo. O que mais está acontecendo em Lormere que eu não sei? Você disse que ele estava caçando os religiosos.

Enquanto narro a litania dos crimes do Príncipe Adormecido, seu rosto se torna mais pálido, e sua postura mais caída. Lortune, Haga, Monkham. O Portador que se transformou em Cavaleiro Prateado e o saque dos templos, as cabeças em estacas, os corações dispostos. O massacre de religiosos, a queima de depósitos de comida. Os golens.

E então, conto para ela dos campos de refugiados. As pessoas nas estradas. Os soldados e sua brutalidade. Sinto-me enojada ao recontar esses fatos, lembrando-me daquela boneca abandonada, daquele sapato solitário. Agora, acredito entender por que alguém deixaria um sapato para trás.

Quando termino, ela mata o cálice em um único gole, com os olhos embaçando com lágrimas novamente.

– E o que o Conselho de Tregellan está fazendo para ajudar Lormere?

– O que quer dizer com isso?

– Que tipo de ajuda eles ofereceram? Homens para um exército? Armas? Comida? Suprimentos médicos?

Balanço a cabeça.

– O exército que temos é novo; ele foi recrutado. Os homens não tiveram opção, foram obrigados a lutar, e a maioria ainda está sendo treinada. Talvez as mulheres tenham que lutar também, se as coisas ficarem sérias o bastante. Quanto a comida e remédios, nós não... – Ela me encara, e sinto minha pele enrubescer novamente. – Mas, como eu disse, algumas pessoas conseguiram escapar. Os acampamentos...

– Os acampamentos que você descreveu como "infernos"? – interrompe ela, e fico em silêncio. – O Príncipe Adormecido está matando inocentes, e seu povo fechou as fronteiras. A poderosa Tregellan, tão democrática e civilizada, finge não ver o assassinato de um rei e seu povo. Prefere olhar para dentro de sua própria casa até que o sangue espirre em sua porta? Imagino que seja por causa da última guerra. Porque merecemos isso, por tê-los derrotado?

– Não, é claro que não. – Mas, apesar de protestar, pergunto-me se ela não tem razão. Por que não tomamos uma atitude antes? Por que não oferecemos mais ajuda? Mas não exponho isso em voz alta. – Ninguém estava pronto para isto. O Conselho tem tentado negociar com ele.

– Não podemos negociar com monstros – diz Dimia inexpressivamente. – Acredite em mim. A única opção é agir.

De repente, sinto muita vergonha de meu país. Balanço a cabeça, encarando seus olhos.

– Lamento ser a portadora de más notícias.

– E eu lamento não ser a pessoa a quem você procura.

Nós duas nos silenciamos, e ouço a chuva caindo. Será uma caminhada deprimente até o vilarejo.

– É melhor eu ir embora – digo, por fim, sem querer deixar o calor do chalé.

Dimia olha para mim.

– É melhor ficar. O tempo está terrível lá fora. O vento a lançará para dentro do mar antes que consiga deixar o jardim.

– Isso é muito... Você não me conhece. Eu poderia ser qualquer uma.

– E eu também. Estamos quites. Sente-se – diz ela, acenando para a poltrona ao lado da lareira.

Como não tenho mais para onde ir, e estou cansada, e porque estou no meu limite, aceito o convite, levantando o livro e o pousando sobre o braço da poltrona. Ela volta a encher seu cálice e o oferece para mim, e eu aceito, bebericando o conteúdo. O vinho, rico e tinto, com gosto de fumaça e frutas silvestres escuras, cobre minha língua. Dou outro gole e estendo o cálice para ela, mas Dimia balança a mão, então eu o mantenho comigo, aninhando-o nas palmas das minhas mãos.

– Que tal me contar por que está procurando uma menina de Lormere – diz ela finalmente. – Você disse que ela corria perigo. Por quê?

Sinto-me uma traidora por conversar sobre isso com uma lormeriana, mas não é como se ela pudesse contar ao rei o que eu disser.

– Ela não é uma menina qualquer. É uma alquimista. É por isso.

– Não existem alquimistas em Lormere.

– É o que todos acham. Mas a verdade é que existem. Eles têm seu próprio tipo de Conclave, escondido da realeza. – Ela franze a testa, então explico. – O Conclave é onde os alquimistas tregellianos vivem. Ele é escondido. Secreto. Os lormerianos fizeram o mesmo, mas, ao se esconderem, disfarçaram sua versão como uma ordem religiosa. Eles se esconderam às vistas de todos.

– Você é uma alquimista?

– Não.

– Então, por que precisa encontrá-la?

– Esperava que ela pudesse me ajudar. Que pudéssemos ajudar uma à outra. – Dimia parece confusa. – Estou metida em um pouco de confusão – continuo.

– Que tipo de confusão?

Bebo mais um gole de vinho, deliciando-me com sua quentura. E então explico, da melhor maneira que posso, sobre a ameaça de evacuação e a doença de mamãe, embora não mencione a fera. Depois, conto a ela sobre como Silas me deu uma poção que parecia curá-la, mas, quando se recusou a me dar mais, escondi a localização da garota até que ele concordasse em me ajudar.

Ela ergue as sobrancelhas, apoiando as costas na cornija.

– Você o chantageou?

– Não. Não foi assim. Ele disse que me ajudaria, e que não me culparia por ter tentado. Eu acreditei nele, e... contei para ele que ela estava aqui. – Faço uma pausa. – Ele me traiu. Esperou até que eu voltasse para casa para buscar minha mãe e nossas coisas, e foi embora sem mim.

Ela estende a mão para pegar o cálice vazio e eu o entrego.

– Então, imagino que ele também esteja a caminho daqui. Para encontrar uma garota que não está aqui.

– Imagino que sim. Não sei qual de nós dois ficará mais decepcionado. Desculpe, não quis ofender.

Ela dá de ombros.

– Onde está sua mãe agora?

– Ela está em um asilo – digo rapidamente. – Enquanto eu estava com Silas, os soldados vieram e a levaram embora. E eles encontraram... Uma pessoa morreu em nosso chalé. Eu não a matei. – Apresso-me para assegurá-la disso quando seus olhos se arregalam. – Um homem foi atacado na floresta perto do chalé, e Silas o trouxe até mim. Eu era uma aprendiz de boticária, e ele esperava que eu fosse capaz de salvá-lo. Eu tentei, mas ele morreu, logo depois de me revelar onde a menina se encontrava. Precisei fugir. Então, decidi que, se conseguisse encontrar a menina por conta própria, poderia dizer para ela que precisava ir para o Conclave, para onde eu a acompanharia. Esperava que os alquimistas ficassem tão gratos que me poderiam me ajudar.

Dimia volta a me oferecer o cálice, e eu bebo.

– Mas ela não está aqui – afirma. – O que fará agora?

Lambo o vinho que escorre dos meus lábios.

– Preciso resgatar minha mãe. Eles acham que ela está deprimida e enlutada, mas não é isso. É algo mais sério, e se eu não tirá-la de lá... Ela é tudo o que tenho – digo, com a voz rachando. – Já perdi meu pai, nosso lar, meu aprendizado e meu irmão este ano. Não posso perdê-la também.

Dimia fica boquiaberta. Consigo ver o sangue pulsar em sua garganta enquanto ela tenta se conter.

– Você perdeu seu irmão? Lief?

Levanto os olhos para ela, atordoada.

– Você o conhecia também? – Eu a encaro. – Você o conheceu no castelo?

– Sim – responde, com a voz distante e a testa franzida. – Ele está...

Aceno com a cabeça, e ela cobre o rosto com as mãos, curvando as costas, como se o mundo inteiro pesasse em seus ombros.

Mamãe, Lirys, Carys, Dimia. Todas essas pessoas sofrem por meu irmão.

Eu não acreditava que ainda teria lágrimas depois de ontem à noite, mas parece que tenho.

– Lamento – digo, quando as lágrimas param de correr, embora eu ainda esteja soluçando.

Ela já se recompôs e está parada rigidamente ao lado da lareira, com a expressão contida.

– Não precisa se lamentar.

– É por isso que preciso resgatar minha mãe. Só temos uma à outra agora.

– E ele não teria deixado vocês – diz Dimia baixinho. – A não ser que não tivesse escolha. – Quando olho para ela, Dimia abre um pequeno sorriso. – Não conhecia seu irmão muito bem, mas sei que ele lhe amava. E à sua mãe também.

Não consigo encará-la.

– Obrigada. – O cálice surge diante de mim, e eu o aceito com gratidão.

– E se eu pudesse lhe ajudar? – diz ela, de repente. – O que me daria em troca?

As palavras deixam sua boca tão repentinamente que parecem ter escapado.

– O quê?

– Você disse que estava treinando para ser boticária?

– Sim, estava. Não sou licenciada, mas sou boa no que faço. Sei preparar curas. Sei preparar venenos. – Suas sobrancelhas saltam para o alto quando ela ouve isso. – Tive que aprender – digo.

– Que bom. Isso seria útil para mim.

– Útil como?

– Quando eu lutar contra o Príncipe Adormecido.

Eu a olho de cima a baixo. Ela parece um filhote de cervo, com membros delgados e olhos arregalados. Parece que poderia ser rachada ao meio por um vento forte.

– *Você* planeja lutar contra ele?

Ela faz uma pausa, aparentemente pensando a sério na pergunta.

– Sim. Planejo, sim. Alguém precisa lutar. Seu povo não lutará, a não ser que ele leve a guerra até vocês. Merek está morto. Se eu não lutar, quem lutará? Além disso, ele não será o primeiro monstro que já encarei.

– Como assim? Contra quais monstros já lutou?

Ela ignora minhas perguntas, olhando pela janela.

– Não conseguiremos sair daqui esta noite. O caminho estará perigoso demais.

– Nós? – pergunto, hesitante.

Ela acena com a cabeça.

– Eu já disse que a ajudarei, desde que você retorne o favor. Seja minha boticária. Faça curas para os soldados que reunirei. Faça venenos que possamos usar contra os soldados deles, contra esse Cavaleiro Prateado e os traidores que o seguem.

Eu a encaro. Quem será ela? Como poderia reunir soldados? Como poderia salvar lormerianos? Como poderia me ajudar?

– O seu povo? Como assim, o seu povo?

– O povo de Lormere. – Ela acena com a mão. – Meus conterrâneos. Já que os seus se recusam a fazer qualquer coisa para ajudá-los, eu farei. Por Merek. E por seu irmão. Reunirei quem eu puder em Lormere, e qualquer um que esteja disposto a lutar, e encontrarei uma maneira de lutar contra ele.

Sob a luz da lareira, há um ar de realeza nela, algo em seus olhos, como ferro. Dimia está falando sério.

– Você sabe como travar uma guerra?

– Não – responde, ruborizando sob o brilho do fogo. – Não. Não sei. Mas encontrarei pessoas que saibam. E terei você. Talvez tudo o que precisemos seja um pouco de veneno no cálice dele, como na história. Não foi assim que ele se transformou no Príncipe Adormecido, em suas histórias, em seus relatos?

Aceno com a cabeça, franzindo a testa.

– Ótimo. Já é um começo. E então, o que você precisaria de mim, para que eu cumpra meu lado do acordo? – pergunta.

Respiro fundo.

– Preciso resgatar minha mãe do asilo em Tressalyn e levá-la para algum lugar seguro. E isolado. Preciso arrumar a poção para ela. – Faço uma pausa. – E preciso manter distância do exército tregelliano por um tempo.

Ela pisca rapidamente.

– Não posso ajudá-la com a poção. Mas acho que consigo ajudar a resgatá-la. – Ela se aproxima da cornija e estende a mão para dentro da lareira. Ouço o tilintar de moedas e uma bolsa se revela. Está gorda e cheia de moedas. Parece ser dinheiro suficiente para pagar pelo resgate de um rei. – Imagino que conseguirei convencer alguém a liberar sua mãe aos cuidados de sua querida prima, que ela não vê há muito tempo. – Aceno com a cabeça, estupefata. – Ótimo – continua ela. – Quanto ao isolamento, este chalé é bem afastado. E é perto do mar. Imagino que seja o lugar ideal para curá-la.

Meus olhos se arregalam.

– Você nos deixaria morar aqui? Em seu chalé?

– Duvido que o usarei enquanto estiver em guerra. Estamos bem distantes de Lormere aqui. – Ela abre um sorriso sarcástico. – Você poderia usar a cozinha como oficina, para criar os venenos e as poções de cura dos quais precisarei, enquanto cuida de sua mãe. É claro que, quando as batalhas começarem, precisarei que você esteja muito mais perto do acampamento-base. Mas isso levará um tempo; para encontrar e organizar meu povo. Caso ela não tenha melhorado quando precisarmos lutar, você pode contratar uma enfermeira enquanto estiver fora. Você não terá que estar no campo de batalha, então não precisa se preocupar com isso.

– Ela não vai melhorar. Ela nunca vai melhorar. A doença dela é muito incomum. Se outra pessoa descobrisse o que é...

Dimia avalia novamente o peso da sacola, que tilinta mais uma vez.

– Tenho certeza de que conseguiremos encontrar alguém discreto o bastante para a tarefa. Acho que você se surpreenderia com o que pessoas são capazes de fazer por dinheiro. – Ela olha para mim, estudando meus olhos. – Ou talvez não. O que me diz? Temos um acordo?

– Por quê? – pergunto. – Por que você faria isso? Você não me conhece; por que faria isso por mim?

Ela abre a boca, encarando a chuva que agride a janela lá fora.

– Porque você me lembra um pouco eu mesma.

E, então, volto-me para a chuva também, vendo-a escorrer pela vidraça.

– O que você fazia no castelo? – pergunto.

Seus olhos deslizam para o lado.

– Eu servia. Era uma serviçal.

Estou prestes a pedir mais detalhes quando me contenho, e as peças se encaixam em minha cabeça. Uma serviçal que chama o rei pelo nome. Uma serviçal com uma bolsa cheia de moedas. Uma serviçal convencida de que tem influência o bastante sobre homens, para reuni-los em um exército. Para inspirá-los a lutar. Acho que entendo agora. Lembro-me do olhar de compreensão dos soldados quando Kirin disse que eu era uma seguidora de acampamento. Esforço-me para não pensar no fato de que ela conhece meu irmão.

– Errin – diz ela baixinho, e eu a encaro. Sua expressão é solene. – Isto não vai parar. O Príncipe Adormecido não vai parar em Lormere. Seu Conselho sabe disso. Ele virá aqui em seguida. E fará às pessoas de Tregellan o mesmo que fez às minhas. Seu povo será massacrado. Suas cabeças serão expostas sobre estacas. Seu povo será obrigado a fugir.

Ela abaixa o cálice e atravessa a sala, pausando antes de estender as mãos para segurar as minhas.

– Não estou afirmando que serei capaz de derrotá-lo. Sei das minhas chances, e, como você disse, ele tem golens, além de forças humanas. Mas preciso tentar. Se eu conseguir avisar os lormerianos de que eles têm motivos para ter esperança e lutar... Sabe, na última guerra eles estavam perdendo para o seu povo. E eles... se organizaram. Ganharam motivos para ter esperança, e isso fez com que lutassem com mais força. Eu os daria isso. Ajude-me a fazê-lo. E eu a ajudarei de volta.

Kirin disse que a maior fraqueza de Lormere foi não ter resistido. E, agora, eis essa garota aqui, essa serviçal lormeriana, que quer levar isso adiante. E que acredita que será possível.

Solto minhas mãos das de Dimia e me levanto, passando por ela e me aproximando da janela. Pressiono a testa contra o vidro gelado, assistindo as gotas novas se misturarem às velhas, até se tornarem rios minúsculos escorrendo pela vidraça. Clarões de relâmpago iluminam o horizonte; consigo enxergar o local onde os penhascos devem começar. Onde a terra termina.

A filtrescente não está aqui, e, sem ela, não tenho qualquer chance de encontrar o Conclave e conseguir o Elixir. Talvez ela nunca tenha estado aqui; talvez Ely estivesse errado, delirando de dor. Como posso ter certeza de que ele sabia do que estava falando? Só terei certeza se Silas aparecer, procurando por ela. E aí, o que acontecerá? Será que tento segui-lo, convencê-lo, ou imploro com ele? Solto uma bufada, e minha respiração embaça o vidro quando imagino isso. Não. Essa ponte já está completamente destruída. A única coisa da qual tenho certeza é de que preciso resgatar mamãe; ela é tudo o que tenho. Sou responsável por ela.

Tento repensar toda a situação, respirando fundo e baixo à medida que os minutos passam, e cada respiração parece durar uma década. Que escolha eu tenho?

– E então? – pergunta Dimia, atrás de mim. – Você se juntará a mim?

Eu me viro e a encaro.

– Você me ajudará a manter minha mãe segura? Independente do que ouvir a respeito dela?

Os olhos da menina se entrecerram brevemente, mas ela acena com a cabeça.

– Eu juro.

– Então, aceito. Serei sua boticária.

Uma expressão sinistra atravessa seu rosto.

– Preciso que você jure também, Errin Vastel. Sem chantagens, punhaladas nas costas ou traições.

Eu enrubesço e estendo a mão:

– Eu juro. Não lhe trairei. Quero apenas manter minha mãe segura.

Os olhos dela penetram os meus pelo que parece uma eternidade. E, então, ela acena com a cabeça, usando as duas mãos para agarrar uma das minhas.

– Obrigada. Partiremos amanhã, direto para Tressalyn. Comprarei a liberdade de sua mãe e a traremos de volta para cá. Mas, agora, é melhor descansarmos. Há outro quarto que pode ser usado para dormir, embora esteja desmobiliado. A verdade é que não estou acostumada a morar em um espaço tão grande. Antes de partirmos amanhã, contratarei um carpinteiro para arrumar tudo para quando voltarmos com sua mãe. Mas hoje você pode usar minha cama.

Balanço a cabeça. Ela não insiste; apenas reúne alguns cobertores e almofadas para improvisar um tipo de cama.

– Boa noite, então – diz, parando sob a porta do que imagino ser seu quarto. Ela parece estar pronta para falar alguma coisa, mas então fecha a porta com firmeza. Retiro o manto e me deito sobre a pilha de cobertores que ela construiu para mim. Na minha nova casa. E imagino que, entre todas as coisas absolutamente impossíveis que aconteceram comigo na última semana, esta seja a mais estranha.

Em meu sonho, estou vestindo uma armadura e parte de mim sabe que é por causa da promessa que fiz a Dimia. Olho para mim mesma, para a couraça que cobre meu peito e as braceleiras que cobrem meus braços. Sei que deveria ser pesada, mas não é, e giro os braços erguendo-os como se estivesse segurando uma espada.

– O que é isto?

O homem está parado atrás de mim sob a porta, com os olhos cobertos por um capuz.

– Cheguei antes de você – digo. – Estou com Dimia.

– Dimia? – Ele sorri.

– Ela não é a filtrescente. A garota que procura não está aqui.

– É mesmo? – Seu tom é cuidadoso.

– Bem, se está, está se escondendo de nós.

– Garota esperta. E agora, o que fará com essa Dimia?

– Vou resgatar minha mãe. Depois, seguiremos para a guerra.

– Contra mim?
– Contra o Príncipe Adormecido. Vou ajudá-la.
O sorriso desaparece de seu rosto.
– Vai, é?
Aceno com a cabeça.
– Isso muda tudo – diz ele lentamente. – Isso muda tudo mesmo.

Capítulo 19

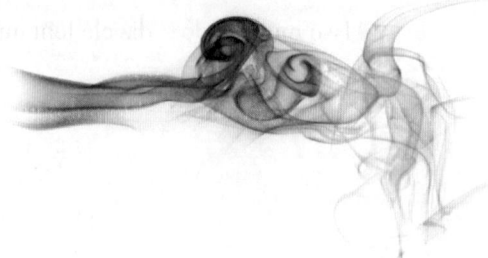

Na manhã seguinte, parece que eu mal tinha fechado os olhos quando ela me sacudiu até eu acordar. Dimia já está vestida e seu cabelo está solto por cima dos ombros. Sento ainda com sono, gemendo ao sentir dores agudas nas coxas e na lombar, e alcanço a xícara que ela estende para mim.

– Que horas são? – pergunto.

– Uma hora antes do amanhecer, a julgar pela luz – diz ela, levantando a bolsa para pegar seu manto. – Tenho que ir ao vilarejo antes de irmos embora.

Observo-a enquanto levanto e me ajeito. Ela anda pelo quarto tocando tudo, acariciando o encosto da cadeira, dando tapinhas no tampo da mesa, passando o dedo pelas lombadas de seus poucos livros. É ritualístico, como se estivesse se despedindo. Estremeço. Nós voltaremos aqui, ela disse que sim.

A não ser que ela ache que não voltará.

Finalmente, Dimia se vira para mim:

– Vamos.

Caminhamos pela trilha pantanosa do penhasco até a cidade usando o lampião do velho. Batalho para acompanhá-la e me sinto desajeitada e infantil. Ela é menor do que eu, mas porta-se como se fosse muito maior. Tem a cabeça erguida e os ombros abertos sobre os quais o cabelo voa, negro feito as asas de um corvo.

Quando chegamos na cidade, todas as casas resplandecem, acesas, e a loja também, embora ainda falte uma hora para o amanhecer. Os pescadores já partiram há muito e suas mulheres estão zanzando por aí, buscando água, fofocando com as vizinhas, trocando comida e histórias na pequena praça. Todos param e giram quando veem a luz de Dimia, sorrindo e acenando para ela.

A pequena aglomeração cinde quando ela se aproxima, como se a menina fosse o navio no oceano, e eles, as ondas. Todos a cumprimentam e ela fala com um carpinteiro, uma costureira e o merceeiro, todos os quais se submetem a ela como se fosse uma rainha. Sigo na sua retaguarda de volta para o chalé do ferreiro, a fim de pegar minha égua. Não me surpreendo nem um pouco quando ele faz uma saudaçãozinha engraçada para Dimia. Algumas palavras breves e ele logo está guiando um pônei barrigudo para ela, com sela e rédea.

– Não é tão bom quanto um cavalo – diz ele, entrelaçando os dedos para ajudá-la a montar. Ela dá de ombros delicadamente e, com um movimento mais gracioso do que eu esperava, encaixa um pé no estribo e pula em cima da sela. Parece surpresa, depois satisfeita, e ajeita as saias de lado.

– Cuide dela, senhorita. – Ele se dirige a mim. – Ela é uma de nós, agora.

– Posso cuidar de mim mesma, Javik. – Dimia sorri e ele corresponde, ainda que lhe faltem alguns dentes na gengiva vermelha. Com outra reverência, ele se afasta.

– Então, qual é a distância até Tressalyn? – pergunta ela, ajustando os estribos antes de se voltar para mim.

– Precisamos seguir a estrada do rio em direção a Tremayne, embora não precisemos viajar nela. Se dermos a volta, podemos pegar a Estrada Real para o sul.

– Quanto tempo levará?

– Um ou dois dias.

– E onde dormiremos? Não poderei chegar em Tressalyn e implorar pela soltura de sua mãe se não tiver a aparência de quem pode se cuidar.

– Você tem documentos? – pergunto.

Ela dá um tapinha no bolso.

– E moedas para comida e alojamento.

Não quero ficar em Tremayne.

– Vamos ver quão longe conseguimos chegar e então traçaremos um plano. Há vilarejos e estalagens à beira da estrada pelo caminho. Tenho um mapa.

Por algum motivo, ela quase sorri.

– Então, você lidera o caminho.

Depois de oito horas seguidas de deslocamento, alternando entre cavalgar e caminhar, minhas costas, minhas coxas e meus braços doem. Minha cabeça dói. O rosto de Dimia está pálido e contraído, e o sangue em suas articulações que seguram as rédeas já não circula mais. Se ela não reclamar, também não reclamarei. Em vez disso, seguimos em frente, cobrindo quilômetro após quilômetro de matagal roxo e marrom, beirando pequenos bosques e alguns chalés e fazendas. O horizonte do céu está alaranjado, o vento bate em nossas costas, impulsionando-nos adiante, uma névoa se aproxima rapidamente e meu coração pula, porque sabe que não podemos estar muito longe de Tremayne agora, talvez cinco quilômetros, no máximo.

Estou cochilando na sela, embalada para frente e para trás pela marcha da égua, quando a voz de Dimia interrompe meus sonhos.

— O que é aquilo? — pergunta, a voz tão incisiva que me chacoalho rapidamente na sela. Então, vejo o que ela está apontando e meu estômago dá um rasante. Seguro firme nas rédeas.

— É um cemitério — respondo, enfim.

— Onde se enterram os mortos? Podemos parar um pouco?

— Não temos tempo — digo rapidamente.

— Só por um momento. Nunca vi um cemitério antes.

— Vocês não têm memoriais para seus mortos?

— Não, eles são incinerados. A família real e os lordes têm jazigos familiares que podem visitar.

— As cinzas são guardadas neles?

— Não. — Ela parece perplexa. — Há salas para contemplação. São lugares onde os familiares vão para lembrar.

— Mas e o, hã, povo comum?

— Eles não podem se dar ao luxo de lembrar.

Eles. Eles não podem. Sem mais comentários, guio minha égua e ela segue. Desmontamos e amarramos nossos cavalos. Dimia passa as mãos pela madeira da entrada do cemitério, olhando para o telhado e depois para os bancos de madeira nas laterais do portão.

— Bonito — comenta.

— É um *lichgate* — digo, sem me surpreender com o franzido em seu rosto. — Um portal para os defuntos. Quando trazem o morto para ser enterrado, ele é carregado por aqui, com a cabeça para a frente. O padre o abençoa, o caixão então é virado com os pés para a frente e levado até o cemitério enquanto alguém soa o *lichbell*.

— Por quê?

— Para confundir o espírito de modo que não siga os vivos de volta para fora do cemitério.

É uma velha superstição. Ela acena com a cabeça e caminha através do portão para o cemitério. Minhas entranhas se contorcem. Respiro fundo e a sigo.

* * *

Dimia anda na minha frente, virando a cabeça da esquerda para a direita e vice-versa, observando tudo. Percebo que ela se mantém rigorosamente no caminho. Certa vez, quando eu era pequena, viemos deixar flores no túmulo de minha avó. Eu estava encantada com os montinhos de terra argilosa, subindo e descendo deles, cantando que eu era a rainha dos morros de toupeiras. Minha mãe me deu um safanão nas pernas e me puxou para perto dela, sua pele vermelha de tão atormentada. Eu não sabia que eram túmulos novos; nem sabia o que era um túmulo. A memória, embora macabra, me faz sorrir. Mamãe aprovaria o caminhar cauteloso de Dimia.

Ela para de vez em quando para ler as epígrafes nas lápides. Parece se demorar especialmente nas de crianças, movendo a boca silenciosamente enquanto lê, depois seguindo em frente.

– É assustador, não é? Saber que há ossos debaixo de nós descansando e imutando. – Sua voz tem uma característica pesada e estranha que, sob a luz do entardecer, estremece meu corpo. Olho para o portão às nossas costas para me assegurar de que os cavalos ainda estão ali. – Todos enfileirados, quase como uma plantação – continua. – Um campo de mortos. – Ela olha para onde fica a primeira fileira de mausoléus, recostados precariamente um no outro. – Que estranho é construir monumentos para abrigar defuntos.

Pisco, em choque.

– É um monumento às suas vidas, não aos seus corpos. Pode parecer estranho para você, mas parece mais estranho para mim que vocês queimem seus corpos. Queimam os braços das mães que lhes carregaram. Queimam os lábios dos pais que beijaram suas testas quando choravam. Vocês destróem os corpos que lhes deram vida. Nós os devolvemos para a terra. Tratamos nossos falecidos com respeito.

Ela gira para me encarar de frente.

– Você não sabe nada de morte.

– Sei o bastante – retruco, esquecendo que ela tem a chave para resgatar minha mãe. – Já vi a morte. Já farejei a morte. Já tive que lutar contra a morte. O que mais preciso saber? – Meus olhos deslizam para uma fileira de jazigos no muro mais distante e ela segue meu olhar e assente, como se estivesse se lembrando de algo. Então, dá meia-volta e continua andando.

Sigo atrás dela com os nervos tilintantes, enquanto Dimia resume o passeio entre os mortos de Tremayne. De tanto em tanto tempo, passamos por túmulos marcados com um círculo cruzado por uma linha. O símbolo me incomoda, porque recentemente o vi em algum lugar. Então, me lembro: estava talhado na porta do mercador de sal, em Tremayne.

Paro diante de um dos túmulos com o símbolo e despreocupadamente cato amoras de um arbusto que irrompe ao seu lado, empilhando o que resta das frutas na mão. Sei que quer dizer outra coisa, mas não consigo me lembrar.

Sem querer, ou talvez porque quisesse o tempo todo, perambulei para o lado oeste do cemitério. Aqui, os jazigos são feitos de pedras cinzas e altas, com o nome das famílias no topo. Um campo de mortos, foi como ela chamou. Nesta parte do cemitério, a definição é certeira, reconheço. São como pequenas casas; algumas têm janelas e outras têm altares do lado de dentro, com prateleiras para oferendas. Quase todos têm folhas de carvalho ou de azevinho, às vezes as duas, talhadas nas vergas, um regresso supersticioso para os velhos deuses e costumes. As tumbas são bem cuidadas, nenhuma das pedras está rachada e, de canto de olho, noto Dimia observando todas elas, passando o dedo comprido nas folhas talhadas vez ou outra.

Agora, a névoa já desceu, trazendo o cheiro de fumaça das lareiras dos aldeões consigo. Minha mão está enroscada num punho fechado, amassando as amoras e deixando escapar o suco roxo por entre meus dedos. Meus olhos rolam para a direita e meu coração dispara.

Nossa tumba está bem aqui, talvez a três metros de distância. A porta conta com os nomes entalhados dos meus avós e bisavós.

E o do meu pai.

Viro de costas para a tumba e observo o monumento que estava atrás de mim, um anjo alado dormindo sobre uma cama de pedra. O círculo riscado está entalhado nela: o local do repouso final de Jephrys Mulligan. Tento me concentrar nas datas e palavras, enquanto meu estômago revira, concentrando-me em não sucumbir ao pânico. Dimia passa atrás de mim com os olhos fixados nos jazigos e eu conto até dez mentalmente.

Chego ao sete quando ela inspira e giro lentamente de frente para ela.

Está encarando a tumba. Sua mão está estendida, mas congelada no ar. Sua boca se move vagarosamente enquanto percorre os nomes gravados ali.

– Lief Vastel – diz ela em voz alta.

– É meu avô. Pai do meu pai. Meu irmão foi batizado em homenagem a ele.

Ando até a tumba e cada passo é como atravessar um pântano, e o esforço para levantar as pernas é doloroso. E lá está: Azra Vastel. Meu pai. Seu nome gravado na porta, abaixo do de sua mãe, que morreu dez luas antes do meu nascimento. As palavras já têm uma aparência desbotada e velha, como se estivessem ali há muito mais do que seis luas. Passo por Dimia e seguro a maçaneta de ferro. Ela emperra por um segundo, mas depois cede. O cheiro mofado da tumba escoa para fora e se mistura ao ar esfumaçado.

Dou um passo para dentro, esperando que meus olhos se ajustem à luz escassa das janelas sujas. Começo a distinguir as silhuetas das placas de pedra nas paredes, os nomes gravados nelas conferem com os que estão na porta. Há pedras em branco para mim, meu irmão e os filhos que vierem no futuro. Percebo com uma dor aguda nas costelas que uma das placas terá que ser gravada para Lief. Ele não terá um caixão, no entanto. Não se deitará aqui para virar poeira com o resto da família, para ser devolvido à natureza. Ele pode ter sido incinerado como um lormeriano. Ou pior.

Respiro fundo, guardo o ar nos pulmões e expiro com tanta força que os grãos de poeira giram à minha volta.

O ar muda. Dimia me seguiu para dentro. Eu me viro e percebo que ela me assiste com piedade desoladora. Pisco, confusa com sua preocupação, até que uma lágrima cai em minha mão. Estou chorando de novo. Silenciosamente, como se eu fosse um animal selvagem cuja mordida ela teme, Dimia aproxima-se de mim e estende os braços. E é ela que endurece quando me envolve em seus braços, como se não soubesse exatamente o que fazer. A estranheza de tudo me faz lembrar de Silas. Afasto-me dela, que imediatamente dá um passo para trás.

– Sinto muito – diz, e não sei se está se desculpando por minha perda ou por seu abraço.

– É a primeira vez que venho aqui – respondo, e minha voz ecoa estranhamente de uma das pedras.

Ela olha ao redor do jazigo, observando as placas, o pequeno e desguarnecido altar, a prateleira de pedra que também faz as vezes de assento.

– Por isso você não queria vir. Deveria ter falado.

– Seus jazigos são assim? Os dos nobres? – pergunto.

– Não, não são assim. – Ela balança a cabeça brevemente, e meu lábio superior instantaneamente faz um bico de raiva. – São... frios – diz ela, sem demora. – Este é mais simples, mas é verdadeiro. Os jazigos dos nobres têm efígies dos mortos esculpidas. Rostos, mãos, tudo lavrado em mármore. Estão mais para museus do que mausoléus. – Ela sorri ironicamente. – Não é um lugar onde se vai para sofrer. É um lugar onde se vai para ficar intimidado. Fazem com que se sinta pequeno, mas isto... isto é feito para que você se sinta parte de alguma coisa.

Ela concorda consigo mesma, no seu jeito estranho de ser, e sai da tumba, deixando-me sozinha com minha família. Dou um passo para a frente a fim de tocar a placa de meu pai, quando ela aparece mais uma vez na entrada.

– Os cavalos estão inquietos – diz. – E o cheiro de fumaça está mais forte. Acho que alguma coisa nos arredores está pegando fogo.

Saio com ela. O vento mudou de direção e o cheiro fraco da fumaça agora está marcante, soprando em nossos rostos, espesso e nítido. O céu está escurecendo, a noite está caindo do jeito ligeiro e imprevisto que acontece no outono. Já visível, a lua começa a minguar e perde sua fartura, e a fumaça azul passa na frente, traçando uma linha em sua circunferência. A imagem me incomoda.

– Devemos ir embora – empurro a irritabilidade para longe. – Ficará escuro em breve.

– Onde vamos procurar abrigo para esta noite?

A apreensão contrai minha barriga, mas não temos muita escolha.

– Tremayne está mais perto, a pouco mais de três quilômetros, se quiser uma estalagem.

– Onde fica a casa dos alquimistas.

– Onde eu nasci, também. E Lief. – Ela não responde. – Eles fecham os portões da cidade ao pôr do sol.

Dimia olha para o canto do céu, que começa a escurecer, como tinta borrando papel.

– Então, precisamos nos apressar.

Deparamo-nos com a crescente escuridão quando caminhamos até os cavalos, inquietos, relinchando suavemente quando os soltamos. Cavalgamos para longe, passando do silencioso cemitério, marchando pela noite cada vez mais impregnada com o cheiro de fumaça. A oitocentos metros dos muros da cidade, encontramos o local do incêndio. Ali, onde uma combustão púrpura e laranja brilha na escuridão, está o que resta de um dos armazéns de colheita construídos nos arredores do vilarejo. Os celeiros onde as colheitas de feno eram mantidas durante o inverno, com mezaninos repletos de peras e maçãs. Celeiros de gado, casas de ovelhas e estábulos onde os animais eram abrigados quando a neve chegava. Incendiados e reduzidos a pó. O ar espesso por causa da fumaça, o cheiro de feno e de milho queimado. De carne assada. Minha garganta trava quando penso nos animais que devem ter ficado presos nos celeiros, assustados e encurralados.

Dimia olha para mim com alguma curiosidade.

– Você conhece o dono? – pergunta.

– São os Prythewell. Amigos de meu pai. Criavam gado e ovelhas para alimentação. Esta seria toda sua comida e renda para o inverno. – Balanço a cabeça frente à perda.

– Parece que não há nada a ser feito.

Franzo a testa ao ver o que resta das construções. As ruínas ainda ardem. Certamente, alguém deveria estar aqui, tentando apagar o fogo. Se o vento carregasse brasas para o vilarejo e elas ficassem presas nas palhoças, o incêndio poderia facilmente se alastrar, atravessando Tremayne como uma praga. Onde estão as pessoas? Onde estão os soldados? Não deveria ter alguém aqui, qualquer pessoa, tentando salvar alguma coisa, ou até roubar?

Viro em direção a Tremayne e sou tomada por um medo frio e intenso que começa a brotar dentro de mim. Atiço a égua até galopar; posso ouvir o pônei de Dimia pisoteando a terra atrás de mim. O cheiro de fumaça fica mais forte, as orelhas da égua grudam em sua cabeça e ela para, apesar das minhas ordens. Ela trota de lado e se recusa a seguir em frente, cruzando a trilha de um lado para o outro. O pônei de Dimia para na minha frente. Ela segura em seu pescoço quando o pônei empina com um relincho que mais parece um grito. O branco em seus olhos fica visível quando o animal tenta derrubá-la.

Desmonto para ajudar Dimia, mas assim que estou no chão minha égua dispara na direção de onde viemos. Olho fixamente para ela, apavorada. Então, Dimia solta uma lamúria e vejo seu pônei acelerando em minha direção, atrás da minha égua. Quando ele passa por mim, agarro suas rédeas por tempo suficiente para Dimia descer de seu lombo. E ele parte também, deixando meus dedos vermelhos e dormentes, queimados pelo couro que chicoteou minha pele.

Dimia recosta em uma árvore, pálida e trêmula.

– O que há de errado?

– Não faço ideia – digo, embora isso não seja inteiramente verdade. Minha égua era da montaria do exército, treinada para a luta. Seja lá o que for que a fez fugir, deve ser aterrorizante. E anormal.

– O que faremos agora?

– Vamos descobrir o que está acontecendo – digo, com muito mais coragem do que sinto. Saco a faca do cinto.

Encontramos o primeiro corpo do lado de dentro do portão, com as pernas dobradas em um ângulo estranho e a garganta lacerada. Seu sangue é escuro e espesso, e não parece fresco. Tuck, o mais malvado, foi empalado, e sua espada serve de eixo para prendê-lo ao mesmo muro que deveria proteger. Quando Dimia geme, viro para seguir seu olhar. O soldado que mentiu para me fazer passar pelo portão, aquele que piscou para mim, está pendurado no topo da torre do portão. Um olho está aberto, azul e fixo. O outro aloja uma flecha, e dou as costas para ele, rezando para que não fosse uma das suas, e que tenha sido rápido. Não sei seu nome.

Dimia desliza a mão até a minha e seguro firme enquanto entramos, pisando com cuidado em volta dos homens caídos. À nossa frente, dentro dos muros da segunda cidade de Tregellan, o fogo arde. Andamos vagarosamente pelo quarteirão dos mercadores, cobrindo o nariz e a boca com nossas túnicas, os olhos lacrimejantes por causa da fumaça. A luz do incêndio é suficiente para que enxerguemos a devastação, enquanto nos aproximamos da praça principal.

Tudo se foi. Todas as lojas: a padaria, a loja de velas, a mercearia. Todas reduzidas a cascas pretas, com fumaça acre transbordando delas.

A botica está destruída, as janelas esburacadas como dentes podres, a porta desaparecida, o interior escuro feito uma caverna. A Casa de Justiça foi reduzida a escombros flamejantes, os tijolos dourados chamuscados e estilhaçados, o vidro refletindo as chamas que ainda queimam. A estufa do vilarejo está destroçada; terra marrom marca o gramado como cicatrizes.

Pessoas estão prostradas no entulho, os braços estirados, os pés desaparecendo sob pilhas de rocha. Os ângulos de seus corpos me informam que não adianta tentar ajudar, porque ninguém que cai daquele jeito vai levantar novamente. O que Carys disse, mesmo? A morte favorece os corajosos? A morte favoreceu igualmente a todos aqui. As túnicas verdes dos soldados, desprovidos de armas, a lã espessa azul e vermelha das pessoas que moravam aqui. Meus amigos. Meus vizinhos. Estou com medo de encarar seus rostos, desviando o olhar antes que o reconhecimento atinja a boca do meu estômago. Dimia aperta minha mão e, quando olho para ela, lágrimas abrem caminho na fuligem sobre suas bochechas.

Andamos em silêncio pela praça em direção aos quarteirões da ferraria e da alvenaria. Esforço-me para ouvir o som de vozes, esperando desesperadamente que alguém tenha sobrevivido aqui. Andamos pelas casas esvisceradas, as portas arrancadas dos umbrais, as janelas quebradas nos andares de cima e de baixo. Pertences estão espalhados por todo lado, como se um gigante tivesse aparecido e levantado as casas, sacolejando-as antes de jogá-las no chão. Panelas de cobre, cerâmica quebrada, lençóis, bancos de madeira, tudo quebrado ou amassado ou pisoteado; nada ficou inteiro, tudo foi arrancado e destruído com uma aleatoriedade que me enoja.

Olho para dentro da casa onde Kirin morava. Quando vejo uma sombra no chão do lado de dentro, viro e cubro a boca.

– Você conhecia algum deles? – pergunta Dimia em voz baixa. – Algum de seus amigos morava aqui?

Arregalo os olhos e solto sua mão, depois bato em disparada, tropeçando nos bens que se acumulam no chão. Sinto a pele do meu joelho esquerdo rasgar e pedras penetrarem minha mão esquerda, mas não me importo. Forço-me a ficar de pé novamente, mancando pela frente da taverna cuja concha ainda ecoa os estalos das provisões de álcool que pegam fogo. A fumaça e o esforço queimam meus pulmões, e minhas coxas e canelas gritam, mas não posso parar. Eles moram quase na fronteira, perto da torre do relógio. É distante. Eles têm que estar bem.

E, à primeira vista, sua casa parece milagrosamente intocada. Mas, então, vejo a porta escancarada como uma ferida e a escuridão do lado de dentro.

— Não — diz Dimia quando ando em direção à estrutura, mas me livro dela, deixando-a para trás e aproximando-me da casa.

Quando chego mais perto, com o coração martelando no peito, noto uma luz brilhando perto da cozinha.

— Lirys? — chamo em voz baixa. — Carys?

A luz brilha mais forte quando a pessoa segurando a vela se aproxima. Não é a minha amiga.

Um homem de cabelo escuro para na minha frente, os dentes tão pretos quanto o cabelo, com uma faca na outra mão. Solto um grito raivoso e levanto minha faca. Ele joga a vela em mim, a cera quente espirra em minha mão e deixo a faca cair.

— Há uma menina aqui! — grita ele. Eu giro nos calcanhares e arranco em disparada.

— Corra! — berro para Dimia, e sua expressão é de surpresa. E é isso o que ela faz, levantando as saias e disparando.

Agarro-a quando a alcanço e fugimos da fazenda. Meu joelho lateja a cada passo duro. Quando olho para trás, vejo outros homens, com peles amareladas e armados até os dentes, derramando para fora da leiteria e dos celeiros como formigas do formigueiro. Suas mãos estão vermelhas de sangue, e agarro mais forte o punho de Dimia, arrastando-a para a frente.

Lidero o caminho pela praça da cidade na esperança de que possamos despistá-los nas ruas labirínticas em volta dos quarteirões dos mercadores, chispando pelos becos estreitos, para a esquerda, depois para a direita, tropeçando nos escombros e objetos do lar que a fumaça esconde de nós. Em algum lugar em nossa retaguarda vozes nos perseguem e passos ecoam, incitando-nos a correr mais rápido, a não parar.

Quando chegamos à praça, aumento minha passada, depositando toda minha energia em atravessar aquele trecho até alcançar onde estão as corporações de ofício, onde podemos escalar as paredes e nos esconder. Estamos a meio caminho quando Dimia grita e me puxa até parar.

Um golem surge do meio da fumaça, como um pesadelo, e bloqueia nosso caminho.

Tento dar meia-volta, mas é tarde demais: sua mão colossal salta para a frente e segura meu braço. Seus dedos de argila amassam meu punho.

– Errin! – esgoela-se Dimia quando ele me lança no ar. Manchas pretas explodem em meus olhos e parece que meu braço vai ser arrancado da articulação. Dói tanto que não consigo respirar. Ele me levanta até que estou na altura de sua cabeça, como se me olhasse. Enquanto balanço em sua mão, posso ver os homens pelo canto do olho. Eles pararam; alguns observam Dimia, outros o golem. Tenho a distinta impressão de que querem ficar longe do alcance do monstro, mesmo quando tentam se aproximar pelas bordas, para chegar até Dimia.

– Vá – esbravejo para ela; e o golem dá a volta, levando-me junto. Em seguida, estou voando pelo ar, a lua pairando sobre mim. Estrelas explodem em meus olhos quando acerto a lateral de um prédio. Algo em minhas costas quebra, com o som de um estalo desfalecido. Uma outra dor explode com tanta força que nem consigo berrar, e a agonia me sufoca. Não consigo sentir nada, caída no chão, encarando a noite acima.

E então, um apagão.

Quando acordo, ainda estou no chão. Pisco rapidamente, atordoada demais para me mexer. Pelo canto do olho, vejo um clarão. Então, Dimia aparece balançando uma grande vara de madeira acesa na ponta. Ela para a uma certa distância de mim e empurra a vara na direção do golem, que está tentando passar e chegar nela. Não há sinal dos homens, e, por um momento, pergunto-me se a pancada me ensurdeceu, de tão ruidoso que é o silêncio. O golem não tem boca, e Dimia também não faz barulho; o único som vem da brasa de sua tocha, quando encosta na argila do golem, e o arrastar de suas botas no chão, quando desvia de algum ataque.

Ela enfia a vara flamejante na mão do golem, que cambaleia para trás até que eu não o possa ver. Mas depois ele marcha para a frente e Dimia pula para o lado, e tento rolar para longe.

Mas não consigo. Não vou a lugar nenhum.

Tento mexer os dedos dos pés, depois os joelhos e o quadril. Não sei se estão se mexendo, não consigo senti-los. Não consigo sentir minhas pernas. Não consigo sentir nada. Deveria estar em agonia; ele me jogou contra um prédio.

O estalo foi bem na minha espinha.

Quebrei a coluna.

Capítulo 20

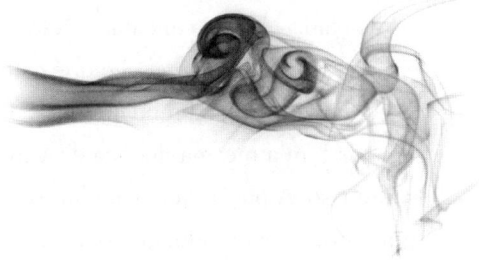

Escuto gritos à minha esquerda e solto um gemido, desamparada enquanto as botas correm por mim. Aperto os olhos até fecharem, mas então os forço a abrir, tentando desesperadamente não chorar ou gritar. Comando que minhas pernas se movam, mas não há nada, não sinto nada.

– Mirem na mão – grita Dimia. Então, a multidão entra em meu campo de visão: homens e mulheres com tochas como as de Dimia, todos atacando o golem. Dimia luta com eles, os dentes de fora, empurrando a vara contra a mão do monstro, que parece estar pegando fogo. Ela queria lutar, penso loucamente, e agora está lutando. Há pessoas à sua volta, juntando-se à briga. Ela tem seu exército.

No entanto, não acho que serei sua boticária.

Pela terceira vez, assisto enquanto ela empurra as chamas através da palma estendida do golem e, desta vez, ele enrijece. Dimia e os outros se afastam, atentos. A princípio, nada acontece. Depois, sem qualquer aviso, o golem tomba e não se mexe mais.

Dimia olha para mim por cima do corpo do golem. Ela larga a tocha e corre para o meu lado.

— Errin? — diz, aproximando-se.

— Não — respondo, tentando sorrir para ela, para reconfortá-la. — Não me mova. Minha coluna está quebrada.

— Não. — Ela me encara. — Não.

Respiro fundo e percebo que estou calma.

— Escute — digo brandamente. — O nome de minha mãe é Trina Vastel. Ela tem a mesma doença da Varulv Escarlate. Você pode pesquisar sobre isso. A poção que a ajudou se chama Elixir da Vida. A alquimista que estou procurando, que pensei ser você, pode prepará-la. Se mamãe beber o Elixir nas noites logo antes e durante a luz cheia, ficará bem. Sem a poção, ela a machucará. Por favor, encontre-a. Por favor, ajude-a.

Dimia concorda, e as lágrimas caem profusamente de seus olhos.

— E você lutou muito bem — digo. — Não achei que pudesse, mas você conseguiu. Você o matou. Queria...

Dedos enluvados a tomam pelos ombros e ela é removida.

Em seu lugar, avisto Silas Kolby.

— Que menina muito, muito burra — diz ele, encarando-me com a boca em forma de careta. — Por que foi embora sem mim?

— Você me deixou para trás — respondo, fitando seus olhos de âmbar. — Unwin viu tudo.

— E você deu ouvidos a ele? — Silas olha para baixo, para mim, com os olhos iluminados. — Eu jamais daria. — Ele balança a cabeça. — Jamais daria — repete.

— Precisamos entrar — diz uma voz feminina.

Ele consente, sem tirar os olhos de mim.

— Vou levantá-la.

— Não pode — diz a mesma mulher. — Silas, a coluna dela está quebrada. Seria cruel. — Ela abaixa a voz. — Ela não vai resistir.

— Vai, sim.

Há uma pausa; o ar parece oscilar.

– Não pode estar falando em... – A mulher surge na minha linha de visão. Pele escura, cabelo escuro, levando uma espada fina em cada mão, a boca aberta em reprovação. Ela arregala os olhos enquanto o censura, determinada a não me encarar. Percebo com um tranco que a reconheço.

– Posso, sim – diz ele.

– Silas, ela não é uma de nós.

Silas se vira e, embora eu não possa ver seu rosto, o jeito como a mulher recua me diz tudo o que preciso saber sobre a expressão dele. Quando volta, há lágrimas penduradas em seus cílios brancos.

– Está tudo bem – reconforto-o.

– Vai ficar tudo bem – rebate ele. Silas não pisca, mas mantém o olhar intensamente fixado à frente enquanto desliza os braços por debaixo da minha coluna quebrada. Não posso sentir seus braços ao me levantar e puxar para perto de seu peito. Nunca fui muito chegada a dor, mas isto é pior. Este vazio. Sinto como se pudesse voar a qualquer momento.

– Vamos embora – diz ele, com a voz firme.

Olho para cima, para ele, enquanto nos movemos. Mas Silas mantém os olhos fixados à frente, sua boca, uma linha de concentração. De canto de olho, posso notar Dimia andando ao seu lado, observando-me, e sorrio com fraqueza, e é o suficiente para que ela faça o mesmo. Meu olhar desliza pelos prédios ao nosso redor; estamos de volta ao quarteirão dos mercadores. Paramos do lado de fora de uma das casas e levanto os olhos para ver o círculo cortado novamente. Percebo que se trata da casa do mercador de sal. Aquele sentimento persistente volta mais uma vez. Reconheço aquele símbolo, e tento me lembrar de onde. De um livro? Das minhas aulas?

Então, começamos a nos mover de novo, passando por uma entrada onde o ar fica instantaneamente mais frio, como se tivéssemos entrado na leiteria ou em uma sala resfriada. Só que está escuro, o caminho é iluminado por tochas, e posso sentir a marcha de Silas encurtar. Estamos indo para baixo.

– Onde estamos? – sussurro.

– Quieta. Apenas descanse – murmura ele de volta, e sinto o retumbar em seu peito quando ele fala. Quero dizer para não me descartar, mas sinto-me subitamente exausta. Escuto portas destrancando, depois trancando, tantas que perco a conta. Deixo meus olhos vagarem fechados, deixo o torpor me cobrir.

Acho que devo ter desmaiado, porque, quando volto a ver alguma coisa, não estou mais nos braços de Silas; estou deitada de costas, olhando para um teto de pedra. Não posso sentir sobre o que estou deitada, mas, pela altura, acho que é algum tipo de mesa. A sala é iluminada por velas, com arandelas penduradas nas paredes. Há estalactites pendendo do teto, milhares delas, como agulhas, brancas e reluzentes. Estamos no subsolo.

Claro, pode-se viajar por todo o reino e nunca encontrar este lugar. Não é de se admirar que droguem os convidados antes de trazê-los aqui.

Estamos no Conclave. Sob Tremayne. Era aqui. É o que o símbolo significa. Alquimistas. Nas portas e nas lápides. É parte das tatuagens lunares de Silas; um círculo atravessado por uma linha no centro. É um símbolo alquímico. Estava bem debaixo do meu nariz esse tempo todo.

– Fora – ordena Silas para todos os desconhecidos na sala, e posso ouvi-los saindo. A mulher que protestou mais cedo está no fundo. Consigo vê-la ao olhar para o lado, com seus ombros altos e rígidos. Só resta Dimia, parecendo nervosa com os olhos fixos em algo atrás de mim.

– Você precisa do Elixir – diz ela suavemente. – Sem ele, você irá... – Ela para e aperta os lábios.

Olho para ela.

– Mas você disse que não é uma alquimista.

– Ela não é – diz Silas pela minha esquerda, e olho na direção de sua voz.

Há outra mesa ao lado da qual me encontro, e Silas está atrás dela colocando um tripé sobre um pedaço de ardósia. Meu coração começa a acelerar quando ele dispõe uma pequena cumbuca de metal embaixo do tripé, equilibrando uma segunda cumbuca, de cerâmica fina quase iridescente, sob a luz das velas, em cima da primeira. Observo enquanto ele ajeita pinças, jarras de vidro com pó e folhas dentro, duas jarras de terracota, rolos de papel que silvam em contato com a madeira da mesa, pipetas e colheres, mexedores de cerâmica. Fico boquiaberta e o encaro.

– É você? – pergunto. – Você é o filtrescente?

Ele consente, mas não olha para mim. Continua montando seu laboratório. Nada daquilo parece especialmente alquímico. É o mesmo equipamento que conheço de meu trabalho de boticária, mas há algo a respeito de ver estas coisas neste lugar que parece estranho para mim, e uma emoção parecida com medo espeta meu couro cabeludo.

– Era você o tempo inteiro? – pergunto, e de novo ele consente. – Mas a menina...

Então, seus olhos de âmbar dourado encontram os meus e me silenciam no mesmo instante. Parece que ele enxerga dentro de mim, que me lê e, embora minha pele queime, não pisco nem desvio o olhar.

Ele desfaz o contato visual primeiro.

– O que pode sentir?

– Nada – respondo, abrindo os olhos e minha voz soluça, chorosa.

Ele respira fundo.

– Pode tentar mexer os dedos do pé?

Concentro-me em movê-los, e ele me observa intensamente. Depois, balança a cabeça.

– Dedos das mãos?

Tento, ele expira e olha para Dimia, que consente.

– Mexeram? – pergunto, com um fio de esperança.

– O mindinho, sim – responde Dimia.

– Outra vez – diz Silas, e assim faço. Quando ele acena com a cabeça, o alívio é entorpecedor.

– Bom. Isso é bom – diz ele, mas suas mãos enluvadas se erguem e cobrem seu rosto, contradizendo suas palavras.

Ele afasta as mãos e as encara. Depois, respira fundo e a sala parece diminuir com aquela inspiração, mais apertada, como se ele tivesse sugado o espaço para dentro de si. O ar fica eletrizante e expectante, e me cobre como um véu, fazendo os cabelos da minha nuca eriçarem por debaixo da lã áspera de minha túnica. Isso eu posso sentir.

– Está pronta? – pergunta ele. – Pode não funcionar. Eu nunca fiz nada dessa magnitude. Mas vale a tentativa.

– Obrigada – sussurro.

Ele balança a cabeça e começa a trabalhar, removendo as rolhas das garrafas, abrindo rolos de papel, examinando balanças. Quando abaixa o olhar para mim novamente, sorrio, e ele coça a garganta.

– Comecemos, então. – Silas abre um quadrado de papel parafinado, marcado com um círculo partido em dois por uma linha, e eu arquejo.

– O que foi? – pergunta ele. O susto atravessa sua rouquidão habitual e Silas olha para mim, derrubando grãos brancos do pacote em cima da mesa.

– Isso é sal?

– É. – Ele cata o sal caído com as mãos. – Por quê?

– Estava me incomodando; vejo este símbolo por todos os lados. Percebi, quando chegamos aqui, que era alquímico. Mas não sabia até agora que significava sal. O purificador universal.

Ele bufa e coloca os cristais brancos em suas balanças, comparando seu peso com o de pesos de bronze aparentemente caros, e acena com a cabeça com satisfação.

– É daqui, o sal. Os cristais são formados quando a água pinga da rocha. É isso que está cintilando lá em cima. – Ele aponta para o céu reluzente, e, em seguida, derrama o sal no pilão e começa a moer.

– Sal Salis. É diferente de sal marinho. Não é apropriado para temperar comida. Acredite em mim, aprendi do pior jeito. – Ele puxa as mangas da túnica até as axilas e enrola o tecido por cima dos ombros. Posso ver seus músculos se contraindo e tensionando enquanto ele trabalha e, apesar de tudo, acho estranhamente hipnotizante observá-los inchar e relaxar enquanto pulveriza o sal antes de colocá-lo na tigela.

– Acenda o fogo, por favor – diz ele, sacolejando-me do meu transe.

Dimia surge no banco ao seu lado, sorrindo para mim enquanto atiça a pederneira. Sinto uma pontada de inveja quando a vejo trabalhando ao lado dele. Quero fazer parte disso.

Fico calada enquanto ele diz a ela o que lhe passar. Observo o que ele adiciona à tigela de cerâmica, tentando acompanhar enquanto Silas aponta para ervas, plantas, pós, coisas que conheço, coisas que nunca vi, coisas de cuja existência eu não sabia. Calêndula, ipomeia, essência de angélica, tônico espagírico, folhas de louro, mandrágora, corriola, casca de teixo, trigo. Os nomes giram em minha cabeça. Tento memorizar todos.

Enquanto a mistura esquenta, emana espirais de um aroma estranho de ervas que me faz torcer o nariz.

– Vai ficar muito pior. – Silas se afasta da mesa e sai do meu campo de visão. Quando volta, carregando duas jarras de terracota, espia a tigela e coloca as jarras ao seu lado.

A primeira tem um triângulo com um cruz invertida na base, de onde ele tira uma grande pedra amarela. Da segunda, marcada com um círculo coroado, tira uma pedra vermelha. Coloca cada uma sobre um minúsculo prato raso de cobre marcado com o mesmo símbolo que estava na jarra e os posiciona à frente do tripé.

– Você precisa sair agora. – Ele olha para Dimia, que consente com relutância e dispara um olhar para mim.

– Em breve nos veremos de novo – diz ela, aproximando-se para tocar minha mão. Acho que posso sentir. Abro um sorriso e ela já foi embora. Viro-me para Silas.

Ele pega um círio, uma pequena faca cega, um instrumento de vidro em forma de cachimbo e um frasco de cristal com base de metal e organiza tudo à sua frente. O jeito como o faz é tão preciso, deliberado, que fico furiosa de não poder me sentar, não poder ver melhor. De repente, percebo que estou vendo alquimia de verdade. Do início ao fim. Não estou vendo apenas o produto final, após acordar de um sono entorpecido, mas possivelmente o último filtrescente do mundo produzindo o Elixir desde o princípio, bem diante dos meus olhos.

Silas expira ruidosamente, interrompendo meus pensamentos. Com a velocidade de um relâmpago, ele mergulha o círio nas chamas sob a tigela branca e o utiliza para atear fogo nas pedras amarela e vermelha. Instantaneamente, a sala é preenchida por um fedor metálico e sulfúrico e eu gostaria de poder tampar o nariz. Ele ergue a tigela branca com as mãos enluvadas e derrama seu conteúdo no frasco de cristal. Coloca a ponta mais fina do instrumento em forma de cachimbo no gargalo do frasco e o suspende sobre a fumaça da pedra vermelha. Assisto a fumaça entrar na tigela grande, através da haste fina, para dentro do frasco, onde cristaliza e mergulha para o fundo, formando uma camada de líquido espesso, vermelho cor de sangue. Quando o vermelho alcança a metade do frasco, ele para e repete o processo sobre a pedra amarela. A camada amarela é ainda mais densa do que a vermelha, e escorrega para o fundo do vidro.

Quando já não há quase mais espaço para uma outra gota sequer, ele remove o frasco e o cachimbo, interrompendo o processo. Ignorando meu suspiro, com a mão esquerda enluvada ele abafa ambas as pedras, a amarela e depois a vermelha, até que tanto pedras quanto luva ficam levemente chamuscadas.

Silas agita a garrafa, aparentemente indiferente à dor, e assisto o líquido tomar um tom de rosa claro.

Sua boca risca uma linha resignada, a testa franze, mas ele abre a expressão e olha diretamente para mim. Mantendo o olhar fixo no meu, tira as luvas e as coloca sobre a mesa. Com olhos flamejantes, ele analisa minhas mãos e eu faço o mesmo. Então, engasgo, esquecendo de minhas costas, de tudo mais.

Todos os dedos da sua mão esquerda estão pretos, exceto o dedão, que, assim como a mão direita inteira, ainda retém o tom de rosa pálido. Mas a palma da sua mão esquerda é da cor de um abismo.

Não consigo tirar os olhos dela, das coisas erradas que representa.

Ele faz um som suave com a garganta e vejo que me olha enquanto encaro a palma de sua mão. Tento encontrar palavras, qualquer palavra, para perguntar o que é, mas todas me escapam. Em vez disso, estou boquiaberta, franzindo a testa em uma expressão semelhante a horror.

Ele vê isso e algo se fecha com um estalo em sua própria expressão. Baixa os olhos e volta-se para o trabalho. Silas abre o frasco e o inclina cuidadosamente até que uma gota da poção cai na ponta do dedão de sua mão esquerda. Em seguida, ele devolve o frasco para a base de ferro.

Silas levanta a pequena faca e corta o dedão, exatamente onde está a gota do Elixir. Por um breve instante, o sangue que sai da ferida é vermelho, mas clareia até ficar branco e perolado assim que toca no Elixir. Ele vira o dedão e a gota branca cai dentro do frasco, assentando-se como uma delicada folha de marfim sobre o líquido pálido.

Olho de novo para o dedo de Silas a tempo de ver que ficou preto. Assisto sua pele mudando; assisto a escuridão espalhando-se pelo que restava de pele intacta em sua mão. A sombra se alastra para seu punho, parando a tempo de tornar-se uma imitação horripilante da luva que ele tirara. Meu estômago revira.

Ele se aproxima de mim com o frasco do Elixir na mão saudável, mas é na outra que estou fixada. Ele a coloca, descoberta, por trás da minha cabeça. O toque gélido de sua pele amaldiçoada na minha é um choque. Ele levanta minha cabeça e despeja o conteúdo do frasco em minha boca, até a última gota. Tem um leve gosto metálico. Olho para ele com repulsa e cheia de piedade.

Quando Silas devolve o gesto, seus olhos parecem insondáveis, com a idade dos séculos.

– Engula – pede ele, e assim eu faço.

Silas repousa minha cabeça e se afasta, voltando com um segundo frasco que, quando chega perto de meus lábios, cheira a papoula.

Este, bebo sem hesitar, subitamente desejando o esquecimento do sono.

A última coisa de que me lembro é ser carregada por Silas de novo. Com as luvas de volta nas mãos, esfarrapadas e queimadas, ele cobre a pele lesionada.

Sonho. Porém, mais uma vez, estou ciente de estar sonhando, porque posso sentir as dores do meu corpo para além do devaneio; em algum lugar na minha coluna lombar, parece que os ossos estão sendo moídos até virarem uma só coisa. No entanto, saber que não é real não parece importante. Assim que tomo consciência, já esqueço que não é real. Estou parada no canto de uma sala de pé-direito alto com grandes janelas de vidro e chão de laje. Não é um lugar no qual estive antes, disso tenho certeza; é um lugar de privilégio e opulência. Mas o elemento mais notório da sala é o homem de prata sentado no trono esculpido em ouro.

O homem é o Príncipe Adormecido.

Espero que o temor tome conta de mim, que me sacuda e me diga para fugir, mas não é o que acontece. Não consigo distinguir muito bem seus traços, a não ser pelos olhos dourados; estão vagos e saltam de um lado para o outro. Ele ergue a cabeça e parece me ver. Dá um sorriso discreto com uma expressão de aprovação. Estou usando um longo vestido vermelho, um vestido de festa, na verdade, de veludo macio ao toque, que parece a pele de um pêssego quando o acaricio. Ele estende uma das mãos para mim e caminho até ele, ainda destemida. Ele pega meu rosto com as mãos e ajeita meu cabelo atrás das orelhas.

– Você está aqui – diz ele. Sua voz é como um raio de sol, como mel, quente, intensa e cobiçosa. – Estou tão feliz.

Se a voz de Silas é feita de espinhos e quinas, onde cada palavra é um aviso, a deste homem é suave, aveludada e atraente. Ele tem olhos dourados como os de Silas e o mesmo cabelo loiro-branco, embora o dele seja longo e brilhoso. Tem as mesmas maçãs do rosto salientes, a mesma palidez sobrenatural. Tem até a mesma curva galhofeira nos lábios.

– Pensei que você fosse Silas – digo. – Durante todo este tempo, pensei que fosse ele.

– Quem é Silas?

– Meu amigo. Ele... ele me salvou.

– Salvou? Como?

– Seus monstros quebraram minha coluna.

– Ah, aquela era você. Não fazia ideia. Que coisa terrível eles fizeram. Vou castigá-los por isso.

– Ele fez o Elixir e consertou minha espinha.

– Que interessante – diz o Príncipe Adormecido. – Então, o filtrescente é um homem? Muito interessante mesmo. Diga-me, doçura, você ainda está em Tremayne? Você e o seu amigo?

– Estamos nos escondendo. De você.

– Não pode se esconder de mim, meu amor.

Ele leva os lábios até minha testa para me dar um beijo, e posso senti-los se curvando sobre minha pele quando ele sorri, irradiando uma onda de calor por meu corpo.

Ele se inclina para trás, observando-me com os olhos famintos, e arranca meu vestido, destroçando minhas costelas até segurar meu coração na mão, ainda batendo. Começo a perder a consciência quando ele leva meu coração até a boca, dando-lhe uma lambida experimental.

– Precisa de mais sal – sorri.

Capítulo 21

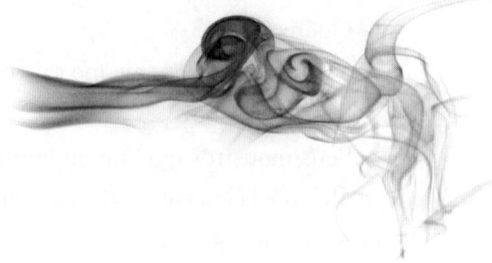

Acordo com um grito, levando as mãos ao peito, agarrando a pele, convencida de que uma lacuna está aberta nele.

Então, rolo de lado e me levanto. Meu estômago se contrai, até ter uma cãibra, e regurgito, embora nada saia pela minha boca. Encosto no travesseiro quando o enjoo passa, apreciando o toque áspero e rijo do tecido fresco em minha pele superaquecida, esperando que meu coração desacelere.

Uma mão enluvada e macia descansa sobre minha testa e, quando abro os olhos, vejo Silas inclinado sobre mim.

– Sal – eu digo, com a voz rouca. O sonho já está desvanecendo, embora deixe para trás um sabor desagradável. Ao mesmo tempo, eu me lembro do golem, da fratura em minha coluna. Da alquimia.

Sento.

Consigo sentar.

Sou invadida pela euforia e olho rapidamente para Silas antes de testar meus pés, sacudindo os dedos. Rio sem querer quando mexo os joelhos, sacudindo os quadris, acenando com as mãos. A bandagem foi removida da minha mão direita e a pele das articulações está como nova. Funcionou. Sou como antes.

– Estou curada. Você conseguiu. Você me curou.

Ele olha para mim com o rosto desprovido de qualquer expressão.

– Curei.

Então, eu me lembro dos outros acontecimentos da noite e, em minha mente, posso ver a escuridão se espalhando por sua mão, a pele sendo consumida pelo pretume. Estremeço.

Ele se afasta imediatamente.

– Deixarei que descanse.

– Não, por favor. Desculpe.

Ele fala por cima de mim, e seus olhos brilham, seus lábios se contraem.

– Não quero *incomodá-la*. – Sua expressão está minguando e sua voz corta como uma faca.

– Você não está incomodando. Eu só... – Tento afastar a imagem e amansar meu tom. – Silas...

– Não. Também não quero sua pena.

– Não. Não, claro que não. – Engulo em seco, me recompondo. – Pelo menos, diga-me se dói.

Ele expira lentamente, dando dois passos para o outro lado da sala, caindo com desleixo sobre a cadeira de madeira.

– Não dói – responde, finalmente. As palavras saem repletas de cacos de vidro, que arranham meu peito por dentro.

Sua cabeça está baixa e observo enquanto ele cutuca as luvas chamuscadas, vendo de relance a pele escura que ocasionalmente aparece por debaixo delas.

– O que é?

Ele não fala por um longo tempo, olhando para as mãos. Eu espero, mexendo sutilmente os dedões, alternando entre estados de euforia e de culpa.

— Não é contagioso, se é isso que a preocupa.

— Não é isso — afirmo com a voz um pouco mais alta. Respiro antes de falar novamente, com cautela. — Silas, por favor. Sou uma boticária. Já vi... doenças antes.

— Não é uma doença.

— Então, o que...

— É uma maldição — retruca ele, olhando para mim. — É a maldição do filtrescente. Todos os alquimistas têm uma maldição. Esta é a minha. Chama-se Nigredo.

— E vai... vai passar? Vai sarar? — Tento manter a voz indiferente, engolindo a sensação de que alguém anda sobre meu túmulo.

— Se eu tomasse um pouco do Elixir, sim, minha pele voltaria ao normal novamente.

— E você não pode fazer mais? — pergunto.

— Posso, mas não funcionará em mim. Nunca funciona. Se houvesse outro filtrescente, eu poderia utilizar seu Elixir. Claro que ele teria o seu próprio Nigredo para tratar. A não ser que eu fizesse um pouco de Elixir para ele... Consegue perceber o problema?

Entendo, e caio em silêncio. Ele abaixa a cabeça para mexer nas luvas de novo, com os ombros curvados para a frente. Quero ir até ele e abraçá-lo, mas sei que Silas não permitirá. Então, fico parada, deixando o silêncio levantar uma parede entre nós, até que não aguento mais.

— Por quê? — pergunto. — Por que acontece isso? A maldição?

Ele levanta a cabeça lentamente, como se tivesse se esquecido da minha presença ali. Então, sorri sem qualquer humor.

— Alquimia, Errin. Qual é o princípio da alquimia? Qual é sua função primordial? O que dizem os livros?

— Transmutação. Transformar metais básicos em outras substâncias — digo. — Mas você é uma pessoa.

— E veias humanas bombeiam sangue repleto de ferro... — diz ele, vagarosamente. Meu queixo cai de horror. — Cada vez que um alquimista pratica sua alquimia, parte dele muda e não há como saber que parte será. Unhas dos dedos, lóbulos das orelhas, pulmões, coração... – Ele se aquieta.

Abro a boca para perguntar se algo mais nele mudou, mas Silas sacode a cabeça vigorosamente, interrompendo-me.

– Só a minha mão, até agora. Vai piorar, não tenho dúvidas. Se eu continuar praticando.

– Então, você precisa parar. – Algo cruza seu rosto, algo indecifrável e passageiro. – Não vale a pena – digo. – Você poderia morrer. E se, na próxima vez, não for sua mão, mas seu coração ou seus pulmões?

Ele se vira para mim.

– Salvou a sua vida. E pode salvar inúmeras outras.

– Mas você teria que morrer para isso. – Ele olha para o outro lado. – Espere. Todos os alquimistas têm uma maldição? Isso significa que o Príncipe Adormecido também tem uma? Toda vez que ele faz um golem, isso acontece com ele?

Silas balança a cabeça.

– Quem me dera.

– E por que não?

– Sabe que Aurek e Aurelia foram os primeiros alquimistas? Eles nasceram assim; tinham o cabelo lunar e os Olhos dos Deuses, mas ninguém sabia o que aquilo significava. Quando tinham oito anos, Aurek teve um sangramento nasal e seu sangue pingou sobre um conjunto de esferas de ferro com as quais brincava. Elas se transformaram em ouro sólido. Com o consentimento do rei, foram feitos experimentos e descobriu-se que o contato com o sangue de Aurek era capaz de transformar metais básicos em ouro, assim como, horripilantemente, dar vida à argila. O sangue de Aurelia, a princípio, não parecia ser capaz de nada do tipo, até que um dos cientistas mais zelosos tentou diluí-lo em água e beber a mistura. Ele imediatamente percebeu que seus machucados haviam desaparecido e sua gota havia melhorado. Tiraram mais sangue de Aurelia, e todos que o bebiam eram curados daquilo que lhes afligia.

Estremeço, enojada com toda a história, mas não surpresa.

– Contei para você que Aurek teve muitos filhos, que foram criados no palácio, certo? Bem, eles tentaram usar o sangue de crianças para fazer ouro, na esperança de que tivessem herdado o dom, mas nada acontecia. Não funcionava. Tentaram com sangue em maior e menor quantidade, mas o ferro continuava sendo ferro e a água continuava sendo água. Quase mataram uma das crianças, cuja sangria fora tão extrema que a deixou a um passo da morte. Por isso Aurelia as trouxe consigo quando Tallith foi derrubada, para impedir que as pessoas as tentassem usar.

– Oh, Deuses! – murmuro, enojada com a imagem.

– As pessoas também tentaram usar o sangue de Aurek. Enquanto ele dormia. Espetavam-no para roubar seu sangue, mas o veneno que o fazia dormir parecia também anular seus poderes. Então, Aurelia escondeu seu corpo e trouxe as crianças para um esconderijo. Pensava que a alquimia morreria com ela e decidiu viver em quietude até que morresse. Mas, então, as crianças descobriram que poderiam ativar seu sangue para que se tornasse alquímico. Alguns deles tentaram fazer uma poção para acordar seu pai, e uma das crianças acidentalmente cortou o dedo, deixando cair na tigela uma gota de sangue. Diz a lenda que a poção borbulhou e soltou fumaça e, quando assentou, havia uma pepita de ouro no fundo da panela. Haviam encontrado um jeito de ser alquimistas, como seu pai. Mas havia um preço.

– Nigredo.

Silas balança a cabeça.

– A maldição do auriscente chama-se Citrinitas. Como a Nigredo, seus efeitos são físicos. Mas eles se tornam dourados. Este é o preço. Podiam fazer tanto ouro quanto quisessem, mas, toda vez que o faziam, uma parte de seu corpo virava ouro também. – Ele pausa e inclina a cabeça. – Sempre achei que era pior para eles. Pelo menos, se a Nigredo parar meu coração, ninguém o cavará do meu peito para vendê-lo.

Minhas mãos sobem para cobrir minha boca.

– Aurelia ficou furiosa – diz ele, voltando para as profundezas da lenda. – Ela tentou impedi-los, mas, quando exigiram o direito de escolher, ela cedeu e disse que quando tivessem dezenove anos poderiam decidir por eles mesmos. No entanto, baniu todos os outros experimentos, temendo suas possíveis consequências. E quem poderia culpá-la, depois de tudo o que vira em Tallith? As Irmãs aplicam a mesma regra. Daí nossa inabilidade de fazer nossos próprios venenos. Podemos fazer o *Opus Magnum*, e nada mais. Nunca aprendemos.

Desenho as palavras com os lábios, *Opus Magnum*, e ele continua.

– Aurelia finalmente se casou e teve seus próprios filhos, aos quais ofereceu as mesmas escolhas que seus primos tiveram. – Ele olha para as próprias mãos. – Aurelia não sabia que, para eles, também haveria uma maldição. Mas logo ficou claro que era diferente da Citrinitas. Não sabemos por que acontece, algo diferente no sangue de Aurek e Aurelia, alguma impureza. Tudo na alquimia moderna começa com a mesma poção como base, seja para fazer o Elixir ou ouro. É o sangue que faz a diferença.

– Ah, Silas – respiro, mas minha cabeça está girando. – Então, a poção que você usa para fazer o Elixir era para ser a cura que acordaria o Príncipe Adormecido?

– Originalmente, sim. Conhece o ditado "curar um mal com o igual"? – pergunta ele, e eu confirmo; é um dito comum dos boticários. O que causa algo também pode curá-lo, se a dose for certa. – Eles fizeram o que você tentou fazer com o Elixir. Desconstruíram o que sobrou do veneno encontrado nos aposentos do caçador de ratazanas. Isolaram todos os ingredientes: sal, mercúrio, enxofre e tudo mais, e fizeram experimentos para reverter a poção. Pensaram que acordariam seu pai e, acordado, ele poderia reerguer Tallith.

– E eles queriam que isso acontecesse?

– No começo, era o objetivo. Acordar o Príncipe Adormecido e retomar e reconstruir Tallith. Sair do esconderijo e ir para casa.

Antes que eu possa fazer outra pergunta, a cortina abre e vejo que a mulher de pele escura está ali. Eu me lembro de seu nome na hora: Nia, a filha do mercador de sal. Comprávamos o sal da botica deles; ela fazia as entregas.

Nia não me olha, fixando-se em Silas.

– Sua mãe está aqui.

Ele acena com a cabeça.

– Obrigado. Diga que estarei com ela em breve.

Ela levanta as sobrancelhas, mas não diz nada. Sai do quarto com um lampejo, as cortinas esvoaçando em seu caminho.

– Eu a conheço – digo. – Achei que gostasse de mim.

– Ela não lida bem com gente de fora. É interessante, dado que não é uma alquimista, mas entrou na comunidade pelo casamento.

– O marido dela é alquimista?

– A esposa dela.

Tento imaginar uma alquimista mulher, com cabelo prateado e olhar âmbar. É como Aurelia deveria ser.

– Então, este é o Conclave.

– Seja bem-vinda.

– Morei bem em cima dele a minha vida inteira.

Ele acena que sim.

– Morou mesmo. O que me faz lembrar, soube de sua mãe. Vamos resgatá-la. Vamos trazê-la para cá, segura e inteira. Vou manter minha promessa a você. Sempre tive a intenção de mantê-la.

Sinto-me terrivelmente culpada, por tudo; por chantageá-lo, por não confiar nele. E por pedir a ele que desse morada para minha mãe sem saber o que ela é. Ele merece saber.

– Você precisa deixar que eu me explique – digo. – Menti para você sobre minha mãe. – Silas lança um olhar vazio em minha direção. – Ela não está apenas sofrendo. Os arranhões em seu braço, acho que a Varulv Escarlate a atacou, a transformou.

– A o quê?

– A Varulv Escarlate...

– Eu sei o que é – interrompe ele, carinhosamente. – É impossível; é apenas um conto, Errin.

– Sim, bem, pensávamos o mesmo sobre o Príncipe Adormecido, e descobrimos que estávamos errados.

– A Varulv Escarlate é mesmo só um conto, disto eu sei.

– Não. Você não sabe como ela esteve. Foi ela quem quebrou meu dente. – Minha língua empurra meu lábio como um lembrete. – Você viu os olhos dela, como ficam vermelhos. E suas mãos, que parecem garras. Silas, quando é lua cheia, ela tenta me machucar. Algo aconteceu na floresta e acho, não, tenho certeza, que foi isso. É a única explicação.

Ele suspira.

– Errin, eu vi sua mãe, lembra? Sentei com ela duas vezes. Eu juro, ela não é um monstro de contos de fadas; está apenas triste e perdida. E sei que tem sido difícil para você em Almwyk...

– Não me trate com indulgência – retruco.

– Não estou tratando. De verdade. Sei que deve ter sido difícil para você lidar com o comportamento dela, além de tudo mais, e você naturalmente procurou explicações, especialmente quando ela não respondia aos seus tratamentos.

– Esqueça – giro as pernas para fora da cama e ele ergue as mãos.

– Espere. Desculpe. Escutarei o que você tem a dizer, por favor. – Quando paro de me mexer, ele continua. – Escute, vamos libertá-la e trazê-la para cá, e então veremos, tudo bem? Vamos libertá-la antes da próxima lua cheia e daí veremos o que podemos fazer. Se o Elixir ajudar, que seja. Farei para ela.

Baixo os olhos para suas mãos enluvadas e tomo consciência do peso integral do que ele está oferecendo, do que pedi. A vida dele pela da minha mãe.

— Não posso permitir — afirmo, tão brandamente que não sei se ele escuta.

— Fiz uma promessa para mim mesmo, certo dia — diz ele, subitamente, olhando para mim. — Quando estava crescendo, vi meu pai aleijar-se para salvar vidas. Cada vez que batiam à nossa porta, morria de medo que fosse uma pessoa implorando por ajuda. Bem, há dois anos, ele recebeu um pedido de ajuda e, como sempre, foi fazer o Elixir. A Nigredo parou seu coração.

Levo as mãos ao rosto, cobrindo a boca, que ainda assim cai por fora delas.

Ele olha para baixo.

— Não o matou de imediato. Fiz o Elixir para tentar curá-lo. Foi... foi minha primeira vez. Não funcionou; era tarde demais. O Elixir pode curar qualquer coisa, mas não pode reanimar um coração morto. Depois disso... as batidas passaram a ser para mim. E descobri que, assim como ele, não conseguia dizer não. Como poderia, se minha recusa significaria a morte certa ou, no mínimo, muito sofrimento? Então, tomei uma decisão. Nada de casamento. Nada de filhos. Nada de relacionamentos. Jurei lealdade às Irmãs. Desta forma, nunca colocaria minha esposa na mesma posição em que vi minha mãe; ela jamais teria que assistir enquanto eu me matava para salvar os outros. E não haveria filhos para se preocuparem se eu morreria a cada vez que fizesse o Elixir. Ou para tomar meu lugar quando eu morresse.

— Silas...

— Quando a vi caída, fraturada, não pude sequer parar para pensar. Mesmo que significasse que meu coração seria invadido pela Nigredo, eu teria feito o mesmo. Com gosto. — Ele fica de pé e atravessa o quarto, levando, sabe-se lá como, um século para cobrir os três passos até onde eu me encontro. Então, ajoelha-se na minha frente, com as mãos sobre meus joelhos. — Eu não poderia perdê-la, Errin. Não suportaria isso.

— O que está dizendo?

Ele levanta o rosto e me encara, engolindo em seco. Vejo o caroço em seu pescoço saltar e fico cara a cara com ele.

– Não sei – sussurra.

Lentamente, procuro suas mãos, tiro suas luvas e as seguro, tocando a pele preta, cruzando meus dedos nos dele. Silas fecha os olhos e eu o observo, os cílios brancos descansando sobre as maçãs salientes de seu rosto, sua pele corada, seus lábios separados. Percebo que suas mãos tremem e as aperto carinhosamente. Quando seus olhos abrem, as pupilas estão dilatadas, com discos escuros no meio do ouro, e meu coração pula, esvoaçante feito um pássaro. Quando sua cabeça se inclina para trás, meu estômago gira.

– Silas, sua... ah. – Viramos rapidamente para trás, e lá está Dimia na porta, completamente vermelha. – Desculpem, mil desculpas; é sua mãe.

– O que tem ela? – pergunta Silas, soando tão frustrado quanto me sinto.

– Estou esperando por você.

Atrás de Dimia aparece uma mulher. Ela é alta e magra, e seu rosto tem algo parecido com o de um falcão. Veste um longo robe com mangas de sino e, embora seja preto com uma pequena capa, quando coloca as mãos na cintura, posso ver o forro dourado das mangas. Usa um acessório que revela apenas seu rosto; o pescoço e o resto de sua cabeça estão cobertos por um capuz pontiagudo que se estende para além de sua testa, ondulando na parte de cima. Conforme ela gira para olhar para Dimia, percebo que o capuz tem o mesmo formato triangular por todos os lados.

Ela nos encara, descansando o olhar alternadamente sobre cada um de nós.

– Eu avisei – diz ela com os olhos fixos no filho. – Disse que você era jovem demais, mas você não quis escutar. Insistiu que sabia o que queria.

– Mãe, por favor – responde ele, esticando sua mão para segurar a minha.

– Você entregou sua vida às Irmãs, Silas. Você responderá a elas.

Capítulo 22

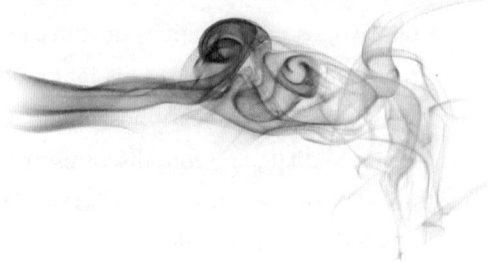

Nós a seguimos pelos corredores em silêncio e em fila única. Silas anda à frente, olhando para trás de vez em quando com uma expressão pensativa, e Dimia vem em seguida. O corredor que percorremos é mais largo do que eu imaginaria; uma pequena carruagem poderia transitar ali. As paredes são de pedra manchada de sal, iluminada por mais arandelas. Todas estas velas devem custar uma fortuna, mas então lembro quem são as pessoas que moram ali.

– O Conclave construiu este lugar? – pergunto, para quebrar a quietude opressiva, dando um salto ao escutar minha própria voz ecoando de volta. Pensei que estava sussurrando.

– Não, acreditamos que seja o que restou de um rio subterrâneo – responde Silas. – Obviamente, o rio já não existe há tempos, mas pode-se ver os sinais. Há fósseis no chão e nas paredes. Há cavernas aqui que ainda não exploramos, quilômetros delas.

O chão está empoeirado, porém macio, levemente curvado no centro, onde muitas pessoas andaram ao longo dos anos. Há colunas de estalagmites que parecem feitas de cera. Corro meus dedos nelas quando passamos e depois os esfrego uns nos outros, surpresa com a maciez deles.

Viramos mais uma esquina e acessamos uma passagem mais estreita, com uma grande cortina vermelha ao fundo. A mãe de Silas estica o braço e puxa o tecido para si, para que possamos entrar.

– Primeiro, vocês.

A sala é cavernosa, mobiliada com três mesas de madeira, cada uma com um banco de cada lado. As duas mesas de fora têm pessoas sentadas, a maioria de cabelos brancos e olhos dourados, embora algumas pareçam normais, de pele clara e escura. São jovens e velhos, homens e mulheres; gerações de alquimistas e não alquimistas. Pelo menos cinquenta pares de olhos nos vigiam enquanto entramos, e nenhum deles parece feliz em nos ver; todos os rostos estão empedrados e frios, assim como a sala.

Na mesa do centro, quatro pessoas sentam sozinhas. Todas vestem o mesmo robe sinistro que a mãe de Silas está usando. São as Irmãs de Næht.

Engulo em seco e sinto Dimia se aproximar de mim. Viro-me para ela. Seu rosto está pálido, e suas sardas saltam da pele. À minha esquerda, Silas solta uma longa expiração e me inclino para que meus dedos encostem nos dele, de novo enluvados, apenas por um instante.

– Sentem-se – comanda a mãe de Silas, e vou atrás dele até a mesa do centro. Dimia permanece perto de nós dois. Ninguém sorri nem faz qualquer gesto de saudação quando nos aproximamos. Apenas olham de Silas para mim, até que finalmente descansam o olhar em Dimia.

Há lugares vagos na ponta da mesa do centro, e é lá que nos sentamos. Do canto do meu olho esquerdo, vejo Nia se inclinar e sussurrar para a mulher de cabelo branco ao seu lado.

A mãe de Silas caminha até nós e para ao lado de seu filho.

– Não fomos formalmente apresentadas – diz ela, olhando para Dimia e para mim. – Sou a Irmã Esperança, das Irmãs de Næht. Dividimos a mesa com Irmã Sabedoria, Irmã Paz, Irmã Honra e Irmã Coragem.

Cada uma faz um cumprimento com a cabeça como resposta, embora nada que eu pareça reconhecer como amigável nelas. A Irmã Paz chega, inclusive, a contrair os lábios.

– Eu sou Errin... – começo, mas paro quando um discreto chiado reprovador surge à minha direita. Giro para ver o mar de rostos nos encarando e encolho de volta quando seus olhos encontram os meus.

– Sabemos quem você é, Errin Vastel. – A voz de Irmã Esperança é austera.

Viro-me para Silas, que está inclinado para a frente, tenso e recatado, olhando com desconfiança para a sala.

– E você, claro, é Twylla Morven, filha de Amara Morven – prossegue a Irmã Esperança, embora seu tom seja sensivelmente mais acolhedor. Olho em volta para descobrir a quem ela se dirige, e chego a Dimia. – Estivemos procurando por você.

– O quê? – pergunto, olhando da Irmã Esperança para Dimia.

– A herdeira da Devoradora de Pecados, a Daunen Encarnada.

Um calafrio parece percorrer a sala ao som destas palavras, e uma memória se encaixa. A Daunen Encarnada, a Deusa viva. A desaparecida.

– É você? – eu me espanto, tentando reconciliar a imagem da menina que lutou contra o golem com o que eu sabia da virgem devota que estava destinada a se casar com o príncipe. O príncipe morto. Ah, é claro. Ela estava tão abalada pela morte dele; estava prometida para ele. – Mas você disse que era Dimia – insisto, e, mais uma vez, os alquimistas e seus acompanhantes murmuram. – Você disse que não sabia do que eu estava falando quando avisei que os alquimistas estavam procurando por você.

– Ela não sabe? – Irmã Esperança olha de Dimia para Silas e, depois, para mim.

– Não – retruca Dimia, lançando um olhar ofuscante para a Irmã Esperança. – Não. – Ela olha para mim. – Eu não sabia que estavam procurando por mim, eu juro. Não mentiria sobre isso. Explicarei por que a enganei. Quando estivermos sozinhas. Por favor. Por favor.

Suas mãos estão em prece à sua frente, e seus olhos suplicam. Meneio a cabeça uma única vez.

Dimia, ou Twylla, fecha os olhos como agradecimento e dirige-se à Irmã Esperança.

– Pois bem. Por que me procuravam?

A boca de Irmã Esperança contorce com o gosto amargo daquelas palavras.

– Revelar-lhe isso é um direito de sua mãe.

– Minha mãe?

– Ela está a caminho daqui. Já estava antes que soubéssemos que você se encontrava aqui, por coincidência do destino. Ela poderá explicar; é dever dela. – Há algo sombrio na expressão de Irmã Esperança, algo mordaz e feroz que encontra reciprocidade no rosto de Twylla e na linha profunda que aparece entre suas sobrancelhas.

Suas palavras me fazem lembrar de meu próprio dever. Olho para Silas, levantando as sobrancelhas, e silenciosamente digo "Minha mãe" para ele.

Ele consente e se dirige à Irmã Esperança.

– A mãe de Errin foi levada para um sanatório em Tressalyn. Ela sofre de um tipo de depressão, resultante de seu sofrimento. Eu a estive ajudando. Quem está disponível para assegurar sua soltura e trazê-la para cá?

– Ninguém. – Irmã Sabedoria, calada até aquele momento, decide falar. – Que razão teríamos para nos preocupar com isso?

Silas levanta as sobrancelhas.

– A preocupação é minha.

Irmã Esperança olha para ele.

– Não temos recursos para enviar ninguém a Tregellan agora.

– Então, irei sozinho.

– Silas. – É um aviso.

– Eu prometi...

– E de que valem suas promessas, Irmão Silas? – indaga Irmã Paz em voz baixa. – Você claramente não consegue manter seus votos.

– Basta! – explode Irmã Esperança, fazendo com que todos saltem de seus assentos. Silas encara a mesa e eu olho ferozmente para Irmã Paz, que por sua vez fixa em mim seu calmo olhar castanho. Ela não é alquimista. Na verdade, nenhuma das Irmãs parece ser. – Deixe-nos – ordena Irmã Esperança para os alquimistas nos outros bancos.

Eles não protestam. Levantam-se imediatamente e saem enfileirados da sala. Nia, no fundo, lança um olhar de puro ódio para mim. Qual é o problema dela comigo?

– Você tem alguma ideia do estrago que poderia ter causado? – vira-se Irmã Esperança para Silas, com os dentes de fora, quando só restamos nós e as demais Irmãs. – Já é ruim que tenha contado nossos segredos a uma estranha. Mas justo para *ela*. Você poderia ter arruinado tudo. Ainda pode ter estragado. Só o tempo dirá.

– Papai contou nossos segredos para você. Você também nasceu fora do círculo. Não é como se eu tivesse aberto este precedente.

– Você sabe que não estou falando disso.

– Alguém pode, por favor, explicar o que está acontecendo? – pergunto, enfim. – Peço desculpas se estão aborrecidas pelo meu... nosso... eu não sabia que ele era um monge quando tudo começou, e não quis fazer mal nenhum, de verdade. Não importa o que aconteça, vocês não têm com o que se preocupar. Não vou traí-los. Acreditem em mim, sei guardar segredos. Na verdade, eu deveria dizer que...

– O quê? – Irmã Esperança vira-se para mim com os olhos em chamas. – Que segredos está guardando, Errin?

Pelo canto do olho, posso ver Silas balançando a cabeça.

– Só queria dizer que não sou covarde. Não os colocarei em perigo. Nenhum de vocês. Por nada.

– E se for capturada? E se ficar trancada em um cômodo escuro, sem comida até que confesse?

– Mãe – avisa Silas, mas eu o interrompo.

– A fome não me é estranha – digo. Os lábios de Irmã Esperança dobram subitamente, e tenho a impressão de que caí em uma armadilha.

– Claro. Mas e se fosse chicoteada?

Levanto as sobrancelhas.

– Minha coluna foi quebrada por um golem há algumas horas. Já não tenho medo de chicotes.

Mais uma vez, aquela dobra em sua boca: diversão, desgosto, não sei dizer.

– E se suas unhas fossem arrancadas com alicates? – insiste ela. – E se quebrassem seus dedos, um por um, com uma marreta? – Sinto o sangue escoar de minha cabeça. – E se fosse marcada a ferro quente?

– Pare... – sussurro.

– E se não fizessem nada disso com você, mas com Twylla, ou com algum de seus amigos em Tremayne, enquanto você observasse? E se fizessem isso com meu filho? Ou com sua mãe? E se, agora mesmo, pessoas a estejam procurando, sabendo que ela é a chave para fazer-lhe ceder? O que faria para salvar sua família, Errin? Até onde iria?

– Pare! – eu grito, e o som ecoa na sala cavernosa.

Por um instante, ninguém diz nada. Silas olha para a mesa com os punhos cerrados com tanta força que suas articulações ficam brancas, exceto as que sofrem de Nigredo.

– Eu amo minha mãe – afirmo. – Para salvá-la, faria quase qualquer coisa. Está dizendo que você não faria, para salvar Silas?

Ela não responde. Finalmente, no entanto, é Twylla quem quebra o silêncio.

– Vamos embora – diz, repentinamente, empurrando o banco para longe da mesa. – Estas pessoas não têm nada para tratar conosco.

– Eu disse que você não irá a lugar nenhum até que escute o que sua mãe tem a dizer.

Twylla dá uma pancada com a mão na madeira, causando um eco pela sala.

– Estou cansada de mulheres como você me dizendo o que sou, e o que devo ser.

Irmã Esperança olha para ela.

– Twylla, em pouco tempo você entenderá o que o Príncipe Adormecido fará conosco e nos forçará a fazer, se nos encontrar. O que fará com você. Entendo por que acha que sou cruel, e sinto muito por isso, de verdade. Mas o povo dela – Irmã Esperança aponta para mim – não sofrerá tanto quanto o meu se ele nos encontrar. Ele não pode feri-los como a nós. Ela é um risco, e se você soubesse...

– Não pode machucá-los? – digo, antes que Twylla tenha a chance de fazê-lo, com a voz congelante. – Você viu o estado no qual ele deixou Tremayne. Centenas de pessoas mortas. Homens, mulheres, crianças. Morei nesta cidade a vida inteira. Treinei como boticária nas ruínas acima de nossas cabeças. Hoje, vi defuntos de pessoas que já curei no passado. Meus amigos desapareceram. Talvez estejam mortos. – E, ao dizer isso, entendo que pode ser verdade. Os Dapplewood, Mestre Pendie. – Vocês têm quilômetros de cavernas aqui embaixo, onde poderiam proteger as crianças, os fracos. E não fazem nada disso. Quem são vocês para achar que são melhores do que nós por serem alquimistas? Que valem mais do que nós porque podem fazer ouro?

– Você não sabe do que está falando – diz Irmã Esperança, balançando a cabeça. – E isto não é da sua conta. Twylla, por favor, escute-nos.

Eu a ignoro.

– Não nos esconderemos. Não nos acovardaremos no escuro. Vamos lutar contra ele – digo, deleitando-me com as palavras.

– E, se vocês não nos ajudarem, então também serão nossos inimigos – acrescenta Twylla. – Que os Deuses lhes ajudem se tentarem me impedir.

Ela se inclina sobre a mesa, brilhando de fúria. Neste momento, entendo como se tornou a personificação de uma Deusa; quase acredito nisso.

A cortina farfalha do lado de fora e uma das Irmãs se levanta rapidamente, cruzando a sala e abrindo o tecido.

Parado ali, claramente bisbilhotando, está um grupo de pessoas, alquimistas e não alquimistas. Percebo com um susto que é o grupo que ajudou Twylla a lutar contra o golem. Nia, inclusive.

– Perdoe-nos, Irmã. Mas também queremos lutar – diz um homem alto de cabelo castanho, e os outros confirmam.

– Eles são o nosso povo. – Nia dá um passo à frente de mãos dadas com a mulher de cabelo branco, ao lado da qual estava sentada mais cedo. – Queremos lutar.

– Ele não pode ser derrotado em batalhas – afirma a Irmã Sabedoria.

– Talvez não – responde Nia. – Mas ela parou um dos golens. – Nia aponta para Twylla. – Nós vimos. Se trabalharmos juntos, podemos minar suas defesas, deixá-lo vulnerável.

– E podemos lutar contra homens. Podemos matar homens – digo. – O Cavaleiro Prateado lidera um exército de homens; podemos lutar contra eles, para começar, mesmo que não possamos matá-lo com uma espada.

Irmã Esperança olha fixamente para mim.

– Posso ensiná-los a lutar – diz Silas, levantando-se. – Sei usar a espada e o arco. Posso ensinar a quem quiser o que precisam saber.

Irmã Esperança volta-se para ele.

– Silas, você sabe que há apenas um jeito de derrotá-lo, e não é em um duelo. É um desperdício.

– Você não pode detê-los – diz ele suavemente, virando-se de sua mãe para mim, sorrindo com pesar. – Você sabe disso.

Irmã Esperança gira para encarar as outras Irmãs, como se fizesse uma conferência silenciosa com elas.

– Como queira – diz, olhando para a multidão na porta. – Silas, encontre um lugar onde as meninas possam descansar até que Amara chegue. E eu... eu mandarei uma mensagem para o Conselho. Sua mãe é Trina Vastel, certo? – pergunta para mim.

– Sim.

Ela consente outra vez e dá as costas, seu manto esgueirando-se pelo chão como uma cobra.

– Errin. – Ela para na entrada. – Desculpe. De verdade. – Então, seguida pelas outras Irmãs, atravessa a multidão, agora parecendo tímida e incerta.

– O que faremos agora? – pergunta Nia para Silas.

– Faremos uma reunião amanhã, depois do café. Farei um cronograma de treinamento. – Ele soa seguro, acenando firmemente com a cabeça para os demais, deixando o lábio tremer ao receber o solene gesto de volta.

Quando se retiram, ele vira para mim e sorri, e é como um relâmpago. Não há aviso: ora os seus olhos estão turvos, ora estão ardendo. Um sorriso toma conta de seu rosto. Não posso resistir e sorrio de volta.

O som de tecido pesado arrastando na pedra nos faz girar e ver a cortina balançando. Twylla foi embora.

Não dizemos nada, apenas damos a volta para segui-la e a alcançamos no corredor.

– Desculpem. Estou com dor de cabeça – diz ela, com uma voz indiferente e vazia. – Gostaria de me deitar.

– É claro – diz Silas. – Vou levá-la para o quarto onde poderá descansar, se quiser.

Ela consente, mas não olha para nós. Silas levanta as sobrancelhas para mim, que balanço a cabeça, intrigada pela mudança súbita nela.

Os corredores parecem infinitos enquanto ele nos conduz a nossos aposentos, corredor após corredor, até que tenho certeza de estar andando em círculos. Tento contar as arandelas pelas paredes: uma, duas, três, curva para a esquerda, estreito, cinco arandelas, outra curva para a esquerda, uma leve descida, curva para a direita... mas logo vejo que é demais. Twylla anda um pouco à nossa frente por todo o caminho, cabisbaixa, e Silas e eu ficamos quietos, sem nos tocar enquanto seguimos em sua retaguarda.

Finalmente, ele pede que ela pare, alcança uma tocha na parede e abre a cortina para revelar uma caverna com duas camas encostadas da melhor maneira possível nas paredes irregulares de pedra e uma pequena mesa entre elas. Em um dos cantos há um lavatório com uma jarra e uma bacia. Posso ver o sanitário atrás de um biombo no outro canto e uma grande pele de vaca no centro do quarto. As camas estão feitas, com peles e cobertores de lã; do lado de cada travesseiro empolado há uma camisola.

— Estou a alguns quartos de distância. Se chamarem por mim, escutarei — diz ele, olhando para Twylla e, depois, para mim. Quando sai do quarto, vou atrás dele.

Silas caminha um pouco mais à frente pelo corredor e para, encostando na parede. Sob a luz das tochas, seu cabelo parece translúcido, feito uma auréola. Quando paro na sua frente, vejo as chamas refletidas em seus olhos, incendiando seu olhar. Ficamos um de frente para o outro e ele cora. Meu corpo parece quente e pesado. Estou ciente demais de nossa proximidade, do ritmo de sua respiração. De como estamos sozinhos. Então, ele ergue a mão de modo hesitante e toca nas pontas do meu cabelo. Tenho que lutar para não ceder ao seu toque, para não assustá-lo.

— Gosto disto, a propósito.

Ele deixa algumas mechas passarem por entre seus dedos antes de abaixar a mão.

— Quando fez isto?

Sorrio.

— Você parou no chalé à beira de Tyrwhitt na noite depois que nos encontramos?

— Sim. Estava tentando alcançá-la. Vi pegadas de cavalo na lama e as segui, mas você já havia partido.

— Na verdade, eu estava no telhado. Escutei quando você chegou na janela.

— Você estava lá? Por que estava no telhado?

— Um pouco antes de você chegar, fui roubada. Dois refugiados entraram no chalé, então eu me escondi ali. Se você tivesse ficado mais cinco minutos, poderia ter visto quando caí de costas, estatelada.

Ele arregala os olhos.

— Deuses... Se eu soubesse... — Ele estica os braços para tomar meus ombros em suas mãos, como se fosse me puxar para perto, mas congela e me observa cuidadosamente.

— Bem — continuo lentamente —, cortei o cabelo depois disso.

— Por quê? Por minha causa?

Penso nos mercenários, depois nos soldados.

— Não. Um dia contarei tudo a você. Agora, não.

— Tudo bem. — Seu olhar, então, desce para meus lábios, e passo a língua neles desconsertadamente.

— Deuses — murmura ele, e seus dedos me apertam mais forte. Meu estômago trava em resposta, deixando uma estranha dor para trás.

Então, Nia passa por nós, pisoteando ruidosamente.

— Boa noite.

Ela cospe ao pronunciar a última sílaba.

Silas rapidamente remove a mão de meu ombro e ambos a encaramos ferozmente enquanto ela se afasta. Quando ele se volta novamente para mim, parece pensativo.

— O que a fez decidir lutar? — pergunta ele em voz baixa. — Pensei que quisesse ficar segura e escondida.

Dou de ombros.

— Eu queria. Mas não funcionou. Vi o campo em Tyrwhitt. Todas aquelas pessoas enjauladas feito animais. E o que isso está causando a Tregellan, pessoas ficando supersticiosas e cruéis... Ele não vai parar e, se tomar as rédeas da situação, então... ficará ainda pior. Além do mais, ele matou meu irmão. E meus amigos. E quase me matou também. É justo que eu tente devolver na mesma moeda.

— Eu quis fazer algo desde o princípio, por isso fui enviado a Almwyk. Estava enlouquecendo trancado no templo. O objetivo de ir para Almwyk e esperar Twylla era manter-me ocupado e fora de alcance. — Ele sorri.

— Por que ela me disse que se chamava Dimia? — pergunto.

Silas fica quieto.

— Ela deve ser a pessoa a contar essa história.

— Mas você sabe o motivo?

Ele confirma lentamente.

— Sim. E contarei a você sobre isso depois, se quiser.

Não gosto do que escuto, mas sei que não adianta questioná-lo.

— Não faça perguntas e não escutará mentiras, não é? — digo.

— Você não escutará mentiras, mesmo se fizer perguntas. Mas fale com ela primeiro.

Ambos ficamos calados, escutando o ritmo dos pingos de água que caem do teto mais à frente no corredor.

— A boticária, o monge e a Deusa encarnada vão para a guerra — digo, finalmente. — Parece que somos o início de uma piada.

Ele continua quieto por algum tempo, com rugas na testa.

— Eu quero... — começa ele, sacudindo a cabeça em seguida. — Nós — diz ele. — Não sei como agir em relação a isso. Mas eu quero. Estou certo dessa decisão. — Seu rosto escurece e suas palavras saem ligeiras e francas. — No instante em que a vi no chão, sabia com toda a certeza que, para mim, só haveria um jeito de continuar depois daquilo. — Ele levanta a mão esquerda, novamente trêmula, e acaricia minha bochecha.

Desta vez, cedo e recosto de volta na mão dele.

— Não temos que resolver tudo hoje — digo, beijando a palma de sua mão suavemente. — O dia foi longo. Precisamos descansar.

Escuto essas palavras razoáveis e práticas saindo da minha boca e quero mordê-las de volta. Não quero descansar. Quero passar a noite inteira explorando isto, o que quer que seja. Mas sei que é má ideia. Agora, precisamos pensar sobre o Príncipe Adormecido, sobre minha mãe, sobre o que quer que a mãe de Twylla queira dela e sobre como nos encaixamos no meio disso tudo. Preciso descobrir por que Twylla mentiu para mim.

E preciso ter certeza sobre ele. Certeza de que não irá me enxotar para longe novamente.

– Teremos tempo – digo, com a esperança de estar certa.

Seus olhos inspecionam os meus, apertados nos cantos pela preocupação. Então, devagar, ele se inclina para frente e beija minha bochecha, e o toque de seus lábios é tão quente que quase acho que deixará uma marca.

– Boa noite, Errin Vastel. – Ele está tão perto que sua respiração acaricia minha boca. – Mas... fiz minha escolha. E é você. Nós, se assim preferir.

O que mais quero é afundar os dedos em seu cabelo, puxar seu rosto para mim. Tocar, provar. Mas dou um passo para trás.

– Boa noite, Silas Kolby. Até amanhã de manhã.

Posso sentir seus olhos em mim enquanto volto para o quarto.

– Não! – grita ele quando tento puxar uma das cortinas. – É o próximo. Estou a quatro quartos de distância. Se mudar de ideia.

Sorrio para ele e entro em meu quarto.

Embora eu não tenha ficado muito tempo longe, quando chego no quarto Twylla está na cama completamente vestida, ao que parece. A camisola está ali, ignorada. Ela puxou as cobertas por cima de si e olha para a parede. As tochas dentro das arandelas ainda estão acesas. Uso uma das tochas para acender a vela e apago as tochas em seguida.

– Não estou dormindo – diz ela, me assustando. Twylla se vira e ergue o tronco com o cotovelo.

– Tudo bem – digo, sentando em minha cama e puxando uma das cobertas sobre os ombros.

— Desculpe. Deve ter parecido grosseiro sair andando quando estávamos no Salão Principal. Eu só... tenho muitas coisas para contar a você, ao que parece. Imagino que devamos começar com por que menti – diz ela, e concordo. – É uma longa história. Mas, para começar, você deveria saber que Dimia era o nome da menina que o Portador usou para acordar o Príncipe Adormecido.

Inspiro fundo. Era por isso que me parecia familiar. Eu me lembro na hora dos homens que passaram por Almwyk perguntando se tínhamos avistado uma menina e um jovem. Eram Dimia e o Portador.

Twylla prossegue.

— Ele a tomou do castelo em Lormere, onde era uma criada. Ouvi o Portador quando foi buscá-la. A música que tocou para atraí-la. – Ela cai em silêncio, com a testa franzida. Então, respira fundo. – Dimia foi o primeiro nome que me ocorreu quando cheguei em Scarron. Fui acompanhada por Taul, irmão dela, até a metade do caminho. Merek o despachou com alguns outros para tentar encontrá-la. E eu já não queria mais ser Twylla. Estava farta dela, de sua vida, ou melhor, suas vidas. Então, quando Javik perguntou meu nome, respondi Dimia sem pensar. Já tingira o cabelo para sair despercebida de Lormere, e me pareceu apropriado: novo cabelo, novo nome. Nova vida.

Ela faz uma pausa, e sinto que há muito desta história que não sei: a Daunen Encarnada era desesperadamente importante para Lormere. Com certeza, não a deixariam partir.

Como se pudesse ler meus pensamentos, ela continua.

— Fui embora, se não pelo desejo de Merek, pelo menos com seu consentimento. Eu precisava partir e ele respeitava isso. Ele me ajudou. Foi seu dinheiro que pagou pelo chalé e que utilizaríamos para resgatar sua mãe.

— Você não estava prometida a ele?

— Estava – Twylla pendura a cabeça. – Conheci seu irmão – continua ela, com a voz alterada. – Quando a vi na soleira do chalé, a princípio, achei que ele a enviara. Então, você disse que procurava uma lormeriana chamada Dimia, e soube que estava errada.

— Por que ele me enviaria até você?

Ela faz uma pausa.

— Eu estava prometida a Merek, mas tive um breve... relacionamento com Lief.

— Relacionamento? Com Lief?

Ela anui.

— Ele foi designado para a minha guarda, e ficamos próximos. Foi por isso que deixei o castelo.

— O que aconteceu?

— As coisas não aconteceram como eu esperava.

— Ele a magoou? — pergunto em voz baixa.

Ela assume uma expressão estranhíssima, como se fosse explodir e sair voando, mas, no último minuto, recompõe-se e olha em meus olhos, desafiante.

— Pensei que você fosse ele, sabe. Quando bateu à porta. Vocês têm o mesmo jeito de bater. Não é estranho? Pensar que algo desse tipo possa vir de família? Mas é claro que viria. Aposto que seu pai ou sua mãe, ou os dois, batem em portas do mesmo jeito.

Tudo agora faz sentido: por que ela parecia tão esperançosa e, ao mesmo tempo, tão assustada quando abriu a porta da frente; por que parecia tão triste no túmulo de meu pai. Mas não explicou por que ainda queria me ajudar.

— Você ficou desapontada?

Ela inspira fundo e olha para suas mãos.

— Meu coração ficou. Minha mente, não. Na maior parte do tempo, estou em guerra comigo mesma. Minha mente costuma ganhar. E sou grata por isso.

— Sinto muito — digo, finalmente, porque não sei o que mais oferecer.

– Não é responsabilidade sua – diz equilibradamente, mas sua cabeça pende. – Ele falava de você. E de sua mãe. Falava sobre a fazenda. E sobre seu pai.

Tenho vontade de chorar, imaginando Lief a quilômetros de distância, desabafando sobre todos nós com essa menina desconhecida.

– Por que você se ofereceu para nos ajudar? Se vocês... Se não terminou bem, por que nos ajudaria?

– Não estou feliz com a morte dele – afirma ela, ignorando minha pergunta. – Não importa o que tenha acontecido. Não quero que pense isso.

Twylla fecha os olhos como em prece, e observo-a sob o fino feixe da luz da vela. Ela tem um rosto oval e queixo harmonioso. Suas bochechas são pintadas por sardas e os cantos de sua boca curvam-se levemente para baixo, conferindo-lhe uma aparência pensativa, mesmo quando seu rosto está relaxado. Quanto mais olho para ela, mais a considero bela, e fico surpresa por não ter visto isso da primeira vez. Lirys é obviamente bonita; por toda a minha vida, estive acostumada com a reação das pessoas, como sorriem automaticamente ao verem-na, como se sua beleza fosse um presente para eles. A beleza de Twylla é do tipo que nos pega de surpresa. Pergunto-me se Silas achava o mesmo.

– O que você vê? – indaga ela, subitamente, e meu rosto cora. Twylla olha para mim, fixando-me com suas íris verdes, mais escuras nesta luz. – Diga-me, quando olha para mim, o que vê?

– Uma menina – respondo, e ela sorri. – O que mais eu veria?

– Você é parecida com ele. Antes de dizer uma palavra para mim, já sabia que era irmã de Lief. Mesmos olhos, mesmo formato do rosto. Vocês têm o mesmo sorriso. Você também tem um jeito muito parecido com o dele. – Ela faz uma pausa e se senta com as pernas cruzadas. – Sei que você quer saber o que aconteceu. E contarei tudo. Prometo. Mas não esta noite.

Aceno com a cabeça.

– Twylla – digo com hesitação, testando este novo nome. – Quando morávamos na fazenda, Lief era... Ele nunca pensava em nada além da fazenda. Quando a perdemos, ele ficou arrasado. Então, se meu irmão teve um comportamento ruim... – perco o fio da meada. – O que quero dizer é que, quando Lief se importava com alguma coisa, ele realmente se importava. Era tudo ou nada. Então, acho que ele deve ter gostado de você de verdade, pelo menos por algum tempo.

A expressão dela se torna nublada, e sua boca se contrai.

– Não, Errin – diz ela, deliberadamente. – Ele não gostava.

Seus cílios se fecham de novo e respiro fundo. Não quero saber mais; não quero que ela diga nada que me faça pensar mal dele.

– Você tinha... tem irmãos ou irmãs?

– Sim. Irmãos gêmeos, mais velhos do que eu. Uma irmã mais nova, mas ela morreu.

– Sinto muito.

– Eu também.

Permanecemos caladas por um instante. Então, quebro o silêncio:

– Acho que a pior parte é perder um pedaço de si. – Deito de costas e olho para o teto escuro e manchado. – Há tanta coisa a meu respeito que apenas Lief sabia. Tantas memórias que compartilhamos, a maioria delas de coisas que não deveríamos estar fazendo. Mas, agora, sou a única que se lembra delas. As vezes em que acordamos no meio da noite e roubamos favos de mel dos potes na cozinha. As vezes em que pulamos no feno na fazenda. Ninguém jamais me conhecerá daquela maneira. E se eu me esquecer dessas coisas? O que acontecerá, então?

Viro-me para ela a tempo de vê-la limpando o rosto.

– Sinto muito – repito.

Ela balança a cabeça.

– Não, é um bom jeito de pensar. – Ela faz uma pausa. – Acho que devemos tentar dormir agora – diz. – Suspeito que amanhã será um dia interessante.

Ela olha para o nada e se vira abruptamente para a parede de novo.

Desço da cama para lavar o rosto. Tiro as botas e coloco a camisola, feliz por ter roupas limpas, e então apago a vela. Posso ouvi-la chorando baixinho.

Deitada no escuro, penso em Silas, a algumas cavernas de distância. Ele sabia que o nome dela era Twylla. E esperava que ela passasse por Almwyk, por isso a esperava lá. Teria sido por causa de Lief? Será que ele esperava que ela passasse por ali por causa de Lief, ou apenas porque é a principal cidade fronteiriça entre os dois países?

Então, tenho um pensamento horrível: é por isso que ele ficou meu amigo? Para chegar até ela?

Sento na cama, olhando para a escuridão. Twylla já não faz barulho. Perguntarei amanhã, digo para mim mesma. E, mesmo que seja esse o motivo, será que importa?

Não, decido ao deitar novamente, não importa. Não altera nada entre nós.

Depois de alguns instantes, ouço outro soluço abafado e cerro o punho nos cobertores. Sinto-me terrivelmente culpada por o que quer que meu irmão tenha feito a ela. Às vezes, acho que não sei absolutamente nada sobre Lief.

Capítulo 23

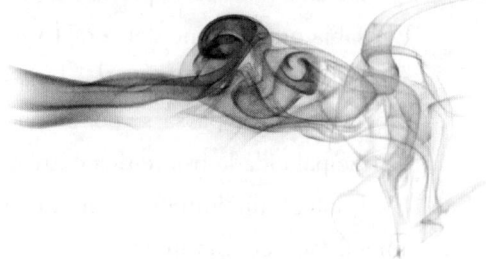

Sou acordada pelo som de passos pesados do lado de fora de nosso quarto. Ouço vozes, altas demais para a noite, e, embora não consiga distinguir as palavras, capto o tom agudo de pânico nelas. Eu me sento, voltando-me para Twylla.

– O que está acontecendo? – pergunta, esfregando os olhos, e balanço a cabeça com o coração a mil.

Ouço um som áspero e tortuoso acima de nós, ecoando pedra abaixo.

– O que é isto? – arqueja.

Afasto as cobertas, esticando o braço para pegar minhas calças e enfiando os pés em minhas botas.

– Levante-se – digo. – Há algo errado.

Enquanto ela calça as botas, Silas abre a cortina repentinamente. Seus olhos saltam de mim para Twylla, depois de volta para mim.

– Estamos sendo atacados – diz ele. – Não sei se eles nos viram voltando para cá, ou se se deram conta de onde estávamos, mas estão tentando forçar a entrada principal.

– O que faremos?

– Vocês duas precisam encontrar a Amara. Ela chegou há uma hora. Está no ossuário. Ouçam o que ela tem a dizer. Depois, encontrem-me no salão; esperarei por vocês lá. Talvez precisemos evacuar, então estejam preparadas.

Olho para Twylla, pálida e determinada sob a luz que vem do corredor.

– Nós lhe encontraremos no salão.

– Silas! – grita alguém do outro lado da porta.

Ele se vira na direção da voz, depois volta a nos olhar, falando rápido:

– Ao sair daqui, virem para a direita e posicionem a mão esquerda na parede à sua esquerda. Mantenham a mão na parede e sigam-na. Vocês saberão quando chegarem lá. Não tirem a mão da parede até lá.

E então ele sai, deixando Twylla e eu encarando uma à outra.

Do lado de fora, todos estão correndo na direção oposta da que Silas pediu para seguirmos. Mantendo-nos juntas, posicionamos nossas mãos esquerdas na parede e começamos a caminhar. Alquimistas e seus parceiros, pessoas de todas as idades e sexos passam correndo por nós, algumas armadas, outras segurando crianças, todas nos ignorando. Ouvimos outro estrondo sobre nós, e vejo um rastro de poeira caindo do teto.

– Corra – diz Twylla, atrás de mim. Sem tirarmos as mãos da parede, começamos a correr. O chão começa a se inclinar levemente, depois de forma mais acentuada; as curvas se tornam mais agudas, e o caminho, mais estreito. Os ruídos ásperos estão distantes agora; não conseguimos ouvir nada além de nossa própria respiração e uma gota ocasional. À medida que o ar esfria, as arandelas ficam mais espaçadas, criando trechos escuros. Cada um deles faz com que meu coração salte. Acabamos alcançando uma porta, não uma cortina, mas uma porta, feita de madeira escura e granulosa. Há dois círculos queimados na porta, um se sobrepondo ao outro. No centro, uma pequena lua crescente prateada.

– Deve ser aqui – diz Twylla, respirando fundo e empurrando a porta para entrar. Eu a sigo, fechando a porta atrás de mim.

E então, paro. E encaro.

Esperava encontrar outra pequena caverna, ou talvez um tipo de salão de reuniões. Mas a câmara onde entramos é do tamanho de uma catedral, com o teto trinta metros acima de mim e pontilhado por estalactites brancas e reluzentes com o dobro do meu tamanho, apontadas para baixo como mil espadas sobre minha cabeça. Centenas, talvez milhares de crânios me encaram das paredes, empilhados cuidadosamente um sobre o outro. Alguns têm símbolos desenhados em tinta dourada em suas testas, como os símbolos para o sal, para o fogo e para o ar.

Mais ossos, talvez de braços e pernas, estão arranjados em padrões complexos, formando corações, círculos e estrelas, cravados nas paredes. Uma rosa foi construída com um conjunto de pélvis na parede mais distante à esquerda; à direita, um cálice construído de costelas.

Sobre a minha cabeça, um lustre feito de ossos humanos pende do teto incrivelmente alto: crânios completos, punhos esqueléticos cerrados, velas dentro de órbitas, iluminando o ambiente e criando sombras misteriosas. Longos e robustos ossos de pernas formam as juntas entre os crânios e as mãos. Colunas vertebrais completas entrelaçam a estrutura, mantendo-a coesa, e, sob elas, pequenos ossos sustentam ossos minúsculos, rosqueados feito miçangas.

O lugar é lindo e macabro, e eu estremeço. Um templo subterrâneo. E uma cripta, tudo isso junto.

Não preciso que me digam que cada osso do local costumava pertencer a um alquimista. E sei que este templo, este ossuário, foi construído muito antes de o Conclave ser escondido aqui; e talvez seja o motivo pelo qual ele é subterrâneo. Isto é uma obra de séculos, com ossos jovens e antigos, todos combinados para formar este lugar. É terrível, mas lindo, e cada vez que sinto repulsa, a admiração a suprime quando vejo um padrão novo e incrível.

Pergunto-me a quem pertencem os túmulos marcados no cemitério, mas desvendo a resposta imediatamente. Silas disse que os alquimistas se casavam com não alquimistas. Eles não podem pertencer a este lugar, mas seu lugar no mundo alquímico está marcado sutilmente em seus túmulos.

Perto do altar, Twylla desapareceu atrás de uma tela, e consigo ouvir vozes. Sigo o som, descendo uma coxia ladeada de bancos. Toco cada banco ao passar. Cada um deles é único; são feitos de madeiras diferentes e têm tamanhos diferentes. Alguns são complexamente entalhados e decorados com os símbolos dos velhos Deuses, Azevinho e Carvalho. Alguns são simples e básicos. Todos estão gastos, com sulcos onde gerações de traseiros os aqueceram ou rezaram sobre eles; onde pessoas se sentaram e admiraram seus ancestrais.

O altar é o único local que não é adornado por ossos, mas por uma grande estrutura de metal com dois discos, um de ouro e outro de prata, montada sobre ele. O disco de prata se sobrepõe ao de ouro, formando um semicírculo, o que me faz lembrar a lua. O altar está coberto de flores e velas acesas. O ar cheira a incenso e outra coisa, que não é exatamente um odor, mas um peso, uma presença. Os ossos. Consigo senti-los, como se mil alquimistas estivessem aqui comigo, me espionando.

Eu as encontro em uma alcova, escondidas atrás de uma tela de madeira entalhada. Twylla está sentada com a postura dura, de frente para uma grande mulher vestida completamente de preto, como as Irmãs, mas sem a elegância misteriosa delas. Deve ser a Devoradora de Pecados, Amara. Seus cílios são pesados, e isso faz com que pareçam estar velados, e seu rosto é pesado e parece feito de cera, contrastando com a raiva óbvia de sua filha. Não vejo qualquer semelhança entre as duas.

– Pensei que você trabalhasse sozinha – diz Twylla, enquanto me sento a seu lado. A Devoradora de Pecados olha para mim e aceno a cabeça em saudação, sentindo-me estranhamente aliviada quando ela inclina a cabeça para mim, antes de voltar a olhar para Twylla. – Nunca imaginei que você seria amiga de freiras.

— Freiras — zomba Amara. — Elas são um culto de ressurrecionistas reformadas, e, independente do que mais eu lhe disser, não se esqueça que esta confusão também é parcialmente culpa delas. Todos fizemos as nossas partes.

— Não compreendo. O que elas têm a ver conosco? Com você?

Sua mãe a encara por um longo instante.

— Elas são as Irmãs de Næht. Eu sou a Devoradora de Pecados, Suma Sacerdotisa de Næht.

Um calafrio me atravessa quando ouço essas palavras; parece que cem mulheres as pronunciaram ao mesmo tempo.

— Mas ela não existe, não é? — diz Twylla. — Você adora falar de Næht e Dæg, mas eles não são reais. Nunca foram.

Amara encara sua filha, que devolve o olhar no mesmo nível.

— Na verdade, eles existiram — digo com a voz alta demais dentro do ambiente reverberante. Amara se vira e acena para que eu continue, sem demonstrar qualquer surpresa com o meu conhecimento. — Seus nomes verdadeiros eram Aurek e Aurelia.

— Aurek e Aurelia? — pergunta Twylla. — O Príncipe Adormecido e sua irmã?

— Você conhece a história? — pergunto, e ela confirma.

Então, ela se volta para sua mãe.

— Conheço todas elas. Agora, posso ler. — Ela soa tão orgulhosa e desafiadora quanto dolorosamente jovem. — Continue — ela pede.

— Bem, a Casa de Belmis alterou tudo. Manipulou os fatos para sustentar sua ascensão ao poder. Eles rebatizaram Aurek e Aurelia como Dæg e Næht para se encaixarem em seus planos. Por fim, também transformaram os irmãos em amantes.

— Pelos Deuses, imaginem acordar e descobrir isso. Que sua vida foi transformada em lenda, e uma lenda muito enfeitada.

— Você ousa sentir pena dele? — Amara encara a filha.

– Não. – A voz de Twylla é gélida. – Ele é um assassino. Não há desculpa para o que fez. É por isso que planejo lutar contra ele. Lormere já está farta de realeza corrupta.

– O que preciso fazer para retirar as vendas de seus olhos? – pergunta a Devoradora de Pecados baixinho.

Twylla torce os lábios e ela rosna.

– Se, em vez de se perguntar isso, você tivesse achado adequado *me avisar* no que estava me metendo, talvez tivesse conseguido lidar com isso de um jeito melhor. Mas eu apenas engoli todas as mentiras que eles me contaram.

– Não tive escolha, Twylla. Sou a Devoradora de Pecados...

– Claro, claro, sua preciosa função. Espero que ela cuide bem de você quando estiver velha, porque só os Deuses sabem onde meus irmãos estão, Maryl está morta, e eu não lhe ajudarei.

A Devoradora de Pecados apoia as costas, visivelmente atordoada com o veneno na voz de sua filha, e eu também fico tonta. Já vi a Deusa em Twylla, mas isto é incomparavelmente mais impressionante. É vingança e crueldade: uma Deusa da guerra. Batalhando contra a Suma Sacerdotisa de Næht. Estremeço novamente, presa entre estas duas mulheres que parecem ter se esquecido da minha presença.

– Já tentei lhe explicar muitas vezes que nossa função era muito maior do que parecia.

– Você me contava charadas em uma sala que parecia uma fornalha. Eu era apenas uma criança – diz Twylla, a voz grave, crua e quebradiça. – Como eu poderia ter compreendido o que estava me dizendo? Como poderia ter imaginado como a rainha era de verdade? Você sabia que as criadas do castelo se recusavam a me trazer refeições, temendo que eu as envenenasse? Elas não encostavam nos pratos e nas facas que eu usava até que vissem meus guardas os segurando sem morrer. Durante isso tudo, meus únicos amigos, e meu único conforto, eram os Deuses. Vivi assim, durante cada dia de quatro colheitas, e depois descobri que tudo em que acreditava não passava de mentira.

Twylla se levanta, como se estivesse prestes a ir embora, mas a Devoradora de Pecados agarra seu punho, movendo-se incrivelmente rápido e segurando firme a filha.

– Deixe-me dizer algumas verdades. Depois disso, decida se é capaz de lutar sua guerra sem o meu conhecimento. Depois, se quiser falar sem parar, não vou detê-la. Mas você é a última de nós, e preciso tentar.

– Se você não tivesse deixado Maryl morrer, teria ela. – Há um tom na voz de Twylla que reconheço. Luto. Cuidadosamente escondido.

– Eu tentei – diz a Devoradora de Pecados, soltando o punho de Twylla.

A menina se vira e vejo seu perfil contra a luz, esculpido e cruel.

– Por que eu deveria acreditar em você? Eu me lembro, *mãe*, de uma época em que ela era apenas um bebê, queimando naquele quarto terrível. E você a abandonou para morrer. E, quando salvei a vida dela, você matou o bode. Então, não me diga que tentou.

A Devoradora de Pecados levanta a cabeça rispidamente.

– Você me considera tão fria assim? Eu sabia que você a salvaria. Sabia que, assim que eu deixasse aquela casa, você correria até o vilarejo para implorar por ervas. Por que acha que lhe deixei com ela? Eu não poderia pedir que a parteira me desse as ervas, porque eu era a Devoradora de Pecados. Não posso intervir. Mas você poderia. E, secretamente, esperava que você o fizesse.

Twylla ergueu a sobrancelha.

– Então, por que matar o bode?

– Uma vida por uma vida, esta é a regra. A parteira sabia o que você havia feito. E todos para quem ela contou também saberiam. Por isso, tivemos que fazer um sacrifício. Tive que obedecer minhas próprias leis.

Twylla pisca, virando-se para olhar para os murais do ossuário. Sem dizer nada, ela volta a se sentar. O alívio está estampado no rosto de sua mãe.

– Perdoe-nos, Errin – diz ela. – Vou chegar no seu papel nesta situação. – Ela volta a olhar para a filha. – Você nunca perguntou por que éramos nós que devorávamos os pecados. Pensei que, se alguém perguntaria, seria você, mas você nunca perguntou.

– Você me disse o motivo. Eu tinha cerca de seis anos de idade; você me convocou e disse que existíamos antes dos Deuses e reis, mas que não era para eles que fazíamos aquilo. Que alguém precisava fazer, porque os pecados sempre haviam existido.

– Você se lembra disso?

– Tive motivos para me lembrar, recentemente. Quando descobri que os Deuses não passavam de uma mentira. Agora, você diz que eles não são uma mentira, mas uma distorção da verdade.

– Quando fomos para Lormere, não haviam Deuses, reis, ou rainhas.

– Quando fomos para lá?

– Sim, ao cruzarmos o oceano.

Twylla se inclina para a frente, como se tentasse ouvir melhor o que sua mãe disse, e eu encaro a Devoradora de Pecados de Lormere, sentindo uma coceira na nuca, onde a minha pele se contrai. Quando a Devoradora de Pecados se inclina para a frente também, faço o mesmo, e formamos três pontos de um triângulo se fechando para dentro.

– A verdade é que o veneno no vinho que o príncipe e sua família tomaram, o veneno que o fez dormir, que matou seu pai e, mais tarde, sua amante... nossa antepassada preparou esse veneno. Nossa antepassada estava prometida em casamento ao filho do caçador de ratazanas. Quando ele descobriu que o Príncipe Adormecido havia maculado sua filha, convocou a noiva de seu filho, pedindo que ela usasse suas habilidades e poções para matar todos eles, pela vergonha que haviam causado. E, sob a luz dos raios solares, foi exatamente isso que ela fez, preparando um veneno mortal.

Olho para Twylla, que encara sua mãe, boquiaberta.

– Isso é impossível.

– Ela não sabia que havia uma criança. Envenenou a comida do banquete. Enquanto a refeição era carregada escada acima, ela entreouviu as criadas da cozinha fofocando sobre a filha do caçador de ratazanas e sua condição. Por sua doutrina familiar, ela não deveria ferir qualquer inocente. Então, procurou Aurelia e confessou tudo. Quando Aurelia finalmente os alcançou com o Elixir, o rei já estava morto, e Aurek e sua amante davam seus derradeiros suspiros. Aurelia tentou salvá-los, mas o veneno continha sangue, seu próprio sangue, e era feito com uma alquimia singular. A batalha entre o sangue de Aurelia e o da princesa-bruxa foi travada dentro de ambos os amantes, até que o trabalho de parto enfraqueceu a filha do caçador de ratazanas, e ela morreu.

A certa altura, durante a história, cubro o rosto com as mãos, desesperada para bloquear toda essa informação. Alquimia, veneno, mágica. Superstição lormeriana. Mas real. Sinto uma pontada na base da espinha dorsal, como um lembrete de quanto aquilo é verdadeiro.

– O caçador de ratazanas fugiu com a criança, que levou uma vida normal, mas foi condenada a se levantar do túmulo a cada século para alimentar seu pai com um coração. O Príncipe Adormecido continuou deitado, preso dentro de si, enquanto a batalha não cessava. E nossa antepassada se ofereceu à misericórdia de Aurelia por seu crime. É em nome dela, de Næht, que vivemos como párias, oneradas apenas pelo pecado que nos envergonha, para que nunca esqueçamos o que nosso sangue fez. Nós, que sempre carregaremos os pecados dos outros, acumulando mais a cada geração.

Sua história termina. O silêncio ressoante que acompanha suas palavras faz com que eu sinta que as paredes estão se fechando ao meu redor; de repente, sinto-me terrivelmente consciente de que estou no subterrâneo, sob toneladas de pedras e terra. Se o teto desabasse agora, este seria nosso túmulo, e ninguém jamais saberia. Sou consumida pela necessidade de céu, pela necessidade de ar. Pela necessidade de som.

— A rainha sabia de tudo isso, não sabia? — pergunta Twylla. — Foi daí que ela tirou a ideia de me tornar venenosa. Dessa história. Do nosso passado. Ela estava debochando de nós. Deles. Ela resolveu transformar a descendente de uma envenenadora em uma assassina sancionada de traidores.

Amara acena com a cabeça.

— Helewys era conhecida por gostar de contos sobre alquimia e tradição. Para eles, para aqueles que se recusavam a se dobrar a eles, aquilo era um desrespeito. Abertamente fazer de você uma envenenadora, considerando sua ancestralidade. Talvez ela esperasse atrai-los para fora de seu esconderijo.

Ambas voltam a ficar em silêncio. Um estrondo distante me faz lembrar que, em algum lugar acima de nós, a batalha continua.

— Então, é por isso que ele está atrás da Twylla? — pergunto. — Porque sabe que os antepassados dela tentaram assassiná-lo? Ele quer se vingar.

Amara olha para mim, depois de volta para sua filha.

— E porque ela poderia fazer isso de novo — diz.

Twylla encara a mãe.

— O que você...? — Mas não termina a frase. Ela apenas começa a gargalhar.

Volto-me para Amara, e ela balança a cabeça de leve, voltando a olhar para sua filha. Twylla inclina o queixo em direção ao teto e gargalha, e seu riso ecoa nos ossos.

— Não posso escapar disso, não é? Já abdiquei de dois destinos. Tentei me esconder por trás das saias de uma rainha, depois atravessei um reino inteiro em fuga, e, mesmo assim, não consegui escapar. Eles são o mesmo. E não consigo escapar disso.

— Twylla... — diz Amara.

— Eles me disseram que minha pele era envenenada. — Twylla se volta para mim, falando em um tom sonhador, com um olhar desfocado ao se lembrar. — Eles me davam uma poção a cada lua e me diziam que era veneno. Eles me disseram que a poção me deixava venenosa ao toque. Minha função era matar traidores, pousando a mão sobre eles. É claro que não era realmente eu. Eles já haviam sido envenenados antes que eu chegasse perto deles. Seu irmão foi o responsável por provar a mentira, quando ele... – Ela para de falar, e seu rosto fica inexpressivo. – E, no entanto, era tudo verdade, de uma maneira diferente. Minha pele não é venenosa, mas meu sangue é. Meu sangue. – Sua risada morre, e o silêncio ecoa pelo ambiente. – Então, devo executá-lo, com veneno – diz Twylla. – Uma parte de mim até queria que a rainha estivesse aqui para ver isto. Acho que ela gostaria.

– Não é só o seu sangue – diz Amara rapidamente. – O seu sangue é parte do veneno. Mas não é o bastante.

– Que tipo de veneno funcionaria contra ele agora?

Faço um som de surpresa. De compreensão.

– Acho que já sei – digo. – A poção que Silas preparou, que é a base usada por todos os alquimistas, é o reverso da usada para fazer Aurek dormir. Suas crianças usaram o que havia sobrado do veneno para descobrir seus ingredientes. Elas acreditavam que, se conseguissem revertê-lo, poderiam acordá-lo. Para um boticário, podemos curar um mal com o igual. O mesmo ocorre na alquimia. – Faço uma pausa, tentando organizar meus pensamentos. – Portanto, se conseguirmos reverter a poção revertida, teremos a poção original, usada para envenená-lo.

– E temos meu sangue para adicionar à poção – diz Twylla, com a voz ainda distante.

Como quando Silas incluiu seu sangue no *Opus Magnum*. O sangue de Twylla também precisa reagir com a poção, mas não de maneira alquímica. De maneira fatal.

– Podemos envenená-lo de novo – afirmo. – Fortalecer o veneno que já existe dentro dele.

– Você consegue prepará-lo? – pergunta Twylla, subitamente aguçada como um gavião.

Tento me lembrar do que vi.

– Sim, acho que sim.

– Acredito que as Irmãs planejam tentar replicar o veneno – diz Amara.

– Não. – Twylla balança a cabeça desdenhosamente. – Quero que Errin trabalhe comigo. Não elas.

Amara apoia as costas e cruza os braços. Eu engulo em seco.

– É claro – concordo, antes de me voltar para Amara. – Talvez eu seja a melhor escolha mesmo. Silas me disse que os alquimistas são desprovidos das artes boticárias. Eles nunca realmente precisaram delas; isso significaria que teriam que aprender as técnicas do zero. Mas, para mim, descontruir uma poção não é nada. Conseguirei desconstruir o *Opus Magnum* desde que saiba o que há nele. Conseguirei refazer o veneno a partir dele.

Amara acena brevemente com a cabeça, e volto a olhar para sua filha.

– Vou precisar da ajuda de Silas com algumas partes, ou de qualquer alquimista, imagino; não consigo me lembrar de tudo. Mas eu conseguiria. Conseguiria desconstruir a poção, para que possamos refazer o veneno original. Para dar a ele. Banhá-lo nele. Superar qualquer efeito que ainda possa restar do Elixir de Aurelia.

Amara interrompe nosso entusiasmo.

– Ele não deve ter acesso a nem uma gota a mais de Elixir. – Ela olha para mim criticamente. – Vocês terão que manter Silas longe dele. Ele não pode descobrir que ainda existe um filtrescente vivo.

Imagino como ela sabe a respeito de Silas, e uma sensação fria me preenche, fazendo com que eu arqueje.

– O que houve? – pergunta Amara.

Afasto a sensação.

– É apenas um calafrio. Ele está lá em cima, lutando – digo. – Precisamos tirá-lo de lá. Vocês duas e ele são preciosos demais. Temos que sair daqui. Deve haver um caminho, uma porta dos fundos ou algo assim.

Silas saberá. Podemos retornar a Scarron. – Volto-me para Twylla, que já está de pé. – É distante o bastante para ganharmos algum tempo.

Não demos nem três passos quando ouvimos um estrondo bem acima de nossas cabeças. Pedras e poeira chovem do teto e paramos, voltando-nos inseguramente para Amara. Na parede esquerda, uma pedra desaba e se estilhaça no chão.

Por um longo instante, nós três nos entreolhamos. E, então, o ruído recomeça, mais alto do que antes, e mais poeira cai do teto, junto com pedaços maiores de pedra. O lustre balança e todas levantamos a cabeça para olhar para ele; o chacoalhar dos ossos é ensurdecedor, e há algo de hipnótico em assisti-los tremendo.

De repente, o ruído para; um milésimo de segundo de paz.

– Corram – diz Amara, e não precisamos ser avisadas duas vezes. Disparamos pela coxia em direção à porta no instante exato em que o lustre desaba do teto com um estrondo que sacode a terra.

Capítulo 24

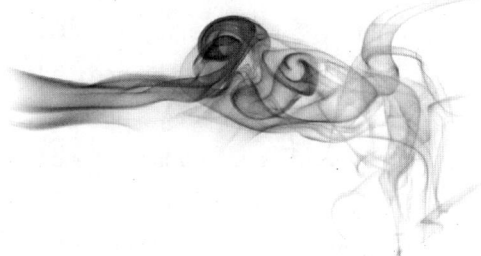

Ossos estilhaçados voam em nossa direção, espetando minhas costas quando escancaro a porta. Sem o isolamento da porta espessa, podemos escutar gritos ecoando, aumentando, rolando por todos os corredores do Conclave até nos alcançar aqui embaixo.

Dois alquimistas viram a esquina do corredor, cada qual segurando um lado de uma grande caixa de madeira, e somos forçadas a nos espremer, com as costas contra a parede, enquanto eles passam em direção ao ossuário. O terror esvazia seus rostos. Pego Twylla pelo braço e corremos cegamente pelas passagens, que mais parecem uma rede de tocas de coelhos, refazendo nossos passos, desta vez com a mão direita sobre a parede direita. Às nossas costas, a Devoradora de Pecados respira laboriosamente, com passos lentos e fortes, e sinto uma pontada de preocupação.

Quando chegamos em uma passagem larga e iluminada, que espero ser a mesma que percorremos mais cedo, começo a abrir as cortinas na esperança de encontrar pessoas ou armas ou alguma saída. O eco áspero continua, feito um trovão subterrâneo, e parece nos seguir. Estou convencida de que o teto vai realmente desabar e nos matar.

Uma silhueta aparece à nossa frente.

– Por aqui! – berra a figura, e corremos em sua direção apenas para descobrir que estamos de volta ao Salão Principal. Nia e Irmã Esperança estão de pé ao lado da mesa, ambas armadas com pequenas espadas. Outra mulher, com o cabelo branco e a fronte feroz, gira uma maça.

– Vocês precisam ir – diz Irmã Esperança, guiando-nos para a cortina no fundo da sala. – Silas está a caminho; ele irá com vocês.

Quando a cortina se abre, Irmã Esperança e eu andamos em sua direção, mas é Amara quem passa, com o rosto vermelho por causa do esforço e uma das mãos apertando as costelas.

Twylla dá as costas para ela.

– O que está acontecendo? – pergunta Twylla para Nia.

– Eles entraram. Evacuamos as crianças e os idosos por uma rota de fuga; todos os demais estão lutando.

– Ele está aqui? – Twylla não precisa dizer quem é.

Nia acena que sim, e meu sangue congela.

– Com os golens. E seu filho. Está aqui para conquistar, como em Lortune.

– Deuses... – diz Twylla, e meu estômago fica apertado. – Precisamos de armas.

– Vocês precisam ir embora! – insiste Irmã Esperança. – Nia, pegue as meninas e tire-as daqui.

– Quero lutar! – protesta Nia. – Esta é minha casa!

– Pode acabar sendo seu túmulo – rebate Amara, arfando com a mão que agora segura o braço. – Tire minha filha e Errin daqui. E o menino, se ele chegar a tempo.

– Mas...

– Não há tempo para discutir... – Ela é interrompida por um grande pedaço de rocha que cai a um metro de onde estamos.

Escutamos um grito penetrante do lado de fora do salão e giramos para ver o que está acontecendo. Um segundo depois, Silas entra com o rosto pálido e uma mancha preta na túnica.

– Silas – eu chamo, correndo para ele, aliviada de perceber que a mancha não é de seu sangue.

– Estão quase aqui – diz ele para sua mãe, e olha para mim com um braço em volta da minha cintura. Ele continua:

– Você precisa ir.

– Você também – eu digo. – Se ele capturá-lo e vir sua mão...

– Ela está certa – afirma Irmã Esperança, tomando Silas pelo braço da espada. – E você, Amara. Vão. Saiam pela passagem da serpente.

– Não vou conseguir – diz Amara. – Vocês podem me deixar.

– Amara, você não pode...

– Eu disse para me deixarem – ordena ela. Seu rosto está contorcido e sua respiração está pesada. Silas e a mãe trocam um olhar carregado.
– Twylla, você sabe tudo agora. Contei tudo o que sei. O que fizer em seguida será decisão sua. Sempre foi. – Os olhos de Amara penetram os de sua filha.

Mais gritos e berros do lado de fora, o som de passos, de metal contra metal, mas nenhum de nós se move, todos presos neste momento.

– Eu a amei – diz Amara. – Eu tentei.

O rosto de Twylla está inexpressivo enquanto encara sua mãe.

Então, a cortina se abre e dois homens vestidos com tabardos pretos, segurando espadas manchadas de sangue, invadem o salão.

– Saiam! – berra Amara, quebrando o encanto. Silas mergulha na nossa frente, empunhando sua espada; procuro minha faca, percebendo tarde demais que não a tenho, que a perdi em Tremayne.

Começo a recuar, empurrando Twylla às minhas costas. Silas está na nossa frente com a espada pronta. A alquimista gira sua maça, que afunda no crânio de um dos homens, matando-o instantaneamente. Irmã Esperança avança no parceiro dele e os dois começam a lutar. Paro, mesmerizada, observando a mãe de Silas empunhar uma espada com mais destreza do que qualquer homem. O aço se reduz a um borrão e o robe gira às suas costas, enquanto roda e apara e avança. Quando ela talha o homem em dois com um só golpe, Silas olha para mim e sorri com orgulho.

– Saiam! – ruge Irmã Esperança, e mais homens enchem o salão. Ela ergue a espada e avança contra eles mais uma vez.

Damos as costas para a luta; minhas mãos procuram as de Silas e de Twylla. Então, a cortina que era nossa saída se abre e um homem entra, vestido da cabeça aos pés com uma armadura cintilante. Paramos, e Silas nos puxa para trás de si, agindo como nosso escudo contra o Cavaleiro Prateado, que desembainha a espada e a gira com arrogância e facilidade. Posso ouvir Twylla dizer entre sua respiração:

– Não.

Silas fica tenso.

– Quando eu começar a lutar, corram – murmura ele.

– Não...

– Estarei logo atrás de vocês.

– Si... – Mas não consigo terminar, porque o Cavaleiro Prateado avança e Silas precisa erguer sua espada para impedir que seja golpeado. O som de metal contra metal é ensurdecedor, ecoando das rochas. À esquerda, um grupo de estalactites cai e por pouco não acerta a alquimista que gira a maça.

Pego Twylla pela mão, mas antes que consigamos chegar à porta o Cavaleiro Prateado percebe o que estou fazendo e bloqueia nosso caminho. Às nossas costas, Irmã Esperança, Nia e sua esposa estão fazendo frente contra os outros homens, forçando-os a se afunilar na entrada enquanto golpeiam. Irmã Esperança tem habilidades evidentes, e as outras, pura sorte.

Solto a mão de Twylla e corro para a mesa, pegando um dos bancos. Twylla olha para mim como se fosse louca e grita alguma coisa, mas não consigo ouvir nada no meio de todo aquele barulho. Empurro o banco pelo chão com todas as minhas forças. O banco atropela as pernas do Cavaleiro Prateado, empurrando-o até que saia da frente da porta cambaleante. Ao mesmo tempo, Silas solta um grito de triunfo ao acertar uma articulação exposta no braço do cavaleiro com sua espada.

— Agora! — grita ele. Pego Twylla pela mão mais uma vez, dando um tranco em seu braço, quando um golem adentra o salão, as mãos de argila tateando cegamente. É menor do que o que quebrou minhas costas, mas com a mesma cara vazia de dar calafrios nos ossos. Sinto uma pontada nas costas e congelo onde estou.

Então, por detrás do golem, surge outra figura.

Vestido de armadura dourada, ele tira da cabeça um capacete dourado em forma de dragão. Cabelos brancos derramando pelas costas, sorriso talhado no rosto sem sangue.

O Príncipe Adormecido.

Ele inclina a cabeça daquele jeito misterioso que todos os alquimistas parecem fazer.

— Já fomos apresentados — diz, com os olhos fixados em mim e uma voz que reconheço de meus sonhos. Seu olhar vagueia para Twylla. — A filha da Devoradora de Pecados? — Ele acena com a cabeça antes de continuar sua investigação, levantando as sobrancelhas quando se depara com Amara. — E a Devoradora de Pecados? Que bacana. — Ele sorri, um sorriso longo e preguiçoso que se espalha pelo rosto. Então avança, mas é interrompido por Silas.

— Corram! — berra Silas.

Empurro Twylla para trás dele e o golem arremessa seu braço enorme contra Silas. Imediatamente, damos de frente com um dos homens de preto, inclinado sobre um corpo. Não sei dizer se o corpo é de homem ou mulher; tudo o que posso ver é sangue escuro sobre cabelos que antes eram brancos. O homem levanta a cabeça e sorri horripilantemente, erguendo a espada. Puxo Twylla para longe.

O homem corre em nossa direção e estendo o braço, sacando uma tocha de seu suporte na parede e arrebentando-a em sua cabeça. Ele solta um grito terrível ao despencar no chão, segurando a cabeça. O fedor de pele chamuscada preenche a caverna. Ainda segurando a tocha, pego Twylla pela mão e começo a correr para longe do Salão Principal e do homem queimado. E do Príncipe Adormecido.

Não olho para trás. Nossos pés pisoteiam o chão de pedra e tento lembrar o que está à esquerda e à direita, abrindo as cortinas para ver se reconheço alguma coisa. O ar começa a esfriar, o que quer dizer que estamos indo mais fundo. E isso não é bom; precisamos chegar mais perto da superfície para ter alguma chance de escapar.

– Pare – diz Twylla, ofegante e barulhenta demais no silêncio ressoante dos túneis. – Não acharemos a saída sem ajuda; há quilômetros de túneis aqui embaixo. Acabaremos irremediavelmente perdidas.

– Antes isso do que capturadas – digo.

Ela abre a boca para retrucar, mas, de repente, escutamos. Passos pesados e o tilintar de metal. De armaduras. Vindo em nossa direção. Sinto o sangue esvair do rosto. Mas, desta vez, é ela quem me puxa pelo punho. Quando vejo a porta, percebo o erro que cometemos ao nos encurralarmos no coração do Conclave. Mas os passos ainda ecoam em nossa direção.

– Precisamos nos esconder – sussurra, com urgência. – Precisamos.

Percebendo que está certa, sigo atrás dela até o templo.

A grandiosidade de antes foi substituída pela cena de um pesadelo. Com o lustre caído, o salão foi tomado pela escuridão, aceso apenas por tochas nas paredes. O chão está repleto de centenas de crânios despedaçados, órbitas sem olhos nos encaram através do vazio, e maxilares quebrados e dentes cobrem os bancos do templo. Olho para o teto, de onde os ossos agora balançam desimpedidos, e imagino o que o Príncipe Adormecido estava fazendo por cima de nossas cabeças para que o teto esteja despencando.

Escalamos por entre os mortos para chegar ao altar, escorregando em lascas de osso e pedaços de madeira traiçoeiramente afiados; nuvens de poeira rodopiam em nossas botas, que esmagam os ossos sobre os quais pisamos. Meu coração bate freneticamente; a ansiedade e o temor são nauseantes.

– Onde nos esconderemos?

– Não sei. – Ela olha desesperadamente ao redor. – Deve haver alguma coisa. Alguma caverna ou plataforma na rocha. – Twylla começa a espiar atrás dos biombos e eu faço o mesmo, enxotando costelas para o lado com os pés o mais silenciosamente que posso.

Quando a escuto arfar, acredito que estamos salvas, que encontrou uma saída. Mas ela não está olhando atrás dos biombos; está olhando para o corredor.

Meu irmão está na entrada, vestido da cabeça aos pés com uma armadura prateada, encarando-a de volta. Um capacete debaixo de um braço; o outro, o direito, está pendurado, e a armadura, suja de sangue.

O Portador não é o Cavaleiro Prateado. É Lief.

Capítulo 25

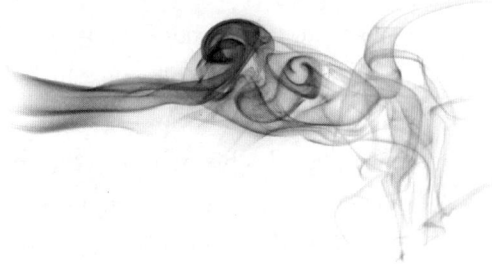

Seus olhos estão fixados nela, enquanto caminha pelo corredor sem perceber, ao que tudo indica, os ossos debaixo de seus pés. Há algo sinistramente nupcial nesta imagem: ela de pé, com um vestido rasgado, diante do altar, enquanto ele se move em sua direção através de um rio de ossos.

Ele está vivo.

Eu estava certa, penso loucamente, *ele está vivo, eu sabia que ele não cederia e morreria*. Mas minha alegria desaparece imediatamente. Porque ele está aqui com o Príncipe Adormecido. Trabalhando para ele, com ele. Meu próprio irmão. É por isso que ele não voltou para casa.

Observo. Parte de mim deseja que não seja real, que eu esteja tendo uma alucinação. Seus lábios alargaram em forma de sorriso, de um tipo que nada tem a ver com o que me lembro. Embora sua boca estique e curve, está mais para uma careta do que um sorriso.

– Olá, Twylla – diz ele, parando a alguns metros dela e colocando seu capacete sobre um dos bancos.

– Olá, Lief – responde ela, devolvendo o sorriso.

O rosto dele acende por completo e me dói vê-lo; seus sentimentos brilham tanto quanto sua armadura, e sei, naquele momento, que ele a amou, ainda ama, não importa o que ela pense. Eu me viro para ela e vejo a mesma expressão de anseio em seu rosto. É como se eu não existisse. Só os dois estão presentes.

Acho que ele deve estar sob algum feitiço, é isso, é por isso que não voltou nem escreveu. Ele não poderia. O Príncipe Adormecido o colocou sob um feitiço e, agora, Twylla o quebrará. Como nas histórias: um beijo e ele será libertado, e nós três poderemos seguir, buscar Silas e encontrar um jeito de derrotar o Príncipe Adormecido.

Então, percebo que Lief está aqui, mas Silas não. Lief estava lutando contra Silas. Ele deve tê-lo derrotado para estar aqui...

Procuro um banco, e minha boca aberta solta um grito mudo.

Olho para Twylla. Todo o amor e o anseio já deixaram seu rosto.

– Você fez a mesma coisa, não fez? – pergunta ela.

– Posso explicar.

– Vamos realmente ter essa conversa de novo? – rosna ela, e tanto Lief quanto eu damos um passo para trás. – Você não consegue evitar, é um traidor, não é? Como pode ser parente de Errin? Você traiu a todos que já lhe mostraram bondade, repetidas vezes, para seu próprio benefício.

– Não espero que entenda.

Ela balança a cabeça e olha para a espada.

– É a espada de Merek? – Quando ele não responde, ela ri amargamente. – Claro que é. Se é algo de Merek, você tem que tomar para si, não tem? Seu lar, sua espada, sua noiva...

– Não me lembro de lhe forçar a fazer nada – diz Lief friamente, e Twylla respira fundo. – Não sabia que ele mataria Merek – continua ele, obviamente sofrendo para manter a voz uniforme. Meu coração se contorce severamente. Meu irmão estava lá quando o rei foi assassinado.

Ele esteve lá desde o princípio. – Pensei que ele iria aprisioná-lo. Nunca quis causar nenhum mal ao rei.

– E você diz que eu sou ingênua.

Ele balança a cabeça.

– Twylla, eu...

– Se você disser que ainda me ama, juro pelos Deuses que o matarei – silva ela.

– Eu não ia dizer isso – afirma Lief, e o som da honestidade em suas palavras a faz recuar. – Ia dizer para se esconder. Certifique-se de que não poderá ser encontrada.

– Você está nos ajudando?

– Ele quer sua cabeça ao lado da de Merek no portão de Lortune – diz Lief. – E, embora já não sejamos... amigos, não quero ver isso.

Vejo Twylla empalidecer e a minha própria ira emerge, efervescente e cáustica.

– Lief? – digo, e o som faz os dois saltarem e olharem para mim.

– Errin. – Lief tenta sorrir.

– Onde esteve? Por que não voltou? Por que não escreveu?

Ele olha para Twylla; e volta a me encarar.

– Poderemos falar disso mais tarde.

– Você é o Cavaleiro Prateado? Está com ele?

Minha voz ecoa, e Lief olha para trás.

– Fale baixo.

Balanço a cabeça.

– Onde está Silas? Você... – não consigo pronunciar as palavras. – Você fez isso?

Ele sacode a cabeça.

– Ele está bem.

– Mas seu mestre está com ele agora, não está? – cuspo, e Lief cora. – Graças a você, Tremayne está destruída! Nosso vilarejo, Lief. Arruinado. A esposa do padeiro. O ferreiro. Talvez Lirys. Pessoas que conhecemos.

– Eu não estava lá quando isso aconteceu...

– Eu achei que você estivesse morto – corto a fala dele, cuspindo as palavras. – Eu queria que estivesse. Pelos Deuses, eu queria! Traidor.

Seus olhos alternam entre mim e Twylla.

– O que ela disse para você? – pergunta.

Balanço a cabeça e dou um passo para longe dele.

– Diga-nos como sair daqui. Você tem uma dívida comigo. E outra maior ainda com ela.

– Errin, eu...

De repente, ouvimos o som de botas.

– Lief? – Aquela voz macia e congelante chama do fim do corredor e fico paralisada, como um veado pego pela visão do caçador.

– Aqui, vossa Alteza – grita ele. – Esconda-se – sussurra para Twylla. – Não posso protegê-la. Esconda-se.

Ela olha para mim e concordo com a cabeça. Twylla observa o espaço à sua volta e, com passos silenciosos, posiciona-se atrás do biombo, onde sentávamos uma hora antes, e meu coração afunda. Não será suficiente. Ela será capturada.

De repente, Lief corre na minha direção, agarra meus ombros dolorosamente e força meu corpo contra o chão, parodiando terrivelmente o tenente na estrada. Solto um grito que morre assim que ele levanta a espada e a aponta para mim.

– Entre no jogo – sussurra. – Para o bem dela. E de Silas. E o seu.

Pelo canto do olho, posso ver o Príncipe Adormecido passar pela entrada, e Lief afunda os dedos em meu ombro.

– Onde está ela? – ele exige, e eu grito novamente. – Para onde ela foi?

– Não sei – digo. A dor e o medo são muito reais.

– Mentirosa – insiste Lief, inclinando-se sobre mim. – Sei quando está mentindo. Para onde ela foi?

– Estou dizendo que não sei. – Lágrimas escorrem pelo meu rosto.

Então, Lief me solta e o Príncipe Adormecido é tudo o que vejo, agachado à minha frente com os braços sobre os joelhos. Ele me analisa com a cabeça inclinada.

– Ela diz que não sabe, Lief – murmura. – É verdade, doçura?

Confirmo com a cabeça, deixando cair mais lágrimas.

– Está tudo bem, criança. – Ele me levanta com um abraço. Meu rosto está pressionado contra sua armadura fria e seus braços de metal me seguram junto a ele. Estou horrivelmente ciente da presença de meu irmão às nossas costas, de Twylla escondida atrás do biombo. Ainda assim, ele me abraça. Sinto seu nariz no meu cabelo, escuto quando inala.

– Não fomos formalmente apresentados – diz ele, abaixando a boca até a minha orelha. – Sou Aurek. Rei Aurek, agora. E você é Errin.

Afasto-me, e ele permite, sorrindo com um charme natural. De perto, suas bochechas são profundas e a pele que as cobre é fina e encerada. Seu cabelo é seco e quebradiço e ele tem rugas em volta da boca e entre as sobrancelhas. Está envelhecendo. Rapidamente.

– Onde está Silas? – pergunto, sem pensar.

Desta vez, seu sorriso brilha e o prazer acende seu rosto.

– Ah, Silas. Meu sobrinho milagroso. Que dom, que alegria inesperada em tempos sombrios. Ele é o meu tesouro. Assim como você, doçura. E seu irmão. Minha nova família. Você poderá vê-lo em breve, caso se comporte. Embora eu não espere ter problemas com você. Você é a menina dos meus sonhos, afinal de contas.

Meu estômago afunda. Fui tão tola.

– Então, era você...

– Um dos privilégios de ser um vitascente. Minha própria piadinha. Mas você não está rindo. – Há algo terrivelmente infantil em seu comportamento. Ele dá de ombros. – Era mais uma piada para mim, de qualquer modo. As duas eram.

– O quê? As duas o quê?

Ele coloca um dedo longo sobre meus lábios para me silenciar.

— Mais tarde, minha doçura. — Olha então para Lief. — Quando foi a última vez que você viu a traidora?

— No Salão Principal, antes de fugirem. Achei que era ela que eu estava seguindo. Ela pintou o cabelo; fiquei confuso por um momento.

— E você realmente não sabe para onde foi sua amiga? — O Príncipe Adormecido me analisa, e preciso de cada grama de determinação em mim para manter o olhar fixado no dele e não deixá-lo escorregar para onde Twylla está escondida.

— Falei para ela que corresse.

— Oh, querida — diz o Príncipe Adormecido. — Foi uma burrice.

Ele franze a testa e dá as costas para investigar o salão, e meu coração palpita descontroladamente.

— Todos em Tremayne estão mortos? — pergunto. — Seus monstros mataram todos os habitantes?

— Você não é muito respeitosa. — Ele olha de volta para mim, e seus olhos varrem meu rosto. — Sou um rei, Errin. Você deve curvar-se perante a mim; e ainda não o fez. E você não deve dirigir-se a mim antes que eu tenha falado com você.

— Diga-me o que aconteceu com eles e então decidirei se vou me curvar ou não perante você.

Ele franze a testa para mim, os lábios contraídos e a ira inundando seu rosto. Porém, tão logo a raiva aparece, some para ser substituída pelo mesmo sorriso mecânico de sempre.

— Basta de perguntas, doçura. Há tempo suficiente para isso mais tarde. — Sua mão pega meu punho com a velocidade de um dardo e me acaricia com o dedão, e ele sorri quando estremeço.

Por cima de seu ombro está Lief, com uma expressão estranhíssima no rosto. Ele pisca uma vez, como se lembrasse quem é e, depois, fala.

— Vossa alteza, se me permite, posso enviar os golens para procurá-la, se assim desejar? As questões no andar de cima devem estar resolvidas a esta altura, assim como na superfície.

– Questões – encaro meu irmão. – Você quer dizer assassinato?

– É preciso aniquilar o ninho para eliminar a ameaça, Errin – diz o Príncipe Adormecido musicalmente. – Não esperamos que entenda.

– Que bom, porque não entendo. – Dou as costas para ele. Sinto a facada do pânico assim que me viro, mas tomo coragem e olho para meu irmão. – E Lirys? Ela estava em Tremayne. Você sabia que Kirin e ela estavam noivos? E ele? Ele era um soldado, Lief. Você passou por Almwyk? Sabia que ele estava lá? Você o matou, também?

Lief flexiona o punho, mas seu rosto continua vazio.

– Se alguns soldados morreram, fizeram-no enquanto cumpriam seus deveres. É o que se propuseram a fazer: defender seu país.

– Ele é o seu melhor amigo! – Isso sai como um choro entalado, e logo estou novamente nas garras metálicas do Príncipe Adormecido.

– Muita calma, linda – diz o Príncipe Adormecido, recostando a cabeça em meu ombro. – Eu teria realizado tudo isso de qualquer modo; não é exatamente culpa de seu irmão. Na verdade, eu ousaria dizer que ele salvou mais vidas do que tirou até agora. Não matei sequer um décimo das pessoas que achei que precisaria. – Posso ouvir o sorriso em sua voz, e fico enojada.

Ignoro o Príncipe Adormecido e me dirijo diretamente a meu irmão.

– E agora? Você mora em um castelo em Lormere, como o cachorrinho de estimação dele?

Há um estalar reprovador de língua atrás de mim.

– Ele é meu herdeiro – afirma o Príncipe Adormecido suavemente em minha orelha. – A não ser que eu tenha outros filhos, seu irmão será meu herdeiro. E, caso eu tenha mais filhos, ele será o grão-duque, com terras para governar e passar para os próprios herdeiros. Não precisará mais se curvar nem contar centavos. Meu agradecimento a ele por tudo o que me ajudou a conquistar. Se você conseguir aprender a controlar sua língua, poderá ser uma duquesa.

– Prefiro morrer.

– Posso fazer com que isso aconteça – sussurra. Aumentando o volume, ele continua. – Devo muito ao seu irmão, Errin. Seu conhecimento das plantas do castelo de Lormere, da geografia e das leis de Tregellan. Tem sido inestimável para mim. Ele também me contou que seu bisavô foi o capitão do Exército Real de Treggellan, certa vez. Posso ver as evidências disso em Lief.

Olho para meu irmão na esperança de vê-lo brilhar sob os elogios, mas ele apenas se curva.

O Príncipe Adormecido fala novamente.

– É simples, Errin. Se você estiver disposta a jurar lealdade a mim, será recompensada. Quero um reino abastado. Meus métodos iniciais podem lhe parecer de mau gosto, mas o legado compensará tudo. Vou unir Lormere e Tregellan, e prosperaremos. Você vai me aceitar como seu rei?

– Não – digo imediatamente.

Ele aperta meu punho ainda mais, e solto um ganido. Lief se inclina para a frente, como se viesse me socorrer, mas se contém, o rosto cuidadosamente sem expressão.

– Lief, você poderia me dar um momento com sua irmã, por favor? Acredito que sua presença esteja incitando uma rebelião dentro dela. Rivalidade fraternal, lembro-me bem. Procure um pouco mais pela menina. Leve os golens e Brach e sua equipe. Ela não pode ter ido longe.

Lief faz outra reverência e dá as costas, agachando-se pelo corredor e puxando as cortinas. Estou chocada porque ele me deixou aqui, sozinha com o Príncipe Adormecido. Porque deixou Twylla sozinha atrás do biombo.

O Príncipe Adormecido me gira para que eu possa encará-lo de frente.

– Deixe-me colocar de outro modo, Errin – diz ele, agradavelmente. – Tenho seu irmão. Silas é meu. Em questão de horas, sua mãe também será minha. Se me enfurecer, vou machucá-los. Se me desafiar, vou machucá-los. Sabe, Errin, a única coisa que seu irmão pediu foi sua segurança e a de sua mãe. Nenhuma das recompensas que lhe estou concedendo foram requisitadas. Não é nobre? Eu poderia dar-lhe qualquer coisa em todo o mundo, e tudo o que você queria era que sua família fosse cuidada. Para que sejamos uma família feliz, juntos.

— Já disse, prefiro morrer.

— E eu disse que isso pode ser resolvido. Mas acho que você cederá. Gostava de mim nos seus sonhos, não gostava? — Eu coro e ele sorri. — Sim, você gostava de mim. Você gostava muito de mim.

— Se eu soubesse que você...

— Ah, claro. Você pensou que eu fosse Silas. Esse é outro dom que devo aos Vastel. Meu sobrinho desaparecido, o filtrescente. Se você não me tivesse contado, em seus sonhos, onde estava e com quem, temo pensar nas oportunidades que teria perdido.

— Não. Não. Eram sonhos. Não eram de verdade — meu sangue congela. — Não.

Ele responde com um sorriso saído de um pesadelo.

— Sou um vitascente. Posso criar vida, Errin. Então, criei. Usei o sangue de seu irmão e fiz dois pequenos simulacros. Disse que os protegeria e, contanto que o fizesse, vocês duas estariam seguras. Chamei um de Errin, que era você. O outro era Trina. Trina era minha preferida, na verdade. Era mais fácil brincar com ela. Mais maleável.

Minhas orelhas são preenchidas por um som agudo assim que o quebra-cabeças encaixa. A boneca do sonho. Ele a mostrou para mim. Disse que era eu. Era real. E... Deuses... Doçura. Minha mãe me chamou assim quando estava sob a maldição. Só que não há maldição alguma. A Varulv Escarlate não existe. Era ele o tempo inteiro. Ele a fez ficar assim. Ele a forçou a fazer aquelas coisas comigo.

Ele sorri de novo, enquanto me observa encaixando as peças.

— Eu gostava de brincar com meus pequenos simulacros. Havia algo de poético em brincar na lua cheia. Algo místico, como nas histórias. Não contei para Lief; achei que ele não aprovaria. Mas fico entediado.

Viro a cabeça e as lágrimas rolam pelo rosto. Todas aquelas vezes em que minha mãe avançou em mim. Era ele. E todos os meus sonhos. Ele estava lá, dentro da minha cabeça. Sinto a bile queimando minha garganta.

– Por quê? – pergunto, com a voz baixa. Eu deveria estar aliviada, uma vez que mamãe não está amaldiçoada, mas é pior.

– Fui *roubado*, Errin. – Ele acaricia meu rosto com o dedão e o aponta de volta para si. – Alguém me roubou a vida. Minha herança. Surrupiada quando eu tinha apenas vinte e dois anos. Passei quinhentos anos adormecido. Acordei sem *nada*. O legado que minha família levara gerações para construir virou cinzas, jogadas ao vento. Prometeram-me um reino – rosna ele. – Prometeram-me o maior reino que o mundo conhecera. E eu terei esse reino. Mesmo que signifique criar um a partir das ruínas de Lormere e Tregellan.

Seus olhos penetram os meus, acesos pela loucura, que piora quando ele começa a rir.

– Você deveria estar me agradecendo. Você, de todas as pessoas, deveria me receber de braços abertos. Olhe para você. – Ele me empurra para longe, mas me mantém a distância de seu braço, para me examinar. – Você não tem coisa alguma. Vive governada por homens e mulheres ricos e ignorantes, liberais sem respeito pelas tradições ou pela história ou por trabalho duro. Capturaram sua mãe e a aprisionaram. Mataram o sangue de seu sangue, Lief me contou. Seu bisavô morreu pelas mãos deles. Você deveria ter sempre morado em um castelo. Vou dar-lhe isso. Vou restaurar as coisas para o modo como deveriam ter sido.

Eu o encaro.

– E como deveriam ter sido?

– Minhas – sorri ferozmente. – Todas minhas, sob as minhas ordens e para o meu prazer. Eu disse, tenho que aniquilar o ninho, Errin – diz delicadamente. – É o que se faz com uma infestação. É o que deveríamos ter feito em Tallith, em vez de chamar o caçador de ratazanas. Eu vejo agora. Incendiar a fonte.

— Você é um monstro — sussurro.

— Sou um rei. Meu pai certa vez me disse que um rei pode governar pelo medo ou pelo amor. Daqui a cinquenta anos, as pessoas me amarão. Não se lembrarão disto. E os que lembrarem, saberão que são as trevas necessárias antes do amanhecer. Quando tiverem prosperidade e segurança e souberem seus devidos lugares, ficarão contentes e serei amado por isso. Mas, até lá, governarei pelo medo se for preciso.

Ele sorri para mim de modo lascivo.

— Então, começarei do zero. Usarei Silas e os poucos que salvar e reproduzirei novos alquimistas. Encontrarei a última pessoa da linhagem da Devoradora de Pecados e colocarei sua cabeça acima do meu trono; usarei seu cabelo para fazer uma coroa, seus dentes para fazer um colar. E, quando estiver em segurança, farei com que estas sejam terras gloriosas, Errin. Como Tallith foi. E até você aprenderá a me amar por isso. Terei sua fidelidade. Você e eu, e Silas e Lief, e quem mais eu considerar digno, ficarão comigo nestas terras como parte da corte. Para sempre.

Ele beija minha testa e ajeita meu cabelo atrás das orelhas. Então, me segura tão perto de si que nossos narizes encostam. Posso sentir sua respiração, vagamente metálica, vagamente apodrecida, em decomposição, como o cheiro dos golens.

— Estive adormecido por quinhentos anos, a não ser quando acordava para comer os corações de menininhas bobas feito você. Comi o coração do meu próprio filho para ter forças para criar meus golens. E se você não calar a boca e ajoelhar-se perante a mim, comerei o coração de sua mãe e, depois, o de seu irmão. Encontrarei todos que você um dia conheceu: sua melhor amiga de infância, sua primeira paixão, todos que um dia foram gentis com você. E vou arrancar o coração de seus peitos e devorá-los enquanto você assiste.

Ele sorri perversamente.

— E farei Silas produzir o Elixir até que seja reduzido a podridão. Eu o obrigarei a produzir o Elixir, depois o derramarei da janela na frente de vocês dois, e o obrigarei a fazer mais. Quanto mais me desafiar, pior será para todos.

– Por que sou tão importante para você? – pergunto, com a voz vacilante.

– Você não é.

– Então, por que fazer isso?

– Porque eu posso. Porque dormi por quinhentos anos e agora quero brincar. – Ele larga meus braços e olha para mim com expectativa. – Então, faça sua escolha.

Não olho para o biombo atrás do qual Twylla se esconde.

Apenas me ajoelho.

Epílogo

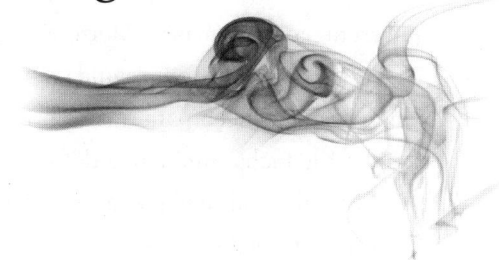

– Dance comigo.

É como um sonho estar nos braços de um belo príncipe que sorri para você. Suas mãos seguram meu rosto e seu dedão acaricia suavemente a maçã do meu rosto enquanto dançamos. Não há música, mas não precisamos de uma; o baile é só para nós dois, íntimo e cheio de promessas. Ele está feliz; posso ver a luz em seus olhos, na forma como descansam em mim antes de abaixarem, pousando em meus lábios antes de subirem novamente. Seu corpo faz um convite; seus dedos pressionam minha pele gentilmente quando puxa meu rosto para o dele.

Quando não há mais espaço entre nós, abaixo as pálpebras. Então, cravo a faca que roubei da bandeja do café da manhã em sua garganta. Ela é cega, mas coloco toda a minha força no golpe.

Ele cambaleia para trás, com os olhos arregalados, e cerro os punhos em forma de garra para assistir o sangue jorrar sobre seu colarinho de veludo azul, manchando sua blusa.

Ele tira a faca do pescoço e a enfia em minha barriga. Dobro-me até o chão, quando a dor explode pelo meu corpo.

Não. Não.

O sangue derrama por minhas mãos enquanto seguro o punho da faca. Meu instinto diz para arrancá-la de meu abdômen, para livrar-me da coisa que escurece minha visão. Morrerei se puxá-la. Talvez seja melhor assim.

Testo o punho e, em seguida, a mão dele está em meu maxilar, forçando minha cabeça para trás e abrindo minha boca para derramar um líquido. Ele fecha minha mandíbula.

– Engula – sussurra, e assim o faço, soltando um grito quando ele arranca a faca violentamente de mim.

Quando por fim eu olho para baixo, o sangramento parou e a ferida está fechando, como posso ver pelo rasgão em meu vestido de veludo vermelho. Caio no chão e fico estirada no salão, na poça de nossos sangues misturados. Ele se abaixa ao meu lado.

– Isso precisa parar – diz ele, finalmente, tão perto de mim quanto um amante. – Por que você insiste em fazer isso? Eu teria lhe dado tudo; você mora em um castelo, ora. Estou recuperando sua mãe; reuni você e seu irmão novamente. Dou-lhe comida e roupas. Não lhe peço nada, a não ser sua companhia. O que quer de mim? Porque, francamente, Errin, está ficando entediante.

– Quero que me deixe em paz.

– Ahhh, mas eu gosto de você. – Ele sorri para mim.

– Eu odeio você.

– Não odeia – diz ele suavemente, e sua voz é uma carícia. – Você não pode. Olhe para mim, Errin. O que vê?

Viro o rosto, mas logo seus dedos estão no meu queixo, forçando minha cabeça. Olho para ele. Seus olhos dourados como os de um falcão, o cabelo branco platinado. Seu rosto belo e odioso.

– Você me desprezará para sempre, porque uso o rosto dele – diz. – E, por mais que me odeie, não consegue evitar de me desejar um pouco, porque me pareço com ele. Os mesmos olhos, o mesmo cabelo. O mesmo sorriso. – Seus lábios formam um sorriso, aquele sorriso, e sei que ele ganhou de mim, de novo. – Isso acaba com você. Todas as vezes. E é por isso que não posso abrir mão de você. Então, você aprenderá a se controlar, ou terei que lidar com as coisas do meu jeito.

Sua expressão relaxa, tão inocente quanto a de qualquer outro predador, e meu estômago afunda de novo.

– Limpe-se. – Ele se levanta sem me oferecer a mão. – Acho que vamos convidar seu Silas para jantar conosco esta noite. O que acha, doçura?

Fico calada, meu coração batendo intensamente enquanto aguardo a tirada. Com Aurek, há sempre uma tirada.

– Claro, ele precisaria ser carregado. E alimentado. Seria uma cena bastante desagradável, na verdade. Talvez você não se importasse. Não se importaria, certo? Você cuidou de sua mãe quando ela estava doente; não há diferença. Claro que sua mãe ainda podia usar os braços e as pernas, embora escolhesse não usá-las. Enquanto o pobre Silas... ele não tem escolha.

– Pare... – sussurro, e a minha boca é tomada por um sabor estranho que quase me faz vomitar.

– Eu gostaria de ver essa cena. – Sua voz está mais grave, como se a ideia o agradasse. – Você, cortando a carne dele, levando o garfo até a boca dele. Esperando que ele mastigue e engula. Limpando a boca dele. – Cada palavra é feito uma agulha que me perfura. – Não sei quanto de suas pernas já estão comprometidas pela Nigredo. Da última vez que tive notícias, estava até o joelho, mas agora... poderia estar na altura das coxas. Será que ele escolherá ficar de pé ou sentado pelo resto da vida? O que você escolheria, Errin? Sentar ou ficar de pé?

Não consigo evitar; vomito. Regurgito e soluço, enquanto os conteúdos do meu estômago caem sobre meu vestido já arruinado, no chão.

Ele dá um passo para trás e posso ouvir o desgosto em sua voz.

– Você está uma bagunça. Vá se lavar. Mandarei um novo vestido para que use no jantar.

Suas botas marcham para longe e seus passos ecoam pelo salão. De repente, seus pés fazem ranger o chão de madeira quando ele se volta para mim.

– Ah, que tolo eu sou. Não posso convidá-lo para jantar. Ele não terá tempo. Precisa fazer mais Elixir para substituir o que usei em você. Ainda assim, acho que ele não se importará, já que salvou sua vida. Leve-a para seu quarto – ordena ele para uma pessoa escondida no canto do salão.

A porta fecha completamente às suas costas quando sai, e as lágrimas salgadas se misturam à bagunça de sangue e vômito sobre o vestido que um dia foi bonito.

Silenciosamente, o criado surge de seu posto nas sombras, vestido com um áspero tabardo cinza e culotes combinando. Fica de pé por cima de mim, com os olhos escuros cheios de compaixão. Seu cabelo está tosquiado rente ao crânio. Boquiaberto, oferece a mão para me ajudar a levantar. Dou-lhe um tapa para longe. Não quero ajuda de um covarde que se dobra ao Príncipe Adormecido para salvar a própria pele.

Como eu fiz.

– Perdoe-me – diz ele, dando um passo para trás de forma a dar espaço para que me levante.

Ergo-me e ajeito o vestido. Pergunto-me se ele um dia pertenceu à Twylla, e pergunto-me como ela estará, onde estará. Espero que tenha fugido para longe, muito longe daqui. Olho para baixo, para o vestido, e desamasso a saia com os punhos. Pergunto-me se um dia ela dançou neste salão.

Saio lentamente do salão. Embora não esteja mais ferida, minha mente insiste que eu seja cautelosa, que ainda estou machucada. Os guardas na porta não me olham quando passo. O criado segue atrás de mim, e sua presença é uma irritação ao longo de todo o corredor. Quando chegamos à torre sul, ele se move como se fosse me acompanhar até meus aposentos. Tento bater a porta na sua cara, mas ele se esgueira pela fresta.

– Saia da frente – ordeno, e ele balança a cabeça, colocando um dedo em riste contra os lábios e apontando para a escada.

– Eu disse saia – digo mais alto, mas o criado mantém sua posição, recusando meu comando.

– Preciso falar com você – sussurra ele. – Por favor. Só tenho alguns segundos. Você vai querer escutar o que tenho a dizer.

Olho para ele e dou de ombros, virando as costas enquanto ele fecha a porta.

– Bem? – pergunto, encarando-o novamente.

– Twylla ainda está viva? – Seus olhos estão esbugalhados, e seu corpo se inclina em direção ao meu com a crueza de sua pergunta. – Você sabe onde ela está? Por favor. Se você souber qualquer coisa...

– Como se eu fosse contar para você, traidor.

– Ainda é amiga dela?

Fico calada, observando-o.

– Muito bem. Você é amiga do Príncipe Adormecido?

Olho para o vestido arruinado.

O servente acena com a cabeça, como se eu tivesse respondido.

– Por que o esfaqueou? Sabe que não o matará.

– Porque faz com que eu me sinta melhor – cuspo, desejando no mesmo instante que eu fosse capaz de controlar a língua e a raiva.

Como se ele soubesse no que estou pensando, o canto de sua boca se contrai como se contivesse um sorriso.

– Ou é porque está tentando coletar o sangue dele?

– O quê? – O quarto parece encolher, e olho em volta procurando algo com o que me defender.

– Ouvi falar de você. É uma boticária. Sei do que são capazes os boticários de Tregellan. Sei que podem desconstruir poções, descobrir do que são feitas.

– E o que isso tem a ver com qualquer coisa?

Seus olhos se fixam nos meus.

– Sempre tenta feri-lo de modo que sangre. Sempre. Acho que você quer o sangue dele, para testá-lo. Desconstruí-lo. Encontrar um meio de detê-lo. E quero ajudar.

– Não tenho ideia do que você está falando.

– E se eu conhecesse uma maneira de sair daqui? E se prometesse ajudá-la a conseguir o que precisa e sair daqui em seguida? Isso mudaria alguma coisa? Posso tirá-la daqui, Errin. Quando quiser. – Ele faz uma pausa, observando-me pelo canto do olho, respirando fundo. – Este castelo era meu.

Levo um momento para absorver suas palavras e olho para ele, analisando seu rosto. Sim... Sim, a inclinação das maçãs do rosto, a curva da mandíbula. O cabelo cacheado está tosquiado e as roupas são simples e gastas, mas agora vejo: aquele rosto que me observava do alto de um cavalo branco, há tantas luas.

– Todos pensávamos que estava morto.

– Uma das lições que aprendi com o que aconteceu com a família real de Tregellan é que, se há pessoas nos portões da cidade que lhe querem mal, você tem duas escolhas. Fugir ou morrer. E um rei morto não serve para nada.

– Você pretende reconquistar seu reino?

– Se um Príncipe Adormecido pode despertar, um rei morto certamente também pode. – Ele sorri sem mexer a boca. Quando me dou conta, estou sorrindo de volta.

– E por que não, Vossa Majestade?

– Pode me chamar de Merek. É como meus amigos me chamam.

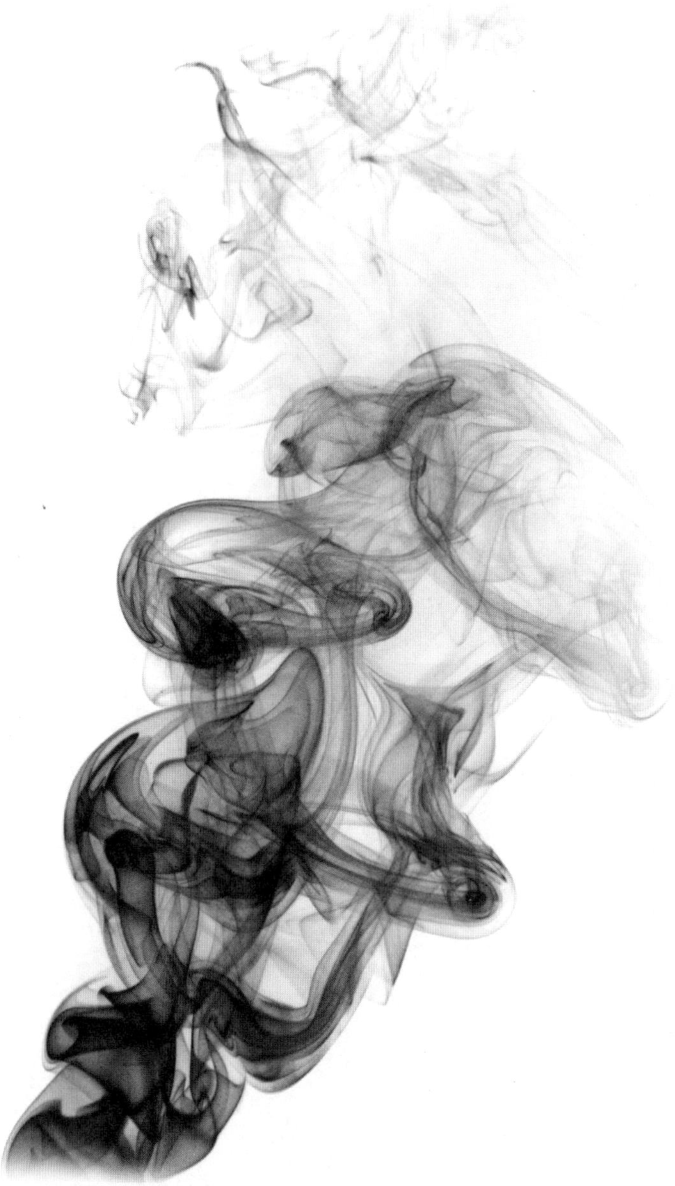

Agradecimentos

Já acho difícil acreditar que tive a sorte de ter um livro publicado, quem dirá estar nesta posição novamente, um ano depois, ainda apoiada, guiada e convencida a sair da beira do desfiladeiro pelas seguintes pessoas:

Minha agente, Claire Wilson, que lidou com todos os meus e-mails com pedidos de "Claire. Claire. Ajude-me." com muita graça e paciência. Parte da razão pela qual não perdi a cabeça no ano que passou foi porque tive a sorte de tê-la ao meu lado. Obrigada. E obrigada mais uma vez a Lexie Hamblin; sentirei sua falta e de Rosie Price, que tem tudo pela frente...

A Equipe Devoradora de Pecados na Scholastic inglesa, e, particularmente, aos meus esplêndidos editores britânicos, Genevieve Herr e Emily Lamm. Ter uma editora que entende o que você está tentando fazer é muita sorte. Ter duas é simplesmente um privilégio. Sou muito privilegiada. Aqui vai uma história engraçada: no início do processo de edição, elas me enviaram uma lista de sugestões que eu, então, combati.

Uma. Por. Uma. E minha querida equipe editorial (incluindo Mallory Kass, nos EUA) simplesmente respondeu dizendo "OK, confiamos em você. Você conhece a história melhor do que ninguém. Se diz que não funcionará, sabemos que encontrará outro caminho".

Todas as sugestões que eles fizeram acabaram entrando no livro, de um jeito ou de outro. Todas as sugestões que fizeram eram as escolhas certas. Porque, enquanto eu editava, percebi que poderia conhecer a história melhor, mas estava longe de ser a única pessoa que a conhecia. Eles podiam ver o que eu não conseguia e *O Príncipe Adormecido* é muito melhor por isso. Tenho tanta sorte de ter os editores que tenho e de ter, também, a confiança deles. Não posso agradecer o bastante por isso, e tenho muito orgulho do que fizemos aqui.

Mais uma vez, Jamie Gregory fez a capa mais perfeita que eu poderia ter e eu deveria, provavelmente, oferecer-lhe a minha alma ou algo do tipo para agradecer. Jamie, eu ofereceria, se tivesse uma. A publicitária mágica, Rachel Phillipps, que consegue, literalmente, fazer milagres e é uma das melhores pessoas do mundo. Obrigada por ser incrível. Sempre incrível. Pete Matthews, gerente de projeto da Equipe Devoradora de Pecados e revisor extraordinário.

Obrigada também a David Sanger, Fi Evans, Sam Selby Smith, à equipe de Direitos e todos os outros que trabalharam duro nos bastidores em meu nome. Um dia, saberei o nome de todos e encherei páginas e mais páginas de agradecimentos com eles.

Do outro lado do mundo, na Scholastic Inc., obrigada um milhão de vezes a Mollory Kass, que, como já mencionei, ofereceu o tipo de apoio que todo escritor sonha ter e ainda me emprestou seu apartamento em Nova York por uma noite. E comprou cheesecake. E vinho. Obrigada. E agradeço também a Saraciea Fennell, Bess Braswell e todos os outros que me apoiaram de um jeito não etílico.

Obrigada aos meus queridos amigos escritores, que agora são simplesmente amigos, especialmente Robin Stevens, parceira extraordinária de críticas. Muitíssimo obrigada aos manos Sara Barnard, Holly Bourne, Alexia Casale, CJ Daugherty, Catherine Doyle e Katie Webber por muita diversão e apoio e risadas durante o ano que passou.

Obrigada especialmente às seguintes pessoas que fizeram pelo menos uma coisa sensacional para mim este ano: a família Lyons e os Allport também, Sophie Reynolds, Denise Strauss, Emma Gerrard, Lizzy Evans, Mikey Beddard, Bevin Robinson, Stine Stueland, Neil Bird, Franziska Schmidt, Katja Rammer, Julie Blewett-Grant, Romana Bičíková, Jim Dean, Lucy Powrie, Kate Ormand, Leigh Bardugo, Nina Douglas, Sofia Saghir, Chelley Toy, Laura Hughes, tia Penny, tio Eddie e todos, Steven, Kelly e Cia. Ltda., tia Cath e tio Paul. Vocês são todos magníficos.

Meu mais sincero agradecimento vai para Emilie Lyons: a detetive Eugene Morton para o meu xerife Dan Anderssen. Bem, bem, bem... Estou muito feliz por não termos sido presas em Portugal; precisamos definitivamente fazer isso de novo. Também estou extremamente animada para que você veja o Completamente-Novo-Desleixado-e-Chique Melseum.

Finalmente, Javert.

Não me esqueci de você. Não me esqueci do seu nome.

Impressão e Acabamento:
LIS GRÁFICA E EDITORA LTDA.